Amor em Vermelho & Azul

Coordenadora editorial — *Francine C. Silva*
Preparação — *Rafael Bisoffi*
Revisão — *Cristiane Amarante*, *Tainá Fabrin*, *Silvia Yumi FK*, *Gleice Couto*
Ilustração de capa — *Bilohh*
Capa, projeto gráfico e diagramação — *Francine C. Silva*
Impressão — *PlenaPrint*

Dados Internacionais de Catalogação na Publicação (CIP)
Angélica Ilacqua CRB-8/7057

H353a Hecker, Sue

Amor em vermelho e azul / Sue Hecker, Lani Queiroz.
—— São Paulo : Inside Books, 2025.

352 p.

ISBN 978-65-85086-65-3

1. Ficção brasileira 2. Literatura fantástica 3. Folclore I. Título II. Queiroz, Lani

25-1257 CDD B869.3

SUE HECKER
LANI QUEIROZ

Amor em Vermelho & Azul

SÃO PAULO
2025

NOTA DAS AUTORAS

Queridos leitores,

Amor em Vermelho e Azul é uma história de amor com nuances da clássica trama de *Romeu e Julieta*, mas transportada para o coração do Amazonas, onde a paixão pelo Festival de Parintins divide torcidas entre o boi-bumbá Vermelho e o Azul, inspirados nos incríveis bumbás Garantido e Caprichoso.

A ideia nasceu durante uma das viagens de Sue Hecker a Manaus, quando, em um encontro com as Caboquinhas que leem (grupo de leitura), ela recebeu um brinco azul vindo diretamente de Parintins, presenteado por Laryssa Ohashi, torcedora do Caprichoso. De imediato, outras caboquinhas — presentes no evento — entraram na brincadeira e disseram que Sue também precisava conhecer o Boi Garantido. Foi assim que ela descobriu mais sobre o festival e ficou fascinada com a rivalidade entre os bois, imaginando uma história que permaneceu em seu coração.

Esse sonho realmente ganhou vida quando Sue e Lani Queiroz se uniram, após uma campanha em prol das vítimas das enchentes no Rio Grande do Sul. Juntas, decidiram transformar essa inspiração em um romance para vocês. No entanto, vale ressaltar: embora a história tenha sido inspirada no Festival de Parintins, as autoras se dedicaram a estudar a cultura local para garantir respeito e autenticidade, utilizando, quando necessário, o direito à licença poética.

Nesta jornada, tivemos o privilégio de contar com a colaboração de pessoas incríveis, que nos ajudaram a entender ainda mais sobre essa tradição. Nosso imenso agradecimento ao Ray, Secretário de Cultura, que foi um grande colaborador ao compartilhar conosco detalhes preciosos sobre Parintins. Também agradecemos ao senhor Rossy Amoedo, Presidente do Boi Caprichoso, pelo carinho e receptividade ao entender nossa necessidade e nos encaminhar ao Ericky Nakanome, Presidente do Conselho de Artes do Boi Caprichoso, cuja ajuda foi fundamental para esclarecer aspectos importantes do festival. Nossa gratidão também ao senhor Démonteverde, Diretor do Garantido, que foi um intermediador essencial junto à presidência do boi-bumbá, e ao Presidente Fred Góes, por nos conceder as devidas autorizações para ilustrarmos a riqueza dessa nação boi-bumbá em nossas redes sociais. E não menos importante, também nossos agradecimentos à Ivany Souza, nossa revisora, caboquinha raiz que não deixou passar nenhum detalhe sobre a cultura amazonense. Também teremos muitos outros agradecimentos que iremos reservar para o fim dessa história.

Apesar de todas as informações coletadas, é importante destacar que alguns elementos, como nomes, locais, a existência de uma indústria e a origem indígena da família de Ayra Tari são totalmente fictícios. Para a narrativa funcionar dentro do universo criado, algumas adaptações foram feitas — sempre com respeito à tradição e cultura local.

Esperamos que vocês embarquem nessa história com a mesma paixão que sentimos ao escrevê-la. E, claro, que o amor, em todas as suas formas, revele-se mais forte que qualquer rivalidade. Deixaremos um prefácio preparado especialmente para que vocês conheçam um pouco mais dessa "Ilha da Magia", assim como é conhecida, bem como sobre o próprio festival.

Ah, e se preparem… porque quando o assunto é rivalidade e conflito, essa história não deixa nada escapar!

Com carinho e dedicação,
Sue Hecker & Lani Queiroz

DEDICATÓRIA

Dedico esta história à pessoa que mais acreditou na Sue Hecker: meu eterno marido, companheiro de uma incrível caminhada.

Milton, onde quer que você esteja, queria que soubesse que, a cada amanhecer, carrego um dia a mais de dor e saudade. No caso de *Romeu e Julieta*, eles tomaram juntos o cálice do destino — o nosso, cruelmente, me deixou aqui, vivendo sozinha o que deveria ser compartilhado.

Nossa história é sua tanto quanto minha. Sempre será. Te amo para a eternidade.

Com amor,
Sue

◆

Essa obra específica, quero dedicar e deixar todo meu carinho para a minha parceira de escrita Sue Hecker, por ter confiado no meu trabalho para dar vida junto com ela à essa linda e arrebatadora história de amor. Foram meses de estudo, convivência, discussões que muito enriqueceram nosso trabalho e tempo juntas. Foi maravilhoso escrever esse casal. Obrigada, Sue. Vamos mostrar nossos bebês lindos para o mundo!

Dedico esse trabalho também a todos os meus leitores. Um beijo gigante para as minhas "Lanéticas" do grupo do WhatsApp, para as betas: Wisnaya, Elineuza, Jovana, Priscyla Fadel, Ana Rafaela e Giovanina. Obrigada pelo apoio e lealdade para comigo. Meus queridos leitores, mais um trabalho sendo publicado! Leiam e me deem seus feedbacks tanto em forma de avaliação nas plataformas de publicação, quanto em minhas redes sociais. Vou amar interagir com vocês. É para vocês que escrevo.

Grande beijo!
Lani

"Amor quando é amor não definha, e até o final das eras há de aumentar. Mas se o que digo for erro, e o meu engano for provado, então, eu nunca terei escrito, ou ninguém nunca terá amado."

William Shakespeare

PREFÁCIO

Queremos convidá-los a imaginar uma cidade dividida tal qual um estádio de futebol. No centro, como se fosse o círculo central do campo, está a Catedral de Nossa Senhora do Carmo. De um lado, o bairro Francesa veste azul; do outro, a Baixa do São José se colore de vermelho. Vale ressaltar que essa divisão não acontece só durante o Festival de Parintins — ela está no coração dos moradores o ano inteiro! Aqui, ser Caprichoso ou Garantido é quase uma identidade. No livro, optamos por nomear os adversários como Vermelho e Azul.

Parintins é uma ilha no meio do rio Amazonas, acessível apenas por barco ou avião. Esse isolamento ajudou a preservar suas tradições e fortaleceu o festival, tornando-o uma das maiores manifestações culturais do Brasil.

Ele acontece, tradicionalmente, no último final de semana de junho, e transforma a cidade em um grande palco. Durante três noites, os bois Caprichoso e Garantido se enfrentam no Bumbódromo, apresentando um espetáculo de música, dança e teatro.

A origem do boi-bumbá vem da lenda de Pai Francisco e Mãe Catirina, trazida por migrantes nordestinos no século XIX. Com o tempo, a brincadeira cresceu e deu origem aos bois. A versão mais conhecida diz que o Garantido foi criado por Lindolfo Monteverde e o Caprichoso foi fundado por Roque Cid. Há outras teorias sobre o aparecimento dos dois bois, o que só torna a história ainda mais rica e cheia de mistérios. Hoje, ambos são administrados por Associações que garantem a continuidade e a grandiosidade do festival.

Como toda boa competição, também tem regras e uma avaliação bem rigorosa. Os bois são julgados em vinte e um itens, divididos em três blocos: Comum/Musical, Cênico/Coreográfico e Artístico. Dentre personagens e itens mais importantes, podemos citar:

» Apresentador: conduz o boi no Bumbódromo.

- Amo do Boi: mestre de cerimônias e defensor do seu bumbá. Representa o dono da fazenda.
- Levantador de toadas: a voz do boi, a qual canta as toadas que embalam o espetáculo.
- Marujada (Caprichoso) mudamos para Navegantes; e Batucada (Garantido) por Ritmada: responsáveis pelas percussões que fazem o coração do festival pulsar.
- Porta-estandarte: carrega o estandarte do boi, representando sua identidade.
- Cunhã-poranga: a mulher mais bela da tribo, cheia de força e coragem. Símbolo de feminilidade, graciosidade e resistência.
- Sinhazinha da fazenda: simboliza a filha do fazendeiro, remetendo à história do boi.
- Pajé: figura mística que protege o boi com rituais.
- Tripa: a alma do boi! O brincante que dá vida ao personagem.

As sedes dos bois também tiveram seus nomes simbólicos mudados para a trama: a sede do Caprichoso é o Curral Zeca Xibelão, alterado para Reduto Celeste, e a sede do Garantido, o Curral Lindolfo Monteverde, foi alterado para Forte Rubro. Optamos por usar esses nomes fictícios para manter a imersão narrativa da nossa licença poética.

O Festival é o resultado de um trabalho coletivo gigantesco. Os artistas de alegorias são verdadeiros gênios, criando estruturas monumentais, que misturam tradição e inovação. Durante meses, eles dão vida às lendas amazônicas e transformam o Bumbódromo num espetáculo de pura magia.

E, no final das contas, o que importa é que, independentemente de quem vença, todo mundo sai ganhando. Porque o Festival de Parintins é mais do que uma competição: é uma festa de amor à cultura, às tradições e ao povo que faz essa história acontecer.

Por fim, uma curiosidade linguística! Em Parintins, o uso de *tu* é muito presente no dia a dia. Por isso, optamos por padronizar essa forma no livro, para que o leitor se sinta mais imerso na atmosfera da cidade.

Esperamos que, ao longo dessas páginas, vocês sintam a energia de Parintins e se encantem tanto quanto a gente!

Com carinho,
Sue Hecker & Lani Queiroz.

PRÓLOGO

◆

"Assim que se olharam, se amaram."
Romeu e Julieta — Shakespeare

◆

Oito anos antes.
Parintins/Manaus

Ayra

— Eu amo Parintins, terra de artistas! — Sempre leio as letras coloridas perto da orla da ilha onde estamos quase embarcando.

Moara, minha irmã mais velha, ri, ajeitando a mochila nas costas:

— Esse ponto é famoso, né? Todo turista tira foto aqui quando vem visitar. É impressionante como virou um dos nossos cartões postais.

— Ué?! A gente também tira! — comento animada. — Em casa tem um monte de fotos nossas aqui.

E eu adoro esse letreiro. Tem um coração e uma estrela gigantes entre as palavras, e, na frente, estão os bois-bumbás: o Azul, que é o boi do meu coração, e o Vermelho, que pertence ao Contrário.

De repente, uma curiosidade me bate.

— Mô, se eles são tão rivais, por que ficam tão pertinho um do outro? Não era melhor um em cada ponta?

Minha irmã para, encarando-me.

— Boa pergunta, Ayra. Acho que ninguém sabe direito. Cada lado conta uma história diferente, mas, no fim, só sabemos que essa rivalidade faz parte de nós desde que nascemos. E, mesmo assim, amamos só o nosso Azulão, certo?

— E tem aquelas duas regras, né? — pontuo, erguendo os dedos e a cabeça para ela. — Nada de usar vermelho no Curral Reduto Celeste.

— Isso mesmo. Na nossa sede, usar azul e branco é lei.

— No Curral Forte Rubro: o azul nem pensar! O vermelho é a cor que domina a sede deles.

Mostro a língua e ela também. Acho engraçado que esteja me imitando, já que é sempre tão séria, afinal, é adulta.

— Como água e óleo, não nos misturamos, pequena.

Mas hoje é uma daquelas exceções. A gente vai fazer uma viagem especial... Todo ano, o grupo de dança, formado só por alguns personagens do nosso boi, é convidado para se apresentar no aniversário da cidade de Manaus. E, adivinha? O Contrário também.

— Agora vem. — Ela me puxa pelas mãos. — Estamos atrasadas.

O porto está cheio, tem cheiro forte de madeira úmida e de rio. Barcos pequenos balançam presos ao cais, enquanto a lancha rápida, grandona, que vai nos levar até Manaus, já está ancorada, pronta para partir. O som de risadas, vozes animadas e tambores do pessoal ecoam pelo lugar, num clima de festa, antes mesmo de a viagem começar.

Subimos a rampa que leva até o barco. Bento, nosso Amo do Boi, nos vê chegando e logo estende a mão, num gesto todo cordial. Só que, como ele é sempre cheio de pegadinhas, fico meio receosa.

— Venham, venham!

Paro por um instante e hesito. Olho para Moara, que saca na hora e não perde a oportunidade.

— Ayra está tão acostumada a te ver desafiando o boi do Contrário na arena, com aquelas rimas ácidas, que deve estar desconfiada dessa tua gentileza repentina, Bento.

Pior que é verdade... ele é cheio de gracinha.

— Com o Contrário, sou pura provocação mesmo, mocinhas. Faz parte do meu show! — emposta a voz de forma zombeteira. — Só que, com a nossa turma, sou só alegria. Não sejam injustas, também sou o animador da galera! — ele se defende, balançando a mão na minha direção, cheio de energia.

Dou um sorriso sem graça, aceitando sua ajuda.

— Verdade, tu é o maior animador — respondo, rindo.

— Valeu, Bento! — agradece Moara, subindo atrás de mim, muito à vontade com ele, afinal, ela o conhece desde que tinha a minha idade.

— Bora fazer bonito em Manaus, hein? Vai ser mais uma apresentação daquelas!

Dentro da lancha, vejo parte dos Navegantes de Guerra, que compõem o grupo de apresentações.

Alguns ritmistas já estão acomodados nas redes, enquanto outros tocam, fazendo a maior bagunça. O som no ritmo dos instrumentos se mistura com a voz do Luizão, nosso levantador de toadas, que não deixa ninguém escapar: cada um que embarca tem um refrão que fala da sua importância no nosso folclore. Ele puxa uma toada de cunhã para minha irmã e, em seguida, emenda outro refrão para a porta-estandarte, que chega logo atrás de nós. E eu? Como minha irmã me deixou ir pela primeira vez junto, estou amando!

Estamos prestes a partir e, quando a lancha começa a se movimentar, o balanço do barco dá um friozinho na barriga. Mas, com tanta gente especial ao meu redor, tenho certeza de que essa viagem vai ser incrível.

Na margem, há alguns parentes e o pessoal da velha-guarda, incluindo minha avó, que, com suas mãos calejadas de tanto trabalho, acena assim que a lancha começa a se afastar:

— Que Deus os proteja! E Nossa Senhora do Carmo guie os vossos caminhos!

Olho para ela, já sentindo saudade. Dona Cema, como todos a chamam, foi criada em uma aldeia até se casar. Embora more há muitos anos na cidade, ela nunca deixou de carregar os costumes e a cultura indígena com ela. Tudo o que sei sobre proteção, respeito pela natureza e pelos espíritos da floresta, aprendi com essa mulher forte e amorosa.

Então, seu Edmundo, que interpreta o Tuxaua e sempre tem palavras sábias antes das apresentações do boi, acena também de longe:

— Se esbarrarem com a torcida do Contrário por lá, não caiam na provocação. Façam bonito e mostrem no que o Azul é bom.

A ilha vai ficando para trás e não paro de acenar...

É tão emocionante!

Só temos duas maneiras de chegar a Manaus: pelo rio Amazonas ou pelo céu. Prefiro estar sobre as águas. Pelo menos, sei nadar... E nada no mundo é mais lindo do que navegar nessa estradona em forma de rio, com a vegetação beirando a margem dos dois lados, os pássaros sobrevoando. O problema é que ver tanta água por tanto tempo chega uma hora que vai dando uma canseira, e acabo adormecendo.

Xavier

— Anda logo, Xavier! Me deixa te ajeitar direito — minha mãe pede, me olhando como se o destino do mundo dependesse da minha gola polo perfeita. Suas mãos são delicadas, cuidadosas, mas isso não diminui a firmeza com que ela arruma os botões e ajeita cada dobra.

— Preciso mesmo usar essa coisa desconfortável? — reclamo, puxando o tecido quente, que começa a me sufocar. Não será a primeira vez que eu derrubo algo, de forma acidental, para me livrar de uma peça dessas que minha mãe me faz usar desde pequeno.

Só que dona Mariana Monfort, que usa apenas o sobrenome do marido e é a esposa que obedece mais a ele do que ao próprio instinto, deve ter mais do que uma dúzia dessas camisas idênticas na mala. É impossível vencer!

— Sim, tu precisa estar apresentável. Vamos encontrar a alta sociedade e políticos de Manaus. Esses eventos são importantes para os negócios do teu pai. Sabe disso. — Ela me encara com a expressão de quem me entende, e tem também a incumbência de me educar e transformar em um "miniadulto", todo arrumado e herdeiro, assim como o meu pai me apresenta aos seus parceiros de negócios. Ele esquece minha idade, às vezes. Isso é o que meu tio Elias diz para me consolar.

— A camiseta que eu tava também é bacana — insisto.

— Pare de discutir, moleque! Primeiro é eu *estava*, não *tava*! — A voz do meu pai corta o ar com a autoridade de sempre. — Foi você quem insistiu para vir, lembra? Então, agora siga as regras! Prenda o cinto! E, Mariana... se sente aqui ao meu lado! O avião já vai pousar.

A palavra do seu Monfort é lei.

Não pedi a eles para vir. O que fiz foi implorar para me deixarem vir com o tio Elias. Há uma grande diferença nisso. E, se tem algo que meu pai faz bem, é transformar qualquer desejo meu em uma concessão deles — como sempre faz questão de repetir. Só lamento pelo meu tio ter sido obrigado a conseguir que assistíssemos à apresentação junto com a nata do evento, tendo que dar um jeito de acompanharmos.

A descida do nosso avião particular é suave, mas o desconforto da camisa não diminui. O ambiente aqui de dentro é abafado, cheio de uma formalidade pesada: meu pai, grudado no celular, revisa mensagens como se Manaus inteira o esperasse; minha mãe, sentada ao lado dele calada, olha pela janela, perdida em pensamentos que nunca compartilha comigo.

Quando chegamos ao Sambódromo[1], é como sair de um lugar sem ar para outro que respira vida. O calor das luzes nos olhos de quem dança, e de quem vê as apresentações dos bois, é confortante. As toadas começam a ganhar força, os tambores fazem meu peito vibrar. Gosto do som. Ele me arrepia. Aqui, finalmente, posso respirar o que amo — mesmo com essa camisa desconfortável.

Olho para o centro palco, e os brincantes já se organizam, animados, com movimentos sincronizados e cheios de energia. É como se o Boi Vermelho fosse uma força viva, pulsando com a batida de cada instrumento do grupo da Ritmada[2].

Minha mãe sempre diz que cresceu praticamente dentro do curral do Boi Vermelho. Meu tio adora contar também histórias antigas, e uma delas é que meu tataravô foi casado com a filha do dono do boi-bumbá antes de conhecer minha tataravó. Parece coisa de novela. Naquela época, tinha dono. Só que não teve briga, nem nada assim. A esposa dele morreu quando estava ganhando o bebê, e só um ano depois ele conheceu minha tataravó. Eles se casaram, e ela criou o menino como seu.

Aí, meu bisavô, o primeiro filho deles juntos, também tratou o meio--irmão como se fosse cem por cento de sangue. E, assim, todo mundo que veio depois na família foi seguindo com esse amor gigante pelo boi. Minha mãe cresceu cantando as toadas, sabia o significado de tudo. Sempre amou o festival, e acho que puxei isso dela. Só que hoje, olhando para ela durante o show, parece que nem está aqui.

Acho que entendo. Minha mãe sempre faz o que meu pai quer. Parece que, se ele não acha importante, ela também não acha.

Já meu pai... Está aqui por um motivo que não tem nada a ver com o espetáculo. Para seu Aprígio, este é só mais um ambiente estratégico. São apenas dois os motivos que o fazem torcer pelo Boi Vermelho: sua família abastada sempre teve simpatia pelo nosso boi, e ele não suporta as pessoas do Boi Azul. Há os negócios também — sempre os negócios!

---

[1] Em Manaus, em razão do Carnaval, o espaço para apresentações se chama Sambódromo. Em Parintins, é Bumbódromo, porque lá não há a cultura de desfiles de Escolas de Samba no Carnaval, então a apresentação é feita na arena em forma de teatro a céu aberto.

[2] No caso do Boi Vermelho, as autoras decidiram nomear o grupo de percussionistas como Ritmada.

Acontece que a rivalidade dele não é a minha. Para mim, o Boi Azul é nosso rival porque somos o Boi Vermelho.

É simples!

É paixão, não politicagem.

Se fosse por mim, teria vindo de "lancha rápida" com o tio Elias e a agremiação inteira, e me divertido com os brincantes, assim como é quando estou no Forte Rubro. Mas meus pais jamais se sujeitariam a uma aventura dessas.

Do mesmo jeito que jamais cederiam que participasse de um dos vinte e um itens que são julgados dentro do nosso Festival lá, em Parintins. Dá pra imaginar?! Eles permitem que eu vá para o curral, assista, mas é o pouco que me deixam desviar dos estudos. Isso e colecionar os meus discos de vinil que herdei do meu avô paterno.

Pelo menos, curto música, então, nem é tão ruim assim. E o arsenal de vitrolas e toca-discos que veio junto? É de respeito, viu!?

No meio da confusão de tambores e luzes, ouço a voz familiar do meu tio:

— Tu deu um jeito de convencer teus pais, hein, caboco? Tô feliz que vieram. Pega aqui. É pra ti. — Com a camisa da organização, que eu adoraria um dia usar, ele me entrega um presente com um sorriso discreto, em uma pequena pausa que dá, enquanto o show vai se estendendo. — Ganhei essa prenda numa barraquinha de argola lá fora.

— Uma pistola de bolhas? — Sorrio de verdade para ele.

— Imaginei que depois da apresentação tu ia ficar entediado. Só toma cuidado onde solta isso, ok?

Meu tio é uma das poucas pessoas que me inspira. Ele não só entende tudo sobre o que sinto, mas também é uma referência pra mim.

— Deixa comigo — prometo, enquanto volta para as suas funções na organização. Jamais causaria problemas para o irmão mais novo da minha avó materna. A rapa do tacho, como minha bisa o descreve, porém ovelha negra, como o resto da família o considera.

— Tem um homem dentro do boi? — pergunta uma menina do meu lado, sem uma definição de cor de cabelo, nem loiro ou vermelho, inclinando a cabeça e lançando um olhar curioso para a mãe, que parece mais interessada em beber e conversar com os meus pais do que em prestar atenção nela. Pobre menina. Ninguém respondeu nada do que ela quis saber até agora.

— Claro que tem! É o tripa! — respondo. Tinham colocado a menina perto de mim e junto do seu irmão, mas não tínhamos trocado nenhuma palavra até agora.

— Tripa? Tipo... — Franze a testa, virando o rosto curioso na minha direção. — Igual tripa de boi? E boi-bumbá?

Marrapá[3]... Como assim não entendeu? Será que na sua escola não falam de folclore?

— Não é uma tripa, é o tripa! — Torço a boca. — É assim que a gente chama quem fica dentro do boi e faz ele dançar, pular, e até interagir com o público!

— E ele fica lá dentro o tempo todo?

Essa menina tem cada pergunta! Dá quase para entender por que a mãe não responde.

— O tripa é o coração do boi-bumbá. Sem ele, seria só uma fantasia parada. — Abaixo a voz e olho para os lados. — Só que é segredo. Quase ninguém sabe quem tá lá dentro. Ele entra e sai sem ninguém ver. Tipo um super-herói da competição de Parintins.

— Parintins? — Ela pisca, confusa.

Ah, eu já desconfiava que ela não sabia nada. Nem geografia também.

— É a ilha onde acontece a maior festa do Amazonas! Nunca ouviu? — Meu peito até estufa de orgulho.

— E esse monte de gente fantasiada dançando é de lá?

Eu poderia dar uma lição de história igual à minha professora, explicar que eles representam personagens do nosso folclore, como o pajé, que faz as cerimônias espirituais, e blá-blá-blá... Mas aí eu perderia os detalhes do show. Então, vou direto ao ponto:

— É sim. São artistas importantes!

Ela me olha como se eu tivesse acabado de revelar a maior coisa do universo.

— Você já viu o tripa?

Paro por um segundo, lembrando do Edgar ensaiando no curral, e então afirmo:

— Já, mas não conta pra ninguém.

O boi-bumbá faz uma sequência de piruetas incríveis na nossa direção. Será que me ouviu? Não sei. Tio Elias certamente ficaria chateado se soubesse que contei vantagem. Justo naquela hora, a menina ao meu lado me cutuca, e, antes que eu possa me concentrar no que deveria ou não dizer, as

[3] Forma contraída de "Mas, rapaz", usada coloquialmente. Gíria maranhense que serve para chamar uma pessoa ou exprimir um descontentamento.

cunhãs-porangas e porta-estandartes dos dois bois entram em cena. E minha atenção se desvia.

Para o outro lado do palco.

Para onde eu não deveria olhar.

Para onde eu nem poderia focar.

Para o lado oposto.

O lado do Contrário.

Meus olhos são atraídos como um ímã para a menina que dança sozinha, imitando os passos da cunhã-poranga do Boi Azul. Não sei por que reparo no seu cabelo preto, longo e liso; nos traços delicados do seu rosto, parecendo que têm origem indígena. Mesmo no canto mais escondido, quase como se quisesse passar despercebida, ela se destaca.

Não consigo explicar, mas algo nela me prende e fascina.

Está de vestido azul. Azul. Tudo o que me ensinaram é que azul é rival, proibido. Que devo ignorar, como se não existisse. Mas, naquela dança, a menina parece mais do que isso. Ela não é apenas uma parte da rivalidade. É... outra coisa.

Talvez seja parente da cunhã. Os desenhos na bochecha, tão parecidos com os da guerreira, só reforçam a ideia. Mesmo assim, não consigo tirar os olhos dela.

— Será que o tripa fica tonto quando o boi gira assim? — ouço a menina ao meu lado puxar papo.

— Acho que sim... — respondo automaticamente, sem nem processar o que saiu.

Essa é a última coisa que consigo dizer antes de o show terminar. Quase sem perceber, meus pés me levam para longe dos meus pais, já atrás dos palcos. O senhor Aprígio me olha com aquela expressão de reprovação ao me ver soltando bolhas de sabão entre seus amigos, como se estivesse testemunhando uma afronta ao sagrado. Tentando manter distância, vejo a garota de novo.

Parece tão deslocada quanto eu. Só que, diferente de mim, ela não faz questão de mostrar. É como se estivesse confortável naquele papel invisível, o que me deixa ainda mais curioso.

Aperto o gatilho do meu brinquedo de bolhas, inconformado. Por que ela me chamou tanto a atenção e nem sequer me notou? As bolhas sobem em sua direção, coloridas, como se a desafiassem a me enxergar.

De repente, ela percebe as bolhas. Hesita por um momento e, para minha surpresa, começa a segui-las, rindo sozinha.

Não posso deixar de encará-la brincando, encantada com algo tão simples. Aperto o gatilho mais algumas vezes, agora querendo mais do que vê-la me reparar: quero que se aproxime. E logo ela está mais perto, tentando estourar as bolhas no ar.

E, nesse momento, o Vermelho e o Azul não importam mais.

Ayra

Acho que teve uma hora durante a viagem em que acabei cochilando. Acredito que foi depois que comecei a contar o monte de jacarés nas beiradas do rio. Já tinha visto alguns perto de onde moro, mas, dessa vez, parecia uma multidão. Uma multidão quase tão grande quanto a que agora está encantada com a apresentação dos bois no palco do Sambódromo, já em Manaus.

Uau! Bato palmas, me juntando à euforia das pessoas. Moara exibe um sorriso largo e feliz ao dar um show à parte. Sua apresentação é linda, graciosa e forte, como sabia que seria. Levamos quase um dia viajando de barco de Parintins até aqui, mas valeu cada segundo.

Desde que chegamos, o cheiro gostoso da comida da nossa terra está fazendo minha boca encher d'água. Tem tacacá, peixe assado, tapioca, bolo de macaxeira, e muitos outros. Não vejo a hora de poder arrastar a minha irmã para a barraquinha mais próxima e me empanturrar. Meu estômago ronca, enquanto ela é aplaudida, e fico tentando decidir o que vou comer.

Mô me fez prometer que só me traria junto se eu não saísse pedindo tudo que visse pela frente. Ela avisou, antes de sair de casa, que só tínhamos dinheiro para comprar um salgado e um doce. Mas quer saber? Teria ficado com fome só para vê-la no Sambódromo, usando a sua roupa linda e brilhante de cunhã-poranga.

Como tradição da nossa família, quase todas as mulheres a ajudaram a bordar tudo com pedrarias e miçangas.

O enorme cocar de penas azuis a deixa parecendo uma rainha. Ouvi alguém dizer isso e concordo. Seu sorriso radiante iluminou toda a arena do começo ao fim da apresentação, e a forma com que dançava fez toda a arquibancada se levantar.

Viram? Não sou só eu, sua irmã mais nova, que fica fascinada com suas coreografias.

Sorrio, toda orgulhosa, ao me juntar a ela na saída da Arena.

— Tu parecia uma guerreira! — elogio alegre. Ela me levanta nos braços, rindo, e gira comigo. Eu a abraço forte, feliz.

— Gostou, pequena? — Ela se afasta um pouco para me olhar. A emoção transparece em seu rosto bem maquiado.

Os dois traços grafados desenhados nas bochechas, ela fez igualzinho em mim, enquanto se arrumava, como duas garotas orgulhosas de suas raízes indígenas.

— Muito! Não existe cunhã mais perfeita que tu!

— Se me considera assim, é tudo o que importa.

Moara dá uma risada amorosa e me coloca no chão, no exato momento em que somos cercadas pelas pessoas que vêm cumprimentar minha irmã:

— Tu honra o talento da tua tia, nossa primeira grande cunhã, e carrega a beleza da tua avó, a miss mais deslumbrante que o boi já teve. Esse legado é todo teu, e tu o carrega com brilho e graça!

— Foi de arrepiar! Estava incrível…

— Tua mãe ficaria tão orgulhosa!

Sim, a mamãe está feliz lá no céu, penso, enquanto minha irmã segura a minha mão, mantendo-me por perto, e caminhamos pela área de concentração, onde o pessoal da agremiação e amigos se reúnem para compartilhar da mesma alegria.

Os sons dos tambores e das toadas ecoam por todos os cantos, tornando tudo ainda mais bonito e mágico. Essa festa é diferente dos festivais de Parintins. Lá na minha ilha, os bois-bumbás ficam concentrados em áreas separadas, mas, aqui, fica tudo misturado.

— Como é bom ver alguém honrando nossas raízes com tanto amor e dedicação — elogia Aranaí, um respeitado representante das comunidades indígenas da nossa região. Ele também é líder político do partido do qual Moara faz parte.

— Nossa tradição está em boas mãos — completa a sua esposa, virando-se na minha direção. — E essa menina linda? Ela é sua cópia em miniatura, Moara. Tomara que siga seu exemplo!

— É o que eu mais quero! — comento. Adoro quando alguém diz algo assim.

— Ayra, meu amor. — Moara olha na minha direção e arruma a minha franja. — Tu ainda tem nove anos, e falta muito para entender o peso dos nossos costumes. Se um dia quiser ser cunhã, estarei do teu lado em cada passo, até lá... precisa estudar, mocinha!

Seus dedos deslizam pelo meu cabelo liso e preto, igual ao seu. Às vezes, vovó repreende Moara por se sentir responsável demais por mim e acabar me pressionando mais do que deveria. Eu não me importo... só um pouquinho, quando ela exagera. Minha irmã me criou desde que eu era pequena, já que nossa mãe foi vencida pela doença quando eu tinha apenas um ano.

E papai... Bem, sempre esteve um pouquinho ausente, só que nunca deixou de me dar carinho. Além de viver preso ao trabalho, ele é um dos artistas responsáveis pelas criações e construções das alegorias do Azul. Faz cada coisa linda! Tem até Escolas de Samba de São Paulo e do Rio de Janeiro que contratam o seu serviço! Então, foi ela quem esteve me protegendo e assumindo um peso enorme para alguém tão jovem.

Agora, envolvida com a política, Moara afirma que chegou a hora de fazer algo pelo nosso povo também. Papai costuma cochichar com a vovó que essa determinação dela vem sobre a "ferida que nunca cicatrizou". Sei que eles estão falando da perda da mamãe, mas ninguém gosta de comentar muito sobre o assunto perto de mim. Só ouvi dizer que ela começou a ficar doente quando trabalhava naquela fábrica horrorosa de tintas e morreu por isso. Também que, após a parte da produção da empresa ter ido embora, tudo ficou difícil de provar e ficou por isso mesmo.

Mas a Moara? Ah, ela nunca engoliu que a mamãe morreu sem já ter nenhuma doença. Vovó diz que mamãe era forte como um cavalo! Tem foto escondida lá em casa, da minha irmã gritando com um cartaz na frente da fábrica. Eu já vi. Por que ela fez isso? Só sei que os antigos patrões da mamãe não gostam da gente. Nem dela. Por quê? Isso também não sei.

Então, quando o senhor Aranaí toca no assunto política e nos planos dele para a minha irmã, eu, que sou muito nova pra entender disso, me distraio. Vejo umas bolhas de sabão subindo pelo ar. Uma delas vem direto pro meu nariz e... pluft! Estoura bem na pontinha. Não consigo evitar, caio na risada como uma boba.

Deixo a conversa de adultos de lado e começo a brincar, saltando para tentar alcançar as bolhas.

A sensação molhadinha de explodi-las com os dedos é boa.

Uma... Duas... Três... Logo se tornam muitas, dezenas delas. Minha empolgação só aumenta, e sigo na direção em que vão surgindo, curiosa para descobrir de onde estão vindo... até que, de repente, vejo quem está por trás da brincadeira: um menino, cujos olhos azuis estão fixos em mim, apertando sua pistola atiradora de bolhas.

Meu coração dispara, os passos estacam no lugar, na mesma hora, ao ver sua camiseta vermelha — a cor do Boi... Contrário...

Cruz credo! Nem falo o nome do outro bumbá. Nem a torcida deles fala o nosso, ora...

Todo mundo aqui é tratado como "contrário" pelo boi adversário.

O garoto, por sua vez, também me inspeciona dos pés à cabeça, torcendo o nariz ao ver meu vestido azul. Faz uma careta de "não gostei", e eu reviro os olhos ao mesmo tempo. Sei que é falta de educação, mas não ajo com simpatia, como sempre faço.

Somos de bois opostos. Uma coisa que minha família sempre me lembra é que não podemos nos misturar com o pessoal do Contrário e nem dar confiança. Nem é cisma deles; todo bom parintinense sabe que essa rivalidade entre os bois é mais velha que a gente.

Defendemos a nossa tradição com unhas e dentes. É igualzinho como tucupi e cupuaçu — ninguém, em sã consciência, junta os dois, nem em sonho! Pode dar ruim...

Só que meus pés simplesmente não se mexem para me afastar do menino, e ele também não sai do lugar. Ficamos ali, parados, um de frente para o outro, enquanto tudo ao nosso redor é só agitação e conversa. A gente se olha com uma curiosidade... meio encantados. Bom, pelo menos da minha parte é assim. O garoto é muito, muito bonito! Nunca vi olhos azuis tão... tão... Uau!

Ele os mexe para os dois lados e, então, volta-os para mim, meio que sorrindo... Sorrindo? Eu nem mesmo pisco, observando-o.

Só que acontece uma coisa engraçada, o garoto recomeça a apertar a pistola de bolhas, me encarando como se me desafiasse a pegá-las.

Ah, é? Acha mesmo que vou ficar aqui parada, feito uma estátua? Capaz!

Respiro fundo, indignada e irritada. Está pensando o quê? Que vou deixar barato? Dou um salto e estouro várias bolhas de uma vez só.

Sei que não devo ficar aqui com ele — Moara com certeza me colocaria de castigo por um mês inteiro! Mas o menino corre por entre a multidão e eu o sigo, rindo baixinho. É divertido. Estranho, mas legal.

Quanto mais nos afastamos, mais animada a brincadeira fica, e percebo que estamos rindo agora juntos da nossa travessura, tanto que, ao esbarrarmos acidentalmente um no outro, nossos olhares se encontram outra vez, e parece que tudo para a nossa volta.

Um negócio esquisito vibra no meu peito. Os olhos azuis — da cor do *meu boi* — me estudam com um brilho divertido.

Égua de mim[4]...

— Quer tentar? — pergunta e, em seguida, estende a pistola de bolhas, surpreendendo-me com sua proposta. Não podemos brincar juntos. Devo voltar para perto da minha irmã. Moara me esganaria se aceitasse, tenho certeza.

É errado. Diga "não"! Fico remoendo em silêncio. O sorriso dele é tão espontâneo... Tão natural...

— Não sei... — Tento disfarçar a vontade de pegar o brinquedo. — Acho que não podemos.

— Ah, só um pouco — insiste e coloca a arma colorida na minha mão. — Vamos, ninguém está vendo.

Ele também sabe que não é o certo, só que parece não ligar.

— Mas tu é um...

Não completo, porque o Vermelho arruma uma solução por nós.

— Se está com medo, caso alguém pergunte: a gente diz que é um novo tipo de competição entre os bois.

Medo? Eu? Ah, tá!

O que está propondo é ainda mais errado. Mentir é muito feio, papai sempre diz. Mas, nesse caso, não parece um pecado para me condenar a queimar no inferno. E, sim, podemos inventar uma nova modalidade de competição.

— Um trato. Topa? — desafia, a atenção nunca saindo de mim.

Quando minha avó aconselha a nunca encarar o Boto — se ele aparecer —, com certeza deve ser algo parecido com isso. Ficamos hipnotizados, querendo segui-lo.

Olho ao redor, desconfiada e temendo ser flagrada. Ah, minha irmã está ocupada falando com os outros, e a animação da festa nem vai chamar a atenção para nós... Tento justificar a todo custo.

— Tá bom... Só uma vez — aceito, cheia de coragem repentina.

---

[4] Expressão coloquial que indica autorrepreensão.

O garoto solta a máquina de bolhas como se fosse um tesouro, e eu a seguro com cuidado, quase como se estivesse sobre uma canoa feita de palha. Minhas mãos e pernas tremem.

— Tu só precisa ser firme quando apertar o gatilho — explica, ao notar a minha demora.

Faço o que orienta e, num instante, uma nuvem de bolhas sobe pelo ar, flutuando em todas as direções. Os olhos dele brilham, enquanto pula, estourando várias de uma vez, muito mais ágil do que eu. Um orgulho bobo me invade por fazer direitinho.

— Viu? Não foi difícil! — elogia, com um sorriso que disputa o brilho com as bolhas. — Quem diria que uma menina que estava toda "caprichosa" aprenderia tão rápido, hein?

Que caroço!

— Para um menino todo "garantido", tu até que é bem ágil também — retruco, atirando mais uma vez em puro desaforo.

— Vai ter que mirar mais para o alto para me impedir de não pegar todas.

— Assim? — aponto bem alto, acima da sua cabeça, e disparo.

Nos instantes seguintes, a gente esquece completamente do azul e do vermelho. O que importa são as bolhas, as risadas e como tudo parece mais leve.

Não sei quanto tempo passa nessa brincadeira, até que, de repente, nós nos esbarramos de novo, dessa vez, com um impacto maior... bem perto. Sinto meu rosto aquecer e fico sem graça, mas não desvio o olhar.

Ele também parece diferente agora, como se, de repente, ficasse envergonhado. A sua voz sai baixa, quase um sopro.

— Como se chama?

— Ayra... E tu?

— Xavier.

É tão estranho ficar de papo com um garoto do boi rival, ainda por cima, trocando nomes e risadas! Mas, por alguma razão, já não parece errado.

Só se for nos meus miolos desajuizados! Repreendo-me pelo pensamento, decidida a dar um fim, porém não tão animada para encerrar a brincadeira.

— A gente devia voltar...

— Não estou vendo ninguém atrás de nós. — Seu tom e olhar sugerem que não liga se formos pegos juntos.

— Ainda não, mas eu preciso ir comer.

— Se quer parar...

— Minha irmã está me esperando.

Ou acredito que sim, uma vez que saí das suas vistas sem nem avisar.

— Foi legal a nossa competição.

— Sim, foi.

— Ganhei no número de bolhas estouradas.

O garoto bonito lança a resposta como se quisesse me provocar.

— E eu, em atirar mais que tu.

Seu sorriso se alarga de uma forma que me deixa toda acanhada.

— Então, empatamos?

— Empatamos — concordo, só que, antes de devolver a pistola, alguém a arranca da minha mão com brusquidão.

— O que está fazendo com o brinquedo do meu filho, garota?

Aff... Levo um susto com o tom de reprovação feminina e viro a cabeça para ver de quem parte o ataque. Demoro alguns segundos para me lembrar de onde conheço a mulher que agora me encara como se tivesse acabado de ver um carapanã gigantesco sugando todo o sangue do seu pequeno príncipe!

Xavier é filho do dono da fábrica de tinta onde a mamãe trabalhava?! Ah, não...

O nível de rixa entre nós é maior do que pensei. Escangalhou![5] Tudo piora quando ouço os gritos da minha irmã, chamando meu nome.

Égua! Me ferrei! Vai ralar tudo[6]!

Se eu demorei para identificar essa mulher, minha irmã vai reconhecê-la na hora. Não foram poucas as manifestações que Mô fez na frente da casa e da fábrica deles.

— Ou melhor, o que tu está fazendo perto do meu filho? — questiona a loirona metida, com a cara amarrada.

— Ué, pergunta para ele! — replico com meu atrevimento. A voz sai mais desafiadora do que eu pretendia.

Xavier solta uma risada baixa, enquanto a mãe dele não para de me olhar com desprezo. Será que sabe quem sou?

— Menina, tu tem noção que gente como nós não se mistura?

Nesse momento, minha irmã me alcança, com uma expressão de quem acabou de morder um tucumã verde[7]. Toma a minha frente e me repreende baixinho.

---

[5] Escangalhou: expressão regional que significa que as coisas deram errado.

[6] Ralar: expressão sinônima de "ferrar".

[7] Tucumã verde é amargo e tem gosto repugnante.

— Por onde tu esteve? Disse para não se afastar de mim! — Ela me puxa pelo braço para ficar ao seu lado, como se eu fosse um filhote que escapuliu.

Eu meio que sou. Seguro a respiração pela minha travessura. Bronca dada, minha irmã se vira para a mãe de Xavier:

— Ayra tem mais do que certeza de que não devemos nos misturar: ela conhece bem o tipo de gente que vocês são.

— Está insinuando o quê? Sua...

— Meça suas palavras antes, senhora — Moara a interrompe, antes que a mulher a ofenda. — Não pegará nada bem se, amanhã, nosso desagradável encontro sair em algum desses canais midiáticos sensacionalistas. *Parintinenses se pegam pelos cabelos e dão vexame em Manaus...*

Minha irmã não abaixa a cabeça ao descrever a matéria, quer dizer, eu acho, porque não sou capaz de olhar nos olhos dela. Ferrou grandão para mim. Vou levar uma "bronca daquelas" quando eles forem embora.

— Isso é uma ameaça?

Já na cara daquela mulher sou capaz de olhar. Ugh! Chata.

— Entenda como quiser. Gente como a minha já cansou de gente como a sua. — A resposta de Moara é rápida, como uma flecha. — Só espero que ainda me deixe andar pelas barraquinhas.

— Tu não se enxerga mesmo! — a mãe de Xavier rebate, e ele me olha sem parar. Sinto como se estivéssemos em uma realidade paralela. Só nossa.

— Digo o mesmo. Mas só como aviso: meu trabalho vai além de desfilar um corpo impecável no Bumbódromo. Não sou mais uma garota que se sentia intimidada. Tu e tua corja não perdem por esperar. Vamos, Ayra!

No meio da confusão, Moara me puxa, arrastando-me para longe. Olho para trás, e a mãe de Xavier faz o mesmo com ele, bradando desaforos para nós e repreendendo o filho, que também desvia o rosto na minha direção.

De repente, não consigo entender por que meu coração se aperta e meus olhos ardem com vontade de chorar. Nosso contato visual se estende até que nos perdemos na multidão, e Moara não me deixar esquecer o quanto estou encrencada.

— Teremos uma nova conversinha quando chegarmos em casa, mocinha!

Eu já sabia o que viria, e de fato veio... Um longo e esclarecedor papo que me fez perceber a triste realidade: eu e aquele garoto estávamos, definitivamente, em lados opostos, tanto pelas nossas condições sociais quanto pelas culturas diferentes. E até mesmo na Justiça, se as investigações incansáveis da minha irmã se confirmassem.

Mesmo após anos nos cruzando em lugares remotos por Parintins durante os festivais, nunca mais nos falamos de novo; fazíamos como se nunca tivéssemos nos visto. A sensação era de que um abismo tinha se formado entre nós, impossível de atravessar. O destino parecia ter decidido que nossas vozes jamais estariam juntas novamente.

Ou assim acreditei.

CAPÍTULO 1

◆

"Meu único amor nasceu do meu único ódio! Demasiado
cedo visto, e conhecido tarde!
Prodigiosa nascença do amor é esta,
que eu ame um odiado inimigo."
Romeu e Julieta — Shakespeare

◆

DIAS ATUAIS...

Xavier

O ronco do motor do Mustang silencia assim que estaciono no Balneário Cantagalo. Sinto a brisa quente de Parintins me envolver, trazendo aquele cheiro gostoso de terra úmida. Ao sair do carro, vejo meu tio Elias se aproximando despreocupado. Em sua cabeça, o inseparável boné Woodstock, que usa como se fosse um estandarte da sua filosofia de vida.

O sol está implacável hoje, mas meu tio insiste que correr de manhã cedo faz parte de algum ritual fodido de sabedoria que ele inventou. Não o questiono; na verdade, concordo, sobretudo, porque ele tem um jeito de falar que te faz sentir que qualquer coisa é uma grande lição de vida. E, convenhamos, é mais divertido correr ao seu lado do que me enterrar em um café da manhã forçado com meu pai.

O velho não alivia, logo cedo falando de bolsa de valores, ou de como o filho do fulano já está se preparando para assumir a empresa da família. Adora me jogar indiretas.

— Estou seriamente cogitando a ideia de que irei me aposentar aos quarenta e cinco anos. Agora que tu tá habilitado e motorizado com essa máquina, vou sobrar — comenta despretensioso, se alongando a fim de despertar cada músculo para a corrida; faço o mesmo.

Esse carro foi mesmo uma surpresa — jamais imaginei ganhar algo assim como presente de formatura e aniversário de dezoito anos. A minha turma pirou quando soube. Por ter sofrido um acidente de moto aquática aos treze anos, perdi um ano de escola devido às inúmeras cirurgias que precisei fazer. Por isso, sou o único entre eles com carteira, enquanto o resto ainda depende de caronas ou motoristas. Devem pensar que conquistei um pedaço de liberdade, quando, na verdade, é o oposto.

Sem ser ingrato, meus pais enxergam isso como a certeza de que vou querer ficar em Parintins, cursar algo na área financeira e, inevitavelmente, assumir meu lugar nos negócios da família.

— Ainda saio nas noitadas. Sempre é bem-vindo para ir me buscar depois da cachaça.

— Prefiro as noites livres. É minha vez de te fazer ir me buscar no boteco.

Ele se abaixa para amarrar os cadarços dos tênis, enquanto me lança um olhar divertido.

— Trabalho não vai te faltar, tio. Também tem a mãe, que te alugou sem cerimônia. Por pouco, ela não se sentou no meu colo no banco do passageiro.

Tio Elias é meu motorista desde que eu era pequeno, a pessoa que mais me conhece. O quase cinquentão faz sucesso com a mulherada. É o tipo de cara que levou muita porrada na vida, mas nunca deixou que ninguém visse as marcas disso, ou assumisse seus B.O.s.

Apesar de ser inteligente pra caramba e já ter provado o quanto é de confiança e capaz, aceita o que meu pai lhe dá como prêmio de consolo: um emprego, só para não ter falação de que o grande empresário não ajuda a família da esposa. E meu tio não reclama. Sou eu que vivo brigando com meus pais por isso, tentando algo melhor para ele no monte de empresas e dezenas de empreendimentos imobiliários que eles têm — mas, claro, ninguém nunca escuta.

— Mariana gosta de independência. Estou dirigindo para ela porque torceu o pé. Quanto a sentar no seu colo? Impossível. Ela usa o banco de trás.

— Minha mãe é campeã... — abano a cabeça — Um caso sério ali.

— Agora, quero ver se tu ganhou algum tipo de habilidade correndo comigo nesses anos todos e se vai acompanhar meu ritmo.

Ele faz sinal para que eu o siga, já com passos para me deixar para trás.

— Vamos melhorar essa memória, seu Elias! Não é isso que tenho visto ultimamente. Está muito novo para sofrer de esquecimentos recentes.

— Bora, caboco! Mostra que tu não tá só com o estilo, mas também com preparo. Ou será que essa máquina só serviu para te deixar preguiçoso? — provoca, com um sorriso desafiador.

— Estilo mesmo tem esse teu tênis com fita isolante em cima. Tu tem um monte e só usa esse.

— Marrapá. É o único que não machuca meu pé e ainda é capaz de te fazer penar para me acompanhar.

Eu rio e me junto a ele nos próximos quilômetros. Só voltamos a nos falar quando o ritmo diminui, quase no final.

— O Djalma vai embora para outro país. Uma pena, porque ele foi o melhor apresentador que o Vermelho teve nesses últimos anos, mas abre uma vaga interessante. Não acha, não?

— Para quem? — pergunto.

— Com essa voz forte e profunda, tu seria uma boa opção.

Paro no mesmo instante, o coração disparado, mas disfarço, fingindo estar no controle. Ele também para, o olhar afiado, como se me conhecesse melhor do que eu mesmo. O suor escorre pela sua testa, enquanto aquele brilho enigmático nos olhos permanece. Desafio? Piedade? Ironia? Nunca sei ao certo, e isso, às vezes, me irrita. Porque, por trás das nossas conversas despretensiosas, sempre há algo mais profundo: um conselho, ou seja lá o que for.

Por mais que eu ame o meu boi-bumbá, e ele saiba disso melhor do que ninguém, já que meu tio é praticamente a encarnação do Vermelho, tenho outros planos. Faço parte da torcida organizada com orgulho, não perco nenhum ensaio, mas meu sonho não está aqui em Parintins, vai muito além da ilha. Ele está cansado de saber disso.

— Tá brincando, né? — solto incrédulo.

Ele dá uma risada curta, baixa, enquanto coloca as mãos no quadril, tentando recuperar o fôlego.

— Por que não? — responde, o tom casual, mas com o peso que nunca consigo ignorar. — Tu nasceu com o microfone na mão. No teu lugar, pensava em abraçar a chance de me candidatar. Todo mundo que mexe com música sonha com isso. A arena, as luzes, o povo gritando seu nome... De quebra, ficando por aqui, evita problemas com teu pai.

— Todo mundo, menos eu. Quero ser DJ, tio. Estudar no estrangeiro, sair de Parintins. Lembra?

Ele não responde de imediato. Volta a correr, em um ritmo mais lento agora, como se ponderasse. De onde estamos, no balneário Cantagalo, aparece a vista panorâmica do parque. Suas águas claras, escondidas pela sombra das árvores, destacam o enorme deque de madeira e toda a movimentação no lugar.

— Estudar fora... né? Só que, para isso, tu vai precisar escolher bem como enfrentar essa batalha com ele. Aprígio não é exatamente um homem que entenderia, ou aceitaria algo assim, caboco.

Entendo mais que ninguém, e temos um jantar marcado hoje para falar sobre isso. Não seria uma novidade meu tio saber disso. Minha mãe vive dizendo que ele não é parâmetro para as minhas escolhas, mas é com o seu Elias que ela procura se queixar sobre o meu temperamento. Então, não pergunto nada. Se não está sendo direto sobre o que a sua sobrinha deve ter dito, respeito, seguindo com a conversa.

— Ele é um homem de negócios, tio. Eu sei. Já ouvi mais palestras sobre lucros e aquisições do que qualquer pessoa deveria na vida. Por isso, não quero ser o novo Aprígio.

Dessa vez, a risada dele é alta e genuína.

— Tu tem a mesma coragem que Mariana tinha quando foi Miss Parintins. Isso é bom. No entanto, ser direto com Aprígio é um caminho perigoso.

Continuamos correndo dentro do balneário. E vejo a "lançadora de bolhas" antes mesmo de chegar perto do rio. Ela está tomando sol no deque como todos os domingos, conversando com as amigas. O cabelo escuro escorre como uma cascata brilhante até o meio das costas. Seus traços, sua beleza, sempre me chamaram a atenção.

Ela é caos e arte ao mesmo tempo.

No seu habitual, ela mergulha, sem hesitar. Sem preocupação com a profundidade, ou com o que pode encontrar debaixo da superfície. Uma parte de mim admira sua coragem. A outra parte... Acha que essa coragem beira a estupidez. Parece o tipo de pessoa que atravessa o limite antes mesmo de perceber que ele existe. E talvez por isso mesmo, eu não consiga parar de olhá-la.

— Esse grupinho de garotas está sempre aí, não é? — tio Elias pontua, manifestando meus pensamentos.

— Estão? — respondo com total desfaçatez.

Até com ele, mantenho o segredo sobre como Ayra Tari mexe comigo de uma maneira estranha sempre que a vejo pela ilha.

Depois que minha mãe me levou para longe dela naquela festa de Manaus, quando éramos pequenos, ela me puxou em um canto e me fez prometer que jamais me aproximaria novamente daquela gente. "Eles são inferiores, Xavier. Nunca mais volte a falar com aquela menina. Sua família odeia a nossa porque somos ricos e eles não têm onde cair mortos! Tentamos ajudar dando empregos, mas o que a tal da Moara faz? Nos paga com ingratidão!"

Mamãe parecia colérica, enquanto me alertava. Nunca perguntei direito o que aconteceu. Tinha só um ou dois anos quando a parte de produção da fábrica de tintas do meu pai saiu de Parintins. Ficou aqui só a parte administrativa e a logística da extração de pigmentos do jenipapo e urucum.

No entanto, muita coisa do que me disse naquela ocasião se perdeu. Na minha cabeça, só ficou a lembrança dos olhos astutos daquela garotinha. Eu não queria saber de nada, e, menos ainda, gastar meu tempo tentando entender a relação dos negócios da nossa família.

Com o passar dos anos, e com as conversas intermináveis do meu pai sobre a sua obsessão por expandir sempre seus bens, comecei a me afastar ainda mais.

Seu Aprígio me empurrava para o mundo dos negócios desde cedo, como se eu fosse entender logo o que era necessário, mas tudo aquilo parecia distante e difícil de compreender.

"Crescer... tomar decisões difíceis", ele dizia, mas, para mim, aquelas palavras eram como uma muralha que só crescia.

Sempre foi mais fácil fugir do assunto e dos detalhes — que insistia em me fazer engolir — do que procurar entender.

E assim foi. Com o tempo, fui crescendo e me afastando daquilo tudo. Preferia me trancar junto da minha música e do som estalando no quarto, do que ouvir sempre as mesmas coisas.

E, se antes havia essas questões, recentemente, meu pai e o sócio começaram a cogitar trazer a fábrica de volta para cá. Mas com o crescimento de Parintins, o zoneamento mudou, e o sócio do meu pai está pensando em se candidatar a prefeito, algo que complicou tudo, porque a Moara Tari também está se candidatando como vereadora. Não pergunto nada, mas o que ouço em casa já é o bastante para afirmar que já há uma nova confusão se formando.

— Ah... Então quer dizer que entra domingo, sai domingo, e tu fica aí parecendo um caboco que nunca viu mulher? Aquelas meninas estão sempre ali, e tu vem com essa de que não reparou? — Meu tio me tirou dos devaneios.

— Se tu tá sabendo tão bem quem são, acho que o caboco babão aqui não sou eu.

— A diferença, meu sobrinho, é que eu não nego o que vejo. Tenho olhos para apreciar o que é bonito.

— Pensei que tu não fosse fã do Azul.

— Engraçado é que nenhuma delas tem nada a ver com essa tal cor. Como é que tu afirma que são do Contrário?

— Tu não vale nada, né, seu Elias? Sempre cheio das pegadinhas.

— E tu, Xavier Monfort, sempre cheio de desculpas. Corremos a semana toda na Orla da baía do Rio ou na Praça dos Bois, mas todo domingo tu sugere aqui e agora me vem com essa papagaiada toda. Te orienta, caboco!

Com isso, ele acelera, deixando-me para trás com o mesmo sorriso trapaceiro de quem sabe para onde quer me levar. Sem perceber, ou talvez intencionalmente, meu tio me deu algo para pensar. As perguntas começam a explodir dentro de mim, uma após a outra. Por que sempre escolho este lugar para correr aos domingos? A garota do Contrário e o rio representam a liberdade que eu não tenho coragem de buscar? Mais do que isso, a garota representa transgressão além da liberdade, e isso, não posso negar que me excita.

Abano a cabeça, rindo do meu momento piegas, e sigo atrás do meu tio, determinado a recuperar a vantagem que o espertalhão já tem na corrida de volta.

CAPÍTULO 2

◆

"O amor procura o amor como o estudante que para a escola
corre: num instante. Mas, ao se afastar dele, o amor parece
que se transforma em colegial refece."
Romeu e Julieta — Shakespeare

◆

Dias atuais
Manaus

Ayra

O clima abafado deixa a sensação térmica tão intensa quanto meu coração acelerado. O sexto sentido de que algo importante está prestes a acontecer é impossível de ignorar. Em especial, porque sei o que me espera lá embaixo...

— Ayra, tu tá pronta ou não? — A voz impaciente da Alice me arranca dos pensamentos para a vida real.

A nossa viagem de formatura do terceiro ano finalmente se realizou, e estamos no meio da Amazônia, cercados por uma floresta densa. Era o paraíso com o qual nossa turma passou o ano inteiro sonhando — e pelo qual pagou as mensalidades, com muito esforço e economia de todos, para que se tornasse um destino de viagem possível.

— Pelos buracos da mão de Cristo, se apresse, mulher! Nesse ritmo, vamos passar o dia inteiro nesse bendito quarto, enquanto a primeira atividade está prestes a começar! — minha amiga continua, inquieta. — Fala sério! Esse protetor labial não vai durar até o final da viagem se tu passar mais uma camada.

— Pode ir descendo. Vou logo em seguida — incentivo, observando-a, pelo reflexo do espelho, arrumar a parte de cima do biquíni amarelo. Acho injusto prendê-la aqui comigo. Alice é festeira que só ela.

— Não vou mesmo. Prometi que ficaria contigo. E quer saber? Pare de se esconder. A culpa não foi tua, amiga!

Ah, merda! Ela me lembra exatamente por que estou agindo feito um caramujo, encolhida na casca. Como presidente da comissão de formatura, fui eu que cuidei de cada detalhe para que essa viagem fosse impecável, o momento perfeito de diversão para nossa turma. Escolhemos o Resort Anavilhanas, no meio da Amazônia, na famosa região conhecida como Parque Nacional de Anavilhanas, em Novo Airão.

Estava tudo perfeito, tirando um detalhe: haviam me informado que, na mesma data, também estaria por aqui um grupo de numerólogos, mas garantiram que eles ficariam em outra ala, longe de nós. Beleza, sem problemas. Só que, por um erro ridículo — seja meu, seja da agência de viagens, ou de quem mais tenha metido o bedelho —, o pior cenário possível aconteceu: duas escolas de Parintins vieram parar no mesmo lugar. E não é qualquer escola...

— Juro que ainda não acredito nesse desastre! — resmungo, deixando o banheiro.

Alice, com seus cachos volumosos e escuros, se joga na cama de braços abertos, claramente entediada. Deve ser a décima vez que repito essa ladainha. Só que ela não entende muito bem a cultura de Parintins, afinal, veio de Belém do Pará há pouco mais de seis anos. Quem chega de fora demora mesmo para compreender o peso dessa rivalidade: não são só as torcidas oponentes — é a história, a tradição.

Tá pegado[8]! Nem imagino se nossas famílias descobrissem que estamos reunidos no mesmo lugar durante uma semana. Seria o caos!

— Sério, não entendo o drama só porque uma escola do Vermelho tá aqui com uma do Azul. Eu torço pro nosso Azulão, mas qual é o problema de dividir o espaço com eles?

— Ah, então, tu sentaria do lado do Paysandu num clássico, de boa? — rebato, dando aquele olhar provocador. Sai dessa, querida!

Ela torce para o Remo, o rival do Paysandu em Belém do Pará.

— Égua de mim ficar perto de perdedor! Bate na madeira três vezes! — Faz o gesto por si própria na cabeceira da cama. — Sou Remo, mana!

---

8 Tá pegado: expressão coloquial; significa que a situação está complicada.

Baenão faz o Mangueirão parecer parquinho de criança! A gente faz tremer tudo! E eles mijam de medo!

— Tão maloqueira! — balanço a cabeça, rindo. É doidinha, mas é por isso que amo essa menina. — Sabia que em Parintins era assim também? Antes de 1964, era só porrada entre os bois. Igualzinho guerra de torcidas organizadas. — Jogo o protetor solar para ela, que pega o frasco no ar. — E vê se passa isso no rosto!

— Pra tanta rivalidade... como você diz, acho as torcidas até comportadas demais. Não vejo essa guerra toda.

— Agora, né? Porque na década de sessenta, a igreja interveio. Tava pra rolar uma festa na matriz, e o padre, esperto, decretou regras para que, enquanto um se apresentasse, o outro ficasse quietinho. Era isso, ou não poderiam se apresentar. — Noto-a passar o protetor, ouvindo tudo. — Daí em diante, ficou só nas provocações mesmo. Acho que o povo viu que não adiantava a pancadaria.

— Vem cá! Essa aula de história toda é medo de quê? Que a guerra entre os bois recomece justo aqui, e tu acabe sendo considerada o pivô de toda a confusão? — debocha, rindo de leve.

Faço uma careta e mostro a língua.

— Ah, me poupe, Ayra. Ou melhor... nos poupe!

— Tu não tem noção da gravidade, né? — insisto, tentando fazer a cabeça-dura entender. — Não é só uma briguinha de torcidas opostas. Nem violência. É muito maior! Se nossas famílias descobrirem que estamos no mesmo lugar que eles — ainda mais por uma semana inteira —, terá fila de pais na porta do *resort* exigindo que a gente volte pra casa!

— Com a glória e a honra do Senhor! Deus é mais... — Alice se benze com ar exagerado, quase teatral. — Não cheguei aqui depois de economizar até o último centavo pra ter que voltar, não! Ainda bem que aqui não tem sinal de internet. Ninguém vai avisar nada nessa porra!

— E a revolta da turma ficou onde? — respondo, cética. — Duvido que alguém não ia espalhar a fofoca se tivesse a chance.

— Nem que eu precise... Quebro celular por celular.

Alice não perde tempo, levanta-se em um salto e vai direto até a janela do quarto. Com um sorriso malicioso, ela afasta as cortinas, como se tivesse acabado de descobrir um segredo.

— Ah, vá! Dá uma olhadinha lá fora, já está todo mundo na área da piscina, numa misturança de cores que parece até o arco-íris. E, pelo que estou vendo, tem mais cor de pele e bunda de fora do que Vermelho e Azul se dividindo. Acha mesmo que estão ligando para isso?

Não consigo segurar a risada; apesar de a apreensão continuar sobre meus ombros, Alice tem o poder de me animar. Sem se dar por satisfeita, ela abre ainda mais a cortina, deixando o exterior à vista para provar o que diz. Junto-me a ela e espio: os maiores reclamões do grupo estão na beira da piscina, se enturmando bem demais com a recreação.

Chiaram tanto, bateram o pé, como se fosse o fim do mundo, e, num passe de mágica, estão todos lá fora, rindo, bebendo e se divertindo. Claro que estão a uma distância dos alunos da outra escola, porém, sem nenhuma sombra da revolta que demonstraram mais cedo.

Bufo, enquanto observo o grupo volúvel. É injusto ficar aqui feito uma tonta me culpando pela confusão. O dia, de fato, está lindo, o sol convidativo, e uma fagulha me percorre.

— Pois é. Se podem fingir que tá tudo bem, também posso — solto de repente, com uma satisfação brotando dentro de mim. — Aposto que vão se divertir mais do que encheram meu saco. E adivinha? Não passei meses fazendo a contabilidade, surtando com as cobranças atrasadas, cotando resorts e lidando com gente que discordava de tudo para, agora, perdermos mais um segundo aqui, presas. Chegamos até esse dia e merecemos nos divertir. Está pronta?

— Pronta é o meu segundo nome, mermã. Essa é a presidente de que eu gosto. Tem meu voto vitalício! — Alice brinca e, mais do que depressa, pega a sua bolsa e coloca o boné. Fico encarando minha amiga.

— Que foi? Não está esperando que, com a quantidade de cara lindo que tem lá embaixo, eu mergulhe na piscina e saia sem ter como domar essa juba, né?

— Até parece. Seu cabelo é lindo, boba.

— Em momentos assim, preferia um como o seu, escorrido, sem nenhuma mola rebelde espetando pra todo lado. Aposto que tu nem lembra a última vez que passou mais do que um grama de creme nos fios.

Com risadas sobre cabelo, saímos do quarto e passamos a elogiar o paraíso verde à nossa volta, como se estivéssemos num cenário de filme. E, claro, Alice já começa a inventar planos mirabolantes ao ver um dos salva-vidas musculosos da área aquática.

— Se eu fingir que estou me afogando, pareceria muito óbvio?

— Depende. De qual lado da piscina tu vai se jogar? — ironizo, lembrando-a de que ela mal sabe nadar.

— Daria tudo para o bonitão me fazer respiração boca a boca. — Faz uma encenação, colocando a mão na testa, como se estivesse prestes a desmaiar. As loucuras dela quase me fazem esquecer do que está na minha mente.

Contudo, assim que a gente chega à piscina, meu estômago retorce em desgosto. Boa parte da galera jovem do município de Parintins parece estar aqui. Há figurinhas carimbadas por todos os lados e a cambada de falsos que veio comigo nem olha na minha direção. Envergonhados pelo escândalo que fizeram?

Espero que sim, mas é hora da diversão pela qual pagamos. Que se dane! É a nossa última semana juntos, depois, cada um seguirá seu caminho. Vamos aproveitar!

— Ayra! Acho que tu tem razão. Pensando bem, essa piscina não dá pé. E se for uma ameaça de mal súbito?

Ela nunca desiste. No mínimo, vai arranjar um jeito de, até o fim do dia, conhecer o fortão que usa sunga preta e regata vermelha, ostentando a logomarca do resort.

— Nesse caso, acho que quem vai te socorrer é a enfermeira. — Aponto discreta com a cabeça para a mulher sentada sob um guarda-sol, acompanhada de outra, claramente de plantão.

— Enfermeira? — reclama, fazendo uma leve careta.

— Atendimento para emergências faz parte do pacote do resort — explico, segurando a risada. O que se torna inevitável com a decepção que se espalha pelo seu rosto.

Enquanto procuramos um lugar para colocar nossas coisas, olho em volta, deslumbrada, excitada, ansiosa, tudo junto.

O som tocando é eletrônico, agitado, pulsante: Alok. Perfeito! Amo a música da nossa região, mas não resisto a mesclar uma "salada musical" na minha *playlist*.

A vibe é de festa, de liberdade. Tem grupinhos dançando e bebendo drinks coloridos sem álcool, espalhados por todos os cantos da área externa. Outros jogam queimada aquática numa piscina menor. Mas, como sempre, tem os espertinhos que trouxeram escondido garrafas de bebidas na mala, por conta própria e risco. Todos foram avisados da proibição dentro das dependências do resort.

Ainda assim, o clima parece leve, na medida do possível, até que algo dentro de mim fica inquieto.

Intensifica quando me livro dos shorts.

É um desconforto sutil, um formigamento leve na pele, como se tivesse alguém à espreita, me observando. Tento ignorar; todavia, a sensação persiste. Faz minha pele se arrepiar sem nenhum motivo aparente.

A garganta seca, conforme meus olhos deslizam pelo local numa procura insana. A inquietação é mais forte do que eu e, quando olho na direção de onde está vindo a música agitada, as batidas do meu coração vêm parar na garganta!

Por Deus!

Arfo baixinho, a vontade insana de me vestir de novo contrasta com o desejo de me mostrar ainda mais. Só esse garoto para me lançar nesse tipo de conflito.

O riquinho sempre bem-vestido, com o ar de superioridade, parecendo intocável. Seus olhos, tão azuis quanto a água da piscina, ou até mais, estão cravados sobre mim. A postura segura de si tanto irrita quanto fascina. Odeio que ele seja tão bonito. O filho do dono da fábrica de tintas onde minha mãe trabalhava... Um Monfort.

Seu olhar acompanha cada movimento meu e quero ir lá, exigir que pare de me observar.

Após aquele encontro com Xavier anos atrás, Moara me repreendeu pra valer em casa, deixando claro que eu jamais deveria me aproximar dele ou de sua família. Tive que jurar que entendia sua raiva pela morte da mamãe.

— Não são acusações infundadas contra os Monfort e os Cardoso, pequena — minha irmã afirmou naquela ocasião, e ainda insiste até hoje! — Eles são responsáveis pela morte da mamãe. E pelo adoecimento de outros trabalhadores.

Tudo começou faz muitos anos, quando nossa mãe ficou doente. Moara já tinha idade para entender as coisas e logo percebeu que os sintomas da mamãe só pioravam depois das longas horas extras na fábrica de tintas. Ela chegava acabada, reclamando de dor de cabeça, tontura, vômitos... Mas nenhum exame no hospital dizia que havia algo errado com sua saúde. E, claro, a fábrica nunca assumiu nada fora do que os funcionários tinham acesso.

Nosso pai, preocupado, tentava convencer a mamãe a largar aquele trabalho, mas ela sempre dizia que questionava os patrões sobre os produtos que usavam. E eles? Ah, eles juravam que tudo era artesanal, natural e seguro.

Só que tudo mudou quando, no leito de morte, mamãe segurou a mão da Moara e, quase sem voz, confessou que a fábrica a estava matando.

Moara chorava muito enquanto me contava isso e dizia que, na hora, até achou que tinha entendido errado.

— Mas aquelas palavras ficaram martelando na minha cabeça, pequena. — Seu tom de voz estava embargado.

Meu pai tentou denunciar. Porém, mesmo sendo um artista respeitado por nossa comunidade, quem ia dar bola para um homem que só queria defender o que uma adolescente revoltada dizia ter ouvido? Nada aconteceu.

Depois, outros trabalhadores começaram a adoecer. Foi aí que Moara decidiu que precisava fazer alguma coisa. Fez protestos, juntou-se com quem acreditava nela. Mas a fábrica? Rápida no gatilho, mudou a produção para outra cidade e escapou.

Eu era só uma criança e não entendia direito o que estava rolando. Mas, naquele dia, quando Moara me contou tudo, a sua dor se tornou minha também. Não era só pela perda da mamãe; era pela frustração de não conseguir que a justiça fosse feita.

Anos depois, quando Moara decidiu se candidatar a vereadora, foi uma guerra. Taxaram-na de tudo: jovem revoltada, ativista recalcada, inimiga das indústrias, culpada pelo desemprego em Parintins. E isso só porque ela teve coragem de denunciar as coisas erradas. Sabíamos bem quem estava por trás de todas as fake news.

Já um pouco mais velha, acompanhei de perto o que minha irmã enfrentou na primeira campanha, quando viram que ela começava a angariar eleitores. Calúnias, boicotes, sabotagens… Foi pesado. Ela perdeu, mas não desistiu. Tentou de novo e, dessa vez, foi eleita com a maioria dos votos.

Agora, como vereadora, sua luta é diária. Moara está ali enfrentando políticos antigos, gente poderosa que domina a cidade há séculos, só pensando no próprio bolso. Mas ela resiste. É por sua garra que eu admiro tanto minha irmã.

E, claro, mais passado — outra parte da história que atravessa gerações entre as nossas famílias. Pesada, cheia de dor e profunda. Se tudo isso já não bastasse para desejar ver esse "projeto de Aprígio Monfort" a mil léguas de distância, ainda tenho que sustentar o olhar desse bicho metido. Ele parece se divertir com sua pose de dono do pedaço, enquanto me olha fixamente.

Respiro fundo, conforme alcanço meu protetor labial na bolsa, fingindo que ainda não o retoquei e que o rapaz não merece nem um segundo do meu tempo. O coração está aos saltos, quase pulando para fora do peito. É uma merda muito ruim, que só sinto com ele toda maldita vez que o avisto pela ilha.

Nossos olhares continuam trancados, e os cantos da sua boca se curvam em um meio-sorriso cínico e perverso à medida que percorre meu corpo inteiro. Nunca senti tanta necessidade de parecer bonita aos olhos de alguém como agora. Mas só no caso... porque quero parecer inacessível. Não por causa desses pensamentos e sensações estúpidas que esse garoto metido a besta provoca em mim.

Não vai desviar o olhar, é? Questiono-o em silêncio. Pois deveria. As histórias das nossas famílias não são pesadas só recentemente; elas ultrapassam gerações.

Na época em que o bisavô paterno desse ser era prefeito, ele tomou terras que pertenciam ao meu bisavô e meus tios. Eles foram obrigados a vender por uma mixaria, sob ameaça de desapropriação pelo Município. Uma propriedade grande, que sustentava a vida da família, e que hoje valeria muito. Anos depois, ironicamente, essas terras se tornaram a base para uma das empresas dos Monfort. O abuso de poder foi tão marcante, que um dos meus tios, tomado pela revolta, decidiu fazer justiça com as próprias mãos e tirou a vida de um dos filhos do prefeito durante uma discussão em um bar.

Parintins pode ser uma "Ilha da Magia", mas as tensões políticas, culturais e familiares são enormes. Assim, as chances de tu esbarrar com alguém que deveria evitar também são gigantes.

Eu me encontrei com aquele que parece ter o propósito de testar a minha paciência em diversas ocasiões ao longo dos anos, e, em todas, meu coração trovejava no peito ao vê-lo. Foram encontros rápidos demais, sempre cercados por outras pessoas. Se não era nos festivais que eu me lembrava da nossa rivalidade, era pela Praça da Catedral, na Orla...

No ano passado, eu o vi acompanhado da filha de um famoso empresário de exportação da nossa região. Par perfeito! Rica, linda e insuportavelmente arrogante, como toda a laia do garoto que está, agora, me mirando da sua maneira intensa. E quase invasiva.

Levanto o queixo, sem querer parecer menos confiante, e consigo perceber seu maxilar tremer, só um pouco, mas é o suficiente para mostrar o quanto é um arrogante.

Embora minha intenção seja assumir uma postura afrontosa, aquele sorriso sutil, de quem sabe exatamente o que está fazendo, me provoca e, ao mesmo tempo, mexe comigo de um jeito que não consigo controlar.

As mãos começam a suar, minha respiração acelera. Tento me manter firme, porém não posso evitar ficar completamente absorta em sua beleza. Estou quase babando pela sua pele marrom e pelos olhos claros que contrastam com a cabeleira escura.

A maneira habilidosa com que manipula a aparelhagem de som termina de me fascinar. Quero dizer... Irritar. Esse garoto me irrita demais!

Algo bate na minha cabeça com uma força absurda. Um grito de dor e susto escapa da minha garganta antes que eu tenha tempo de me equilibrar, e, de repente, o chão some debaixo de mim. Caio para trás, em queda livre.

Égua!

Atordoada, tento me recompor, enquanto o barulho ao meu redor se mistura com o som da água. Antes que eu consiga processar o que aconteceu, estou afundando, como uma pedra, na piscina maior. O impacto com o fundo me faz engolir uma quantidade de água absurda, pegando-me completamente desprevenida, quando eu deveria nadar como um peixe.

Minha cabeça está girando por causa da pancada. Confusa, forço os braços, mas a água parece me engolir, mais profunda do que imaginei. Meus movimentos são descoordenados. O pânico começa a tomar conta de mim, quando braços fortes me agarram pela cintura e me puxam com uma força que me leva para a superfície.

A sensação de ser salva é tão intensa, que quase me faz desmaiar de alívio. Respiro profundamente, tentando voltar ao normal, ainda em choque com o susto.

A gritaria é alta, risadas e deboches se misturam com os gritos alvoroçados da minha amiga. Sou colocada sobre uma espreguiçadeira, e, só então, abro os olhos. Esperava encontrar o salva-vidas fortão da Alice, mas não é ele. Os olhos atentos a mim são os mesmos de antes da pancada.

Minha respiração sai alterada.

Eu pisco, agora desnorteada por completo, sem ação por ter a respiração dele tão próxima da minha boca. Seus braços ainda estão à minha volta...

... nossos torsos colados.

Suas íris brilham intensas. E, por mais que eu me sinta ótima, e que tenha sido só o susto, não me movo.

— *Xav*! Vem, amor! — a voz de uma garota soa perto de nós. Ergo meu olhar e encontro o rosto bonito da loira, torcido em desdém. É a mesma que vi junto com ele anteriormente. Sua namorada.

— Tu já fez sua boa ação do dia. Essa aí deve ser uma sonsa! Tinha que parar feito um "dois de paus" bem aqui, onde todo mundo está brincando de queimada? Se queimou...

— Dá um tempo, Yasmin... Não está vendo que ela ainda não está bem? — Xavier responde ofegante, como se sua preocupação fosse genuína.

— Ela deveria prestar mais atenção por onde anda, evitaria estar toda assustada agora! — dispara, num tom fulminante.

Observo-o, por outro lado, parecer irritado com a forma como ela fala, tendo sua atenção totalmente voltada para mim.

— Agora deixe que um dos salva-vidas cuide disso — insiste ela, esperando-o, acompanhada das amigas, que me encaram maldosamente.

— Disso? Como é que é, sua nojenta! Tu jogou a bola na minha amiga de propósito. Não pense que não vi — ouço a voz afobada de Alice, sempre pronta para me defender. — Peça desculpas agora, ou tu verá o que farei com essa bola!

— Tá louca? — a loira retruca.

— Louca deve estar tu ao agredir alguém que não te fez nada, sua filha de Curupira!

— Gente chula que diz, não é mesmo? — pergunta para as amigas, que concordam. — É isso que ganhamos por deixarmos a ralé ficar no mesmo espaço que a gente e não exigirmos que os expulsem — esnoba.

Alice retruca, e as duas travam uma batalha verbal acalorada. Se não estivesse tão atordoada, eu riria da minha amiga encrenqueira, mas, nesse momento, não estou sabendo nem mesmo como respirar direito com esse garoto tão próximo.

— Tu está bem, caprichosa? — Sua pergunta é um sussurro, junto de um arremedo de sorriso. Minha nossa! Que boca, que voz... Grossa, profunda...

De tão perto, não consigo ignorar como a inocência sumiu dos seus olhos desde a última vez que nos vimos. Não há mais a travessura daquele menino de dez anos, que confessou ter gostado de brincar comigo.

Eu também — mais do que deveria. No entanto, me dou conta de como me chamou e da importância que dei para todo o resto, sem querer.

— Acho que sim. Tu foi bem ágil... pra um "garantido". — A provocação sai antes que eu possa pensar melhor, carregada do mesmo tom ácido de anos atrás, porém, mais natural do que esperava, tendo em vista o que ele representa para mim.

O sorriso dele — prepotente, malditamente lindo — torna a tremular nos seus lábios. Parece que está saboreando cada segundo da situação.

— Não posso dizer o mesmo de ti. Para quem vive se banhando no rio, não parecia familiarizada com a água... — solta zombeteiro, e me deixa ainda mais confusa, sem ter me recuperado ainda do susto. Só que o que me desarma é...

Como sabe disso? Ele andou me observando? Se fez, como nunca o notei? Não que eu quisesse tê-lo visto. Dãã!

Ainda assim, meu coração acelera, e a mera possibilidade faz algo proibido borbulhar dentro de mim. Mas não vou dar esse gosto pra ele.

— Posso ter desejado testar a competência do salva-vidas.

— Não duvido. Tu costuma fazer muito isso.

Xavier sustenta o ar enigmático, mas surge uma sombra em seus olhos de repente. Algo que me faz sentir nua, desprotegida, quando inclina um pouco o rosto para mais perto do meu.

— O quê? — pergunto, escondendo o tremor na voz, enquanto os respingos do seu corpo ainda escorrem pelo meu.

— Se jogar na parte funda do rio sem se preocupar com o que vai encontrar. Na próxima vez que resolver mergulhar, tente começar pela margem, onde te dá pé. Pode ser mais seguro.

Confirma aquilo de que desconfiei com um falso conselho, tão profundo quanto o fundo daquela piscina. Nem tenho a chance de tirar satisfação sobre esse lance de me *stalkear*, já que ele se levanta, deixando-me sozinha, fria sem seus braços à minha volta, e, imediatamente, a loira insuportável se joga sobre ele, pendurando-se em seu pescoço com a intimidade de quem acredita que o possui.

Meu estômago se revira, sem muito tempo de processar tudo porque, prestes a sair, Xavier me lança um último olhar:

— Parece que desempatei nossa competição, "caprichosa". Agora, o placar está a meu favor. — Ele faz uma pausa, abrindo, dessa vez, um sorriso cortante. — Só para constar... Sou bom em salvar quem está afundando, mesmo alguém vindo de uma linhagem que prefere deixar outros se afogarem.

Suas palavras me atingem como flecha, deixando-me petrificada no lugar, sem respostas. Ele sabe. Sabe muito bem o que aconteceu entre nossas famílias, e, mesmo assim, escolheu me salvar.

Por quê?

Meu coração se aperta, enquanto vejo a sua namorada roubar um beijo dele, mas sua frase ainda ecoa na minha mente como um sussurro letal, incapaz de desviar o olhar da cena diante de mim.

Se merecem, otários!

Essa imersão de sentimentos, porém, dura apenas alguns segundos, até que Alice se atira sobre mim, exagerada e escandalosa, como se eu estivesse em uma maca de UTI, e não deitada em uma espreguiçadeira.

Na verdade, nem é tão ruim, porque sua tentativa de me acalmar é divertida. E, no final, Alice acaba se enturmando com o salva-vidas, que se aproxima para verificar como estou.

— Esse já está no papo, amiga — murmura ao meu ouvido e a ficha cai... A safada me usou?

Nos momentos seguintes, respondo às perguntas do funcionário, rindo por ser ela a responder para mim, desviando a minha atenção de volta ao grupinho do Vermelho. O casal de pombinhos está cercado por um bando de bajuladores. Não sei o que devem ver nos dois. Ambos nojentos. Olham para o mais riquinho da cidade como se fosse um ídolo, enquanto ele parece vê-los como peças de tabuleiro.

Descarado e manipulador como o seu pai.

Um lembrete amargo de que, embora tenha me salvado, continua sendo quem é, e, garoto ou adulto, eu preciso mantê-lo longe de mim.

CAPÍTULO 3

◆

"Se o amor é cego, nunca acerta o alvo."
Romeu e Julieta — Shakespeare

◆

Xavier

Puxo um trago longo no baseado e, ao soltar a fumaça aos poucos, fico ali, absorvendo o momento, envolvido na brisa fresca que bate no rosto, enquanto me inclino sobre o parapeito da ponte de madeira que liga o resort a outro.

A festa perto da piscina está fervendo desde a manhã e já entrou pela noite. A agitação do pessoal é apenas um ruído ao fundo, porque o que está me prendendo é a batida de *Animals*, de Martin Garrix.

Esse cara é foda pra caralho! Entende muito de música!

Fecho os olhos, sentindo as camadas do som com o volume no talo no fone de ouvido. O *drop* chega com a precisão que só alguém que vive música consegue entender — os graves entram no momento exato, o sintetizador se eleva. Cada nota, cada virada, tudo encaixado como deve ser.

É isso que me move: curtir a mixagem.

A batida vai crescendo, e não consigo deixar de pensar que, se tivesse feito o arranjo dessa música, talvez teria dado o meu toque, mas me amarro em como ficou foda mesmo assim.

Nem sei por que aceitei esse baseado do Rodolfo se nem curto essas paradas, mas aqui estou, puxando outro "trago", como se fosse a coisa mais normal do mundo.

Fuga? Total.

Eu havia decidido que nem viria nessa viagem. Antes tivesse seguido o meu instinto… Só que a dona Mariana, sempre habilidosa em disfarçar seus caprichos com discursos sobre responsabilidade, insistiu que minha presença aqui era indispensável. Segundo ela, o futuro plano ambicioso do meu pai — trazer a fábrica de volta para Parintins — dependia de alianças.

— Tu precisa mostrar que está comprometido com os negócios do teu pai, filho — carrega no tom maternal. — Como quer que eu convença Aprígio sobre teus sonhos, se vivem em pé de guerra? Não é hora de se afastar dos teus amigos de infância e que estudaram a vida toda contigo. Os pais deles têm grande influência na cidade.

Todos… gente finíssima, como o Rodolfo, que ela jura de pé junto ser uma boa companhia para mim, sem imaginar que é um "Zé droguinha do cacete", assim como outros que, na presença dos pais, são santinhos.

Antes que alguma voz dentro de mim venha com discursos moralistas sobre uso de drogas ou da baita hipocrisia de eu estar me considerando diferente dos demais, em minha defesa: não sou viciado.

Essa é segunda vez que fumo — a primeira foi há um ano, durante um rolê maluco a que fui. E hoje, apenas porque estou num momento fodido; com um bando de gente chata por perto, precisando me distrair.

Ou talvez, chapado, eu reconsideraria suportar os mandos e desmandos de Aprígio Monfort.

A conversa com meus pais, um dia antes da viagem, foi a gota d'água. Finalmente consegui dizer que tinha outros planos para o meu futuro. E o resultado? Bem, foi previsível.

Recordo aquele momento…

De repente, a luz amarelada do lustre refletia nas taças alinhadas à mesa, camuflando a sofisticação daquele jantar que se tornou pesado.

— O negócio está em nosso sangue, rapaz! — Sempre foi "rapaz", "moleque", "garoto". Nunca, nunca mesmo, Xavier. O meu nome parecia ser uma palavra que, se ele a usasse, ia forçá-lo a me reconhecer como uma pessoa em pé de igualdade.

— Só me pergunto como ousa dizer que não quer trabalhar comigo. Passei a vida inteira te avisando que estava construindo um império para nós dois, e agora tu acha que pode virar as costas para tudo o que recebeu de mão beijada?

Nem se eu tentasse esquecer… Era impossível ignorar de onde vinha cada centavo daquela casa. Ele manuseia os talheres, reverberando o som sobre o prato.

Meu pai faz questão de me lembrar o tempo todo, como se minha dívida com ele aumentasse a cada dia. Ele não desfruta jamais dos momentos em família. Quando não está discutindo investimentos, é sobre negócios. Seja no café da manhã, no almoço em casa ou nos jantares, a conversa é sempre a mesma. Se não está no escritório, está ao telefone ou em algum evento de "networking". Para ele, a família nunca foi prioridade — tudo na sua vida gira em torno de cifras.

— Mas essa conta da sua ingratidão não é minha. Mariana que vem me enrolando em pedir para dar seu tempo. Por mim, já estaria trabalhando comigo faz anos. Quando eu tinha um pouco menos da sua idade, já havia assumido os negócios da nossa família. — Ele nem respira para falar. — Meu pai tinha o quê? Uma dúzia de imóveis? Duas ou três empresas pequenas? Eu só trabalhava, porra! Diferente de ti, que vive enfiado naquele maldito "home studio", brincando de mexer em músicas e composições que nem são tuas.

Juro que conto até dez para não responder ou cortá-lo, conforme sobe o calor pelo pescoço.

— Fui audacioso e batalhei no que era meu. A distribuidora de jenipapo era praticamente uma operação artesanal, mas eu enxerguei potencial. Chamei o Alcino, que era químico e um amigo de confiança, para ser meu sócio. Deu no que deu: transformei aquilo na maior indústria de tintas do estado. Isso se chama trabalho... O que eu faço dia e noite para bancar o luxo em que vocês vivem.

Só ele. Sempre ele. Transformando tudo em uma competição na qual apenas sua história merece ser valorizada, e eu não aguento ficar mais quieto.

— É por isso que eu decidi que não quero seguir o mesmo caminho — retruquei, firme, tentando controlar o tom da voz, enquanto a mente mandava eu enfiar logo o pé na porta. — O senhor fala como se fosse um sacrifício que eu deveria admirar, mas só consigo pensar que não quero isso para a minha vida. É difícil aceitar? Não me vejo passando dias inteiros em prol de números, contratos e reuniões que nunca acabam...

— Xavier, por favor... — minha mãe me interrompeu a tempo de me impedir de concluir que também prefiro fazer algo de que goste a me transformar no dono do mundo que mal olha pro próprio filho e pra esposa quando está em casa.

— Tu não passa de um moleque mimado, isso sim. — A voz dele abaixou, só que a fúria não diminuiu. — Tudo que tem é graças a esse sacrifício, e agora quer virar as costas. Eu criei essas empresas, ergui o nome Monfort, e tu vai herdar isso, queira ou não.

Por um preço que não estava disposto a pagar. Se a independência que eu tanto almejava parecia um insulto direto ao ego dele, imagine conviver podado, sob o seu controle. E já que havia perdido a fome, empurrei meu prato à frente.

— Acredite, pai. Há anos eu observo o que significa esse nome...

Respirei fundo e continuei:

— Vi de perto como trata os seus colaboradores, como eles têm medo de chegar perto, como as pessoas te obedecem porque não têm escolha. Desde pequeno, eu sabia que não queria ser tu. E depois dessa conversa tão reveladora, mais do que nunca, tenho certeza de que nunca vou me colocar sob o comando de um homem tão frio. Que não mostra um pingo de humanidade, enquanto encara seu próprio filho.

Mamãe tenta intervir, sua voz tremendo com um misto de medo e preocupação:

— Manera, filho. Seu pai está pensando somente nos teus interesses.

— Mariana, deixe... Deixe a ironia dele sair. Quando estiver cursando Administração, vai entender como as coisas funcionam. Até lá, jamais vai valorizar o que é ser um homem de negócios e cuidar de um império.

Olhei para ela, sentindo um aperto no coração, e nos seus olhos só vi pavor, porque minha mãe sabia o que viria agora. Esperei tempo demais para falar com ele a pedido dela. Nunca era o momento certo... Mas não recuaria diante daquela conversa, ainda que não a poupasse de tudo.

— Sinto muito se isso também vai contrariar vocês, mas tenho outros planos. Eles não incluem estudar Administração ou qualquer curso semelhante em nenhuma universidade daqui de Parintins... ou do Brasil.

Conforme ele corta a carne, leva o pedaço à boca, é como se estivesse fazendo aquilo comigo.

— Tu está usando droga? Só pode. É um privilegiado em tirar nota máxima no Enem e vai jogar fora isso também? — Ele mastigou e engoliu com força.

— Primeiro, não fui eu quem fez a inscrição. Segundo, não vou tirar a vaga de alguém que está a fim de estudar aqui, sabendo que vou desistir no meio do percurso.

— Vai me dizer que tem planos melhores? — soou sarcástico.

Olhei direto em seus olhos frios e declarei:

— Vou ser DJ.

Por um instante, o silêncio foi quase ensurdecedor. Então, meu pai soltou uma risada seca e cruel, o tipo de risada que machuca mais do que qualquer tapa. Senti a raiva queimando no estômago, enquanto me fitava com desprezo.

— DJ? — repetiu, como algum tipo de piada suja. — Tá vendo, Mariana? Essa é a tua criação frouxa. Transformou uma sala inteira em estúdio pra ele se distrair com as quinquilharias que meu pai lhe deu. Não satisfeita, importou

equipamentos do mundo todo, e agora ele quer ser DJ. Como se esse capricho fosse uma carreira! Façam-me rir mais.

— Aprígio…

Depois de dizer o nome dele, minha mãe se calou com o olhar mortal que recebeu. Dentro de mim, eu só pedia para segurar a onda e não partir para cima do velho se levantasse a mão para ela. Aquela briga era minha, não dela.

— Mãe e filho devem estar iludidos achando que a pontuação máxima no Enem é só inteligência; não é mesmo. Se acham espertos. Pois, se esse moleque se deu muito bem, foi graças à grana preta que gastei com seus estudos…

Investimento.

Ali estava a resposta, e o motivo de ele não ter me parabenizado. Aprígio Monfort sempre faz questão de apagar qualquer brilho que não seja o reflexo do próprio ego, mas daquela vez me surpreendeu. Finalmente o encarei de volta, sem um pingo de remorso.

— O senhor acha que foi o seu dinheiro? — rebati, mal contendo a irritação. — Se fosse tão simples, todos os filhos de ricos teriam o mesmo resultado. Mas não conheço ninguém que tirou a mesma nota que eu. Isso foi meu mérito, e o senhor, por mais que seja muito orgulhoso do seu investimento, não vai tirar isso de mim.

Doía lhe dizer aquelas palavras, mas eu queria poder quebrar toda a maldita louça da mesa; por isso, me levantei.

— Agora, se me dão licença. Perdi o apetite.

Girei nos calcanhares e lhes dei às costas. Mas antes de chegar à porta, o velho não permitiu que eu saísse sem ouvir sua sentença:

— Tu será meu sucessor, garoto. Vá pensar bem no que eu te disse, porque não quero ouvir outra palavra sobre essa ideia absurda. Estamos entendidos? Fala de novo qualquer coisa a respeito e destruo cada centímetro do teu playground particular. Isso depois de te fazer engolir cada disco que tem ali dentro daquele estúdio!

Um som desgostoso sai da minha garganta ao voltar ao presente. Suas ameaças nunca são em vão.

Suspiro, frustrado, ao notar Yasmin acenando para mim de longe e decido ignorar, como se não a tivesse visto.

Tô ferrado! A garota parece que me rastreia: conseguiu me encontrar sobre a ponte, bem afastada do movimento, ao lado de uma árvore. Nem mesmo fodê-la a tarde inteira foi suficiente para tirar meus pensamentos do futuro insalubre que meu pai tem preparado para mim.

E, para piorar, Yasmin encanou que Ayra — sim, a menina caprichosa que nunca esqueci — estava me comendo com os olhos após retirá-la da piscina. Porra, aquela merda foi foda! A garota toda encharcada... A pele molhada colada à minha me deixou louco.

Aqueles olhos chocolate, a boca de lábios cheios, que estavam tremendo. Como sou bem ciente da minha aparência e da reação das garotas, na hora pensei — ou melhor, esperei — que todo aquele tremor fosse pela nossa proximidade, não pelo susto que levou ao receber a bolada na cabeça.

A irritante Yasmin atirou a bola de propósito. Repreendi, óbvio. Detesto injustiças, carrego esse peso desde que me entendo por gente. Mas se engana quem acredita que ela tentou negar ou se abalou. A esnobe soltou que fez aquilo para ver se a garota acordava para a vida e entendia que não sou para o seu bico.

A questão é que... talvez eu também precisasse seguir essa advertência, porque, droga, fiquei tão vidrado quanto ela, como um idiota completo. Tenho que admitir, aquela porra de garota é gostosa pra caralho!

Um problema... dos grandes.

Não importa quanto eu tente evitar, ela parece se enfiar na minha cabeça sempre que a vejo. Um carma teimoso que insiste em reaparecer em qualquer lugar para o qual eu vá. Parintins tem mais de cento e quinze mil habitantes, só que, curiosamente, parece que ela é a única pessoa em quem vivo trombando pela cidade.

Quase dei bobeira com aquele comentário sobre o rio. Foi por pouco que não deixei escapar que sei disso, pois, há meses, passei a correr aos domingos no Balneário Cantagalo. Não que isso seja algo que eu admitiria em voz alta. Nunca! Nem sob tortura! Para ser sincero, acho que nem eu tinha me tocado disso direito... até meu tio chamar minha atenção para as garotas no píer.

Só posso estar viajando, chapado.

Seja como for, dou mais uma tragada, observando em volta do resort e juro... se não fosse pela beleza desse cenário paradisíaco, essa viagem já teria virado um pesadelo.

Em qualquer outro lugar, eu já teria dado no pé. Só que aqui... consigo tolerar, pelo menos um pouco, ainda mais porque adoro um bom desafio, e o maior deles aparece no exato momento em que a *playlist* encerra. Pego meu celular para iniciar outra.

Lá está Ayra, andando devagar, alheia a tudo, com os dedos delicados deslizando pelo parapeito. O macacão justo, todo colado no corpo, realça cada curva — a bunda redonda, as costas e pernas nuas. Ela está usando uma trança jogada de lado, tudo tão…

… errado de se apreciar.

Mas, nela? Nela, funciona como o baseado do qual puxo outra tragada.

É tentadora demais. Como se fosse feita sob medida pra me tirar do sério. Meu corpo reage imediatamente, quente, ansioso.

Na atual conjuntura, ela tinha que ser irmã de quem é? Ainda por cima, torcer pelo boi errado?! Se não fosse o suficiente, tem o lance do passado… Uma treta entre nossas famílias rolando desde o século passado. Pelo que minha mãe contou, as coisas entre nossas famílias já chegaram às vias de fato…

Mortes.

Do lado de lá, o assassino foi preso, já do nosso, bem… como o seu Monfort costuma se vangloriar: sem provas, é só especulação e acusações infundadas.

Ayra é a pior combinação que o universo criou para mim, no entanto, esqueceria até quem sou só para foder tamanha perfeição, nem que fosse só pela semana em que estaremos aqui.

Novas regras para a nossa antiga competição? Algo como "quem goza mais em sete dias"? Algo rápido e sem vínculo… porque duradouro, nem fodendo!

Relacionamentos longos não são pra mim. E isso me lembra de que preciso dar um basta em Yasmin antes que comece a alimentar ideias de um futuro comigo. Fora de cogitação.

Não nos próximos dez anos, pelo menos. Quero a liberdade de levar minha música ao mundo antes de me amarrar.

Amarrado? Nesse momento? Só se for nas curvas deliciosas da minha rival.

Vejo-a se debruçar sobre o peitoral da ponte, observando o rio escuro à nossa frente, sem se importar com a algazarra da piscina, sem medo de cair. Um sorriso de lobo curva meus lábios, ao vê-la tão despreocupada, livre, como se o perigo não existisse.

Sua postura audaciosa e desafiadora só aumenta minha excitação, ainda mais porque suas costas suadas mostram que estava se exercitando.

Com um movimento fluido, ela inclina a cabeça para frente, fecha os olhos, abre os braços, aproveitando o vento. Estudo seu rosto, enquanto inspira fundo, claramente em paz.

A forma como parece tão à vontade, tão viva, me faz querer me aproximar, e deve sentir minha presença, pois, ligeira, ela se vira na minha direção. Engulo em seco ao fazer contato visual. Ela se desequilibra um pouco, precisando se segurar.

Porra, sim, essa menina é um nocaute*!*

— Cuidado! Não sei se consigo te salvar de uma altura dessas! — debocho, tomando o que posso da sua beleza, observando-a retomar o controle.

— Está dizendo que tem medo de altura*?* — O seu tom se iguala ao meu, e minha boca se curva ainda mais pela sua ousadia.

Ora, ora...

— Estou alertando que não sei se vale a pena pular uma segunda vez por uma "caprichosa". — alfineto, recostando-me às grades e cruzando um tornozelo sobre o outro.

— No seu lugar, não arriscaria deixar a superfície em que se sente confortável para se aventurar na profundidade em que costumo mergulhar. E afinal... De onde tu surgiu?

Olha para os lados, e eu acho engraçado.

— Será que não foi dos seus pensamentos?

— Com certeza, *não.* — Ela faz uma cara de repulsa e estreita os olhos para a ponta do meu beque. — Isso é...

— Maconha? Sim. — Estendo em sua direção só para testá-la. — Quer um pouco?

— Argh! Claro que não. — Franze o rosto com recriminação. — É proibido isso aqui. Está nas regras...

— E tu sempre segue todas elas?

— As que acho certas e válidas, sim.

— Onde está o errado nisso? Pode me mostrar?

— Já começa por estar aqui, puxando conversa comigo — reage ácida.

— Houve um tempo em que tu gostou de brincar comigo, lembra?

Seus olhos se estreitam ainda mais.

— Porque tu havia me oferecido uma pistola de bolhas, não um maldito baseado.

Interessante, não se esqueceu.

— Saquei.

— Sacou *o quê?*

— Tu é do tipo "certinha". — Fixo meus olhos nos seus e rio em desafio. — Chata, tediosa pra caralho e, pelo jeito, odeia ficar em desvantagem.

Ela muda de postura. Fogo acende nos olhos de chocolate ao virar o corpo inteiro em minha direção, sem se intimidar. Minha atenção cai para o decote, e fico encarando de propósito, para irritá-la mesmo.

— Também saquei a tua. — Levanta o queixo, afrontosa. E, foda, muito desejável.

— Elabora, querida — continuo a incitando.

— Tu é um otário — atira. — Um filhinho de papai que se acha onipotente. Mas já chegou a pensar que o mundo não se resume a Parintins? Fora de lá, existem leis que são seguidas.

Seu ataque direto me faria retorquir à altura, mas me surpreendo ao apenas rir. Alto. Seus olhos me fulminam, e isso é como ímã me puxando para mais perto dela.

— Não cairei em uma operação policial por estar no meio do nada, curtindo algo natural, te garanto. Bastava dizer que não estava a fim, indiazinha. — Dou de ombros, indiferente. — Aliás, me surpreende tua reação. Achei que alguém com tuas origens entenderia melhor a conexão com a natureza. Ou será que só vale para as tradições que te convêm?

Chuto ao deduzir que ela seja militante como a irmã, a qual, pelo que ouvi, usa sempre as causas do povo da nossa região como pauta em todas as suas defesas. Aliás, na minha opinião, ela está mais do que certa quanto a esse aspecto; quanto aos outros, não me interessam.

— Meu nome é Ayra — contrapõe entredentes, sem se mover, pelo contrário, me peita de frente.

— Negando suas raízes? — Ajo como me definiu: um otário.

Louco e entorpecido.

— Nunca. Só não gosto do seu tom pejorativo e estereotipado, "querido" — explica, cheia de munição. — Se tua intenção era me diminuir ao me chamar assim, não deu certo. Minha identidade e ancestralidade são o meu orgulho. Sou o que sou.

Irritante… e gostosa também.

Não a chamei dessa forma para ofendê-la. Talvez um pouco de provocação, porém jamais no sentido pejorativo. Também não preciso me defender. Pense o que quiser.

— Vai querer me ensinar dever cívico agora?

— Só acho que *poderia* se esforçar um pouco para conhecer melhor o povo que vê de tão perto e foi governado pelos teus.

Merda, estou gostando dessa peleja. Qualquer outra pessoa já teria ouvido “poucas e boas”. Mas ela? Tem algo nesse fogo em seus olhos que é quase... simpático. Meus pés, com vontade própria, me aproximam ainda mais da garota atrevida, como se desafiassem meu próprio juízo.

— Blá-blá-blá... — Trago a ponta para a boca, puxo a tragada, em seguida, solto a fumaça lentamente. — É mesmo? Me ajuda a andar para a luz, então, Pocahontas. — Troco seu apelido, abaixando meu rosto a um palmo do seu. Ela faz questão de erguê-lo para me fitar nos olhos.

Afrontosa.

Ela cheira à vitória-régia, muito mais gostoso do que fumaça da erva que soltei e já se misturou ao ambiente.

— Não vou perder o meu tempo.

Preciso reconhecer que me deixa louco estar com alguém que bate de frente. É entediante como o inferno ver minha mãe abaixar a cabeça para tudo o que meu pai faz, sem conseguir defender sua opinião ou ter respeito próprio.

Ayra, não. Embora tenha a respiração alterada, é corajosa. Minha atenção recai outra vez para o topo dos seios perfeitos sob a malha colante. Deslizo por todo o colo e subo de volta, sem pressa.

Ela arfa, e um arremedo de sorriso curva meus lábios.

Um passo e eu roubaria um beijo; também tomaria um tapa, com toda certeza. O pensamento me faz rir como um estúpido. Ou loucão.

— Jurava que tu preferia os desafios. — Ergo uma sobrancelha, deixando agora o sorriso cínico brincar no canto dos lábios.

— Tem causas que não valem a pena.

— Parecia valente até alguns instantes, Pocahontas.

— Obrigada, mas não posso dizer o mesmo — meio que rosna isso. — E pode parecer difícil para ti entender, mas também não sou um personagem da sua imaginação. Já avisei: meu nome é Ayra!

Porra, que garota dura na queda!

— Xav?!

A voz irritante ressoa no início da ponte. Sério, ela veio atrás de mim! Em instantes, a mão territorial de Yasmin pousa sobre o meu peito. Ela se joga sobre mim de uma maneira ridícula, entrando entre nós.

— Tu demorou...

— Vim respirar um pouco.

— E ela? — Faz cara de nojo, de costas para Ayra.

Yasmin pode ser uma cadela esnobe quando está com ciúmes. E eu a tiro do meio entre nós, mas isso não a impede de continuar.

— Por acaso, ela esteve te perseguindo? Ou veio de novo pedir ajuda, quem sabe? — Cruza os braços com desdém, os olhos fixos em Ayra, como se fosse um problema a ser resolvido.

— Pega leve, porra!

— Tu deveria tomar mais cuidado, *Xav*. Essa sua mania de querer salvar o mundo, às vezes, é confundida. — Ela faz uma pausa, deixando o sarcasmo transparecer. — Melhor não dar confiança para qualquer uma. Nunca se sabe o que elas vão querer extorquir depois.

— Yasmin… — advirto-a mais uma vez, só que é tarde. Ayra se empertiga, o queixo erguido, num claro sinal de coragem.

— Prenda seu cão no quarto se está se sentindo tão ameaçada. Lá ele poderá ser solidário apenas a ti — rebate desdenhosa.

Sou o maior ofendido na resposta da garota insuportável; no entanto, preciso morder os lábios para conter um riso. Yasmin, por sua vez, joga o cabelo loiro para trás com uma teatralidade digna de novela, para ver se me afasto de Ayra.

— Ameaçada? Minha filha, não preciso de caridade. Olha pra nós. *Xav* tem gosto requintado demais.

— Ótimo para vocês. — Ayra desdenha, mantendo sempre o olho em mim. — De qualquer forma, ele não faz o meu tipo — conclui, indo direto na jugular.

Mais uma vez, eu poderia sentir meu ego violado. Afinal, houve uma pesquisa na escola que dizia que faço o tipo de onze, entre dez garotas.

Só que puta que pariu… essa menina se põe em uma posição… como se estivesse protegida por uma fortaleza, e eu não fosse capaz de derrubar pedra por pedra, porra!

— Ah, não? Mas tu não pode ver um espaço que logo está perto do Xavier — Yasmin continua, prestes a mordê-la, e estou ficando de saco cheio de me usarem para se atacarem.

— Não curto filhinhos de papai. — Ayra não abaixa a crista, nem os ataques a mim.

Que filha da mãe!

— E, se está acostumada com caras como ele, vê se impede o seu namorado de sair por aí fazendo besteiras. Caso contrário, da próxima vez que eu o vir se drogando, vou reportar aos monitores que há um maconheiro entre nós.

Sua ameaça me coloca em total alerta. Ela faria isso, com toda a certeza. Com o histórico que temos, não duvido nem por um segundo que me desmoralizaria por vingança.

Mas essa cunhãzinha não tem ideia de quem sou na real!

Dou uma última tragada na ponta que restou do baseado, deixando a fumaça queimar fundo em meus pulmões, antes de assoprá-la lenta e intencionalmente na sua cara. A nuvem espessa se mistura ao ar entre nós e se espalha, penetrando seu cabelo, pele e roupa. Um sorriso perverso se forma no canto dos meus lábios.

— Agora, pode contar para quem quiser — digo em um tom baixo, deixando cada palavra sair com a lentidão de quem tem o controle da situação. — Direi que nós dois estávamos aqui, juntos, o tempo todo.

Ela me encara com olhos flamejantes, parecendo desacreditada.

— Seu babaca de merda! — grita, me atirando punhais pelo olhar. — Tu baforou de propósito!

Seria até divertido, em qualquer outra situação, vê-la se cheirar. Não nessa. Sóbrio, eu jamais... Foda-se, já foi. Não tem como voltar atrás. E Yasmin não está ajudando em nada com a sua chacota ao fundo.

O peso do erro bate forte, mas minha raiva — dela, de mim mesmo, de toda essa merda — não me deixa ceder.

Que se exploda!

— Tu sabe que não fiz nada!

— Sei, mas eles, não.

Se achou que sua armadura de merda e ameaças me intimidariam, enganou-se.

— Não vai me calar por isso.

Essa garota... ela tem mais coragem do que qualquer pessoa que conheço.

— Fique à vontade. Só cuidado para não tropeçar na língua, porque agora, mais do que nunca, não espere que eu esteja lá para amortecer sua queda. Também não esqueça que, além dos monitores, vai chegar na sua irmã. Costumam chamar a família quando acontece esse tipo de problema — acrescento, jogando mais lenha na fogueira antes de me virar para Yasmin. — Vamos. Tem uma galera nos esperando.

— Vá para o inferno, tu e tua gangue! Tomara que tua boca gangrene junto do teu pulmão! — brada pelas minhas costas, mas não olho para trás, dirigindo-me para as escadas com Yasmin.

Posso sentir a sua raiva na mesma proporção que a minha. E vários sentimentos se agitam em um misto de culpa, adrenalina e algo mais.

Essa semana acaba de ganhar um rumo inesperado. Não poderia estar mais animado…

CAPÍTULO 4

◆

"Há mais perigo em teus olhos do que em vinte espadas."
William Shakespeare

◆

Ayra

Acordei hoje com o sol invadindo o quarto como um tapa na cara. Mas não um qualquer — era um daqueles que clareiam a mente sobre as decisões questionáveis tomadas nas últimas 24 horas.

Eu vacilei.

Sei disso com a certeza de quem sente o peso de algo maior, algo que sussurra: "tu sabia o que estava fazendo; mesmo assim, fez".

Por que, em nome do equilíbrio universal, não o deixei falando sozinho na primeira provocação?

Vou atribuir a forças cósmicas.

Houve algo de absurdamente magnético em enfrentá-lo. Aquela energia — um misto de eletricidade, raiva, conflito e um quê de... Não. Nem ouso dar nome àquilo, nem em pensamento.

Só sei que, se o início do dia foi uma bolada, o final foi esfumaçado. O Contrário fez mesmo aquilo para me comprometer? Piada do século. Meu cabelo e a roupa já estavam impregnados com o cheiro daquele baseado nojento, desde que perdi meu tempo permanecendo lá, dando corda. Agora, eu mesma posso me enforcar nela se não tomar cuidado.

Suspiro, sentindo o calor da vergonha subir pelo rosto. Ele realmente teve a audácia de soltar aquela fumaça na minha direção, como se fosse uma guerra declarada. Claro que retruquei; porém, devia ter dado meia-volta e saído. Tão simples!

Mas não, eu tinha que ficar ali, jogando lenha na fogueira.

Tá, ele só foi um pouco reativo à minha ameaça. Talvez nem chegasse àquele extremo se tivesse ficado calada.

Não me importaria em ter que cumprir o que prometi, faria com a dignidade intacta. Só que ele teve a coragem de cogitar que chamariam Moara aqui. Minha fraqueza.

Minha irmã é uma das últimas pessoas que eu gostaria de decepcionar. Posso imaginar o inferno que fariam na vida dela se isso vazasse.

Assim como o bronze de ontem deixou meu ombro ardido, tem certas coisas que ardem de forma diferente…

— Para quem jurou que nunca usaria esse biquíni, tu divou e mitou vestindo logo nos primeiros dias, gata. É disso que tô falando!

Ah, tá… agora entendi o que Alice havia dito há pouco e, na hora, pedi para repetir. Enquanto ajustava esse biquíni — que ela praticamente me obrigou a comprar, o único sem alças que eu trouxe e não ia incomodar meu ombro —, só conseguia imaginar o quanto se gabaria. Então, eu lhe dou esse gostinho.

— Nunca é bom dizer nunca, né? — rio, rendida, durante a caminhada pelo corredor dos quartos rumo às escadas.

Nosso primeiro dia foi intenso, cheio de atividades recreativas, incluindo passeios de lancha pelo rio Negro até o encontro com o Amazonas. Não consigo parar de elogiar as belezas naturais da minha terra. É a região mais linda do Brasil, e só a minha opinião importa — até porque, nunca saí do meu estado.

— Também acusou que era pequeno demais.

— Me refresca a memória: como me convenceu a comprar algo tão extravagante?

— Não seja ingrata. Eu garanti que faria jus a sua cor. E realmente faz.

— Sei lá, estou me sentindo como uma placa de neon ambulante.

— Não diria neon, neon… — a palhaçona caçoa. Faz uma pausa ao descermos o último degrau e pegarmos à esquerda com destino ao restaurante. — Pensa pelo lado bom, se perguntarem onde será servido o café da manhã, vão te indicar: está vendo a garota fluorescente ali? É só seguir, não tem erro.

— Está "super" ajudando minha autoestima — balanço a cabeça, enquanto passamos por alguns hóspedes.

Se tivesse que escolher uma qualidade da minha amiga, sem dúvida seria seu descaso com as minhas inseguranças. É como se ela me mostrasse que sempre há uma tecla foda-se para tudo.

— Égua de ti, mulher! Olhe à tua volta. Tem um monte de caras quebrando o pescoço na nossa direção. Eu deveria ter feito tu comprar o verde-limão também.

— Às vezes, fico na dúvida se tu fala alguma coisa a sério.

— Culpe a natureza, não a mim — levanta as mãos, como se pedisse desculpas ao universo. — Foi ela que nos fez lindas assim. Só relaxa e aproveita, mana!

Conforme nos aproximamos do restaurante, o clima muda um pouco. Entramos rindo, mas paramos ao sentir uma tensão no ar. O café da manhã começou às sete em ponto, e os recreadores estão espalhados pelo ambiente, com expressões sérias e braços cruzados, prontos para colocar ordem após alguns exageros do dia anterior.

Parece que, ontem à noite, a galera extrapolou e transformou a piscina em uma verdadeira zona, com doses extras de álcool e confusões.

— Ih, acho que a fofoca da Bianca, quando pediu nosso shampoo emprestado, tinha seu fundo de verdade — Alice sussurra quando passamos pela entrada. — A tropa de choque tá de plantão!

Os recreadores observam a todos como falcões. Parece que descobriram mesmo que entraram bebidas alcoólicas clandestinamente. Eu me pergunto como vão controlar essa galera. Imagine se souberem que tem gente com estoque de baseado no quarto...

Tomara que o peguem e o expulsem daqui. Isso me pouparia de ter que o ver de novo. Solto um suspiro. E como se o universo me castigasse por desejar o mal dos outros, avisto as costas largas que, para meu azar, agora sei a quem pertencem.

Xavier e seu grupinho estão estrategicamente posicionados perto do *buffet*, claro. Tipo "dono do mundo". O rei e seu *séquito* — ironizo.

Ele ri com o garoto ruivo ao seu lado. Merda, odeio que o tom profundo pareça tão lindo aos meus ouvidos. Recrimino-me mentalmente e foco no outro, reconhecendo de imediato: Rodolfo, filho de Alcino Cardoso. Sócio do pai de Xavier naquela fábrica dos infernos e o mais arrogante de todos, além de ser o antigo chefe direto da mamãe. Moara também me contou o quanto ele a explorava e destratava, sem o menor escrúpulo.

Recentemente, Alcino vem deixando claras suas pretensões políticas, planejando se lançar como candidato a prefeito nas próximas eleições de Parintins. Mas, em vez de trabalhar em um plano sólido para sua campanha, parece mais interessado em alimentar especulações e medir forças com o partido da minha irmã. Isso só reforça a suspeita de que esteve por trás das fake news que atacaram Moara nas eleições anteriores. Talvez essa seja a sua estratégia: atacar agora para depois se posicionar como vítima e tentar se defender, caso minha irmã exponha o passado obscuro dele. Uma bela cortina de fumaça.

Aff... Fumaça não, Ayra. *Pense em outra coisa, por favor*, repreendo-me mentalmente ao estar diante desse maconheiro e do seu amiguinho. Sempre os vi juntos nos eventos pela cidade, os "picas da galáxia" da alta sociedade local.

É provável que estejam se gabando de quantos baseados fumaram ontem, pouco se importando com o fato de que estão burlando as regras. Mesmo com sentimentos contraditórios fervendo dentro de mim, não posso deixar de sentir uma pontada de alívio ao perceber que Yasmin não está à vista.

Ver três serpentes antes do café da manhã é muito agouro para o dia, que promete ser incrível. Com sorte, bem longe deles.

— Está aí parada feito manequim de vitrine por quê? A comida não virá magicamente até seu prato — Alice cochicha ao meu ouvido, atenta.

— Não foi nada. Só que detesto estar no mesmo ambiente que os Vermelhos. Eles são espaçosos demais — respondo o óbvio.

— Já eu não teria problema nenhum em confraternizar bem de perto... com alguns deles.

— Alguns? — Minha expressão de horror não deve passar despercebida.

Por que ainda me surpreendo com o jeito desapegado da Alice? Ela nunca namora firme. Coleciona peguetes, como descreve seus casos relâmpagos. Minha amiga é bem mais avançada. Despudorada também. Perdeu a virgindade no ano passado, aos dezesseis, enquanto ainda estou firme no meu "cartão V" aos quase dezoito. Não que isso seja um troféu, só sou mais comedida e acredito que, quando acontecer, será porque estarei perdidamente apaixonada.

— Se cubra, Vossa Santidade. Tu deixou cair o véu.

Descarada, Alice me entrega um guardanapo de papel.

— Rá, rá, rá... Era para rir? — resmungo.

— Não! Era só para tu reparar mais no chefe desse bando. Não te culpo. Esse garoto é gostoso até dizer chega! Vai dizer que não acha? — comenta casualmente, e eu faço um som desdenhoso, dissimulando minha verdadeira opinião.

— Tu viaja demais, Alice. Vamos pegar o café — dou o assunto por encerrado. Afinal, se antes tinha ranço dele, depois do nosso último encontro só aumentou meu desgosto.

— Não me engana, viu? Notei como olha para ele desde ontem.

— Deve ser o caso de começar a usar óculos, espertalhona — ironizo.

Ela solta uma gargalhada, chamando a atenção para nós. Então, o inevitável acontece: Xavier vira o pescoço e seus olhos se chocam com os meus. Puta merda... Não posso dar bola para a sensação que me abala por dentro. É como um maldito ciclo vicioso de um transe toda vez que acontece isso.

Também não ajuda em nada que o metido seja um colírio para os olhos. Gostoso é pouco. Usa uma camiseta branca de algodão e shorts pretos de grife, mas poderia estar em trapos, que continuaria estiloso. Seu cabelo molhado, com alguns fios caindo na testa, indica que acabou de tomar banho. Para confirmar, o perfume caro flutua no ar até o meu nariz.

A fragrância gostosa mistura poder e ostentação, e, apesar de saber disso, algo que continuo preferindo não definir percorre minhas terminações nervosas. Égua... Nervosa é como vou ficar se ele perceber que, de alguma forma, está conseguindo me causar alguma emoção. Ele me fita como se estivesse me estudando.

— Bom dia, Pocahontas! — O pavão sorri de lado, e isso, de alguma forma, o faz parecer... simpático. Vira de frente para mim, e a proximidade entre nós é tão grande, que seguro a respiração para não suspirar.

Ah, merda...

Limpo meus lábios com a língua, para o caso de estar babando ou algo do tipo.

— Tu pode dar licença para eu pegar uma xícara? Está obstruindo a passagem.

Nem quando soo fria, o infeliz disfarça o cinismo, como se esperasse que eu fosse cumprimentá-lo depois de ter arruinado minha noite. Para piorar, depois de tudo, fui me refugiar no salão de jogos, longe dele e de sua turma desordeira. Ledo engano: não demorou e eles entraram lá, acabando de vez com a minha paz.

— Se observar bem, há bastante espaço ao redor — aponta, me encarando, sem se importar em demonstrar que eu o intrigo de alguma forma.

E está claro que vai continuar me provocando hoje. Não arreda um centímetro de onde está; em vez disso, dá um passo e invade meu espaço pessoal.

— Se está colado aí, deve ser melhor eu dar a volta então — sibilo.

— Sempre acorda mal-humorada? Ou não dormiu o suficiente? — incita.

— Não sei por que isso seria da tua conta.

— Onde esteve? — A sua pergunta me pega de surpresa.

Ah, então ele não me viu... Ótimo. Foi um acerto me esconder entre o pilar e a mesa de pebolim quando o vi chegando ao salão de jogos. Eu o observei de longe, parecia estar procurando algo, alguém, não sei. Um de seus amiguinhos esnobes, talvez?

Parece estúpido, mas uma parte muito sem-noção do meu cérebro, agora, ouvindo sua curiosidade, tem a impressão de que era a mim que ele procurava.

Para se desculpar?

É ridículo imaginar isso, eu sei, mas nada me impede de provocar um pouco, só para ver até onde ele vai.

— Por que a pergunta? Esteve atrás de mim? — encaro-o, irônica.

Seu sorriso sádico se amplia, e ele chega mais perto; só que percebo sua intenção a tempo.

Acha que pode me intimidar. Coitado!

— E se estivesse? — O tom de desafio me faz prender a respiração mais uma vez.

— Diria que perdeu o seu tempo. Mas o que queria?

— Só agradecer por não ter me dedurado. Te devo uma. — O seu tom é bem baixo, quase um sussurro, e isso vibra direto... Ah que se dane, vocês sabem onde. E, de repente, parece uma maldita convenção de borboletas no meu estômago. — Agora estamos empatados no placar. Só preciso decidir se vou avançar de novo ou não. — Sua autoconfiança é como uma promessa velada, cheia de segundas intenções. Os olhos azuis cravados nos meus são tão intensos, que me sinto obrigada a me concentrar em outra coisa, qualquer coisa, para não ceder àquela intensidade que ameaça me engolir.

— Sabe bem por que não contei. Mas se está tão grato, desobstrua a passagem. Prove que possui alguma civilidade.

Posso ouvir o burburinho à nossa volta, provavelmente, estão surpresos com essa a nossa interação, em especial porque estamos falando baixo, enquanto nos encaramos, como dois lutadores de MMA antes da luta.

— Tenho um pressentimento de que iria gostar mais do meu lado bárbaro, Pocahontas.

Será que tudo o que ele fala precisa ter duplo sentido? E esse apelido? Me dá nos nervos. O pior é que, se reclamar, isso vai reforçar o jogo dele e, por mais que eu queira, não consigo ignorar. Respiro fundo, decidindo desviar o foco de mim, porque pessoas como ele se sentem confortáveis em seus pedestais.

— Olha só... Quanta segurança. O que aconteceu? Não estou vendo a coleira no teu pescoço hoje. Tua dona te deixou escapar e sair rosnando à toa por aí?

Seus olhos se estreitam, inflamando-se com um brilho predatório. A intensidade me atinge como um golpe certeiro. Elétrico.

— Querida, está para nascer a mulher que terá algum poder sobre mim.

Ele ostenta uma expressão petulante, mas não consegue disfarçar suas íris ainda mais quentes, sua aptidão pelo nosso embate. Ou, talvez, seja pela proximidade proibida entre nossos corpos, que parece inflamar a cada segundo.

— Sério? Até onde vi, tu parece um cachorrinho correndo e abanando o rabo sempre que ela aparece — disparo, já esperando ver seu incômodo; entretanto, somos interrompidos.

— Ei, Ayra! Está precisando de uma xícara? — É o Enzo. Bem na hora!

O sorriso arrogante de Xavier morre de imediato, enquanto algo ainda mais intenso e perigoso toma sua expressão ao encarar meu amigo de infância. Alemão, como todos o chamam, é inofensivo — ao menos para mim. Infelizmente, não pega a dica de que entre nós nunca haverá nada além de amizade. Mesmo assim, sua chegada cai como uma luva.

— Que gentil, Enzo! Estava, inclusive, te esperando para tomarmos café. — Eu o recebo com um tom excessivamente doce, ao mesmo tempo que, pela visão periférica, noto a postura endurecida de Xavier.

Algo nele exala desconforto ou irritação, embora seu rosto tente permanecer impassível.

Qual é a desse garoto?

— Se esse era o problema, está resolvido! Já estou aqui inteirinho para ti. — Enzo não cabe em si de felicidade, alheio ao que acontece ao seu redor quando pego a minha xícara.

— Ótimo! Aproveita e pega uma para a Alice também, por favor? — peço de modo casual, observando meu amigo atender sem questionar. Em seguida, puxo conversa com ele, pedindo pratinhos e qualquer outra coisa que me venha à mente.

Enzo, como sempre, gentil, faz o que peço, esbarrando sem querer em Xavier no processo, que o fulmina e bufa, num misto de irritação e zombaria. Os olhos azuis duros vêm para mim, e sua cabeça se inclina conforme me fita. Um arrepio desce pela minha coluna ao sentir o hálito no meu pescoço, subindo para a o[illegible] A risada baixa indica que ele sabe que me afeta de alguma forma. Chega mais perto do meu ouvido e assopra:

— Estou impressionado em como está familiarizada com o mundo *pet*, senhorita hipócrita. Quem sabe, depois eu te mostre como se controla de verdade uma coleira...

O babaca se vira e sai, deixando-me pasma no lugar. Por um instante, quase tenho a sensação de que senti sua língua roçar o lóbulo da minha orelha. Uma umidade indesejada lá embaixo... vem junto de um arrepio na pele, fazendo-me estremecer levemente.

Porém, não posso demonstrar o estado em que o filho da mãe me deixou. Alice e Enzo estão próximos, me observando. Fingindo que nada aconteceu, eu me ponho a servir meu café, finalmente.

Por dentro, meu sangue ferve, numa torrente de sentimentos conflitantes por aquele garoto, de quem eu deveria manter distância. No entanto, de uma forma tortuosa e errada, tudo em mim grita para me aproximar. E muito.

Grrrr! Controle-se, Ayra! Ele é um cachorro. Não ouse farejar!

CAPÍTULO 5

◆

"O amor não se vê com os olhos, mas com o coração."
William Shakespeare

◆

Ayra

— Ayra... Ayra...

Nem deu tempo de a recreadora terminar de explicar que cada escola precisava escolher representantes — meninos e meninas — para gincana de dança e, pronto, meu nome já estava sendo gritado pra todo lado. Também o do Enzo. Ele foi uma ótima escolha. O cara manda bem. E, cá entre nós, vai ser delicioso passar por cima daqueles metidos dos Vermelhos. Porque, pelo que sei superficialmente, ali quase não tem brincantes do boi Contrário. A maioria só torce porque faz parte do grupinho.

— Não acredito... — reclamo com Alice, antes de me afastar dela, meio que tímida, indo em direção ao palco.

— Tu é a melhor dançarina que temos, mana. Sobe lá e detona!

Ok, confio no meu taco. Afinal, estou nessa de dança desde que me entendo por gente. Mas, sério, ser escolhida para essa missão depois de toda a treta de nos meter aqui com nossos rivais é pesado. A pressão dá um nervosinho, mesmo com o reforço de Léo e Bruna, dois talentos da nossa escola. Léo é aquele cara que faz todo mundo rir com suas imitações e energia de sobra, dança muito também, e a Bruna... Bom, ela é praticamente uma ninja da ginástica olímpica. Pelo menos, a gente está bem representado.

Me coloco ao lado dos meus amigos, já em cima do palco do auditório, junto dos quatro escolhidos da outra turma de formandos. Lá embaixo, a galera faz uma algazarra ensurdecedora, inflamada pelo clima de competição e provocações entre as torcidas.

Dá para sentir a tensão no ar, enquanto nos encaramos, com a animosidade já aflorando. Era óbvio que o Xavier estaria entre os indicados. Pelo que tenho percebido, é o queridinho da escola, e não apenas pela sua popularidade por ser filho da família mais rica. Ele parece ser respeitado por algo que não se conquista só por ser cheio da grana. É quase irritante tanto endeusamento. Além disso, os amigos não escondem que torcem para que ele e a insuportável Yasmin fiquem juntos. E o outro casal parece que namora também. Estão abraçados, imitando a dupla de antipáticos. Ou melhor, imitando a loira que está praticamente pendurada no seu cãozinho.

Ah, fala sério! *Au... Au...* Dá vontade de enfiar o dedo na garganta ver uma garota se sujeitar a migalhas.

Olhando bem... bem mesmo, ela nem é tão bonita assim: se assemelha a uma fantasia de boi-bumbá vermelho, cheia de brilho, mas sem nenhum encanto.

— Boa tarde, pessoal! — A recreadora, usando uniforme da agência que está organizando tudo aqui, aparece com uma prancheta e um sorriso forçado. — Em nome do resort, preciso esclarecer algumas coisas antes de a gincana começar.

Está visivelmente tensa, e já dá para imaginar o porquê. Colocar as duas escolas rivais juntas no mesmo dia foi um erro e tanto. Só poderia dar em alvoroço, exatamente como estão as torcidas.

— Primeiro, precisamos mudar a dinâmica da gincana — ela continua, olhando para nós, mal conseguindo se sobressair ao som do microfone, diante de tanta confusão. — Infelizmente, só tomamos conhecimento da rivalidade entre as escolas quando chegaram aqui, mas o objetivo deste evento é que tenham uma experiência boa, e não que continuem essa disputa durante o período em que estão sob nossa responsabilidade. As diferenças entre vocês precisam ficar lá em Parintins, não numa viagem de formatura, na qual merecem um pouco de diversão depois de tanto esforço e estudo.

Eu cruzo os braços, impaciente. Estão querendo o que com uma gincana como essa e toda essa ladainha para falar logo as regras? Apagar o fogo com gasolina? Ela não tem a menor ideia da explosão que isso pode dar.

— Então, em vez de ser escola contra escola, decidimos formar duplas mistas. Não será Colégio Dom Bosco contra Escola Santa Maria aqui, e, sim, dupla contra dupla. Os pares serão sorteados, e... — pausa sob os protestos, que pipocam dos dois lados, dificultando sua comunicação, deixando claro que o que vem a seguir não vai agradar — Quem fará o sorteio seremos nós. A responsabilidade é toda nossa, fiquem tranquilos.

— O quê? Isso não faz o menor sentido! — contesto imediatamente. — Como assim misturar as duplas? Isso não é justo!

— É, viajaram legal! — Xavier resmunga, cruzando os braços com cara de poucos amigos. — Vou explicar uma coisa para a senhora: as chances de isso dar certo são zero!

Yasmin, claro, faz questão de apoiá-lo, com sua mania esnobe de jogar o cabelo para o lado, como se estivesse numa passarela.

— Por que mudar? Já estava decidido e, se nossos amigos escolheram os representantes, foi por alguma razão. Não podem escolher essas regras — endossa a nojentinha.

Até Enzo, que geralmente é mais calmo, se manifesta:

— Olha aí... Nossa competição já tem tradição. Alterar isso agora é... complicado. Vai dar pau.

A recreadora suspira e pede calma para as turmas barulhentas. sua postura enérgica indica que está acostumada a "apagar incêndios" nas outras turmas que coordena. Outras, né. Não a nossa.

— Entendo que estejam frustrados, pessoal, mas a decisão já foi tomada em reunião com a diretoria. Isso é para evitar conflitos maiores entre as escolas. E, repito, não mudaremos as nossas regras.

Olho para Enzo, torcendo para que sejamos sorteados juntos. Pelo menos, se cairmos em dupla, temos chance de "ganhar de lavada". Acredito que, até com o Léo, venceremos com folga. No que depender de mim, não permitirei que os Vermelhos saiam ganhando, nem ferrando! Nem aqui, nem em Parintins. Em lugar nenhum, nunca!

A recreadora começa a sortear as duplas, recebendo o reforço de outros dois recreadores, que trazem as urnas. Em meio ao tumulto que não cessa, o meu coração acelera, a adrenalina já percorrendo as veias. Meu olhar vai involuntariamente para Xavier.

O estúpido me seca, mesmo tendo uma garota empoleirada nele.

Tenho que cair com Enzo...

Tenho que cair com o Enzo...

Rogo em silêncio, a boca seca, enquanto o primeiro papel é retirado de uma urna e, depois, da outra.

— Léo e Joice! — a monitora anuncia, e a galera volta a chiar.

— Nem fodendo! — brada o namorado da tal Joice, que se vê provocado por meu amigo, sua voz cheia de indignação.

O burburinho cresce à medida que a discussão avança. Novo sorteio, e Bruna é chamada para ficar com o tal do Alexandre. Ele logo muda de tom, parecendo menos bravo quando percebe que ela é mais bonita do que a namorada.

Homens... São tão otários. Quero torcer a boca.

— Xavier e... — Nesse instante, sinto meu coração na garganta ao ouvir seu nome.

Com o olhar baixo, não posso ver suas feições ao dar um passo à frente. Também nem precisaria, tenho certeza de que sustenta seu sorriso charmoso e arrogante para a plateia, considerando os gritos o recepcionando, dignos de um ídolo subindo ao palco.

Jesus, Maria, José... não me coloquem em enrascada, eu imploro!

Os segundos se arrastam, e o mundo ao meu redor desacelera. A expectativa é insuportável.

— ...Ayra! — a monitora anuncia, e um calafrio percorre minha espinha de imediato.

O chão some por um segundo.

Oh, não... Mil vezes, não...

O salão inteiro parece entrar em câmera lenta, enquanto viro a cabeça, esperando que, sei lá, meu futuro parceiro esteja tão irritado quanto eu e proteste. Recuse. Faça qualquer coisa! Mas, não. Claro que não.

Os olhos azuis e intensos estão fixos em mim, como se já estivesse planejando sua vitória. E, para piorar, ele inclina a cabeça de lado, daquele jeito implicante de sempre, como quem diz: "Terá que me engolir."

O quê? O quê? Como assim?! Por que não está gritando, pedindo um novo sorteio, qualquer coisa? Isso é um absurdo!

— Não pode ser sério! — externalizo meu protesto, mais alto do que eu gostaria.

Enzo me olha como quem tenta entender o que está rolando, mas não vou nem gastar energia explicando. Já o Xavier... bem, o sorriso dele agora é puro deboche, aquele tipo que me irrita demais.

Mal consigo ouvir o que a monitora diz depois disso. Ou saber quem acabou ficando com quem. O palco vira uma bagunça de duplas se organizando, enquanto estou tentando processar a ideia de ter que competir com Xavier ao meu lado. A frustração borbulha no meu peito, junto com outros sentimentos que não quero admitir, porque detesto sentir... O que eu fiz para merecer isso?

— Parece que vamos nos divertir, Pocahontas.

A voz profunda e rouca soa contra o meu pescoço, e eu dou um pulo antes mesmo de processar o que ele disse. Nem tinha notado que estava tão perto.

Ótimo! Além de insuportável, também é sorrateiro.

Não sei o que me irrita mais: ele estar certo, ou eu reagir como se isso fosse um jogo de verdade.

O arrepio que desliza pela minha coluna e o calor que sua presença exala ameaçam dominar meus sentidos.

Os dedos dos pés se contraem, enquanto um turbilhão de sensações, irritantemente familiares, se instala em meu estômago. Malditas borboletas! E vou ter que lidar com elas pelos próximos dias! É preciso manter o controle, a todo custo; então, não me afasto, ergo a cabeça, enfrentando a sua invasão de espaço.

— Não vou dançar contigo. — Minha decisão sai firme, mas o calor que sobe ao meu rosto denuncia a tremenda bola fora, principalmente quando percebo todas as cabeças se virando na minha direção.

— Por que não, Ayra? — a monitora dispara, em pura reprovação. Está na cara que minha recusa não caiu bem, até porque os outros, ainda que contrariados, estão aceitando a situação sem tanto alarde.

— É, caprichosa, por que não?

Ah, lá vem ele. Sua cara dissimulada só serve para me deixar ainda mais constrangida. Babaca! Por que tem que tornar tudo mais difícil?

Apelo para as orações que minha avó me ensinou para eu ter discernimento e não o mandar para o inferno, enquanto seus olhos brilham em diversão, esperando a minha resposta. Quer me constranger na frente de todo mundo, garantido? Comigo, não!

— Porque tu não se digna nem a tratar as pessoas pelo nome — declaro, sem a menor intenção de fugir do seu jogo.

O sorriso de Xavier se torna malicioso e irritante, como quem vivesse para me testar.

— Acho que tanta implicância assim é medo.

— Medo?

— Tem claramente uma queda por mim e tem medo de se apaixonar, querida.

Sua provocação vem com uma piscada descarada, tão insuportável quanto ele. E, como se não bastasse, os risos da turminha do "clube sem-noção" explodem ao redor, todos cúmplices do bobo da corte. Ótimo, parabéns para ele! Conseguiu a plateia que queria.

— Coitado! Prefiro comer um balaio inteiro de tucumã pelo resto da vida.

Faço questão de caprichar na cara de nojo, com direito ao gesto clássico de dedo na garganta. A zoação ao redor só aumenta, claro, porque aparentemente sou o novo entretenimento da galera também.

— Ayra, sua desistência desclassifica sua turma — alerta a monitora, para piorar a situação. Era só o que me faltava...

— Tic-tac, tic-tac... — o imbecil assovia. — Ela vai, ou não vai, pessoal? Façam suas apostas!

Incita sua turma de estúpidos, e, de quebra, a minha, que não quer perder sem ao menos participar da atividade também. Seu grupo começa a vaiar o meu e vice-versa. Merda! A Moara vai me matar se sonhar com um negócio desses...

— W.O. — Xavier soletra lentamente, o rosto abaixa e fica bem próximo ao meu. Quanta injustiça ele ser tão bonito! Franzo o nariz em desgosto. Os olhos azuis se prendem aos meus, e o paspalho inicia a contagem com os dedos. — Um... dois...

— Ridículo! — Ranjo os dentes de tanta raiva desse menino.

— Não se garante em ficar perto de mim pelo resto da semana? — atiça.

— Querido, o Corcunda de Notre Dame é mais atraente do que tu.

As turmas caem na gargalhada, e eu sinto o peso da minha escolha. Agora os "parabéns" são para mim, pois acabei de virar a assistente do bobo da corte.

— E quem tem que se garantir em acompanhar o meu ritmo é tu — resmungo e, mesmo o atacando, ele ri, satisfeito porque reconsiderei. — Eu danço com uma condição.

— Está esperando que eu pergunte "qual"?

— Terá que se comprometer a ensaiar todos os dias; não entro para perder — declaro, resignada, mas afrontosa.

Seus olhos permanecem fixos nos meus, de uma maneira enervante, especialmente porque ele é muito, muito gato.

— Nem eu, querida.

O jeito que ele murmura não dá a certeza se está falando apenas da dança. E a expressão predatória ao sair do palco só aumenta minhas suspeitas.

As turmas explodem em gritos e comemorações. Minha aceitação é praticamente um anúncio de guerra. Todo mundo já está imaginando o clima dos ensaios dos próximos dias.

Os que me conhecem sabem que levo a sério as coreografias que monto; isso me levou ao posto de auxiliar de coreógrafa do Azul, mesmo com a minha pouca idade.

Já os amigos do Xavier, por sua vez, acham que seu líder vai me massacrar. Quem parece não gostar nem um pouco da situação é a Yasmin, que passa por mim, seguindo "seu querido" e sibila:

— Vaca!

Mais do que depressa, eu devolvo:

— Não vou te chamar do mesmo nome, porque seria uma ofensa ao pobre animal — Sorrio friamente ao vê-la bufar.

E eu achando que os próximos dias seriam divertidos!

CAPÍTULO 6

◆

"O amor é cego e os namorados nunca veem as tolices que praticam."
William Shakespeare

◆

Xavier

— Mandou bem demais, mano! Mexer com as emoções da fulaninha foi genial. Tô vendo um futuro presidente da Eco Tintas nascendo aqui, hein? Num piscar de olhos tu estará ocupando a cadeira do teu pai.

— Vai sonhando — rosno para Rodolfo, ao meu lado no balcão do bar. Ele sabe que odeio falar sobre esse assunto e, para ser franco... aquela é uma cadeira que, se tivesse a chance, ele tomaria para si.

Dá pra perceber pela forma como me sonda, quase como um urubu avaliando a carniça. Seus olhos brilham mais do que deveriam toda vez que o assunto é o futuro da empresa de nossos pais, e é difícil não sentir minha paciência escorrendo pelas mãos quando ele vem com essas indiretas sutis, carregadas de intenção.

Para mim, esse futuro — ainda que fosse o caso — está a anos-luz de distância. Seu Monfort não sairá dela até que esteja incapacitado, mas Rodolfo parece acreditar que já pode moldá-lo em seu favor.

Meu pai, como sócio majoritário, controla 63% da Eco Tintas. Enquanto a família Monfort tem 10%, Alcino detém 20%, e os outros 7% pertencem a acionistas externos. Essa última fatia pode parecer pequena, mas é suficiente para justificar a pressão constante por resultados e as intermináveis reuniões de "estratégia". E o velho, claro, faz questão de querer me enfiar no meio disso tudo, criando eventos e oportunidades nas quais eu, o herdeiro relutante, devo marcar presença.

Só que não quero encher mais o meu saco agora, não quando, de longe, meus olhos não desgrudam daquela garota petulante nem por um segundo. Faz meia hora que Ayra Tari teve a audácia de me enfrentar, achando que eu recuaria. Mal sabe ela que estou dissecando cada detalhe, analisando todas as formas de ir até lá, despedaçar sua pose de indiferença e arrancar, à força, qualquer traço de controle que ela pensa ter.

— Tu vai mudar de ideia. O mundo dos negócios é viciante, quanto mais a gente conhece, mas se deixa envolver — argumenta, parecendo nossos pais falando.

— Tua cabeça não desliga disso nunca? Parece um disco riscado, caralho! Não tem outro assunto melhor para falar? Fica quieto — retruco categórico.

— Uh, ok! Voltando à vadiazinha da ralé, tu precisa dar uma lição naquela ali para que nunca mais esqueça.

Tem algo no jeito com que ele se refere à Ayra que não me agrada. Sei lá por quê. Não deveria me importar, só que, por algum motivo, me importo. Ela é uma peste, mas isso não é a maneira de se referir a uma mulher.

— Ela é assunto meu — declaro em tom definitivo. — Não se mete!

— Tu quem sabe, X. Só acho que aquela putinha fez o maior papelão contigo lá no palco e merece ser colocada no lugar dela. Igual à irmã pau no cu, que chegou à Câmara ontem e já está se achando. Até o dia que encontrar o dela também.

Meu pai achou que, com toda sua influência, conseguiria contornar a situação que impedia o retorno da produção da Eco Tintas a Parintins com facilidade, porém, se deparou com uma resistência inesperada na Câmara Municipal — em grande parte graças à atuação de ninguém mais ninguém menos que Moara Tari.

E esse comentário do Rodolfo prova que é um noinha irresponsável que não sabe diferenciar o que é dito no afã do momento, acreditando que as coisas podem chegar ao pé da letra.

— Está comendo maconha no café da manhã, cara? Presta atenção no que está falando, porra! — alerto entredentes.

— Essa é minha opinião. Quer tu concorde ou não. Estamos atravessando um problema do caralho por causa desse povo que deveria ter permanecido dentro do mato. E não vou mudar meu pensamento sobre isso.

Nem lembro a primeira vez que senti vontade de socar o Rodolfo. Talvez tenha sido no maternal, quando decidiu que meu Lego era dele, mesmo tendo um quase idêntico. Naquela época, eu só mordi a sua mão até ele largar o brinquedo. Desde então, perdi as contas de quantas vezes essa vontade voltou.

Por algum motivo, agora é diferente. O desejo de enfiar meu punho na sua cara é quase incontrolável. Deveria estar pouco me fodendo para o jeito que ele falou. Só que depreciar as pessoas me incomoda demais.

Sei que se referiu a elas dessa maneira deplorável, pois são de classe social diferente da nossa. Para ele, é como se não valessem nada por serem pobres. Não suporto injustiça. A arrogância do Rodolfo é como um reflexo repugnante de tudo que sempre odiei ver enquanto crescia — a prepotência, o desprezo por quem os da minha classe considera inferior.

E não tem só a ver com a garota da qual não tiro os olhos: pode ser quem for. Já briguei muito com a minha família pela forma como tratam meu tio Elias. Abomino essa merda. Não sou nenhum herói, nem faço questão de ser. Só que do meu lado ninguém canta de galo.

— Sabe qual é a real? Tu fala de um jeito, mas se colocasse a bunda por um dia no mato, não durava nem pra pegar o almoço. Então, cala essa boca antes que alguém a cale por ti.

— Ei, calma, aí... Desde quando defende aquela gente? — O idiota estreita os olhos surpresos sobre mim.

— Desisto de ti. Em vez de cuidar da minha vida, que tal ir atrás do que tu quer? Yasmin deve estar precisando de um ombro amigo... — aponto para que saiba que estou ciente da sua queda pela minha ficante.

Tem isso também. Rodolfo sempre se encanta por qualquer menina que se aproxima de mim. E a Yasmin? Essa saiu daqui fervendo quando veio me torrar o saco porque não reclamei de ter sido sorteado com Ayra.

O que eu podia fazer se a "caprichosa" não saía da minha cabeça? Nosso embate de ontem e hoje me inflamaram pra caralho, então, na hora, pensei em tudo, menos em reclamar. Eu até apreciei, porra!

Meus olhos vão para ela de novo, porque não consigo controlar. Babo em suas belas curvas, a bunda durinha, naquele biquíni de cor que grita por atenção. Além da língua afiada, seu corpo gostoso pode foder a cabeça de qualquer um.

Puta que pariu, minha mente conjura imagens de Ayra e eu nos pegando em um cenário imaginário no meio da mata, ou num passeio de barco, só nós dois. O desejo de arrancar aquele pedacinho de pano com os dentes vem forte e denso. O sangue desce para a virilha, deixando meu pau pesado.

Não desvio a atenção. Ayra está com a amiga, distraída em uma conversa com uma mulher, que rabisca no caderno. Franzo o cenho ao notar a aparência mística da senhora. Parece estar fazendo alguma merda esotérica, suponho.

A exibida age como se eu não existisse, mas sabe que estou esperando sua bunda atrevida há mais de vinte minutos para o nosso primeiro ensaio. Seu descaso é proposital. Quer me tirar do sério, obviamente.

Acredita que pode brincar comigo, querida? Vai descobrir que mordeu um pedaço maior que a boca. E vai ser agora mesmo!

Finalizo o isotônico em um só gole, tentando apagar os resquícios do porre de ontem. Com um leve estrondo, bato a garrafa no balcão, e, ao me virar para Rodolfo e o resto da turma, encontro rostos aturdidos, observando a minha explosão, provavelmente à espera de alguma treta.

— Vou ali ver qual que é... — aviso com o sorriso de poucos amigos.

Tomo o caminho em direção à Ayra, que continua sem se virar para trás em nenhum momento. Conforme me aproximo, ouço a conversa fluindo entre as amigas e a mulher, que menciona algo sobre o futuro com uma confiança de quem sabe que possui um dom. A curiosidade da Alice parece não ter limites, já Ayra se mostra impaciente, batendo o pé de leve no chão.

Caralho, que delicinha o movimento dessa bunda!

— Já tirou suas dúvidas, amiga? — seu tom é baixo, mas consigo escutar. — Daqui a pouco aquele babaca vem atrás de mim. Esqueceu que tenho que começar a ensaiar com ele? Tu disse que só faria uma pergunta e agora já está na centésima. A coitada da numeróloga já está para nos mandar embora.

Babaca? Que garota mais irritante.

— Égua, Ayra! Eu precisava perguntar tudo aquilo. Vou demorar para casar, tu ouviu? — responde Alice, com um sorriso exultante, enquanto a senhora passa a observar Ayra.

— E você? Quer que eu veja o seu nome e de algum pretendente também? — pergunta com um olhar perspicaz, de quem conhece o caminho das pedras.

— Não tenho nenhum em vista — Ayra cruza os braços, com frustração evidente na voz.

Então, o bicho-de-caju desta manhã não está comendo a castanha? Não passaram a noite juntos? Interessante...

O que isso me interessa? Importa que a minha noite foi de muita foda. Yasmin se enfiou na minha cama durante a madrugada, mesmo com os caras dormindo ao lado. Doidinha e safada!

— Uma menina tão bonita deve ter muitos interessados. — A numeróloga tenta aliviar a tensão. Percebendo que ela fica constrangida, completa. — Mas se não tem, me dê apenas seu nome.

— Ayra Tari.

— E Xavier Monfort — me intrometo antes que o cérebro processe, sem resistir à tentação de provocá-la. Então me inclino para frente e olho por sobre seu ombro, posicionando-me bem atrás do seu corpo.

Sai dessa agora, caprichosa!

Ayra vira a cabeça no mesmo instante, os olhos arregalados. Em seu rosto, há uma expressão de incredulidade. Posso ver nas suas bochechas levemente coradas.

— Ah, um par perfeito! — a senhora exclama, piscando para Ayra, ignorando seu bico. — Vamos ver o que os números têm a dizer sobre vocês.

— Por favor, não coloque o nome dele.

Sorrio por dentro. Ela sempre vem com essa pose, como se estivesse por cima. É engraçado, na verdade, ver como acha que pode me irritar. Só que o que prende a minha atenção não é o desaforo em si, mas o jeito como me encara de lado. Há algo nessa garota que, por mais que eu queira só irritar, me atrai pra caralho!

— Preocupada de novo, Pocahontas? Relaxa, a probabilidade é zero, tenho certeza — incito-a.

— Deixa, amiga. Tu não falou que não acredita nessas coisas? Então... é só brincadeira — Alice entra na conversa, e eu começo a gostar dela.

— Já disse que não quero — afirma e rola os olhos, sem conseguir esconder uma pontinha de indecisão no tom.

A provocação que lancei está funcionando. Pode tentar se manter irredutível, contudo, sei que ela também sente a necessidade de me confrontar. É quase como se fossem as nossas preliminares. Motivo pelo qual não estou encostando minha virilha nela...

Vai ter que rebolar para descobrir como me deixa doido de tesão.

— Se não quer, coloca meu nome e depois o dela — peço para a numeróloga.

Nem acredito nessas merdas. O que vale é o duelo.

— Garoto, tu não tem limites? Muda para o nome da tua namorada. É Yasmin do quê?

Curiosa. Está jogando o verde.

— Se não me odiasse tanto, diria que isso é ciúme. Só relaxa. Isso não é sobre nós. Como não estou com nenhum pingo de vontade de perder essa competição, quero saber se os números vão dizer se vamos vencer ou nos matar até o final.

— Morte certa! — a petulante rebate.

— Veremos.

A numeróloga se põe a traçar uma equação maluca no papel. Sua caneta rabisca sem parar, enquanto seus olhos, vez ou outra, se erguem para nos observar, carregando um brilho misterioso, como se soubesse de algo que não estamos prontos para ouvir.

— Interessante... — murmura, concentrada, sua testa franzindo levemente.

— O quê? — Alice pergunta, excitada. Pelo que tenho visto, a garota é bastante espalhafatosa.

Não pergunto, pois tenho certeza da resposta: zero compatibilidade.

— Vocês dois têm uma combinação muito poderosa — continua a numeróloga, como se precisasse confirmar algum detalhe. — Nunca vi algo assim... Ambos possuem uma força interna que é difícil de conter. E a energia que pulsa entre vocês é intensa!

Fala sério... Franzo o cenho e abano a cabeça, sem querer acreditar nisso. É balela! Está querendo nossa grana, só pode ser.

A senhora faz uma pausa, o que aumenta o suspense, enquanto noto a emburrada tentando esconder qualquer reação semelhante à minha, mas é inútil. Já consigo ver através da postura afrontosa que insiste em mostrar.

— Uhm... O destino de vocês, juntos, tem... 98% de chance de se concretizar — revela com ar de autoridade no assunto. Eu arfo. Ayra faz o mesmo.

— Piada! — solta incrédula.

— Os números não mentem — a numeróloga responde com firmeza e um brilho ofendido no olhar. — Há apenas 2% de chance de não acontecer. Ou seja, mesmo que tentem resistir, algo muito forte está ligando vocês dois. Algo que é quase impossível de mudar. Não importa o que aconteça, o destino sempre dará um jeito de uni-los.

Nem fodendo! A picuinha era só pra irritá-la, um joguinho sujo pra vê-la se contorcer de raiva, mas agora... "destino"? Isso é patético. E, ao mesmo tempo, o pensamento de usar essa ideia absurda a meu favor me excita de um jeito que não consigo ignorar.

A situação de uma Tari amargar cada segundo em ter que conviver com um Monfort me diverte mais do que seria sensato. Basta olhar para Ayra e confirmar que estou certo. O choque e a irritação misturados no rosto dela são uma visão que não consigo deixar de apreciar.

Aquele desconforto que a toma, a expressão amarga diante de algo tão ridículo quanto 98% de chance entre nós, é muito mais saboroso do que qualquer desprezo que eu deveria sentir. A aversão, a rivalidade entre os bois? Confusões do passado? Que, aliás, nem sequer foram causadas por nós... tudo isso evapora diante da sensação crua e viciante de vê-la assim: desconcertada.

— Aí está, caprichosa — soo dúbio; a ironia escorre fácil pela boca. — Destino...

— Os 2% me salvaram. Ufa! Ficarei presa a eles — rebate, levantando as mãos para o ar, em falso agradecimento. Vira para a numeróloga e oferece um aceno simpático, quase diplomático.

Mas eu não resisto a provocar a garota só um pouco mais. Nunca vivi isso e já não quero que pare.

— Só uma pergunta. — Começo me fazendo de sonso ao me dirigir à numeróloga, já adivinhando o efeito que terá. — Se Ayra ficará presa a estes dois por cento e eu também, nosso destino se cruzará de novo?

A mudança no rosto dela é instantânea.

— Sinceramente? Agradeço o tempo que a senhora disponibilizou, mas não vou ficar aqui ouvindo mais sobre isso — sorri para a senhora, porém o tom é bravinho ao me encarar. — Se tu quiser discutir nossa participação na competição, me encontra na academia.

Com essa deixa, Ayra vira as costas, e sai sem olhar para trás, ignorando até a amiga, que observa a numeróloga com um pedido de desculpas nos olhos.

E eu? Pego o papel da senhora e a agradeço, só mesmo por educação. Enquanto isso, ela continua falando ao fundo, agora explicando para Alice com um tom tranquilo, quase ritualístico, que na numerologia pitagórica, cada letra do alfabeto é associada a um número de um a nove, que se repete ciclicamente. Conclui que seu papel é interpretar esses números e dar sentido ao que é apresentado.

Não dou muita bola, mas o que faço com aquela maldita equação? Leio:

» Xavier: X (6) + A (1) + V (4) + I (9) + E (5) + R (9) = 34
» Monfort: M (4) + O (6) + N (5) + F (6) + O (6) + R (9) + T (2) = 38
Total: 34 + 38 = 72.

» Ayra: A (1) + Y (7) + R (9) + A (1) = 18
» Tari: (T = 2, A = 1, R = 9, I = 9; Total = 8)
Total: 18 + 8 = 26

Total: 72 + 26 = 98%

Fuja mesmo, querida, porque, querendo ou não, dois por cento é muito pouco para nos agarrarmos a isso.

CAPÍTULO 7

◆

"É mais fácil obter o que se deseja com um sorriso do que com a espada."
William Shakespeare

◆

Ayra

Uma garota prevenida é outro nível. Agito-me, tirando tudo da bolsa — que mais parece o Triângulo das Bermudas. Enquanto estávamos tranquilas tomando sol, não esperava que fossem chamar todo mundo para aquele maldito sorteio. Por sorte, já tinha um macacão de ginástica na bolsa, pois o plano era treinar mais tarde.

Mas quem imaginaria que Alice fosse querer parar para conversar com aquela numeróloga e fazer mil perguntas sobre seu futuro com metade dos garotos de Parintins? E o que parecia ser só um pequeno atraso, virou um grande problema quando ele veio atrás de mim.

Agora, preciso me trocar rapidinho, antes que o outro chegue. Resmungo, à medida que subo o macacão pelas pernas. Nem a pau dançaria com ele de biquíni, ainda mais pela forma como me olha. Bicho seboso!

— Então, os Contrários não exageraram. Tu já é coreógrafa de verdade?

A voz vem da porta. Eu deveria parecer indiferente, mas não, minha pele reage antes que tenha qualquer chance de controle. Arrepio-me ao vê-lo pelo espelho. Lá está ele, sorriso sacana estampado como se já tivesse vencido alguma competição invisível entre nós.

Puxo as alças pelos ombros, tentando me concentrar em qualquer coisa que não seja no olhar penetrante que lança em minha direção, parecendo ter o poder de queimar cada parte exposta do meu corpo.

Além disso, devo essa informação vazada sobre a minha vida pessoal à torcida da escola. Em vez de segurarem a língua, os bocós ficaram se gabando antes da hora, espalhando que sou professora de dança na escolinha da agremiação. Isso antes mesmo de saberem da surpresa do sorteio. Contando com os ovos ainda no fiofó da galinha! Assim como ficaram falando que faço parte do corpo de dança do meu boi, entregando tudo de bandeja para ele.

— Bem que achei a roupa que estava usando ontem meio... diferente — faz uma pausa. — Esteve praticando dança em pleno passeio de formatura? Uau. Como é dedicada — assobia zombeteiro, ainda que o tom soe impressionado.

Pela Virgem! Ele é tão, mas tão perturbador!

— Algumas pessoas conseguem fazer duas coisas ao mesmo tempo. Talvez tu devesse tentar algum dia — desfiro o corte certeiro.

Fecho a bolsa com um estalo e a deixo no canto da parede. Ele se move lentamente entre os aparelhos da academia, como um felino cercando a presa. Os olhos fixos em mim, através do espelho, e luto contra os calafrios quando meu corpo assume o comando da mente.

— Tá mesmo com a ideia fixa nos "dois por cento" ou essa tua resposta é só mais uma coincidência conveniente?

Sua provocação vem acompanhada dos seus passos, que começam a se tornar mais confiantes e desafiadores... e ameaçadores?

— Nem um, nem outro. — Viro-me para encará-lo, numa postura em que me sinta mais corajosa. — Agora, se puder esquecer essa besteira de destino, eu agradeceria.

Ergue uma sobrancelha, claramente se divertindo.

— Esquecer? — sua voz abaixa, quase num murmúrio, sustentando um tom de quem sabe o que está fazendo. — Por que não pensei nisso antes?

— Pensou no quê? — lanço, impaciente, driblando o calor que sua aproximação faz subir por mim inteira.

— Que aquela mulher não era numeróloga coisa nenhuma. Só uma charlatã. Por acaso tu armou todo aquele show, pois percebeu que eu ia até lá te chamar? Porque só isso justifica ficar lá parada. — Dá um último passo à frente, o calor do seu corpo preenchendo o espaço entre nós.

Apenas inspire, depois expire, tá legal? Ordeno-me.

— Qual outra droga usa além da maconha para viajar desse jeito? Se não sabe, está tendo uma convenção de profissionais da área aqui no resort. Só falta me dizer que pedi para sortearem nossos nomes juntos.

Ele ri, um som baixo e cheio de promessas não ditas.

— A maconha está longe de estar entre meus novos vícios, Pocahontas — sussurra, e é como se a voz profunda e sensual me atingisse bem no meio das pernas. A sensação é tão intensa quanto alarmante.

Também usa o apelido que substituiu como uma forma de me cutucar sem ofender diretamente. E, droga, quando diz isso com aquele brilho no olhar azul penetrante, é impossível não sentir algo se agitar dentro de mim.

— Na verdade, o que quero saber é se tu dança. — Volto à pauta para encontrá-lo me observando com um brilho diferente, não sei se faço a leitura correta, só sei que meu coração acelera ainda mais.

— Gosto de música. Isto é o bastante?

— Essa é a tua forma de confessar que não sabe dançar? — concluo, perdendo muito do antagonismo de antes.

— Mais ou menos isso.

— Admitir já é o primeiro passo. Podemos fazer um acordo: tu monta aí o ritmo como quiser, e eu escolho a música. Que tal?

— No caminho para cá, pensei em Bachata — sinto meus lábios ameaçarem um sorriso, enquanto o noto confuso.

— Bachata? Tipo... algo abaixados? — claramente chuta. Não tem ideia do que seja o estilo.

Não me aguento e rio, imaginando que apresentação bizarra seria.

— Nem perto disso! Esse é um ritmo latino — explico, ainda rindo. — Dançado a dois, mistura influências de outros ritmos. — É quente e sensual... mas esse complemento não ouso verbalizar. — Os passos são curtos, usam-se mais as laterais e tem bastante movimento de quadris — continuo, e o interesse em seus olhos se acentua, obviamente gostando desse detalhe.

Caraca, não me atentei a isso... Por que sugeri essa dança que requer um grau de intimidade maior entre os parceiros? Mais mãos dançando pelo corpo... Carícias... Pegadas firmes, como amantes.

— Como viu, nada de agachados — retomo de onde parei ao perceber que ele espera que eu conclua.

— Imaginei. Falei só para zoar e não perder a chance de vê-la se explicar — confessa, adicionando uma piscadela safada, linda... Merda! Definitivamente não foi uma boa ideia escolher Bachata. — Garanto que vamos arrebentar! Costumo me esforçar quando quero muito alguma coisa.

— Consegue ficar longe das drogas para assumir essa responsabilidade?

— Não sou usuário. — Seu semblante fica sério.

— Todo dependente diz isso.

— Tenho cara de drogado?

Ao me desafiar desse jeito, sua beleza se torna ainda mais fascinante, uma provocação difícil de resistir.

— Ninguém vem com letreiro na testa — concluo para irritá-lo. Respiro fundo e me afasto mais alguns passos. — Volte a se divertir com seus amigos, e iniciamos amanhã o ensaio. — Tento me recompor, pois há uma parte de mim que já começa a ceder ao magnetismo desse garoto.

— Pensei que começaríamos hoje — parece contrariado. — Quanto à experiência, já fui parceiro de baile no aniversário de quinze anos da minha prima. Será que isso me credencia como dançarino?

Antes que eu possa responder ou me afastar, sinto sua mão deslizar para a minha cintura. O toque firme me puxa contra ele, eliminando a distância rapidamente. A outra mão captura a minha em um gesto que não aceita objeções; e, de maneira improvisada, sem aviso, contraria o que acabei de falar e começa o ensaio.

— A valsa é bonita, admito, mas não vai nos levar à vitória — a voz soa mais controlada do que me sinto. — Precisamos de algo a mais... Por isso, não começaremos hoje. Quero pensar em uma coreografia que vai além do esperado por nossos amigos e comissão julgadora. Bachata é um ritmo que quase ninguém está familiarizado aqui no Brasil.

— Saquei — ele murmura, sem afrouxar o aperto. Seu rosto se inclina um pouco, e um brilho indecente toma suas íris. — Isso me dará tempo para pensar na música que se encaixe no nosso balançar de quadris, Pocahontas.

— Combinado. Só preciso que se comprometa a ensaiar três horas por dia, e garanto que posso te ensinar muito além de passos de valsa.

— Duas está de bom tamanho. Estamos de férias, lembra? — contrapõe, um meio sorriso brincando na boca tentadora.

— Fechado. Amanhã, mesmo horário. — Saio, olhando-o pela última vez, já em direção à porta.

— Como desejar, *caprichosa* — brinca às minhas costas.

Ando o mais rápido que posso, para bem longe da academia, em busca de ar. Meu cérebro precisa de oxigênio para voltar a raciocinar direito, sem a sobrecarga sensorial que é esse garoto.

Quando me refugio no quarto e me deito na cama, meu corpo inteiro ainda pulsa pela eletricidade desconcertante que foi estarmos juntos.

CAPÍTULO 8

◆

"Meu único amor nascido do ódio.
Cedo demais o vi, ignorando-lhe o nome,
e tarde demais fiquei sabendo quem é."
Romeu e Julieta — William Shakespeare

◆

Ayra

Bato os pés no ritmo de *Razões e Emoções*, do NX Zero, que toca no sistema de som da academia vazia. Estou sentada no banco de madeira perto da janela, tentando parecer tranquila, mas meu pé me entrega. Cheguei trinta minutos antes, com a desculpa de relaxar, mas, na verdade, só queria me preparar psicologicamente. Afinal, é disso que preciso para encarar Xavier duas horas diárias até a apresentação, na próxima quarta-feira.

De costas para a entrada, mergulho na minha leitura preferida: *Romeu e Julieta*. O livro está velho, as páginas quase se desintegrando... Moara o comprou para mim em um sebo em Manaus, quando eu tinha onze anos. De tempos em tempos, jogo-me na releitura do clássico mais amado e acho que, no fundo, Shakespeare é a única coisa capaz de equilibrar minha sanidade no momento.

Tenho um fraco pelos clássicos. *O Morro dos Ventos Uivantes*, *Orgulho e Preconceito*... são meu tipo de romance. No Brasil? Não tem como não amar *A Moreninha*, do Joaquim Manuel de Macedo, ou *Capitães de Areia*, do Jorge Amado. E claro, *Grande Sertão: Veredas*, do mestre Guimarães Rosa. Clássicos têm alma. Eles sempre me fazem esquecer, por uns minutos, o caos do mundo externo.

Minha professora de Literatura é a minha maior fã e costuma dizer que, se eu não fosse inclinada para a dança, poderia me dar bem como escritora. Não, não está em minhas veias essa coisa de escrever. Amo ler, assim como adoro história e até me inscrevi em um curso de verão sobre a cultura e folclore amazonense, mas, como profissão, meu coração só bate forte pela dança.

Enquanto muitos dos meus colegas estão ainda no dilema sobre o que fazer depois do ensino médio, meus passos estão definidos há algum tempo. Como na ilha não tem Dança Contemporânea, farei Educação Física na UNIGRANDE. Ainda poderei trabalhar a questão corporal; além disso, quero continuar aqui, junto à minha comunidade. Jamais deixarei minhas raízes. Eu sou do meu povo! Do meu boi.

Estou tão absorta que só percebo a presença de alguém quando o livro é arrancado de minhas mãos. O coração dá um pulo, e eu também.

— Devolve o meu livro! Agora! — exijo, encarando o ladrão sorridente.

Xavier levanta o livro como um troféu, exibindo aquele maldito ar cínico que parece dizer "me alcança se puder".

— Não antes de conhecer um pouco da minha parceira de dança. Por enquanto, tudo que sei... é que ela tem um péssimo humor pela manhã.

Abana a cabeça em diversão e corre pela academia, driblando-me como um jogador de futebol americano a caminho do *touchdown*. Refugia-se atrás de um aparelho nos fundos do espaçoso recinto quando vou atrás dele.

Por um momento, realmente achei que ele podia ser legal. Ontem, até parecia ter baixado a guarda... Erro de principiante. Ele é um Vermelho traiçoeiro, e só isso já deveria ter sido motivo suficiente para manter distância.

— Pouco me interessa a impressão que tem de mim. Devolve!

O riso debochado aumenta e ele olha a página que estive lendo. Com uma voz esganiçada e dramática, começa a recitar:

— *Como o mar, o meu amor é profundo e desconhece fronteiras.*

Seus olhos se erguem para mim, brilhando em atrevimento. Balança a cabeça com zombaria, e ainda na voz jocosa, completa:

— "Oh, Romeu! Meu querido Romeu..."

— Não vou pedir de novo... Devolve! — ranjo entredentes, lamentando a rapidez com que me tira do sério.

Ele faz que não liga e contorna o aparelho, vindo parar à minha frente. Tenho o impulso de me afastar pela maneira como parece grande, enorme. Como pode ser tão intimidante? Engulo o tremor em seco. Olhos azuis intensos capturam os meus, e é como se sugassem todas as minhas forças e meu cérebro derretesse.

— *Romeu e Julieta* é bem a tua cara, Pocahontas — caçoa.

— Se com isso quer dizer que sou culta… Sim, é a minha cara — enfrento-o, erguendo o queixo.

— Não, querida, isso não foi um elogio. Quis dizer que é iludida.

— Ah, claro. Erro meu esperar que um maconheiro entendesse o valor de um clássico da literatura mundial.

— Continua achando que me conhece, por ter me visto dando uns tapas num baseado? — Sua expressão se fecha, fitando-me da sua maneira intensa e perturbadora. — Tu não sabe nada sobre mim.

— Ouça, vamos ensaiar e acabar logo com isso, que tal? Não quero ficar perto de ti mais do que tu em relação a mim — proponho, dando-lhe as costas para guardar o meu livro.

— Não tente fazer suposições a meu respeito, Pocahontas. Vai errar sempre — meio que rosna baixo; então, como se apertasse um botão invisível, volta ao tom costumeiro. — Pelo menos, para a música, parece ter bom gosto. Nem tudo está perdido. Gostei. Também sou fã de NX Zero — elogia, e, mesmo surpresa, olho por cima do ombro.

É quando o flagro. Sua atenção está toda na minha bunda, na minha *legging* branca. Meu rosto esquenta e, antes que tente fingir que não percebi, seus olhos encontram os meus.

O brilho de interesse masculino queima nas profundezas azuis, algo que não deveria estar lá — ou que talvez eu não devesse notar. O sorriso arrogante brinca em seus lábios e ele começa a andar em minha direção, cada passo meticuloso e lento. Dá uma suadeira da porra…

— Nossa, temos algo comum, então? Acho que, agora, o mundo pode acabar e tu parar de me chamar assim. Não estou no elenco da Disney.

— Estão perdendo um talento e tanto.

— Virei atriz por acaso? — retruco, arqueando as sobrancelhas.

Hoje, ele veste uma bermuda cinza e um casaco leve com capuz em um tom mais escuro, o que destaca ainda mais o azul de seus olhos. Aqueles malditos olhos!

— Não, não estou te chamando de atriz… — Para por um momento e completa: — Só alguém que é selvagem e me faz querer saber o quanto…

Égua de mim! Ele é o típico *bad boy* dos livros de romance *new adult* que adoro ler também, e a ideia só piora tudo. Sim, com certeza seria mais fácil lidar com ele me hostilizando. Assim, talvez, eu conseguisse manter minha mente longe de... coisas impróprias.

No entanto, Xavier pisca, como se ele mesmo tivesse percebido o que acabou de dizer. Move-se um pouco para trás, limpando a garganta de forma quase imperceptível, e sinto o ar voltar aos meus pulmões. Uma sensação estranha de alívio e frustração se mistura em mim.

— E, antes que vire uma fera achando que não fiz a tarefa de casa... — Volta o tom animado, mas há um ligeiro desconforto que não estava ali antes. — Trouxe uma música bem original.

— Gosto da ideia! — respondo, grata por qualquer mudança de assunto que tire o foco daquela última troca de olhares.

Ele conecta o celular ao sistema de som com movimentos ágeis e, em instantes, a introdução de uma música ressoa pelas caixas espalhadas pelo ambiente.

— *O Amor Está no Ar*! — exclamo o nome de uma das músicas da nossa região, composta por Chico da Silva. — Está brincando que escolheu essa toada!

— E por que não deveria? Só porque o Boi Azul comprou os direitos dela? — diz com uma calma irritante, com ar de quem está contando uma novidade. — Para começo de conversa, Chico da Silva é Vermelho, e essa música foi feita nos anos de 1990 pra nós. Assim, os dois lados se sentem representados à sua maneira. Por que não ela?

Não discuto e nem digo que tenho outras teorias, pois essa canção já é quase um hino não oficial do festival, também porque, em seguida, entra uma batida eletrônica.

Um arranjo diferente, mas que, aos poucos, vai se mesclando ao som original, tornando-se algo envolvente, empolgante e qualquer desavença entre nós se perde no momento.

— Uau! — elogio. — Ficou maravilhoso esse arranjo.

— Gostou mesmo?

— Muito! Quem é o DJ? Ele manda muito bem.

De expectante, a expressão de Xavier se transforma. O rosto se suaviza, revelando algo que nunca imaginei ver: orgulho, puro e genuíno. Pela primeira vez, ele parece despido daquela arrogância constante. Seu sorriso me parece realmente sincero. Há uma intensidade nova em seus olhos, uma honestidade inesperada que o torna ainda mais... fascinante. Não só isso, ele se torna perigoso.

— É um carinha aí que conheço... — Dá de ombros, mas os olhos me observam com curiosidade. — Curte música eletrônica?

— Se curto... Amo! — deixo escapar sem pensar, mas logo me retraio, ciente das asas do pavão que parecem se abrir. — Para ficar redondinha com a nossa apresentação, um toque mais latino nessa remixagem seria o auge!

— Posso conseguir isso.

— Tem acesso ao DJ? — pergunto, tentando manter o entusiasmo. — Iríamos arrasar.

— Tá no papo. Ele me deve uma, e não acredito que vai me negar esse arranjo — assegura, e me pego ansiosa.

— Ah, caraca! Já estou torcendo para dar certo.

— Se rolar, eu te mostro. — Ele acena, com um riso torto curvando sua boca, atraindo meu olhar que, sem permissão, sempre acaba voltando para aqueles lábios perfeitos. Uh... — Acaba de ganhar muitos pontos comigo, caprichosa.

Rolo os olhos para conter essa loucura desmedida ganhando terreno dentro de mim e vou até o meio do salão. Quando me viro, lá está ele, conferindo minha bunda de novo. Dessa vez, nem disfarça. Pervertido!

— Que tal transformar esses pontos em dedicação, garantido? Podemos ensaiar?

— "Romeu, oh, Romeu!" — O irritante insiste na provocação teatral, sua voz carregada de uma zombaria que me faz querer bater nele, juro.

— Vamos ver se só tem conversa, Xavier Monfort — desafio, e os olhos dele cintilam fugazmente, talvez pela surpresa em me ouvir falando o seu nome.

— Só há um jeito de descobrir, Pocahontas.

— Qual?

Levanto o rosto e ele abaixa o seu, aproximando-se devagar, provavelmente testando até onde pode ir. Suas narinas se expandem, como se também inalasse o perfume que apliquei com mais expectativa do que de costume. Passei horas no banho, usando a essência de cumaru[9] que Moara me deu. Fiz uma trança impecável, sem um único fio fora do lugar.

— Descubra — sua postura é de desafio, e só agora, frente a frente, percebo o quanto quis isso, a proximidade... estar bonita para ele. Desejei que me notasse. Que sentisse a mesma atração que anda assombrando os

[9] Cumaru é uma semente aromática conhecida como a "baunilha da Amazônia".

meus sonhos proibidos. Que sua atenção fosse minha, ainda que apenas pelo tempo de ensaio.

Xavier não me dá mais tempo para pensar, sua mão grande e firme pega a minha cintura, puxando-me contra seu corpo. Tudo que minha mente consegue processar no momento é o prazer do seu toque. Mesmo através da malha do *collant*, dá para sentir o calor, a pegada gostosa.

— Sou todo seu, parceira.

A conotação sedutora em sua voz percorre meu corpo como um raio, arrepiando cada centímetro da pele. Maldito seja!

— Cubra minhas mãos com as suas — ordeno, assumindo o papel de condutora, enquanto sinto os dedos longos envolverem os meus.

— É sempre tão mandona?

— Só quando preciso ensinar o pouco que sei — retruco, o tom brincalhão combinando com a tensão latente que ele finge não estar provocando. — Agora, mantenha o olhar no meu. Contato visual faz toda a diferença em danças assim.

Xavier obedece, mas o faz com uma intensidade que me pega desprevenida. Seus olhos não apenas encontram os meus; eles parecem atravessar cada barreira que eu coloco, explorando meu interior como se fosse um território a ser conquistado.

— Vou conduzir no início, pra tu sentir a dinâmica dos passos, mas, se tiver alguma ideia... diga.

— Sim, senhorita... — murmura com um sorriso de canto, a voz oscila entre brincalhona e perigosamente sedutora. Sua mão na minha cintura aperta de leve, um gesto sutil, mas que dispara um alerta indesejado por todo o meu corpo.

— Postura ereta, Xavier — corrijo-o, mais severa do que a situação exige. Tento suavizar. — Elegante, não rígido. Não estamos carregando sacos de cimento.

— Assim? — Estufa o peitoral, resvalando no meu ao ficar na posição exata.

— Se continuar um bom aluno, vai manchar sua reputação — provoco.

— Talvez eu só queira agradar a professora gostosa.

— Vai ter que se esforçar bem mais se quiser impressionar alguém que dança desde os cinco anos. Pronto para a próxima instrução?

— É só tu me dar...

— Dá para *parar* de usar duplo sentido em tudo? Isso é irritante, sabia?

— Quer dizer que te deixo constrangida, Pocahontas?

— Sei que faria bem ao seu ego te dar razão, mas a última vez em que abri o dicionário, "irritada" não tinha nenhuma ligação com constrangida.

— Eu fico me perguntando se sua língua é rápida deste jeito em tudo.

— Prefiro que se concentre na nossa missão. Essa sim nos levará a algum lugar. — Respiro fundo e volto ao foco, sem me permitir imaginar o que ele acaba de insinuar. — Agora, preste atenção. Na Bachata, o movimento dos quadris é essencial. Tu vai transferir o peso de uma perna para a outra, no ritmo da música. Vamos começar primeiro pela base — oriento, fazendo-o me acompanhar. — Um, dois, ponta... Um, dois, ponta. Entendeu?

— Acho que sim.

— Ótimo! Agora, tentaremos sem a marcação: um, dois, três, quatro...

Minha voz permanece quase profissional, embora meu corpo esteja tenso com a familiaridade íntima com que ele me segura.

— Cinco, seis, sete e oito... — murmuro, enquanto Xavier tenta acompanhar meus movimentos, mas o jeito um pouco desajeitado com que tenta sincronizar o ritmo me arranca um sorriso involuntário. — Está muito duro — corrijo, tocando levemente sua cintura para ajustá-lo. Ele me olha de lado, parecendo desconfortável.

— Cuidado com o que pede, parceira. Posso mostrar que fico mais duro do que isso. E, depois, não adianta me culpar dizendo que levo tudo no duplo sentido.

— Azar o teu. Terá trabalho redobrado. Se fosse tu, iria preferir amolecer esse corpo rapidinho. Sou conhecida por não desistir fácil dos meus alunos. Agora, tudo o que fizemos para os dois lados será para frente e para trás.

Passo a sequência, repetidas vezes, intercalando com as séries laterais, conforme nossos quadris ondulam devagar, num jogo ritmado de leveza e intenção. A cada movimento, ficamos mais próximos, nossos corpos parecem começar a se entender. A música, o calor, o olhar, a cadência dos nossos movimentos... tudo se mistura.

De repente, algo muda. Rimos quando ele erra, também quando acertamos. Pela primeira vez, parecemos cúmplices, mesmo que tudo tenha começado com os passos mais simples. A tensão que costumava nos separar começa a desaparecer, como se a dança tivesse nos desarmado de alguma forma. É engraçado, mas não consigo mais enxergar o espaço entre os rivais que costumamos ser. Até a troca de olhar é diferente. A dança tem esse poder...

CAPÍTULO 9

◆

"A paixão aumenta em função dos obstáculos
que se lhe opõem."
William Shakespeare

◆

Xavier

Entro na academia com o capuz na cabeça, sem que ninguém me veja, e é como se cada músculo soubesse que logo Ayra estará aqui. Passei cada minuto, depois que nos despedimos ontem, desejando voltar a sentir seu corpo — gostoso pra caralho — colado ao meu...

O jeito com que ela bagunça minha mente e, ao mesmo tempo, me mantém absurdamente focado. Sempre querendo provar algo que nem sei nomear. E é aí que me pego pensando: será que é isso que me atrai tanto nela? Porque, diferente de todo o resto, ela não tenta me agradar.

Teve um tempo em que ser o centro das atenções, ou o cara popular, tinha lá seu apelo. Curti. Daí, com o passar dos anos, a bajulação foi se tornando questionável, cansativa. Na noite passada, por exemplo, cheguei a cogitar de me trancar no quarto em paz, mas tinha certeza de que, se tivesse feito isso, meus amigos sem-noção levariam a festa até mim com a desculpa de que não podiam me deixar de fora. Além disso, eu sabia quem estaria por lá, então, decidi ir.

Quando Ayra chegou, com aquele vestido curto, o tecido leve quase voando ao ritmo do vento, Yasmin estava plantada no meu colo. Não que faltasse lugar para se sentar, mas ela não tinha entendido que eu não estava a fim... Praticamente a forcei a se levantar várias vezes.

Foda-se! Parei de me importar e me concentrei no pirão mole do Enzo indo tirar a Pocahontas para dançar no início de uma seleção de carimbó. O imbecil começou a sussurrar coisas ao seu ouvido, e ela... respondia sorrindo.

Yasmin tentava, desesperada, me monopolizar em outras questões. E, ao sentir que isso não funcionou, começou a apelar, soprando junto ao meu ouvido.

— Põe a mão no seu bolso, Xav — disse gemendo, achando que essa merda ainda me excita. — Coloquei minha calcinha nele.

Era isso. Ela gostava de sexo sujo e duro, era previsível, exibicionista, uma vadia egocêntrica que não sabia a hora de parar, ainda mais quando sentia que eu estava "longe". A ereção contra sua bunda? Não era para ela. Já tinha se formado muito antes, só de ver Ayra dançando daquele jeito que misturava inocência e provocação.

Ela dançava bem, claro. Só que aquele brilho, aquele fogo nos olhos? Não estava lá. Saber disso não me acalmava, só me deixava mais puto. Ela estava ali apenas para me provocar? Então, o filho da puta a puxou para mais perto, e aquilo foi o estopim que eu precisava para dar a noite por encerrada, antes que fosse arrancar a garota atrevida dos braços do estúpido e relembrá-la da alquimia feroz que criamos juntos durante o ensaio da tarde.

Mas, porra, não podia. Havia gente demais. "Oh, eu sou o brinquedo da sorte!" — recito em desdém uma frase que foi dita por Romeu após matar Teobaldo em um momento de fúria.

Sim, conheço *Shakespeare*. Ok, não sou íntimo, porém não sou alheio à importância do cara na literatura universal. Assisti a *Romeu e Julieta* em Nova York, na Broadway. Meu pai precisou ir para lá pessoalmente para tratar de um contrato de exportação, e acabamos ganhando ingressos para o teatro como cortesia.

O velho achou que seria falta de educação recusar, então nos levou para ver a trágica história de amor dos dois adolescentes tolos. O problema é que ele entendia só o básico, e eu era o único da família que era mais safo no inglês. Por consequência, enquanto a plateia se emocionava ou despertava alguma reação, minha mãe ficava cutucando meu braço.

— O que aconteceu agora, filho?

Passei a peça inteira traduzindo para ela. Acabei decorando algumas falas. Claro que não dei o gostinho de contar sobre minha relação com Shakespeare à "dançarina culta".

Ontem, sem conseguir pregar os olhos, catei meu notebook e celular, e procurei uma das salas tranquilas do resort. Passei horas mexendo nos arranjos de *O Amor Está no Ar*, ajustando ao ritmo de Bachata. Remixar sempre foi meu bálsamo em qualquer circunstância.

Volto a mim quanto escuto a porta da academia ser aberta.

— Carapanãs[10] na cama, garantido?

— Tava sem graça sozinho — respondo no mesmo espírito de humor.

— O céu nublou no teu mundinho perfeito?

— Ando preferindo a tempestade, Pocahontas. Depois dela, geralmente vem um tempo bom.

— Olha já[11]... Temos um filósofo entre nós?

— A culpa é do destino. Ouvi dizer que tenho noventa e oito por cento de chance de passar por essa tormenta nos próximos dias.

— E só dois para me livrar.

— Difícil ver tanto potencial desperdiçado... há maneiras bem melhores de gastarmos esse tempo de duas horas.

Puxo-a para começarmos a ensaiar, assim que inicia *O Amor Está no Ar*, na versão ainda não revisada.

— Ah, é? — Ela não recua, e os olhos brilham desafiadores quando a conduzo para a sequência que me ensinou. — Tipo o quê?

— Você poderia ir me ajudar a exterminar os carapanãs no meu quarto numa dessas manhãs.

Afasto-a para encará-la, e seu sorriso, de repente encabulado, me faz querer muito mais. Mexida? Interessante.

— Se bem que talvez isso... — Trago-a de volta contra mim, colando nossos corpos. — ...me daria uma razão diferente pra não sair da cama.

— Se eu tivesse que ir até lá, seria pra garantir que tu nunca mais se levantasse para insinuar tamanha asneira.

A resposta vem afiada, sem perder o rebolado contra mim, e eu rio alto. Ela é o próprio desafio!

— Também é uma pena descobrir que é tão pouco confiável... — acrescenta, com um tom brincalhão e misterioso. — Logo hoje que eu tinha algo... diferente em mente.

— O que é?

Vim preparado: bermuda grossa e uma vontade quase insana de enfaixar meu pau em algum corpo antes de vir. Tudo em nome de evitar que perceba

10 Nome regional para mosquitos.

11 Expressão regional. Usada em vários sentidos: alerta, advertência ou aviso de impaciência.

o efeito que tem em mim. Mas aí ela olha daquele jeito — olhos escuros, lábios entreabertos, um suspiro que parece queimação pura. E, de repente, toda minha "preocupação" não vale de nada.

— Ontem, eu e Alice achamos um riacho aqui perto. A terra lá é bem barrenta, sabe? Pensei que, se treinarmos um pouco por lá, vai ficar escorregadio o suficiente para eu finalmente domar esse teu quadril… — conta casual, como se estivesse se desculpando pela ideia, mas sem conseguir esconder o sorriso travesso.

— Querida, há maneiras bem mais divertidas de tu conseguir isso!

— Grrrr, é tão irritante, garantido! — revira os olhos e dá um tapa leve no meu peito, como se quisesse enfatizar o ponto. — Agora, falando sério… Não estou reclamando do teu ritmo, tu captou bem a essência da Bachata, mas, daqui pra frente, vamos elevar o nível. Adicionaremos mais *turns*, *cross steps*, *shoulder rolls*… passos que, no final, sempre retornam ao básico. É isso que dá o charme da dança: a complexidade que sempre volta à simplicidade. Entendeu?

— Entendido. Vamos nos lambuzar agora, então? Direito a banho e tudo depois? — tento a sorte.

— Aff… O Corcunda de Notre Dame dá um show de charme em ti.

Rio alto.

— Posso também fazer só uma sugestão? Se vamos fazer esse negócio dar certo, será que podemos esquecer um pouco as diferenças externas? Por enquanto, não temos nada um contra o outro, temos?

— A fumaça no ar não seria suficiente para você?

— Fui um idiota, admito, mas isso não é motivo pra andarmos com arma engatilhada o tempo todo se não estamos em guerra, certo?

— Também não precisamos fingir que essas diferenças não existem, né?

— Isso nem passou pela minha cabeça.

— Então, talvez a gente tente… quem sabe?

◆

Cerca de um pouco mais de uma hora depois, chegamos à beira do riacho. A caminhada pelas palafitas foi uma mistura de diversão e tensões disfarçadas em provocações e pequenas disputas.

O ambiente ao nosso redor é surreal: o barro marrom-escuro da margem, quase preto por causa da influência do Rio Negro, se funde com a lama, criando um contras[illegible]vagem contra o riacho que serpenteia entre árvores entrelaçadas, como se estivessem ali exclusivamente para uma sessão de fotos. A natureza, em sua forma bruta, exibe uma perfeição quase inacreditável.

— Estava contando quantos segundos mais iria resistir com os chinelos — comento ao vê-la avançar descalça, passos firmes, como se fosse a dona daquele pedaço.

O jeito como ela se move — sem frescura, livre, sorridente, tão integrada à natureza... é hipnotizante.

— Em vez de gastar energia tentando me atingir, deveria tirar esse tênis, que sustentaria algumas famílias na nossa ilha, e vir se juntar a mim — rebate, com aquele tom sagaz que adoro.

O pior? Já estou seguindo sua "sugestão". Desamarro o cadarço devagar, mas mantenho a atenção nela.

Ayra afunda os dedos dos pés na lama e, em seguida, suja as pontas dos dedos das mãos. Depois, traça linhas despretensiosas no rosto, quase como um ritual. Quando vejo a arte completa em seu rosto perfeito, é como se voltássemos no tempo.

Aquele símbolo. As marcas que usava no rosto na primeira vez que a vi. E, céus, como estou bebendo cada segundo dessa visão!

— Sei que é corajosa, Pocahontas. Mas devia pensar bem onde pisa — cantarolo.

— Onde? Onde?! — Ela salta em minha direção, olhos arregalados, inocência genuína na voz, sem perceber que é só uma provocação.

E se desequilibra.

Sua respiração bate contra o meu rosto. Sem hesitar, seguro-a.

— No barro, onde mais? — provoco-a assim que a estabilizo nos meus braços.

— Tu é sem-noção, sabia? — retruca, sem perceber como o contato entre nós está me tirando do eixo.

É nesse instante que a velha insistente vontade de sentir sua boca ressurge, mais forte do que nunca. Quero engoli-la, fazer dela minha. Provar sua saliva. Cada detalhe no olhar de chocolate entrega que sente o mesmo. Seus olhos também recaem na minha boca, quase como se me desafiassem.

Inclino-me, só um pouco, pronto para acabar com essa tensão que nos cerca, a fim de pôr um fim nesse jogo que ela finge que não está jogando, mas...

Ela recua e se afasta. Tremendo levemente — talvez pela incerteza do que tem pairado entre nós. E isso me leva a uma nova conclusão: beijar alguém que luta contra o próprio desejo, que tenta negar a atração, tem um apelo perigoso e irresistível.

Forçá-la não é uma opção. Qual seria a graça? Prefiro que continue assim: me provocando, me desafiando com aquele sabor agridoce. Quando ceder, será ainda mais explosivo.

— Vem pra lama, garantido!

A dança começa. O terreno escorregadio é traiçoeiro, porém, o calor entre nós é verdadeiro. Quando quase caio, ela ri; seu riso cessa em seguida ao tropeçar também, e eu a seguro sempre.

— É impressão minha ou tu andou estudando alguma coisa sobre Bachata? — pergunta.

— Eu te avisei que não entro para perder. Se desejo algo... — pauso, com um propósito implícito que ela parece absorver — vou atrás até conseguir.

Puxo-a para mais perto, minhas mãos parando na linha da sua bunda. Ela ofega, e meu corpo responde imediatamente, fazendo festa, esperando esse momento.

— Nunca imaginei te ver tão concentrado — insinua, sua respiração quente batendo contra o meu pescoço, enquanto os passos continuam.

— Nunca quis me concentrar assim também.

A cada deslizar dos pés pelo chão escorregadio, sinto suas unhas pressionarem minha pele, fazendo-me de sua âncora para manter o equilíbrio.

— Arranhar minhas costas faz parte de alguma coreografia a que ainda não assisti, Ayra Tari?

— Olha só, ele sabe o meu nome.

Pensamentos loucos invadem minha mente. Ninguém precisa saber. Posso tê-la só para mim, mesmo que seja apenas agora, só aqui...

Minha concentração escapa sob o peso do tesão latente, e erro o próximo passo. O tropeço nos desequilibra, fazendo-nos cair. Meu instinto é protegê-la, esforçando-me para não a esmagar com meu peso. Caímos no barro, nossas vozes ecoando em pragas mistas, mas, antes que a frustração tome conta, uma fina chuva começa a cair sobre nós.

A água desliza por sua pele amendoada, e algo em nossa energia muda quando as queixas se transformam em risadas. Minhas mãos ainda seguram seus quadris, e nossos olhos se prendem, incapazes de desviar.

Quando o riso diminui, a realidade da nossa posição se torna impossível de ignorar. Estou sobre ela, o peso do meu corpo sustentado pelos braços, tão perto, que nossos rostos quase se tocam. E nenhum de nós faz menção de se mover.

— Você está bem?

— Sim — sua voz não é diferente da minha. Arfante, ansiosa. — O que te deu para me dar um cambre sem me avisar?

— Devo ter errado a ordem. Quer saber, faria tudo de novo para te ver toda suja e linda desse jeito — Mando tudo para o inferno ao roçar a boca na sua.

Seus olhos semicerrados e a boca se entreabrindo à minha espera me incentivam. Aí está você, Pocahontas! Vem brincar comigo. Me empurre...

— Não podemos, Xavier... Não pod...

Isso é diferente de "não quero", e, sem sequer pensar, calo-a.

Quando Ayra recebe a minha língua dentro da boca, tudo desmorona. O controle, que pensei ter, desaparece no segundo em que sinto o seu gosto. O beijo que começa calmo vira puro caos, um incêndio. O corpo dela estremece debaixo do meu, e isso só me faz querer mais.

Ela tem um gosto melhor do que qualquer coisa que já provei na vida. Beijá-la é ceder a algo que deveria evitar a todo custo, contudo, quanto mais a devoro, mais quero. Mais forte, mais profundo.

Assim que a puxo para mim, mais voraz, descubro que não consigo me saciar. Pior, percebo que estou mais doido por essa garota do que havia imaginado.

Eu a quero para mim.

Como a porra do Romeu quis a Julieta.

Montéquio e Capuleto.

Monfort e Tari.

Azul e Vermelho.

CAPÍTULO 10

◆

"Nossas dúvidas são traiçoeiras e nos fazem perder o que, com frequência, poderíamos ganhar, por simples medo de arriscar."
William Shakespeare

◆

Ayra

Uma pancada leve, mas seca, soa ao longe. Mais outra, e outra. Eu me remexo na cama, o soninho gostoso é interrompido por esse barulho irritante. Está chovendo granizo, por acaso, em pleno coração da Amazônia? Meus olhos se abrem, e resmungo.

Ainda sonolenta, viro a cabeça e olho para a janela. Nenhum sinal de chuva, só para conferir. A outra opção é Alice estar fazendo alguma coisa antes do dia clarear. Deus sabe que minha amiga é capaz de sair na surdina para encontros noturnos.

Desvio a atenção para a sua cama. Dorme tranquilamente; aliás, seu sono é pesado pra caramba! Ela cai na cama já roncando, sério!

Outro barulho.

Fecho os olhos na esperança de que seja apenas algo sem importância lá fora, mas vem outro, e mais outro, e descubro que vêm da outra janela, a que dá para a prainha.

Pássaros?

Seja o que for, é suficiente para me despertar de vez e me fazer levantar. Ando devagar e cautelosa na direção da janela e me esgueiro contra a parede. Esfrego os olhos para desembaçar a visão de sono.

Abro apenas uma fresta, e o ar fresco da aurora penetra o quarto; o céu está começando a se tingir de rosa salmão ao longe no horizonte, indicando que não vai demorar a amanhecer.

Então, quando olho para baixo, no jardim, meu coração erra todas as batidas possíveis.

Xavier?

Ele está lá...

Engulo em seco, o corpo todo tenso. Ontem fugi dele... Depois que nos beijamos na beira daquele riacho.

Égua de mim! Fiquei louca de pedra!

Só que não consegui resistir. Para ser sincera, nem tentei. Uma parte minha, uma bem sem-noção, diga-se de passagem, desejou aquilo.

Ser beijada por ele...

Quando o chamei para ir até lá, era para encontrarmos um equilíbrio juntos. Não adiantaria tentarmos avançar para os passos mais complicados se o básico não fosse executado com perfeição — o charme da Bachata é isso. Ele até tinha pegado a essência, mas faltava a molemolência que, na minha cabeça, como sua parceira de dança experiente, seria a "cereja do bolo" na nossa apresentação.

Xavier tinha pedido para darmos uma trégua da influência do mundo externo, só que, quanto mais me beijava, mais eu queria, e a culpa veio com força. Ele não é apenas do Boi Contrário, é o filho do homem que pode ter causado a morte da minha mãe! Devo continuar desprezando-o e mantendo distância.

Todavia, me perdi naquele momento, nele, em nós. Os giros, que inicialmente eram testes, criaram outra carga. Eu me deixei levar por ele — pela intensidade do momento, pela química, pelos sentimentos e... caramba aquele beijo!

Talvez, se eu não tivesse aberto os olhos para me certificar de que não estava sonhando, teria evoluído para algo muito mais profundo. Acontece que a realidade me tomou e, antes que fosse tarde demais, desvencilhei-me dele e saí correndo pelas passarelas de palafitas, o coração quase saltando pela boca.

Ouvi a voz de Xavier me chamando, pedindo para que eu parasse. Não parei. Corri mais rápido. Eu quis aquele momento mais do que tudo, porém, às vezes, o que mais desejamos é também o que mais nos faz perder a razão.

— Sério que está tacando pedras na minha janela? Vou chamar a segurança — ameaço. Vá embora, tentação!

— Ah, caprichosa... se tivesse um muro, teria escalado, mas só achei essas humildes pedras...

— Shakespeare deve estar se revirando no túmulo com essa sua imitação terrível.

— O objetivo nunca foi agradá-lo.

— O que tu quer na minha janela a essa hora? Deu formiga na tua cama, por acaso?

— Hoje sou eu quem vai te levar a um lugar diferente — anuncia, como se tivesse "descoberto a roda" nesse exato momento.

— Por que não esperou até a hora do nosso ensaio?

— Porque tem que ser agora, antes de todos acordarem.

— Está precisando mudar a medicação, se acredita que vou me juntar a ti sem ninguém saber. Doido de pedra!

— Vai valer a pena!

Égua! Sinto o espírito travesso sussurrar, quase com desdém: *Vai, Ayra! A floresta está quieta, ninguém vai saber. Aproveita.* Enquanto o espírito protetor me alerta: *Isso vai trazer tempestade, ele só vai te arrastar para o abismo!*

— Vem! — insiste. — Estou medicado. Só mordo quando me sinto ameaçado.

— Morrendo de medo. — Reviro os olhos.

— Está dizendo isso, pois ainda não viu como reajo quando sou contrariado... Se não quer que ninguém me escute gritar seu nome, é melhor descer.

— Não lido bem com ameaças...

— Vem aqui e discuta comigo cara a cara, Ayra — provoca, e, droga, o meu nome saindo da sua boca é como música!

Pondero os prós e os contras, enquanto observo Xavier. Penso em mamãe e em um amuleto que ela fez para mim com sementes escolhidas cuidadosamente por ela, quando nasci, contendo uma frase no patuá: *O coração sempre será o seu maior guia.*

— Tá bom, me dá um minuto.

— Coloca roupa de banho — avisa quando estou prestes a fechar as janelas.

— Nem disse que vou contigo, macho.

— Vai, sim, Pocahontas.

Troco-me o mais rápido que posso, escovo os dentes e prendo o cabelo num coque amontoado no alto da cabeça. Uma mistura de adrenalina e receio de ser descoberta reverbera em meu sistema. A excitação de ir com ele vence.

Olho para Alice uma última vez antes de sair. Continua dormindo "o sono dos justos" e rio, agradecendo ao fato de não ter que me explicar para ninguém.

— Merda! — Volto atrás na decisão, já com a mão na fechadura.

Minha amiga é espalhafatosa, se acordar e não me vir, vai colocar a Polícia Amazonense para procurar. Então, me aproximo dela.

— Alice!? — sussurro, tocando seu braço. — Bela adormecida?!

Acorda assustada, olhando-me como se tivesse visto um fantasma.

— O que aconteceu? O hotel está pegando fogo? — Levanta-se apressada.

— Cruzes, nada disso, sua exagerada! Te acordei para avisar que vou dar uma saidinha... — mantenho o tom sussurrado.

— Com quem?

— Com o meu parceiro de dança. — Nessa parte, meu rosto esquenta um pouco.

— Xavier? O do Boi Vermelho? Filhinho de papai? Aquele gostoso?

Acrescente babaca impaciente a essa lista também!

— Tem muita gente de olho na nossa coreografia. Então, vamos ensaiar em um lugar diferente — minto, algo que geralmente não faço. — Se perguntarem por mim, diga que preferi ficar dormindo.

— Tipo quanto tempo? A manhã toda?

— Não sei.

— Ah... Mulher... Eu sabia. Tu tá pegando!

— Volte a dormir, que está tendo alucinações, amiga. Tchau — debocho. E ela fica implorando para eu contar tudo antes de sair.

Fecho a porta do quarto como uma fugitiva, sem lhe dar ouvidos; em seguida, desço com todo cuidado do mundo, tentando não fazer barulho. O resort ainda está quieto e o único som que quebra o silêncio é o dos funcionários preparando o restaurante para o café da manhã.

A adrenalina pulsa nas veias, mas o medo de ser pega faz cada passo parecer um desafio, e eu nunca imaginei que amaria tanto essa sensação. Finalmente chego ao jardim para encontrá-lo com a mesma expressão penetrante que ele tinha antes de me beijar ontem.

— Pronta? — murmura, me escrutinando do comprimento do vestidinho curto até o decote.

— Para onde? — pergunto, ainda sem acreditar que estou carregando até uma bolsa com protetor solar... Para quem estava com medo de vir...

— Vamos dançar com os botos — responde enigmático, e eu acho impossível.

— Em Novo Airão?!

— Onde mais?

— Mentira! Estamos longe de lá para ir caminhando.

— Está prestes a descobrir que não blefo, Pocahontas. Aluguei uma lancha. Inclusive... — olha o relógio de pulso — já deve estar nos esperando — explica, como se não fosse grande coisa, sendo que um reles mortal nem sonha com esses luxos. Estende a mão para mim.

Hesito antes de pegar "a armadilha tentadora". Meus olhos sobem para encontrar os seus, que me observam intensos e cheios de algo que não consigo decifrar. Definitivamente, ele é o epítome do Boto... com aquele mistério e atração que despertam algo primal em mim — irresistível e perigoso ao mesmo tempo.

— Um minuto a mais olhando para a minha mão e seremos descobertos, Ayra. Confie em mim!

Apenas aceno, incapaz de encontrar palavras, enquanto ele me guia por uma trilha estreita e quase escondida. Árvores gigantescas e centenárias nos camuflam até alcançarmos o píer. O som dos pássaros, a mata começando a despertar... Tudo é um capítulo à parte. O cheiro da relva molhada pela umidade da noite se mescla ao perfume que emana de Xavier. Quando chegamos à passarela de madeira na margem do Rio Negro, solto uma exclamação alta.

— Uau! Alguém caprichou... — assovio, deslumbrada com a lancha à nossa frente. Não apenas uma rápida com a qual costumamos transitar pelo rio, é uma grande, suntuosa, esportiva.

Só vejo dessas quando os turistas ricos estão descendo ou subindo o "Amazonas" e passam perto da minha casa. Nem em sonho imaginei andar numa embarcação assim!

— Tudo do melhor para a minha indiazinha — murmura próximo ao meu ouvido, sua voz é baixa e envolvente, e o termo tem uma conotação carinhosa.

Um arrepio percorre minha espinha e tudo piora quando me ergue nos braços com tanta facilidade que eu poderia jurar que estava mais leve do que o ar.

— O que tu tá fazendo?

— Evitando que a rainha da sagacidade fuja de novo — responde, enquanto caminha tranquilamente em direção à embarcação luxuosa.

— Xavier Monfort... Tu sabe que...

— Meus amigos me chamam de Xav. Deveria tentar — corta meu protesto, subindo a bordo sem hesitar, comigo ainda nos braços. Ele me desliza com cuidado para o assoalho de madeira polida, mas mantém os braços ao meu redor, prendendo-me ali. Seu rosto está tão perto do meu, que sinto sua respiração quente.

— Não sou tua amiga.

— Eu sei.

— Então, por que quer que te chame assim?

— Seu problema é que não me conhece e acredita apenas no que as pessoas dizem.

— Os últimos dias na sua presença já me mostraram o que preciso saber.

— E o que te mostrei? — Inclina a cabeça, parecendo que vai me desmontar peça por peça. — Que posso ser um cara legal, do tipo que se joga numa piscina sem pensar... com celular e documentos no bolso só para te salvar?

Engulo seco, me sentindo uma vaca egoísta agora.

— Ou que, se fui reativo, foi porque tu me atingiu de um jeito que ninguém suportaria injustamente. Tu me chamou, no mínimo, de dependente químico, mesmo que eu nunca tivesse te ofendido antes.

Sim, ele tem razão. Sempre que o encontro, penso em atacá-lo, por vê-lo apenas como Monfort. Enxergá-lo pela sua visão me faz admitir que tenho sido um tanto injusta. E uma onda de arrependimento me toma. Porém, antes que eu possa reagir, Xavier não permite que me sinta mal por isso.

— Agora diga. Quero ouvir como soa o meu apelido nos lábios da garota mais irritante que conheço e, ainda assim, a única que não consigo ignorar — provoca, com as mãos firmes na minha cintura, puxando-me para mais perto.

Arquejo, sentindo cada defesa se dissolver sob o efeito dele. Sem pensar, meus braços traem minha última resistência e enlaçam seus ombros largos. Contudo, quando estou prestes a atender à sua insistência, lembro-me de quem também o chama desse jeito e algo me ocorre.

— Prefiro X... Que tal isso?

Algo acende em seu olhar, mostrando que gostou.

— Prefiro te calar com um beijo, Pocahontas... — Seus lábios pairam sobre os meus, a respiração quente e controlada, provocando até o último limite. — Não quero ouvir nenhuma maldita desculpa. Tu quer isso tanto quanto eu — murmura com aspereza, e, então, sua boca se apodera da minha, macia e quente. O sabor de menta fresca me arranca um gemido suave de prazer, que se perde no beijo urgente.

Nós nos agarramos com força, nossos corpos entrelaçados ardem com uma paixão sôfrega e latente, mas que, de algum modo, se recusa a se apressar. Precisamos nos saborear, aproveitar cada segundo do contato íntimo.

Xavier grunhe, sua língua dança com a minha, primeiro devagar, depois com uma intensidade que me faz perder o fôlego. Uma onda de desejo profundo irrompe dentro de mim, um rio de excitação invade meu ventre, inundando cada centímetro do meu ser. Ele rosna, mordendo minha boca com uma possessividade que faz meu coração disparar.

Uma das mãos grandes de Xavier ampara minha nuca, enquanto a outra se afunda quase que possessivamente em minha bunda. Eu me penduro em seus ombros, devorando-o e me permitindo ser devorada pelo desejo insaciável.

— O piloto... — murmuro entre os gemidos.

— Tu pensa demais, Ayra.

— Se estivesse pensando, não estaria aqui.

Xavier ri perverso e morde meu lábio, não tão delicado. Seus olhos brilham, transbordando malícia.

— Então, talvez eu precise me dedicar mais para que seus picos de esquecimento sejam recorrentes.

— Vamos fazer um trato?

— Outro?

— Vamos deixar as coisas rolarem como estão daqui em diante.

— Está me oferecendo algo do tipo: o que acontece em Anavilhanas fica em Anavilhanas?

— Uma boa analogia, mas não... O que acontecer aqui, vamos lembrar para sempre. Como bons momentos entre duas pessoas que estão a fim de se curtirem.

— De onde tu tira tanta autoconfiança?

— Aí que tá o problema. Não tenho confiança nenhuma quando tô perto de ti. E, quando me afasto... — pisca para mim — só piora.

Por que ele se tornou tão gentil de repente? Xavier solta minha cintura e um frio instantâneo perpassa minha pele, cada centímetro já sentindo falta do seu toque. Para o meu consolo, ele não me deixa ir completamente; entrelaça os dedos nos meus, puxando-me com firmeza para o deck da lancha, como se estivéssemos selando um pacto silencioso, uma memória destinada a durar.

Em instantes, a embarcação se distancia do pequeno píer e vai ganhando velocidade. O motor ronca baixo, com aquele ritmo constante que embala cada curva do rio e faz vibrar o casco.

Meu cabelo desmancha do coque, e a bagunça que o vento faz tem sabor de liberdade. Sou muito jovem e, ao olhar para Xavier, tão natural, curtindo a viagem, decido que quero sentir essa emoção intensa vibrando em meu corpo e coração até quando pudermos.

CAPÍTULO 11

◆

"Lutar pelo amor é bom,
mas alcançá-lo sem luta é melhor..."
William Shakespeare

◆

Xavier

Estou sentindo o coração bombeando forte pra cacete, enquanto observo Ayra alimentar os botos. O sol forte de Novo Airão parece iluminar cada sorriso seu. Ainda quero andar pela cidade e, quem sabe, levar algo daqui que me faça lembrar de tudo isso — dela, desse dia, dessa loucura. *Porra!* Ela me flechou.

Como duas pessoas improváveis podem se encontrar e, do nada, existir entre elas uma conexão que desafia o bom senso? Contra todas as expectativas, somos isso. Talvez exista mesmo uma equação sem explicação em nosso destino, afinal... Temos noventa e oito por cento que poderiam ser bom pra porra, e dois por cento que podem foder com tudo.

— Vem, X! — ela chama, toda animada com o apelido que me deu. E aí está a pergunta que está martelando na cabeça: como diabos ela o escolheu sem ter a menor ideia de que uso o X como parte do meu pseudônimo de DJ? Nem de longe tem como descobrir que é o meu codinome. Aliás, mal posso esperar pra ver a sua carinha linda quando ouvir, no nosso retorno, a surpresa que preparei, atendendo ao seu pedido. Arrebentei no arranjo, modéstia à parte! Deixei essa cereja pro final...

Ayra age como uma moleca espirrando água em mim.

— Só vou se me disser por que X.

— Eu... hum... Sei lá, pensei que era mais curto e... bonitinho?

Mente.

— Curto combina comigo? — Arranco o casaco de moletom e, depois, sem pressa, a regata branca, por notá-la me comer com os olhos.

Conforme me aproximo da margem do rio, termino de me despir, tirando o tênis e a bermuda.

— Achei que era por ser mais... marcante. Forte...

Meu exibicionismo só a deixa mais encabulada, e percebo que estou me divertindo, enquanto amarro o calção de banho direito, provocando-a ainda mais.

— O X é... é a inicial do seu nome! Só isso, ué!

Joga água na minha direção de novo, claramente sem saber onde esconder o rosto que ruboriza, como se quisesse tirar o foco do que acabou de dizer ou mesmo por ser flagrada...

Antes que perceba, salto da plataforma e nado até ela. A corrente fria envolve a gente; a água está na altura da sua cintura. Eu me delicio com a visão dos bicos dos seios arrepiados, sob o biquíni preto, fazendo-me salivar para tocá-los, beijar, chupar... Porra, meu pau começa a ficar duro! Ainda bem que está submerso e não vou parecer um tarado sob os olhares de outros turistas nas redondezas.

— Tu consegue ser mais criativa do que isso — digo, fitando- diretamente nos olhos. — Assim me decepciona, Pocahontas.

— Olha já, senhor Boto! Tem alguém aqui querendo roubar sua atenção! — continua disfarçando, usando o novo amiguinho que surge entre nós.

O metido, por sua vez, parece entender a situação e toma a cena completamente. Ayra interage com o boto, que salta, fazendo seu show aquático. Ela ri, um som leve e contagiante, como eu só tinha presenciado quando soltou as bolhas de sabão, e isso é tudo o que preciso para me render a eles e querer mais daquela sensação que jamais esqueci.

Ayra ri com aquele brilho no olhar, ao movê-la de trás de mim, enquanto brinco de chantagear o boto com petiscos, só que a isca que jogo é para conquistar o coração dela, roubando alguns beijos no processo.

Mais tarde, já no centrinho da cidade, além de comprarmos um monte de bugigangas dos artesãos locais, paramos em uma barraquinha discreta, quase escondida no canto da feira. Lá, Ayra pega um colar simples, feito de pequenas sementes escuras e entremeado por um fio rústico marrom.

— Vocês são do povo Baré, né? — ela pergunta à mulher que atende, enquanto os filhos brincam perto e o marido trança fios sentado no chão.

A mulher diz que sim, e as duas trocam algumas palavras, sobre sua avó falar muito deles. Então, anuncia decidida:

— Vou levar esse!

Abre a mochila e paga à senhora, depois se vira para mim.

— Comprei para ti. Minha avó garante que quem usa um colar de sementes da floresta atrai sorte e proteção por onde passa.

Coloca ao redor do meu pescoço, ajustando-o com um toque delicado. Sou pego de surpresa. Não é o tipo de presente que estou acostumado a receber; nada de valor material, mas, de alguma forma, tem um significado foda pra caralho!

Atordoado, envolvo-a em um abraço, absorvendo a simplicidade e o simbolismo que aquele presente carrega.

— Obrigado, Pocahontas. Eu aceito a proteção, e quero que tu aceite a minha também — respondo, virando-me na direção da senhora, em busca de algo perfeito para ela. Meus olhos se detêm em um colar vermelho. Sem querer estragar o momento por causa da cor, pego um igual ao meu.

— Agora, estamos conectados também.

Deslizo o colar ao redor do seu pescoço, satisfeito ao vê-lo encaixar perfeitamente, e a abraço forte de novo, sussurrando ao seu ouvido:

— Um lembrete de paz... e de tudo o que vivemos aqui, não importa o que aconteça.

Depois de ela ter quebrado as minhas pernas com sua atitude, e eu beijá-la como se não houvesse o amanhã, lanchamos rápido e voltamos correndo — de mãos dadas — para a lancha. O dia poderia durar para sempre, mas não, nosso idílio estava chegando ao fim.

Tomamos o caminho de volta, descendo o rio. O piloto para no meio do trajeto, assim como combinei. A desculpa improvisada — "resolver alguma coisa" em um dos vilarejos — nos deu a oportunidade de ficar a sós por mais um tempo.

Ela está só de biquíni de novo; e eu, de bermuda de banho. Durante o mergulho, competimos no nado, implicamos... Não faltaram pretextos bobos para nos agarrar, beijar, girar abraçados dentro das águas turvas. Tudo perfeito ao subirmos pela escada lateral da lancha, e, pelo constrangimento dela ao me cortar algumas vezes, quando ousei um pouco mais na pegada, senti que pode ser virgem ainda.

Não vou colocar a mão no fogo, porque a Ayra é atrevida pra caralho, mas dá para perceber que falta experiência. Foi quase cômico quando esfreguei minha ereção contra sua barriga, depois coloquei suas pernas em volta da minha cintura e rocei entre elas... A "caprichosa" fechou os olhos com força, contudo estremeceu. E eu? Estive a um passo de gozar...

Com o coração acelerado, pego meu celular e seleciono o remix novo de *O Amor Está no Ar*. A ansiedade toma conta de mim.

Só que, antes de mostrar o novo som, não resisto à tentação de provocá-la, ao vê-la se deitar de costas na popa.

— E aí, mais nova conquista do Boto, tu realmente acha que futuros campeões só vivem de lazer? Precisamos ensaiar ainda — aviso, quase me jogando sobre seu corpo. — Está explicado por que estão sempre atrás de nós... comprometimento não é o forte de vocês, certo? Cadê a parceira de dança "general linha dura", que só quer saber de perfeição? Foi pra onde?

— Quem nos desviou do ensaio de hoje? Fui eu?

— Que rufem os tambores... — Simulo o toque de bateria. Ela dá um sorriso largo, expectante.

Então, eu solto o dedo sobre o arranjo. A expressão no rostinho bonito vai se tornando mais fascinada, conforme os *mixes* vão se mesclando. O som da nossa terra se funde ao ritmo sensual da Bachata, criando uma atmosfera eletrizante.

As primeiras notas reverberam e a energia também. Ao fundo, os graves pulsantes batem como o meu coração acelerado. Jamais foi tão foda mostrar para alguém uma criação minha.

De repente, Ayra se levanta, como que movida por uma força vibrante, quase ancestral, e começa a dançar. Não consigo desviar os olhos dela, uma verdadeira cunhã. É o epítome da guerreira, cantando a melodia que me enfeitiça:

Podem me prender e até me deportar
Pra longe do seu coração, mas nada irá nos separar
Sem seu amor, a vida não é nada
Não interessa o pôr do sol...

Sua voz entra no tom da batida firme, como um chamado à resistência e ao amor, transformando cada verso em uma declaração de poder.

Eu a observo, embasbacado, vidrado, completamente enfeitiçado pela intensidade do momento. Os *drops* que passei as duas últimas noites encaixando no *remixer* surgem, num clímax irado. Ayra dá forma às notas, e sinto que nada é capaz de nos tirar dessa sintonia. Estamos ligados no amor que está no ar!

Ayra

Até hoje, todos ao meu redor — minha família, meus amigos, a comunidade — sempre disseram que eu seria uma futura cunhã digna do nosso boi. Enxergavam em mim algo que, até então, era só uma vontade. Ser cunhã era mais que um título ou uma tarefa, é um chamado que vem do peito, o sangue que pulsa ao ritmo das toadas, uma força antiga que não aceita nada menos do que paixão e entrega.

Queria ser essa presença, mas até agora era só isso: um sonho na mente de todos… e na minha.

Aí, Xavier aparece com essa música. O som envolve o espaço e vibra dentro do meu corpo, como se as batidas fossem feitas somente para mim, para acordar algo que sempre esteve ali, esperando.

Ele morde o lábio inferior, vidrado, e apimento os meus movimentos, concedendo um show particular agora, destinado somente ao meu lindo, e igualmente fascinante, espectador.

Jamais usei a dança para me insinuar para alguém. Nunca rebolei para ninguém. No entanto, não faz nem um dia inteiro que estou com ele e quero que me olhe desse jeito: sem disfarçar a cobiça.

A remixagem se intensifica, e meu coração acompanha cada batida.

Sem o seu amor,
a vida não é nada.
Não interessa o pôr-do-sol…

Canto para ele. Eu o quero. Tomo coragem e o chamo, acenando com a mão:

— Vai ficar só olhando, ou se juntará a mim?

— Estou esperando que me diga se ficou como esperava. O DJ atendeu às suas expectativas?

— Como esperava? Superou, mil vezes! — exclamo, dançando sem parar. — Quero enchê-lo de beijos! Ele acertou em cheio. Ficou muito foda!

— Não entendi esse lance dos beijos. Sou eu que mereço, ou ele?

— Pensei que se garantisse.

O aperto da sua mão em minha nuca fica mais forte, levando meu rosto mais perto do seu para capturar a minha boca em um beijo ardente. Uma onda de desejo me envolve, e não seguro o gemido baixo e necessitado. Xavier explora minha boca com habilidade, fazendo-me embriagar com o coquetel delicioso e avassalador de tesão e paixão.

Com um movimento ágil, me gira nos braços, trazendo-me de volta para si. O beijo se renova, mais apaixonado; e, se eu posso afirmar, nem vi a lancha voltar a se movimentar. Esse dia vai ficar na memória. E já estou com o coração apertado porque chegou ao fim.

Quando chegamos ao resort, o pessoal já estava se reunindo para o jantar e o restaurante começava a encher. Nós nos olhamos de longe, pois nos sentamos em mesas separadas, sem ousar chegar perto, como se o que aconteceu mais cedo fosse um segredo precioso, que seria mantido apenas entre nós.

Alice dispara um monte de perguntas sem um pingo de noção, quando estamos sentadas à mesa com um monte de gente perto.

— Se falar mais baixo, eu explico depois! — falo entredentes.

— Vai mesmo, amiga! Quero saber de tudo!

A conversa com as outras meninas se desvia para os garotos do ambiente. O jantar e o papo se estendem, e, quando olho discretamente para a mesa do Xavier e de seus amigos, meu coração afunda: a nojenta da Yasmin está tentando dar a sobremesa em sua boca. Ele esquiva todas às vezes, o que deixa meu coração aliviado.

Antes de eu desviar a vista, a infeliz vira a cabeça, lançando-me um olhar de desdém, mas lá no fundo consigo notar o despeito, a raiva com que me observa. Então, ela ri, um tipo de sorriso triunfante, como se dissesse que ele pode passar o dia inteiro comigo, mas é com ela que aparece em público. Endureço a casca e a ignoro.

Essa oferecida não vai tirar a alegria pelo dia passado ao lado dele. Foda-se ela!

CAPÍTULO 12

◆

"Amor é um marco eterno, dominante,
que encara a tempestade com bravura..."
William Shakespeare

◆

Ayra

— Ayra! — Alice, só para variar, me chama do quarto. — Não me importo de ser a última a chegar lá no luau e topar com o pessoal da faxina recolhendo os restos da noite... mas entre abraçar uma vassoura e algum carinha, prefiro a segunda opção. Será que rola acelerar aí?

Esse luau específico era organizado pelo pessoal do vilarejo, na prainha fora do resort, e não fazia parte da programação. Mas todo mundo resolveu ir.

A tirada dela me arranca do transe. Dou uma sacudida na cabeça, tentando afastar as lembranças com Xavier, que teimam em aparecer. Égua! Desde o passeio, ele não sai da minha mente.

— Queria entender por que sempre te deixo tomar banho antes de mim, se sei que depois ficará colocando pilha para eu ir logo — reclamo, colocando o último brinco.

— Das outras vezes, não sei. Mas hoje? Talvez tenha sido por tu ter ficado o dobro do tempo no chuveiro e, depois, ainda se arrumou como se estivesse em outro universo... ou melhor, pensando no gostosão do Contrário?

— O que foi que prometeu, hein? — alerto-a, saindo do banheiro, e ela me vê arrumada. — Que te contaria tudo e assunto encerrado. Sem piadinhas, ok?

— Pelo Tucunaré no Jamuado Apimentado que serviram no jantar... Impressão minha ou tu se arrumou um pouco mais hoje à noite? — ela solta, com aquele tom de quem já conhece a resposta antes de perguntar, me olhando de cima a baixo.

— Só despeito. — Mostro a língua para ela, checando o vestidinho amarelo com bordados feitos pelo grupo da ONG de artesãs indígenas na qual minha avó é voluntária.

É um modelo de alças finas amarradas nos ombros, justo no busto e com uma saia rodada que vai até o meio das coxas, combinando com uma sandália rasteira perfeita para a noite.

Instintivamente, toco o colar de Paxiúba. Nem sei bem o que me deu na cabeça ao desejar presentear Xavier. O simbolismo de coragem e amor daquela semente me chamou a atenção de um jeito quase inexplicável.

Agora, fora da emoção, parece ter sido um exagero, até mesmo um pouco piegas.

— Aham, tá bom! Vou fingir que alimentar os botos foi a única emoção da fuga de vocês. E que não rolou nenhum beijo de tirar o fôlego... Que não se pegaram e se amassaram longe dos olhares de todos... Faça-me um favor: a conta não fecha, gata! Passaram oito horas juntos!

Meu rosto pega fogo de vergonha, mas não paro para olhar nos seus olhos. O muito que contei é que fomos até Novo Airão; e, para ela não me encher de perguntas mais uma vez, decido me dirigir logo para a porta do quarto. Alice ri maliciosa, emparelhando-se comigo.

— Por que tu não se candidata pra alguma dessas palestrantes místicas que estão aqui no resort? Leva jeito! Tão enxerida...

— Rá! Eu sabia!

Pula na minha frente, com um sorriso de orelha a orelha, fazendo festa, conforme saímos das dependências do resort e seguimos para a prainha do lado de fora.

— Nem negou. Beijou... E agora está assim, com esse olhar de peixe morto típico dos apaixonados.

Paro de andar por um segundo, viro para encará-la, franzindo o cenho.

— Tá viajando, Alice. — Cruzo os braços, tentando soar firme. — Sai do país das maravilhas e volta pra Terra. E outra, bico fechado, viu? Nenhuma palavra sobre essa... coisa.

Ela dá de ombros, mas o olhar é o de quem já me leu todinha. Fico ainda mais nervosa, agitada.

— Quem sou eu pra sair espalhando que a Pocahontas do Boto tá por aí sonhando em viver as *Cores do Vento* com o galã da turma rival? — atiça.

Reviro os olhos e dou um empurrão leve em seu ombro, rindo. Ok, ponto pra comparação criativa, mas não vou dar o braço a torcer.

— Vê se fica na tua, engraçadinha!

Em pouco tempo, chegamos ao final do caminho estreito que leva à prainha. Tem até um gazebo suspenso numa árvore frondosa, meio escondido. Inclusive, já me isolei ali algumas vezes para fugir da bagunça lá do resort e continuar minha leitura de *Romeu e Julieta*, longe da energia exagerada da galera. Às vezes, é difícil acompanhar tanto agito.

Olho para a areia à frente. A galera realmente veio em peso. Separados em grupinhos distintos, mas em paz. É uma cena rara ver essa harmonia entre os dois lados.

— Enfim, bora beber pra começar a noite?

— Estamos fora do resort, mas não esquece que os recreadores ainda estão de olho, *fofa*!

Alice franze o nariz, varrendo o perímetro e localizando dois dos nossos recreadores, de olhos grudados na galera.

— Dois para toda essa gente? Ah, relaxa, mulher, vamos aproveitar...

Entrelaça o braço no meu e me arrasta, enquanto caminhamos em direção a um dos quiosques de bebidas, bem simples, porém, com um charme rústico que combina com o lugar.

— E aí, o que vai pedir? — pergunto, sondando o menu suspenso.

— O coquetel de cupuaçu é perfeito!

— Será? Não é forte?

— É fraquinho e docinho, mana. Confia em mim: tomei uma vez lá na casa dos meus primos, e é maravilhoso.

Perto do quiosque, vejo uma mesa de som eletrônica improvisada. Nada que grite alta tecnologia, mas está bem ajeitada.

— Uau, o pessoal do vilarejo realmente investiu na estrutura — comento, admirada. — Devem estar acostumados a receber a galera do resort.

Essa noite estávamos livres de atividades. Quem preferiu ficar no resort terá várias opções para se entreter. Mas, pela vibe do lugar, a maioria parece ter escolhido aproveitar fora.

Inclusive, hoje é nosso último luau antes das duas noites de competição de dança. Nossa despedida virá em seguida. É estranho pensar que estamos tão perto do fim, mas, sinceramente, minha confiança está nas alturas. Xavier e eu temos uma grande chance de ganhar!

Ele pegou os passos da coreografia com uma facilidade que me deixou de queixo caído, e, até a hora da competição final, seu ritmo e molejo estarão impecáveis. O cara é mesmo uma máquina de boas impressões... quando quer.

A ansiedade pela disputa borbulha em mim, mas minha atenção continua na mesa de som e no seu entorno. Rodolfo e os outros amigos sem-noção do Xavier estão por lá, cercando o DJ.

Eles o observam assumir o controle dos botões, soando profissional, como donos da festa. Mas... cadê o chefe da gangue, que é vidrado em música?

Mal a pergunta se forma na cabeça, e meu coração dá um salto ao encontrá-lo. O babaca está de costas, cercado por um grupo de garotas, incluindo Yasmin e suas insuportáveis amigas. A loira, como sempre, outra sem-noção, está grudada nele como se fosse sua sombra.

Por que haveria de ser diferente, não é mesmo? Será que, por termos tido um dia incrível juntos, eu esperava que estivesse por aí sozinho — e sei lá, procurando por mim? Seria pedir demais?

Penso em pegar a bebida que o bonitão acaba de nos servir e sair dali, mas, então, Xavier se vira. Meu coração se agita ainda mais quando nossos olhares colidem. Mesmo à distância, os olhos azuis intensos parecem penetrar a minha alma. Arfo baixinho e ouço o risinho da Alice, bem do meu lado.

— Abaixa a flecha, Pocahontas. O Boto tá só papeando com as ariranhas — Alice dá uma de engraçadinha. Quebro o contato visual com Xavier e encaro minha amiga com uma carranca.

— Égua de ti! E eu com isso? Ele que faça o que quiser da vida. Sério, tu me cansa quando cisma. E para de me chamar assim!

— É mesmo? Não tá nem aí? Então, por que tá estraçalhando o guarda-chuvinha do teu *drink*?

Vejo o enfeite entre meus dedos, agora em frangalhos. Bufo e tento disfarçar.

— Essas decorações me atrapalham na hora de beber — justifico com a primeira coisa que vem à cabeça.

— Relaxa, Ayra. Ele não quer aquela oferecida. Se quisesse, não estaria te comendo com os olhos toda vez que aparece no mesmo espaço, sem nem ligar para o que a loira aguada pensa.

Suas palavras me acendem uma faísca de esperança e, sem hesitar, lanço mais um olhar na direção dele, ao levar o copo da batida de cupuaçu à boca. Só que, ao fazer isso, noto que Xavier sumiu!

Antes que eu comece a procurá-lo, sinto um roçar de perna na minha: quente, fazendo um tremor gostoso percorrer minha coluna. Meu coração dispara e me viro num sobressalto para o lado, quase perdendo o equilíbrio.

E aqui está ele… me fitando de cima a baixo, com aquele interesse masculino que queima sem pudor, descarado e devastador.

— Adoraria provar o sabor dessa bebida na tua boca. — Primeiro engasgo e, depois, vejo Alice fazer micagem que me dá vontade de rir e de socá-la ao mesmo tempo. Louca!

— Que pena! Não curto baba… nem sobras. — A frase sai com desdém, em uma tentativa de soar indiferente.

Só que, ao invés de afastá-lo, vejo um sorriso lento e perigoso se espalhar pelo seu rosto irresistível.

Ele pede uma cerveja sem nem me olhar, mas se volta com calma, inclinando-se para perto, como se fosse a coisa mais natural do mundo estarmos assim, juntos. O corpo roçando no meu, deliberado, provocando uma onda indecente de eletricidade pela minha pele. O espaço ao redor é mais que suficiente para manter distância, mas ele fica colado.

— Fica linda quando confessa que me quer só para ti, Pocahontas. Só não insiste muito, pois posso aceitar.

Abre a lata e a leva à boca.

— Se enxerga, garoto! Tô vendo que passarmos o dia juntos mexeu com tua cabeça… — rio com deboche e asseguro: — aquilo não foi nada!

O riso perverso e o jeito com que ele arqueia uma sobrancelha dizem que não comprou nada do que acabei de falar.

— Sua amiga é muito desconfiada, sabia? — Ele se inclina levemente para frente, fazendo contato visual com Alice. — Até quando tento acertar, ela me faz sentir errado. Alguma dica de como mudar isso?

— Segue nesse caminho que vai se dar bem, seu Boto.

Ouço a traíra aconselhá-lo e viro o rosto, fulminando-a.

— Bem que tu poderia me ajudar e contar a ela que eu estava apenas me despedindo do pessoal, pois tenho planos promissores para nós dois esta noite.

— Égua de mim! — Alice faz drama, rindo. — Não me meta nessa! Além disso, Ayra não aceitaria sair contigo assim, ainda mais na frente de todo mundo. Tu é do Contrário, esqueceu?

— Sou persistente.

— Vai cansar! — alfineto. — Já tenho compromisso. Prometi uma noite só de meninas com a Alice. Não é, amiga? — soando desesperada, procuro o seu olhar, implorando que confirme.

Ela, no entanto, não parece que vai colaborar, claramente se divertindo com a situação.

— Combinamos, sim. Mas... ou tu dá uma chance para o Boto — faz uma pausa, piscando para Xavier — ou vem comigo, porque acabei de ver meu *crush* ali e quero muito ir falar com ele.

Essa sem-vergonha sabe que eu não ficaria empatando ninguém.

— Já vi que não vai mesmo — ela conclui. — Então, faz assim: segura a onda por aqui, que já volto. — E, sem perder tempo, manda beijos no ar e sai com um aceno rápido.

— Enfim sós... — Xavier anuncia, e viro a cabeça pra ele de novo. — Eu sei que tu quer, Pocahontas. Nós dois sabemos...

Lambo os lábios, nervosa, ansiosa e já excitada.

— Terá que valer muito a pena, X.

Capitulo, ofegante, presa à sua perna, que se esfrega discretamente contra a lateral da minha, enquanto tento me manter inalterada para quem estiver olhando. É em vão, pois meu corpo inteiro esquenta, em especial, quando ele torna a me desafiar, rouco, baixo:

— Duvida de que valerá?

Por um segundo, foco apenas na voz grossa, que abaixa ainda mais um tom, destruindo o resto da minha sensatez:

— Prometo não te decepcionar.

— "Disse o lobo antes de devorar o cordeiro"... — rolo os olhos, mas aceito, mesmo sabendo que isso poderá dar ruim mais tarde...

Por enquanto, estou pagando para ver.

Mas do que isso: estou louca para ver.

Xavier

Atravesso a passarela de palafitas, a madeira range sob os meus pés, e o som quase se perde no zumbido da mente, que não consegue se concentrar em nada além dela. A maneira como me olha, como me desafia, como faz com que meu sangue ferva.

Pensar que Ayra ficou toda bravinha quando me viu com o grupo das meninas me arranca um sorriso satisfeito. A real é que não queria estar ali. Yasmin foi atrás de mim depois do jantar, com a ousadia de invadir meu quarto, como sempre, espaçosa. Ainda querendo explicações da minha fuga durante o dia. Para piorar, decidiu me "cobrar", enquanto tirava a roupa, como se o seu corpo fosse o bastante para justificar o drama ou me amolecer.

Fui direto: disse que não havia nada entre nós, além de diversão, o que havíamos combinado desde o começo. Nunca a enganei. Ainda quis dar uma de ofendida, mas a coloquei para fora, sem pensar duas vezes. Algo novo para mim: dispensar uma foda fácil.

Para nada melar minha noite, achei que, por precaução, deveria avisar o grupo inteiro que eu não ficaria para o luau e seguiria sozinho. Só que compreensão parecia ser a última coisa que Yasmin conhecia. Mandou uma ameaça no ar, como se eu devesse tomar cuidado com quem andava. Mandei se foder. Foi aí que vi Ayra de relance.

Yasmin pode surtar à vontade; a única coisa que quero está a poucos metros, me esperando.

Escalo os degraus do gazebo, justamente quando começa a tocar na minha *playlist* do celular *Cedo ou Tarde*, do NX Zero, uma das músicas de que mais gosto, e que parece feita para nós.

De costas para mim, Ayra observa o rio correndo calmamente lá embaixo, com uma faixa de areia ao longo do barranco. Os segundos passam e continuo parado, bebendo cada detalhe da menina que tem me enlouquecido. Como se sentisse minha presença, ela gira devagar e fica de frente. Arfa, e seus olhos, naquele tom de chocolate, brilham de uma forma que me desarma.

Largo o *cooler* com nossas bebidas sobre a mesa rústica, na entrada, e começo a caminhar em sua direção, a passos lentos, saboreando cada segundo. Seu olhar vagueia pelo meu corpo. Eu a alcanço e paro bem à sua frente. A pouca iluminação do lugar, cercado por sombras das árvores, nos oferece a privacidade de que precisamos.

Seus lábios carnudos me tentam. Sem enrolação, deslizo a mão para sua cintura e a puxo firme contra mim. Peito colado aos seios macios.

— X... — ofega, um tanto temente. Se voltou a me chamar assim, já é um bom sinal.

— Agora não, Pocahontas!

Domino-a pelo cabelo da nuca e tomo sua boca, ansioso, como se tivesse esperado uma eternidade. Ayra estremece sob meu toque, soltando um suspiro entre nossos lábios. Suas mãos, agora apoiadas nos meus ombros, me puxam para mais perto.

Então, a coisa fica intensa. Ela geme baixinho, obviamente ao sentir meu pau duro entre suas coxas. Chupo sua língua com força, depois mordo seu lábio quando procura por fôlego.

Suas mãos descem pelos meus ombros e as unhas me arranham sobre a camiseta à procura de equilíbrio quando arqueio um pouco os joelhos e pressiono meu pau contra sua boceta. Sarro de leve o vão no qual me encaixo, encoberto pela saia fina.

Daria tudo para explorar mais ali, onde está quente, mesmo com as malditas camadas de roupas entre nós. Sinto-a fechar as pernas em resposta, mas não recua.

— Porra! Como tu me enlouquece, Azulzinha...

— Por isso sempre ultrapassa todos os limites, Vermelho?

— Tu me faz perder todos os limites pelo meio do caminho.

Chupo seus lábios. Ayra se esquiva um pouco em busca de fôlego.

— Qual era a surpresa que ia fazer valer a pena me trazer aqui? Tentar me seduzir?

O que planejei não era exatamente uma surpresa. Para ela, sim... seria monumental. Revelar que sou o responsável pelo remix teria um peso significativo depois do seu gesto nessa tarde, mas agora, à medida que os pensamentos giram na minha mente, percebo que pode estragar por completo o clima.

— Estou conseguindo te deixar excitada, então?

Eu a mordo, e ela geme, me mordendo de volta.

— A única coisa que está fazendo é fugir do que te perguntei, X.

— Quer me convencer de que só veio pela surpresa? Pensei que preferia ficar aqui comigo.

Eu gozaria com esse jogo, ela me olhando deste jeito e gemendo, ao mesmo tempo que mordo seu ombro, aperto sua coxa gostosa com a mão para marcá-la... Uma onda de poder me invade ao perceber como a deixo vulnerável sob minhas mãos.

Seguro sua bunda com força, uma mão de cada lado, puxando-a para mim, devorando-a como se fosse minha única fonte de ar, e ela enrola as pernas em volta da minha cintura... se encaixando contra o meu pau.

Nós nos devoramos pelos minutos seguintes, embalados pela brisa noturna que atravessa as árvores ao nosso redor, o som das folhas nos envolvendo. Estamos fodendo a seco, e o calor entre nós é quase insuportável.

Meu pau tá babando dentro da boxer, ansioso, como se o corpo dela fosse a única coisa capaz de acalmar a fome que me consome. Então, quando Ayra me segura firme, os dedos cravados em meus braços, trago minha mão entre nós, apenas para puxar sua calcinha de lado. No instante em que faço isso, ela congela, o corpo inteiro tenso, porém seus lábios ainda estão nos meus, desesperados.

Penso em recuar, talvez dar a ela um momento para respirar. Só que é tarde, as pontas dos meus dedos ficam molhadas do seu suco e, como se eu precisasse senti-la como a última coisa da vida, apenas deslizo um pouco mais entre suas dobras escorregadias. Ela geme lamentosa com a minha ousadia e chupa minha língua, mostrando que aprecia o meu atrevimento.

E foda-se...

Sentir seu clitóris inchado, durinho, pronto para gozar, é mais do que provar o paraíso. É um inferno no qual quero queimar até o fim. Sua boceta pulsa na minha mão, quente, molhada, pedindo mais. O momento é só nosso... ou era.

O som repentino de uma voz familiar, desesperada e trêmula, nos arranca da loucura.

— Me solta, garoto! — A pessoa insiste, cortando o silêncio com uma urgência que faz Ayra paralisar em meus braços. — Estou avisando! Eu vou gritar!

— Alice? — Ayra me lança um olhar de pavor e se afasta, correndo, enquanto ajeita o vestido, até alcançar o parapeito do gazebo.

Merda! Também escuto uma risada arrastada pelo álcool, mesclada com um tom de deboche de alguém que conheço bem. Minha expressão endurece, o corpo fica tenso.

— Ah, tá bancando a ofendida, agora? É assim que piranhas como vocês gostam, não é? Sempre se achando melhores que todo mundo por serem gostosas!

— Rodolfo — murmuro com desgosto.

Eu me aproximo de Ayra e vejo a cena: ele segurando Alice, a expressão da menina está marcada pelo medo. O estúpido a encurralou, forçando-a contra uma árvore, enquanto a garota tenta se esquivar, debatendo-se.

O covarde é muito mais forte e alto do que ela. As mãos dele a seguram com força, e Rodolfo ri, descontrolado, ignorando os "nãos" que recebe, enquanto levanta a camiseta de Alice.

— Vou chupar suas tetinhas e tu vai gostar, vadia.

Não penso. Apenas ajo.

Num salto, pulo do gazebo de mais de dois metros de altura, caindo a poucos metros de distância. Caminho até ele com a raiva fervendo no peito, e, sem hesitar, agarro seu ombro e o puxo para longe da garota, que tropeça para trás.

— O que diabos tu tá fazendo, seu cabaço?

Ele cambaleia e me encara, rindo, um olhar zombeteiro de quem acha que tudo isso é só uma piada. Mas não é. E estou à beira de quebrar sua cara ao ver o horror no rosto da amiga da Ayra.

— Qual é, Monfort? Está pegando a Contrária e quer se meter na minha vida? — rosna, os olhos embaçados pela bebida. — A vagabunda estava se insinuando, e tu sabe como elas são, ficam rebolando, provocando...

Um calor de pura raiva sobe pelas minhas veias, e eu o encaro; cada palavra me enoja.

— Cala a boca, Rodolfo! — Minhas palavras saem duras, frias. — Tu passou dos limites, encheu a cara e agiu sem qualquer respeito. Vai embora, porra!

Alice ainda treme, e Ayra já está lá, descendo do gazebo e correndo para abraçá-la. Ela me lança um olhar que me faz sentir a culpa pesando sobre os ombros. Eu me volto para o idiota, o segurando firme para mantê-lo longe delas.

— Leva esse traste daqui, Xavier — Ayra diz com desprezo. — Isso não vai ficar assim. Não vai mesmo!

Estou a um passo de arrastar Rodolfo dali quando ele solta uma risada venenosa, sacudindo o braço para se desvencilhar de mim. Então, olha para Ayra e Alice, e sua expressão de deboche se intensifica.

— Uma vagabunda defendendo a outra. Elas querem rola, brother. Não era isso que tu tava dando pra essa aí o dia todo e agora?

Minha visão se escurece, enquanto meu punho encontra o rosto dele com um estalo seco. Rodolfo cambaleia para trás, atordoado.

Ayra me lança um olhar duro e não vejo nele o brilho de antes e nem gratidão pelo que fiz por Alice. Vejo raiva. Decepção. Como se eu tivesse me tornado algo igual a ele. Abraça Alice ainda mais. Um gosto amargo vem à minha boca, porque vejo que sua lealdade é apenas para a amiga. Nesse momento, seu instinto é protegê-la de qualquer um de nós.

— Não se preocupe. Cuida da Alice e depois nos falamos — insisto, tentando conter o furor em mim, a vergonha do que fui e do que Rodolfo acabou de insinuar. Meu peito arde, mas sei que preciso tirá-lo daqui. Seguro o imbecil com mais força e o arrasto, dando uma última olhada em Ayra.

Ela me encara, uma mistura de raiva e desconfiança nos olhos, como se tivesse se dado conta de algo. É uma advertência e uma resolução.

Sei, no fundo, que nosso dia juntos foi manchado por essa merda que esse infeliz fez. E sinto o peso disso em cada passo que dou para longe dela.

CAPÍTULO 13

◆

"A despedida é uma dor tão suave, que te diria
'boa noite', até o amanhecer..."
Romeu e Julieta — William Shakespeare

◆

Ayra

Respiro fundo, tentando controlar o ritmo acelerado do meu coração. O salão de festas do resort vibra com os aplausos, enquanto os casais que competirão têm seus nomes anunciados e caminham até o centro da pista, sob os olhares de todos. O ambiente está impecavelmente decorado, com mesas adornadas de flores onde nossos amigos aguardam — enquanto Xavier e eu esperamos ser anunciados, cada um do seu lado da torcida.

Infelizmente, depois de toda a confusão, mais do que nunca precisamos fingir distanciamento em público.

De longe, trocamos um olhar cúmplice e... apaixonado. Bem, pelo menos da minha parte.

Descobri que estou gostando mais dele do que seria sensato, depois daquele luau, há três noites, quando Rodolfo, embriagado e descontrolado, correu atrás de Alice e tentou se aproveitar dela contra a vontade.

Juro, na hora, ver minha amiga — sempre tão alegre — totalmente vulnerável, acuada, despertou em mim fúria, uma necessidade de protegê-la e de lutar contra a injustiça que nós mulheres ainda precisamos enfrentar.

Além disso, foi revoltante ouvir aquele amaldiçoado nos insultando e dando a entender que Xavier tinha as mesmas intenções comigo.

Estava mexida, revoltada de ver minha amiga naquele estado de choque e imaginar que, no fundo, Rodolfo poderia estar falando a verdade.

O sangue ferve dentro de mim ao relembrar que, após se acalmar um pouco, eu quis levá-la para denunciar seu agressor. Contudo, Alice ficou com medo:

— Ayra, não adianta — chorou, a dor escondida por trás da frustração que transparecia em seu rosto. — O que tu acha que vai mudar? Homens são assim mesmo: uns babacas!

A indignação me consumiu. Não estava acreditando naquilo. Eu queria gritar que nós estávamos juntas, que ela merecia ser ouvida.

— Vai mudar sim! Ele precisa, no mínimo, ser expulso daqui!

Ela suspirou, soltando um riso amargo, de quem já sofreu demasiadas decepções. Era muito difícil vê-la para baixo como estava.

— Tu acha mesmo que alguém faria isso? Ele vai dizer que eu tava provocando, me insinuando enquanto dançava. Quem acha que vão ouvir?

Embora estivesse chorando, a facilidade do seu conformismo me rasgou, e, ao mesmo tempo, me endureceu. Vi em Alice uma aceitação que não me conformava. Ela havia aprendido que o mundo, dentro de casa, era assim: os homens sempre no controle, e as mulheres, como a mãe dela, se contentando em sobreviver.

— Talvez eles não façam nada. — Eu me ajoelhei na sua frente, olhando-a nos olhos, segurando sua mão com mais força do que ela esperava.

Sempre soube que, como mulheres, teríamos que lutar por nossos direitos, principalmente, por respeito. Venho de uma linhagem de cunhãs, de mulheres que representam a força, a coragem e a beleza das lendas indígenas. Minha irmã foi uma dessas mulheres, e é uma das que vive reivindicando os direitos das mulheres em nossa ilha.

— Nós não vamos deixar isso passar em silêncio. Todo mundo vai saber quem ele realmente é. Não vamos permitir que saia impune e faça o mesmo com outra garota. Vem, amiga, estamos juntas nessa.

Ao procurar os monitores, contei tudo o que tinha presenciado e insisti para que fizessem algo. Alice parecia revigorada, quase como se minha coragem estivesse inspirando uma esperança dentro dela.

Quando chamaram Rodolfo e Xavier para dar suas versões, meu coração congelou. Nunca deixei de lado o medo de que ele pudesse ser como o Rodolfo, ou o seu próprio pai — injustiças não faltavam nas costas do empresário mais poderoso da região —, mas ele me surpreendeu.

Confirmou cada detalhe do que eu disse, sem hesitar, como se estivesse de fato ao nosso lado, sem dizer uma vírgula do que estávamos fazendo no gazebo. Um aliado e não um inimigo. Eu sabia que tinha algo especial entre nós, mas, naquele momento, ele me mostrou que era mais do que atração.

O resort tomou uma decisão, mas a verdade é que o resultado ficou bem aquém do que eu esperava. Em vez de expulsar Rodolfo, decidiram apenas separar os grupos e encurtar as eliminatórias da gincana. As disputas das noites anteriores foram excluídas, deixando apenas a competição para a última noite. E, como se isso fosse resolver tudo, proibiram as saídas do pessoal sem a companhia dos recreadores. Assim, ficou impossível comprarem bebidas como vinham fazendo, já que consumiram tudo o que trouxeram logo nos primeiros dias.

Uma penalidade ridiculamente leve, que me deixou furiosa — não só por Alice, mas por todas as outras mulheres que poderiam cruzar o caminho daquele bosta.

Expiro, voltando minha atenção ao presente. O ocorrido dividiu ainda mais os grupos e opiniões. Ninguém parece realmente se importar com o motivo por trás disso. Para as duas turmas, foi só um comportamento inconveniente, não um crime, dedurado por nós duas. Mas, para mim e para Alice, foi um alerta de que não podemos esperar que façam justiça por nós. Se quisermos mudança, teremos que lutar cada vez mais.

Quanto a mim e Xavier, só nos vimos durante os ensaios que usamos como pretextos para ficarmos juntos. Muitos beijos trocados e escondidos pelo meio do caminho, porém a sensação é de que nunca será suficiente. O coração está doendo, porque talvez nunca mais nos encontremos. Não como um casal, pelo menos…

Parintins é pequena demais e vamos nos esbarrar com certeza. Volto a recuar, dessa vez na lembrança de nosso contato ontem à noite, quando ele afirmou:

— Este não será o nosso fim, Pocahontas!

Não seria, pois acho que jamais seria capaz de esquecer esses dias ao seu lado.

— Vamos combinar uma coisa: sem promessas, X.

— Isso não será uma promessa, é a mais pura verdade!

Talvez Xavier até confiasse naquilo, mas sabíamos que estava tentando se enganar. Ou foi a única forma que encontrou para a nossa despedida não soar tão dolorosa, ao me dar boa noite dentro do banheiro de serviço. Eu havia acabado de sair do restaurante, quando o vi atrás de mim. Ele me empurrou para a primeira porta que encontrou.

Desperto daquele doce e torturante momento assim que ouço chamarem meu nome. Vaias ecoam pelo local, mas ergo a cabeça, ignorando os infelizes, que ovacionaram a nojenta da Yasmin pouco antes. A sem-noção não só não demonstrou um pingo de sororidade no caso da Alice, como passou a nos provocar com piadinhas.

Somente minha amiga, junto de meia dúzia de pessoas, grita por mim, enquanto a maioria prefere me considerar a vilã. Que seja! O que importa, de verdade, é que, apesar de tudo o que aconteceu, Alice enfim sorri.

E, no meio de tudo isso, há Xavier, o menino que parece controlar as batidas do meu coração. Pisca para mim, todo lindo. Posiciono-me ao seu lado. Sua mão morna envolve a minha, e seus dedos se entrelaçam com os meus, como se nunca quisessem se soltar.

— Pronta para deixar todo mundo de queixo caído, Pocahontas? — provoca.

Quero me perder nessa bolha que criamos ao nosso redor. Quero acreditar que nada mais interessa.

— Só cuidado pra não escorregar na baba da plateia, e sairemos vencedores, X — devolvo, querendo soar despreocupada.

— Hoje é nossa noite. Só nossa — sussurra, com o olhar carregado de emoção.

As apresentações começam. Assistimos enquanto os pares dançam, mas nenhum se destacando. Tenho convicção de que venceremos, porque somos diferentes.

— E, agora, a última dupla da noite: Ayra Tari e Xavier Monfort! — o apresentador anuncia.

Os casais se afastam, mas Yasmin, com sua inveja transbordando, lança um último insulto por cima do ombro.

— Vai cair e acabar chorando, *pobretona*. E pior é que ainda vai colocar a culpa no Xav.

Na hora, fico tensa com o seu mau agouro. Antes que eu possa mandá-la para o inferno, Xavier sussurra ao meu ouvido:

— Abstrai, Ayra! — E desliza a mão pela minha cintura, seu toque firme e quente, guiando-me para o centro da pista. — Hoje, só nós importamos!

Fico de frente para ele; cumprimentamos o público com uma mensura elegante. Ele me conduz para a posição de *pré-marque*, colando suas costas às minhas. O calor que emana do seu corpo, o movimento da nossa respiração, tudo se mistura, enquanto nos ajustamos, aguardando o início da música.

Treinamos essa abertura nos mínimos detalhes, mesmo com seus protestos avessos à ideia. Para ele, era exagero, uma encenação desnecessária. Mas a minha experiência como dançarina garantia que seria essencial. Escolhi cada elemento com cuidado, pensando em como os jurados e nossos amigos perceberiam a mensagem: a dança contagia até os contrários.

O que virá a seguir será ardente... excitante. Valerá cada esforço.

Os primeiros acordes de *Amor Está No Ar* ressoam pelo salão, surpreendendo a galera, que explode em gritos ao reconhecer a origem da remixagem inesperada. Ponto para nós — ou melhor, para ele e o amigo DJ.

Em total sintonia, nos viramos sensualmente, ficando um de frente para o outro.

— Me conduz, X...

— Como quiser, minha *indiazinha*!

Sua mão desliza possessivamente até minha cintura, num toque calculado, lento e deliberado, sustentando-me, enquanto executo um *cambré* perfeito, com o cabelo tocando o chão. Meu corpo se curva ao extremo, entregue à gravidade.

Sinto seus dedos firmes na base da minha coluna, um apoio sólido e, ao mesmo tempo, provocador. Cumprindo seu papel, Xavier inclina o rosto devagar, como se reverenciasse minha silhueta, e o calor de sua respiração traça um caminho invisível que sobe, me envolvendo.

Meu ventre se contrai sob o peso do olhar azul e quente, que desce numa inspeção perigosa. Seus lábios se aproximam, ousados, explorando cada milímetro. Sobem pelo colo, pescoço... Até que nossos olhos se cruzam, incendiários, cúmplices. O modo como me encara faz meu equilíbrio vacilar. Com um puxão firme, nossos rostos ficam próximos o suficiente para que eu sinta o leve soprar do seu hálito contra a minha boca.

Enquanto as notas musicais vão entrando, de forma simultânea, nossas pélvis serpenteiam juntas, movendo-se como se fossem uma extensão da outra. Então, saímos nos passos de laterais, levando o público ao delírio.

Nosso primeiro giro é suave, como uma promessa; e, aos poucos, os passos se tornam mais ousados, audaciosos, acompanhando a sensualidade do ritmo. A transição para o segundo momento da dança vem em uma sequência de giros triplos. Entre movimentos lentos, os corpos se encontram e se separam.

Mais aplausos, assovios.

Deslizamos juntos com paixão envolvente.

Suas mãos me veneram e passeiam pela minha silhueta, me conduzem para um *side step* que nos aproxima. Logo estamos rodopiando de novo — em uma preliminar que esquenta o sangue nas veias de qualquer um — por todo o espaço livre.

Então, a voz de Chico da Silva arranca um coro entusiasmado. Um frenesi que vira combustível para nós.

Mas é nos olhos azuis e na curva dos seus lábios que entendo o verdadeiro sentido da letra e me prendo, inevitavelmente. Uso-o como ponto de equilíbrio ao ser conduzida em volteios por toda a pista. À medida que Xavier me toma de volta e finaliza, pela força do contato marcado, a plateia responde mais uma vez, mais alto, mais selvagem, como nós. Ele aprendeu direitinho.

A música chega ao clímax, junto da nossa emoção, ao me enrolar contra a lateral do seu corpo e nos inclinar de lado. Mal posso acreditar quando ele improvisa uma interação com o público, como se avisasse sobre seus sentimentos por mim, enquanto canta o refrão.

Perto de você eu sou muito mais eu.
E nada não é tão vulgar, como parece sem você.

Para completar sua fuga do roteiro, aponta o dedo para a plateia, em um gesto cheio de desafio, antes de voltar a me encarar intensamente. Com um sorriso charmoso, afasta a camisa, revelando seu peito esquerdo exposto. Meus olhos gananciosos amam ver o peitoral largo e definido, mas não é só isso que estou vendo agora. Sinto que está me mostrando a última coisa que poderia esconder de mim: seu coração. Fico tão fascinada quanto angustiada.

Sua pegada está diferente esta noite. Mais forte, mais firme. Como se quisesse deixar claro que não vai me deixar ir, mesmo que tudo ao nosso redor desmorone. Emocionada, entro no clima e coloco a mão sobre seu coração, empurrando-o na encenação, sentindo as batidas que parecem reverberar como as minhas.

Em seguida, intensificamos os passos para o ato final.

Eu me afasto dele, seu olhar me segue, e, mesmo que faça de tudo para manter o ritmo, danço para ele, sem soltar sua mão. Ele me observa, fixo, os olhos brilham com um fogo que me consome. Meus passos fluem, quadris se movem, meu corpo baila livremente, sedutor, sensual.

Quero que se lembre disso, desse momento, de mim. De nós...

Danço para ele, ignorando a plateia. Cada movimento é uma súplica silenciosa: "Não me esqueça". Será que ele entenderá?

"Te quero", leio dos seus lábios. "Tu é minha".

"Não me esqueça, X", rogo conforme danço e danço...

A última batida explode com a mesma força da pirueta que ele dá, impulsionando meu corpo para o ar e me fazendo flutuar antes de cair com perfeição em seus braços.

O salão, já em êxtase, explode numa onda de gritos, assovios e aplausos, incapazes de conter a empolgação.

"É campeão!" ecoa pelo espaço, mas é a intensidade do nosso olhar que me deixa sem palavras.

Quando ele me coloca delicadamente no chão, não nos afastamos de imediato. Ficamos colados, nossos corpos ainda se buscando em um silêncio carregado de desejo.

As lágrimas ameaçam cair, mas não sou capaz de desviar o olhar. A descoberta é tão avassaladora, que minhas pernas mal se sustentam. Eu me apaixonei por ele. Eu me apaixonei por Xavier Monfort, meu rival!

Em meio ao torpor que essa admissão me traz, a realidade se impõe de maneira cruel: em poucas horas, tudo isso acabará. As dúvidas me atormentam.

E, enquanto a multidão vem comemorar com a gente, uma parte de mim já sabe...

Eu queria poder estar assim com ele, para sempre.

CAPÍTULO 14

◆

"Ir devagar seria mais sábio, só tropeça quem corre."
Romeu e Julieta – William Shakespeare

◆

Dez dias depois...
Ilha de Parintins

Ayra

Hoje, comecei um curso de verão no Instituto Federal do Amazonas (IFAM), aqui em Parintins, sobre a nossa cultura e história. Na real, eu me inscrevi por um motivo bem menos acadêmico e mais pragmático: contribuir, de alguma forma, com os enredos da Associação do meu boi do coração.

Não vou mentir: a ausência de Xavier por mais de dez dias, após termos voltado de viagem, estava me deixando ansiosa, além do que seria sadio. E juro, já estava até tentando me convencer de que o silêncio entre nós era o novo normal.

Afinal, foi assim que terminou tudo: logo após sermos declarados vencedores: total silêncio. Como o fim de um lindo espetáculo, quando as luzes se apagam e os atores vão embora.

Ele foi carregado pelos amigos, consagrado o grande responsável pela vitória, enquanto eu fui paparicada pela minha turma, no meio da pista de dança. Nem tivemos a chance de nos parabenizar. Ou comemorar. Nada.

A última vez que o vi de longe, ainda no salão de festa, percebi que havia bebido muito... e, depois, tudo aconteceu muito rápido.

De repente, uns guias recreativos, vieram avisar que o voo da minha turma tinha sido antecipado e que precisávamos embarcar mais cedo do que o planejado.

Como organizadora, entrei em modo automático, unindo forças com Alice para reunir todo mundo e recolher nossas coisas espalhadas pelo quarto. Assim, não deu tempo de me despedir.

Ou, talvez, era para ser assim.

Seja como for, parece que: o que aconteceu em Anavilhanas, ficou mesmo em Anavilhanas. Para trás, bem enterrado, congelado no passado junto aos sentimentos que jurei ter visto nos olhos dele.

Pelo menos, até a nossa dura e crua realidade, como sempre, me dar um tapa na cara. Tive que acordar para vida... de vez:

— Sabia que a Yasmin foi com o Xav pra Bariloche?

Nem me dei ao trabalho de olhar para trás na fila do caixa do restaurante do IFAM. Para minha infeliz surpresa, tinha visto, na mesma sala em que estou, algumas figurinhas que estiveram no resort. E, aquela era uma conversa entre duas garotas que, com certeza, não estava sendo aleatória. O tom venenoso disfarçado de fofoca, de uma delas, me acertou em cheio.

Ficou ainda pior quando a outra respondeu:

— Sortuda, né? Mal chegaram de viagem e foram juntos para lá...

— Yasmin contou que já estava programado.

— Eles nunca se desgrudaram e nem vão se desgrudar. Até baile deram na segurança dos monitores e passavam a noite juntos, lá na viagem.

Meu coração se apertou com tanta força que quase derramei metade da comida da bandeja sem perceber. Na hora, fiquei ali, paralisada, sem forças para reagir. Alice, que ouviu tudo, me lançou aquele olhar de: “reaja, mulher, finge que não ouviu”.

E foi o que fiz. Tratei de jogar aquela decepção para o fundo da mente e foquei no meu objetivo aqui: fazer algo de bom para o meu boi.

Por isso, a voz do Éron — presidente do Conselho de Artes da nossa Associação — me dá forças pra focar no que interessa. Hoje, vim para o Curral do Azul às sete da manhã e mergulhei na animação do pessoal trabalhando. Estar aqui sempre me enche de alegria. Ouço com atenção as novidades para o Festival desse ano, que ocorre sempre em junho. As ideias incríveis da diretoria, o burburinho do pessoal discutindo os detalhes, tudo isso não me preparou para ouvir o convite:

— E aí, Ayra, tranquilo começar a ensinar a coreografia pra molecada?

Ele havia mencionado, meio por alto, antes de eu viajar, que seria chamada para uma reunião em breve, mas ser oficializada como coreógrafa?! Jesus, Maria e José! Isso faz meu coração saltar pelo susto. Já faço parte do grupo de dança e coreógrafos, só que ter uma ala inteira sob minha orientação e responsabilidade, isso é definitivamente outro nível!

— Claro que aceito participar de tudo! Como poderia recusar uma oportunidade dessas? Amo esse lugar e tudo o que representa para a nossa gente — respondo ainda meio engasgada pela surpresa. Meu entusiasmo é redobrado agora, o que significa que vou morar por aqui, visto que já passo praticamente todos os finais de semana enfurnada no Curral, faça chuva ou faça sol.

Nos últimos dez dias, isso veio a calhar: quanto mais ocupada, melhor. Como minha avó sempre profetiza: água parada apodrece; o rio que corre se renova.

— Pensamos nos sábados, Ayra, para não atrapalhamos a aula da criançada. —Moara opina, já que é parte da diretoria.

— A ideia foi excelente! — concordo, já engatada no raciocínio. — Dividir as turmas em dois períodos durante a semana sempre dá um trabalho muito maior quando precisarmos reunir todo mundo para ensaiar juntos perto do festival. Assim, as crianças já vão se entrosando desde o começo.

Enquanto falo, eu me lembro de algo que minha professora de jazz lírico, outro dos muitos cursos de verão que tenho feito no IFAM, costumava repetir: dançar em conjunto não é só sobre os passos, é sobre criar conexões e contar a história.

Nosso tema deste ano, Cultura – O Triunfo da Gente, celebra os 110 anos da nossa agremiação. As apresentações, divididas durante os três dias de Festival, vão destacar a diversidade cultural da Amazônia, com o Azul brilhando especialmente nas categorias de "Ritual Indígena" e "Lenda Amazônica". Não tenho dúvidas: a vitória já é nossa!

— Se está tudo bem pra ti, vou pedir para avisarem os pais depois do ensaio de hoje, ok?

— Eu mesma posso cuidar disso após a aula de hoje. O senhor precisa de algo a mais?

O que Éron tem de legal e bonitão, às vezes, tem de metódico. Se bem que, para o nosso boi-bumbá, esse defeito é quase uma qualidade se contarmos a quantidade de vitórias que a sua gestão vem trazendo pra nós. Pena que parece apaixonado pela minha irmã, mas ela "se benze" toda vez que alguém faz uma insinuação de que fariam um belo casal. Ela diz que dois metódicos juntos seriam como namoro *checklist*: todo dia uma discussão para decidir se o relacionamento avança por ordem alfabética, cronológica ou de prioridades estratégicas.

— Tirando esse "senhor", que já te disse que me envelhece, está tudo ótimo, caboquinha. Confio em ti — agradece cordial.

Meus olhos encontram os de Moara, e ela pisca para mim. Estou dando pulinhos internamente. É uma chance de ouro, e mal posso esperar o próximo ano para dividir o meu desejo com todo mundo.

Por ora, esse convite será muito importante para a minha sonhada candidatura à cunhã-poranga no próximo ano, uma ambição que ninguém sabe ainda. Entre os muitos quesitos a serem julgados para conquistar o título, está a participação ativa da candidata dentro da associação. Quero me preparar e conquistar esse papel pelos meus méritos.

A diretoria continua falando sobre o tema deste ano, que já conheço de cor e salteado. Aproveito e escapo para arrumar os adereços antes de as crianças chegarem e isso virar a algazarra de sempre, até que vejo meu pai no centro do galpão maior, entre os trabalhadores.

Chegou ontem do Rio de Janeiro, e não consigo evitar um orgulho danado dele. Nos últimos tempos, papai tem se transformado numa verdadeira celebridade tanto na ilha quanto fora dela.

Seu Epitácio, Cicinho "Caprichoso", como é chamado, mal tem parado em casa.

Pensar no apelido do papai traz imediatamente uma das lembranças que estou lutando para enterrar. Aquela voz profunda me chamando de "caprichosa", enquanto aqueles olhos azuis hipnotizantes me enfeitiçavam...

Abano a cabeça, expulsando-a como tenho feito toda vez que isso acontece — ainda mais quando estou indo ao encontro do artista mais incrível que já conheci.

Nesse Carnaval, papai vai assinar com seu nome todos os carros alegóricos de uma grande escola de samba no Rio. Tão chique...

Ele sempre foi um artista completo: dá vida às ideias, escultor de alegorias e serralheiro de mão cheia. Aquele que montava as estruturas de ferro como se fosse uma arte e também desenvolvia toda a engrenagem. Mas, agora, deu um passo à frente: com toda a sua experiência, montou a própria equipe, e as contratações de seus trabalhos só aumentam.

Não é mais o pau para toda obra, ele está assinando sua marca de criação aqui no Festival e nas avenidas de São Paulo e Rio de Janeiro. É o orgulho meu, de Moara e da nossa comunidade.

Conto a novidade para ele, que me parabeniza e elogia toda a minha dedicação que levo a essa conquista. Moara vem se juntar a nós. Papai sai de cena para resolver uma questão.

— Contou as novidades para ele? — minha irmã pergunta. Posso sentir seu orgulho.

— Ele ficou feliz.

— Vai ser uma cunhã incrível quando se sentir pronta, maninha. Dá pra ver de longe que essa essência pulsa em ti.

— Se chegar perto do que tu foi, já estarei feliz, maninha.

Por quatro anos seguidos, ela foi nossa cunhã, e não só isso: foi a mais icônica de todas até agora.

— Vai me superar, pode acreditar. Mas como tu está? Tenho te achado... sei lá, meio desligada, como se estivesse em outro planeta.

Preciso me conter para não deixar escapar nada e continuar não focando muito no que aconteceu. Moara não entenderia. Aliás, ninguém ali entenderia.

— Bobagem sua. Só estou tentando não atrapalhar, já que anda ocupada até o pescoço. Cheia de problemas para resolver.

— Ah, pronto... Desde quando reclamei? Agora, fala a verdade: conheceu algum caboco interessante naquela viagem? Quem foi que te flechou? Conheço? — cutuca, astuta.

Enquanto isso, finjo estar muito interessada no rolo de bandeirinhas que encontro por perto.

— Claro que conheci. Não um, vários. Só que não sou do tipo que me deixo levar por qualquer um. Puxei a alguém que conheço, *não acha*? — Dói mentir para a pessoa em que mais confio, mas Xavier não me deu razão alguma para me indispor com a minha família. Está ficando cada vez mais claro que, para ele, foi apenas uma aventura.

Sim, ele voltou a ser Xavier. Nada de X. Foda-se!

Aqueles momentos que tivemos no resort? Pelo visto, não significaram nada para o Contrário. Então, sabe de uma coisa? Para mim também não vão importar.

— Melhor assim. Mantenha o foco nos estudos. Homens são como boi solto no curral: problema, em qualquer idade — sentencia Moara.

Eu rio, sem saber se é de nervoso ou de ironia. Por dentro, meu estômago está embrulhado desde cedo. Então, quando papai retorna, deixo Moara engatando seu discurso da semana com ele, dando graças a Deus por tirarem o foco de mim.

Minha irmã tem falado exaustivamente nos últimos dias, revoltada com os desmandos do prefeito, que sempre dá um jeito de beneficiar os ricos. Bastou papai perguntar sobre o andamento da taxação, e lá foi ela contar:

— Não irei permitir que essa proposta absurda vá pra frente! — Seu tom carrega a firmeza de quem já está se acostumando a levantar a bandeira da nossa gente. — Taxar as embarcações que vêm para cá só vai prejudicar quem mais precisa. Não recebemos só turistas. Nosso abastecimento de alimentos depende dos nossos pequenos agricultores, de cada família que cultiva suas terras do outro lado do rio.

Por ser uma ilha, Parintins depende significativamente de localidades rurais no entorno, como Paraná do Ramos, que fica a uma distância curta de barco e onde muitos pequenos agricultores mantêm pequenos pedaços de chão nos quais produzem. As pessoas mais carentes e comunidades ribeirinhas utilizam o cultivo de alimentos e a pesca como meios de subsistência.

Assim, o fluxo constante de produtos é essencial para o abastecimento do comércio, e taxar qualquer embarcação que chegar aqui impactaria diretamente todo mundo da ilha. Minha irmã tem razão, e acho comovente como está sempre disposta a lutar por todos nós.

Os dois continuam o debate, e, quando o assunto é política, ninguém consegue acompanhar o ritmo deles. Dá pra ver o orgulho do papai ao vê-la falar. Aproveito a deixa para escapar e encontrar as crianças que começam a chegar.

Depois de um dia inteiro de trabalho no Reduto Celeste, Moara e eu voltamos para casa sem o papai, que continuou o trabalho. Procurando um jeito de evitar que ela insistisse em me decifrar, eu me ofereci para preparar o jantar. Quando nos sentamos à mesa com a nossa avó, para o meu azar, parecia que as duas tinham combinado de me colocar contra a parede: Moara sondava com sutileza, enquanto dona Cema me estudava com a experiência de quem já viu o mundo dar muitas voltas.

Minha cabeça ainda estava presa na história da viagem do Xavier. Fico completamente distraída. Comecei a desviar a atenção delas contando sobre o curso, só que minha avó, em determinado momento, me interrompeu, cética.

— Tem certeza de que esses professores disseram algo que já não te falei, fia?

Como argumentar com uma senhora que é praticamente a encarnação viva da história daqui?

— Vó, o objetivo do curso não é trazer conhecimentos novos, especialmente para nós, da ilha. O curso é para que a nova geração entenda um pouco mais das nossas raízes. — Procuro explicar, na defensiva, e a expressão dela, sempre carregada de sabedoria questionadora, se suaviza.

— Bonito tu querer estudar, mas será que esses professores sabem certo o que ensinam? É fácil falar de história pelos livros, difícil é ter vivido aqui. Os bois-bumbás mesmo... É tanta conversaiada. Sempre vai ser a palavra dos contrários contra a nossa sobre quem veio primeiro.

— Os bois não são o foco principal do curso, mas a senhora tem razão em parte.

Dona Cema se ajeita na cadeira, cruzando os braços, enquanto Moara, com o garfo no ar, dá um sorriso discreto, incentivando a conversa. Eu respiro aliviada por ser o foco, mas de outra maneira agora.

— Desde pequena, aprendi que a origem dos bois-bumbás sempre foi uma briga. O "bisa" dizia, com firmeza, que o Azul veio primeiro, lá no início do século passado, como uma brincadeira entre amigos que queriam algo diferente. Mas quem é Contrário afirma que o primeiro boi deles nasceu em 1912, no bairro Baixa do São José, para animar as festas de São João e unir o povo.

— Mas a nossa versão é a verdadeira. — Ela retruca, convicta, e Moara ri mais ainda.

— A verdade é que ninguém sabe ao certo, vó. Não tem registro oficial, só as memórias contadas que cada lado defende como verdade absoluta. Alguns dizem que o Azul surgiu mesmo depois, em 1913, como uma resposta ao contrário, criando a rivalidade que hoje define os bois. Outros argumentam que o Azul já existia antes, mas só ganhou força e visibilidade quando quis se diferenciar do estilo mais tradicional do rival.

— E por acaso esse curso teu vai provar quem foi, é?

Quando ela fica contrariada, faz como eu, enche o prato.

— Eles podem até, de repente, vir com algumas teorias sobre o assunto. Mas relaxe, dona Cema, que não mudarei a opinião que já tenho, tá?

Para quem descende de indígenas, é fundamental honrar o que os mais velhos contam. Jamais duvidaria ou iria contra ela. Contudo, é inegável que, com o tempo, os dois bois assumiram personalidades distintas.

O Vermelho se consolidou como o "boi do povo", aquele que preserva a essência mais pura do folclore, com suas toadas que falam de amor e fé. Já o Azul se destacou por sua criatividade, pela sofisticação nas alegorias e por contar histórias que misturam mitos indígenas e tradições amazônicas de forma quase teatral.

Essa rivalidade não é só uma disputa; é uma parte viva da cultura de Parintins. Para os Vermelhos, somos "pretensiosos", preocupados demais com o espetáculo. Para nós, eles são "conservadores", incapazes de enxergar que a cultura também pode evoluir. Mas, no fundo, essa competição é o que mantém a tradição viva.

E, para provar para minha avó que admiro demais sua opinião, eu lhe conto a ideia que tive.

— Por falar nisso, uma das nossas atividades é convidar alguém da comunidade para compartilhar sua experiência de vida parintinense. Pensei logo na senhora. Topa ir lá comigo?

Com a calma que só ela tem, olha para mim como quem pesa minhas intenções antes de responder.

— Eu? Já contei tanta coisa para vocês, que achei que tu já soubesses tudo. Mas, se achas que posso ajudar, vamos ver se essa juventude de hoje está pronta para escutar.

Solto um beijo para ela no ar, que abre um sorriso orgulhoso. Após o jantar, enquanto Moara engata de novo reclamações sobre o projeto de taxação do prefeito, agora com a vó, sua parceira incontestável de debate, eu me esgueiro para o quarto. Aqui em casa, a regra é clara: quem cozinha, escapa da louça!

Tomo uma ducha rápida e escolho um dos meus *baby dolls* de malha fria, confortável como um abraço em noite fria. Pego meu *Romeu e Julieta* e me jogo na cama. Estou sem pressa para terminar essa releitura. Gosto de ir devagar, saboreando cada frase e descobrindo detalhes que, mesmo tendo lido umas mil vezes, ainda posso ter deixado escapar.

Nessa noite, ler é a única coisa capaz de me livrar dos pensamentos que insistem em me atormentar.

Pelo menos ali, na história de amor trágico de Shakespeare, existia algo verdadeiro, uma troca de sentimentos, uma paixão que queimava.

Não era um amor idealizado ou uma mentira, como o que me consome agora. O amor deles, mesmo sendo marcado pela dor e pelo fim iminente, foi real, intenso. Muito mais do que esse vazio que sinto, com Xavier se tornando uma memória distante, sem palavras, sem gestos, sem nada.

Tento me concentrar na leitura, mas é justamente na parte em que Julieta está angustiada por Romeu ser um Montéquio:

"Meu inimigo é apenas o teu nome. Continuarias sendo o que és, se acaso Montéquio tu não fosses. Que é Montéquio? Não será mão, nem pé, nem braço ou rosto, nem parte alguma que pertença ao corpo. Sê outro nome. Que há num simples nome? O que chamamos rosa, sob uma outra designação teria igual perfume. Assim Romeu, se não tivesse o nome de Romeu, conservara a tão preciosa perfeição que dele é sem esse título. Romeu, risca teu nome, e, em troca dele, que não é parte alguma de ti mesmo, fica comigo inteira."

Recito o trecho devagar, sentindo cada palavra como se fosse dita para mim. Para ele. Então, franzo o cenho: será que o amor realmente exige uma renúncia tão grande? Será justo pedir isso a alguém?

Ele parecia tão livre, tão certo de si naqueles dias juntos. Mas, agora, tudo o que tenho é o silêncio. Será que, no fundo, percebeu que entre nós nunca poderia ser simples e optou pelo caminho mais fácil? Assumir a Yasmin?

Bufo e balanço a cabeça, tentando afastar os pensamentos. Parece inútil, mas ainda assim forço os olhos de volta ao livro, como se o drama de *Romeu e Julieta* fosse capaz de preencher todas as lacunas. Acabo adormecendo com o livro sobre o meu peito e... adivinha? Sonho com ele.

CAPÍTULO 15

◆

"Este amor em botão, depois de amadurecer com o hálito
do verão, pode se mostrar uma bela flor quando nos
encontrarmos novamente."
Romeu e Julieta – William Shakespeare

◆

Quinze dias depois...

Xavier

Trago a lata de cerveja à boca, observando a Agremiação e toda a comunidade reunida aqui no Forte Rubro.

Quem vê o lugar agora nem imagina o que ele foi um dia — uma velha fábrica de juta, transformada em um espaço arquitetônico com tudo aquilo de que a gente precisa. Galpões, curral, pacote completo. É o nosso centro de ensaios e preparação para o festival.

O Vermelho cresceu porque é feito por uma galera que bota a mão na massa e ama tudo isso: motivados pela paixão!

Não importa que o Forte Rubro fique longe do Bumbódromo, muito mais do que o espaço do Contrário, que praticamente é encostado à Arena.

Enquanto eles têm o luxo da proximidade, a gente carrega nas costas o peso de vir de longe — e talvez seja isso que nos faz mais fortes. O Vermelho não é só boi de um lugar; é boi de uma essência, uma energia que pulsa em cada canto onde ecoa nosso som.

Aqui, tudo é conquistado com esforço. Não tem desculpa, não tem moleza. O Forte Rubro é prova de que a distância não importa quando o coração está perto.

Estar nesse lugar é sentir a força de quem se entrega de verdade. Hoje mesmo, acabaram de anunciar a toada pro próximo festival, dentro de quatro meses.

Promete muito, porra!

O levantador de toadas começa o refrão, e parece que o chão embaixo dos pés está pulsando com as batidas da ritmada. É como se a energia daqui tivesse vida própria e o pessoal emenda gritos e profecias sobre sermos campeões.

Campeão!

A palavra me arranca um sorriso meio que um tanto furtivo, lembrando-me daqueles momentos proibidos... da última noite no resort, da última dança, da garota mais linda e vibrante em meus braços. Desde então, não consigo parar de pensar nela. Meu corpo inteiro infla só de pensar.

Foi foda!

Queria beijá-la na boca para comemorar.

Rodar com ela em meus braços.

Fodê-la também... Muito!

O que foi aquela dança: sexo entre almas?!

Só dá Ayra na minha cabeça. Mesmo durante a viagem para Bariloche, que fiz com meus pais. Na verdade, foi em comboio, os pais da Yasmin também foram convidados e ficaram empurrando a filha para cima de mim todo o maldito tempo. Ah, e a família do Rodolfo, lambe-botas, como sempre, se juntou a nós também.

Esse cabaço, cantando a toada ao meu lado — age como se fizesse parte da alta cúpula — se acha o figurão da agremiação, só porque estamos no camarote com o meu tio.

Deve realmente acreditar que "aparamos as arestas" depois da presepada que armou na viagem de formatura. Um dia, Rodolfo ainda vai se afogar na própria soberba. O cara nem se tocou de que fui indiferente com ele todo o período em Bariloche. Eu só conseguia pensar em Ayra.

— Mais um pouco e essa lata nem vai precisar de prensa. — Tio Elias para ao meu lado, discreto. — Se estiver precisando de terapia, tenho uns sacos com um par delas vazias lá no tilheiro[12].

Olho para minha mão e vejo que estou descarregando na lata toda a frustração que venho segurando.

— Nunca acreditei muito naquela história de que junta as latinhas que bebe pra vender. Acredito mais que guarda como troféu e só vende no final de cada ano, porque fica sem espaço — caçoo do meu tio.

---

[12] Em Parintins, espécie de ferro velho, local de desmanche para carros, motos, barcos, etc.

— Me fala uma coisa, não me parece animado com a nova toada, caboco. Não gostou?

— Gostei sim, tio. Estou confiante de que ela vai trazer a nossa vitória.

— Vai, sim! Mas cadê o arrasta-pé que aprendeu nas férias de formatura? Tava pagando para ver tu se balançando todo — provoca.

Lembro que o espertão entendeu tudo quando me pegou no aeroporto e fui colocar a bagagem no porta-malas. Retirei de dentro da mala de Anavilhanas o troféu que havia ganhado com Ayra. Cada um de nós ganhou um. Pedi que ele guardasse o meu. Não queria ter que explicar nada em casa. Ele concordou na hora, como sempre faz, sem questionar. Só que não demorou muito pra começar a comer pelas beiradas; por fim, não aguentei. Era foda ter guardado toda a história com Ayra Tari por tantos dias, especialmente dele, com quem nunca tive segredos.

Acabei contando tudo. Relembro aquele momento:

— Ficará assim então, caboco? — quis saber após chegarmos à conclusão da guerra que causaria em casa se meus pais descobrissem por quem seu filho estava enlouquecido.

— E tu, não te incomoda saber quem é?

— Não é o melhor dos cenários ter o sobrinho preferido com uma do Contrário, mas acredite, tu não é o primeiro da nossa família. Tem história por baixo do pano...

— Que não irá me contar. Estou certo?

— Tão certo quanto as manhãs de domingo correndo no Cantagalo... Nunca viu as meninas do Contrário lá, né? Em especial essa aí: projeto de cunhã-poranga. — Abana a cabeça e ri com gosto. — Caboco matreiro é tu.

— Se desconfiou de alguma coisa, por que nunca foi direto?

— Cabia a ti confiar em mim. Só fico me perguntando se deixará escapar pelos dedos alguém que mexeu tanto contigo...

Naquele momento, não sabia a resposta. Imaginei que quinze dias em Bariloche fosse tempo suficiente para reorganizar o turbilhão de emoções. Voltei ontem do mesmo jeito que fui. O que trouxe na bagagem, dessa vez, não foi só a saudade que levei comigo, como a vontade ainda maior de vê-la de novo. Só ainda não sei como fazer isso e não quero meter meu tio nessa história: meus pais o demitiriam, no mínimo.

— O dançarino ficou lá em Anavilhanas. — Abro a lata de cerveja, antes de acrescentar: — Prefiro ficar estudando as notas e analisando o ritmo. Dançar foi só diversão, uma brincadeira que me empurraram pra fazer.

— Uma pena — ri de canto. — Sabe que estive em Juriti esses dias, pegando uma encomenda da tua mãe, e vi que terá um concurso de dança de casais por lá. Imagina... tu no palco, ganhando mais uma?

Fala isso de forma leve, quase como se não fosse nada, mas a ideia fica na minha cabeça. O meu tio sempre foi bom de "lance", de jogar o assunto para fora. Entende o que está acontecendo comigo e deixa as palavras pairarem no ar. Não respondo de imediato, tentando focar no movimento dos itens no palco.

Desvio o olhar para o celular, hesito um segundo antes de digitar uma mensagem sem pensar de novo:

Por aí, Pocahontas?

Penso o que escrever na sequência e volto a digitar:

Então, resolvi te convidar para um desafio maior. Em Juriti, nas próximas semanas.

Concurso de dança.

Vamos ver se somos campeões mesmo ou se foi um lance de sorte?

O sorriso surge automaticamente no meu rosto. Não é apenas convite, mas um desafio. Algo para reacender a faísca.

Porra! Nunca me senti tão apreensivo e angustiado sobre uma garota antes. Eu a quero. É hora de assumir isso de uma vez por todas. Eu a quero e vou lutar para que aceite ficar comigo.

Como a porra do Romeu fez com Julieta!

Ayra

Hoje foi o segundo dia de ensaio da molecada no Reduto Celeste, e meu objetivo foi observar mais de perto as habilidades e a energia de cada criança.

Entender suas personalidades e descobrir como posso extrair o melhor de cada uma, já que no primeiro dia foi só agitação. Foram duas horas de interação, e fecho o dia empolgada. Foi leve, produtivo, essencial. Agora, consigo ver bem melhor onde cada um pode melhorar.

Ainda suada da correria, começo a ajeitar as coisas. Quando olho o celular, o nome piscando na tela me faz congelar no mesmo instante.

X?

O choque dá lugar a uma corrida desenfreada de emoções. Meu coração dispara, minhas mãos tremem. Ele mandou uma mensagem. Não, espera... duas. Não, três...

Penso em ignorar e enfiar o celular de volta na bolsa? Claro que sim! Faço isso? Merda, não!

Abro na mesma hora, com uma urgência quase desesperada para saber o que tem a dizer.

Meu único pensamento: Ele se lembrou de mim!

Leio as mensagens.

Por um segundo — ou vários — fico ali, encarando a tela, digerindo as palavras. A alegria por finalmente receber notícias dele é esmagada pela decepção. Era isso? Depois quase um mês de silêncio absoluto, aparece todo íntimo e sonso, me chamando de "Pocahontas". E ainda lançando desafio?

Cretino!

Viaja com a peguete, desaparece como se eu fosse nada, e agora acha que é só mandar mensagem que vou largar tudo para responder? Ainda assim, meus olhos teimam em voltar para as mensagens mais uma vez. E de novo. E mais uma vez. Aquele contentamento idiota insiste em ficar ali, cutucando, como uma chama que tento apagar, mas que se recusa a morrer.

Meus pensamentos giram num redemoinho de alegria, mágoa e... dúvida. Sinto uma vontade de responder. Guardo o celular, para logo retirá-lo, rindo. Digito uma resposta:

Ah, X, vai tomar açaí com farinha e me deixa em paz!

Claro que não envio. Faço isso só para acalmar o comichão, como quem toma uma picada de mosquito. E deixo para ele sentir a coceira quando perceber que ficou no vácuo.

CAPÍTULO 16

◆

"Este amor em botão, depois de amadurecer com o hálito
do verão, pode se mostrar uma bela flor quando nos
encontrarmos novamente."
Romeu e Julieta – William Shakespeare

◆

Xavier

Estaciono o Jeep no meio-fio, pulo para fora direto no calçadão da orla. Rodolfo segue o mesmo script e me acompanha. Ele sempre dá um jeito de se manter como uma sombra grudenta. Sabendo que eu ia sair, apareceu em casa e, em conversa mole com meus pais, fez que eles me mandassem trazer o meu "amigão" comigo. Um estrategista. Nem precisaria de mim, já que sabe dirigir e tem carro. Só quer aparecer comigo.

Ele oferece um baseado que bolou. Recuso. Ele insiste. Ralho com ele e ameaço denunciá-lo aos pais. Nem é por causa da lição de moral da Pocahontas no resort que recuso. Não estou a fim mesmo.

Ela não sai da minha cabeça. Faz uma semana que mando mensagens, todos os dias. Visualizadas e solenemente ignoradas. Ela deve estar amando me deixar no vácuo. Por outro lado, mal a mensagem chega, a leitura é confirmada. Isso é bom. Significa que não me bloqueou.

Rodolfo começa a me aporrinhar; quer saber qual o meu problema. Pergunta se Yasmin não anda me satisfazendo. Sem querer estragar minha noite, deixo-o chapando sozinho ao me juntar ao pessoal. Após cumprimentá-los, sondo a orla agitada, abarrotada com a galera daqui, e também turistas do mundo inteiro transitando e lotando os bares do lado do Contrário, e do nosso, na Baixa do São José.

Os estabelecimentos daqui não são explicitamente divididos pelas cores dos bois, mas cada um preza pelo seu lugar e evita se misturar.

A brisa noturna do Amazonas cortando o ar quente é quase reconfortante. Quase. Porque nem isso faz com que eu me distraia do real motivo de estar aqui.

Vim para cá na esperança de encontrar a Ayra. Para ser sincero, desviei completamente minha rota, passando pelo bairro da Francesa, como tenho feito quase todos os dias, ao rodar pela ilha inteira, na expectativa de ao menos um vislumbre daquela teimosa, mas, até agora, nada.

Nem sinal de fumaça!

O garçom, que já me atende há um tempo e conhece o esquema, chega com a minha garrafa de guaraná e a coloca na mesa disposta na calçada. Dou um leve sorriso e agradeço a cumplicidade em manter a discrição, servindo o chope na embalagem inocente de refrigerante. Ele me entende e eu valorizo isso pra caralho. Sou seletivo com os lugares que frequento. A lei seca é um saco!

Dou um gole e me debruço no parapeito, deixando o sabor gelado descer na garganta. À minha frente, a vastidão do rio reflete as luzes da cidade, criando um contraste hipnotizante. Embarcações estão ancoradas ao longo da margem, entre elas, algumas fervilham com festas animadas, carregando o som de risadas e música alta.

Em outras ocasiões, estaria lá no meio delas, a bordo do barco maior do velho, cercado pelo meu grupo de amigos. Mais cedo, até jogaram a ideia no grupo do *WhatsApp*, mas cortei na hora. Sem clima para festejar. Não com eles, pelo menos.

Mandei para ela o pedaço de um remix que fiz do NXZero, com um link do meu perfil de pseudônimo de DJ no Instagram: X_M. Se ela quisesse ouvir o resto da música, teria que me procurar. Pensei em apelar para sua curiosidade. Não funcionou.

Ah, dona Tari, por onde tu anda?

Minha vontade é ir até a casa dela agora e buzinar; quero ver se não vai sair. Abano a cabeça e rio da ideia estúpida. Seria burrice demais.

Tomo outro gole da bebida, tentando afastar a frustração. Ainda bem que Rodolfo se tocou que meu humor não está bom e está me deixando em paz, enquanto fica entretendo a galera com as suas histórias mirabolantes da viagem.

Como estou me descobrindo um maldito masoquista, pego o celular no bolso e verifico, pela milésima vez, se há alguma resposta dela. Nada. Suspiro, já me preparando para guardá-lo e colocar para foder essa noite, quando uma notificação chama minha atenção: há um novo seguidor no perfil do X_M.

Ela me seguiu!

Meu coração dispara com a confirmação.

Finalmente, alguma coisa.

— Que vontade de surrar sua bunda linda, porra! — murmuro, saboreando a expectativa, que começa a ferver no meu peito.

No mesmo instante, sigo-a de volta. Meu sorriso cresce, enquanto rolo a tela, vendo as notificações surgirem. Ela está curtindo tudo — cada foto, cada vídeo. E, como se não bastasse, ainda comenta nos posts, elogiando meu talento.

No último que postei do corte do remixe que enviei para ela, em que a legenda diz: Um amigo pediu esse remixe. Uma música foda para uma garota incrível.

Ela escreveu:

Cara, tu tem que mostrar teu talento para o mundo. É sério, tô apaixonada pelo teu trabalho!

Completou com corações azuis — Égua, foda-se o seu mau gosto!

Entretanto, estou sorrindo como o Coringa: quase mordendo as orelhas. Não demora e chega uma mensagem no direct:

> **@Ayra_Tari: Oi! Tudo bem? Sou Ayra, acho que a garota para quem o idiota do seu amigo encomendou o remixe. Passando para dizer que ficou incrível. Estou fascinada pelo seu trabalho! Não exagerei no seu feed, tu tem talento demais!**

As palavras dela são genuínas, e isso me acerta em cheio. Respondo rapidamente. Estou desesperado para falar com ela, mesmo que seja sob a porra de um pseudônimo.

> **@X_M: Oi! Obrigado pelos elogios. Não sou profissa ainda, então bate aquela insegurança de jogar na rede. Mas esse "acho" está parecendo pisada na bola, hein.**

Envio, e sua resposta vem quase que automática.

> **@Ayra_Tari: Vamos resumir que ele foi um otário. Só que vim te parabenizar mesmo. E não fique inseguro. Sua página tem curtidas e comentários para tentar uma gravadora. Ou quem**

sabe, um agente desses de artistas, sei lá. Tenho a impressão que tu pode ser grande na música eletrônica.

Merda! Meu coração não para de saltar com as suas palavras. Ela, que mal me conhece, está me dando apoio quando meu próprio pai está pouco se fodendo e me reprova. Isso mexe comigo, mexe muito. E o pior: não bastasse tudo que vivemos, ela ainda acredita no meu sonho.

Pode me xingar o quanto quiser, Pocahontas. Mereço. Fui mesmo um otário, não nego, mas não é hora de eu tentar me desculpar.

@X_M: Valeu mesmo. Já estou vendo isso.

@Ayra_Tari: Faz bem. Quando estiver famoso, vou contar para todo mundo que conversei contigo e sou tua fã.

É nocaute. E eu fico ainda mais louco de saudade de conversar com ela pessoalmente.

@X_M: Agora me senti, hein! Mas e tu? Qual a treta com o Xav? O cara é legal.

Rio da minha tentativa de jogar verde, enquanto continuo apreciando o Amazonas. A resposta demora a vir, mas chega para a minha felicidade aumentar.

@Ayra_Tari: Nada grandioso. Ele só deu a entender uma coisa e fez outra. E, sim, ele é legal, só não o deixe saber que eu disse isso, ok? Já se acha demais.

@X_M: Seu segredo está seguro comigo. E vou te contar outro para ficarmos quites: Xav está na sua.

@Ayra_Tari: Ele falou sobre mim?!
O que exatamente?

@X_M: Algo sobre uma indiazinha que não sai da cabeça dele e que piraria com o arranjo que sugeriu. Não entrou em detalhes, também não perguntei. 😉. Não somos tão chegados assim.

@Ayra_Tari: 😵... Bem a cara daquele lá... usar esse apelido.

@Ayra_Tari: Então... tu me mostraria o resto da música? Aquele tosco sabia que ficaria curiosa.

@X_M: Se pudesse já estava na mão, mas o Xav foi taxativo ao me pedir para mostrar só para ele. Foi mal, terá que falar diretamente com o cara.

@Ayra_Tari: Ah, tá. Devia ter imaginado. Acho que ficarei algum tempo sem ouvir mais um dos seus sucessos. 😢 Deve ter ficado bacana.

@X_M: Vai aguentar? Ficou muito boa. E o lance da fã?

@Ayra_Tari: Isso é jogo sujo.

@X_M: Estava me referindo a isso quando falei sobre a paranoia da insegurança. Nunca sei se o meu público vai querer ouvir todas as minhas músicas.

@Ayra_Tari: Vou pensar por ti, prometo. Agora preciso ir. Agiliza essa coisa de agente, porque quero ser amiga de um DJ famoso. Foi bom falar contigo, X_M.

@X_M: Foi muito bom falar contigo também, Ayra. No meu primeiro show, vou enviar ingressos VIP. Quero te ver no camarote.

A mensagem enviada fica ali, suspensa no ar, e nada retorna. O silêncio se transforma no meu maior inimigo dos últimos dias. Uma pressão que aperta o peito, como se fosse uma sentença. Preciso vê-la.

A mente ferve, forço-me a elaborar algo até que, finalmente, a ideia surge. Porra, é isso! Tu não me escapa, dessa vez, Pocahontas.

CAPÍTULO 17

◆

"Não amam os que não mostram seu amor."
William Shakespeare

◆

Ayra

Paro a bicicleta do lado de fora do antigo tilheiro do tio do Xavier. Conhecido como o único estaleiro que tinha em Parintins antigamente. Por que resolvi ceder? Já me convenci de que isso não é um reencontro amoroso. Mas quando me vi no espelho antes de sair, pensei: uau, tá boa!

O plano era simples: eu queria que Xavier me visse bonita, sim, mas, mais do que isso, queria que sentisse minha indiferença estampada na cara. Queria ainda... que soubesse que aquele joguinho de chantagem que me envolveu não me abalava — que, no fim, eu estava impecável de qualquer jeito.

Ele sabia que eu iria atrás de ouvir o resto daquela música. E foi legal conhecer o DJ talentoso. Conversei com o cara; pareceu bem legal. Não tentou me agradar, nem dar em cima de mim e foi leal com o amigo ao não me enviar o resto da música. Isso contou uns pontos a seu favor.

Mas, X_M teve que perder uns pontos também, né? Porque contou pro amigo que conversou comigo... daí veio a chantagem daquele "garantido" cheio de pavulagem:

> **Se continuar de birra e não me deixar mostrar o resto da música que encomendei especialmente pra ti, Pocahontas, vou colocar na Rádio Clube de Parintins.**
> **De Romeu para a sua teimosa Julieta. Que tal?**

Ah, não! Não acreditei que ele teve coragem de me ameaçar daquele jeito!

> Ou quem sabe: de X para Pocahontas.

Agora ele queria se fazer de Romeu? Fala sério! Só que sua abordagem tinha um certo charme.

> Esqueci. Tu não gosta de apelido: Será melhor de Xavier para Ayra, mesmo.

Será que existe outra Ayra em Parintins?

> Todo mundo vai ouvir, talvez até torcer para a musa inspiradora parar de ser orgulhosa e dar uma chance ao pobre miserável...

Adorei sua veia provocativa. Quero dizer, juntou tudo... no fundo, queria vê-lo também e precisava só de um incentivo bobo. Quase um mês sem nos encontrar, e o simples fato de me mandar aquelas mensagens... foi um suplício não responder.

Agora, estou aqui onde o abusado pediu para encontrá-lo, empurrando o portão, e a mera expectativa de vê-lo de novo faz o ar faltar em meus pulmões. As mãos estão geladas e suadas. Coloco a bicicleta para dentro, encosto na parede, dando uma olhada ao redor, onde há dezenas de carrocerias de carro, motos e todos os cascos de barcos, que um dia navegaram pelo Amazonas.

Ajeito a bolsa atravessada sobre um ombro e começo a percorrer o caminho, tendo a lua cheia ajudando a iluminar a noite.

Passo por uma espécie de guarita e entro, ressabiada. Não há ninguém aqui. A iluminação é tênue. As lâmpadas são fracas. O chão é de cimento queimado. Começo a pensar que vir aqui foi uma loucura, ele não parece estar por nenhum canto.

— Xavier? Xavier? — insisto, e nada.

Parabéns! O estúpido está me assustando com maestria. Meu celular apita, indicando uma mensagem. Uma mensagem do X.

> Enfim, vou te ver... Siga a música, minha Pocahontas. Ela foi remixada para ti. Para nós.

Antes que eu consiga processar as palavras, um som começa a emergir lá de dentro. Primeiro, é apenas um sussurro, quase imperceptível, mas logo cresce o volume, familiar e inconfundível. A introdução de *Cedo ou Tarde.* Minhas pernas estão tremendo, e, na real, não é só isso — meu coração está batendo contra as costelas. Respiro fundo e atravesso a porta entreaberta.

A melodia vem de algum lugar que não é da sala iluminada. Ando pelos ambientes da casa aparentemente inabitada.

Conforme avanço, as luzes começam a acender, uma após a outra, como se tivessem o propósito de me guiar junto da voz deliciosa e potente do Di Ferrero.

Quando perco a fé fico sem controle
E me sinto mal, sem esperança
E ao meu redor a inveja vai
Fazendo as pessoas se odiarem mais
Me sinto só (me sinto só)
Mas sei que não estou
Pois levo você no pensamento

Meus passos vacilam ao alcançar o batente da última sala. Os olhos ardem, pela letra da música, pela declaração que ele escolheu em forma de versos. O mundo ao meu redor gira, mas não desmorona; ao contrário, tudo parece se reconstruir ao redor de um único ponto fixo.

Ele...

Meu medo se vai
Recupero a fé (recupero a fé)
E sinto que algum dia ainda vou te ver
Cedo ou tarde, cedo ou tarde

Xavier me encara sem piscar, segurando um arranjo de vitórias-régias. As flores, em tom lilás, roxo e rosa, são lindas, mas meu cérebro nem consegue processar direito, enquanto apenas nos fitamos.

Mal me sustento sobre as pernas. É como se meu corpo inteiro tivesse travado, só absorvendo a visão dele depois de tantos dias de silêncio. Seus olhos azuis estão mais escuros sob a luz fraca, nem por isso menos hipnóticos.

— Duvidei até o último segundo de que viesse. — Observo-o engolir em seco. Não estou sozinha nas emoções desse reencontro.

— Enquanto eu... fiquei pensando o que alguém que foi abduzido, ou alguma merda parecida, possa querer tanto falar comigo.

Minha afronta era para ser um golpe direto, para conseguir mascarar as emoções traiçoeiras. No entanto, ele sorri, o canto da boca subindo de um jeito que quase me faz esquecer por que estou com raiva.

— Senti saudade dessa sua mente perspicaz e língua afiada — murmura rouco.

— Não foi o que pareceu, Xavier.

— Imagino que, por causa das suas desconfianças precipitadas, perdi o direito de ser chamado de X. Estou certo?

— Tratamentos amigáveis não devem ser dados a quem precisa usar de chantagem pra conseguir o que quer.

— Espera ver arrependimento em mim? — indaga. Acompanho, imóvel, seu braço livre enlaçar minha cintura e me prender contra seu corpo.

— Seria, no mínimo, decente...

— É por isso que está aqui, Ayra?

— Mais ou menos por aí.

— Te vendo assim: em meus braços, nervosa... ainda assim linda, desafiadora, realmente me arrependo. Sim, fui um cuzão, admito. Meu pesar é ter demorado tanto para tomar uma maldita resolução — range e desliza o rosto pelo meu, a barba por fazer roça na minha pele sensível, arrancando-me arrepios involuntários. — Me arrependo por ter concordado em viajar com meus pais e seus amigos — continua, oferecendo seus lábios no canto da minha boca, provocando-me sem beijar. — Por ter pegado o celular todas as malditas vezes, encarado a tela e ficado indeciso sobre o que escrever para ti...

Sinto-o inspirar o meu cheiro, como se apreciasse seu doce favorito, em puro deleite, enquanto a mão na minha cintura aperta um pouco mais, possessiva. Sua testa encosta na minha, e a voz sai carregada de frustração.

— Meu arrependimento foi ter ficado inseguro, achando que talvez tu nem quisesse me ver de novo.

Seus dentes resvalam no meu maxilar, roçando sedutoramente, subindo devagar até meu ouvido em mordidas suaves.

— Meu pesar é por termos duas famílias fodidas que tornaram impossível eu ir atrás de ti no instante em que voltei para cá. Eu fico puto já que ainda será foda pra caralho pra nós estarmos juntos quando quisermos.

Seus lábios molhados se aproximam novamente dos meus, o hálito morno me embriaga ao determinar:

— Mas pode brigar o quanto quiser comigo depois, Pocahontas. Porque agora... Porra, agora eu sinto que vou morrer se não sentir o teu gosto de novo.

E, então, ele mergulha na minha boca em um ímpeto selvagem. O mundo ao redor desaparece. Só existe ele, seu gosto, sua urgência, o calor que se mistura ao meu, tornando impossível qualquer resistência. O beijo é tudo que esperei e temi: intenso, desesperado, devastador. São tantas sensações, que quase esqueço como respirar, até que ele interrompe o beijo, os lábios se afastam apenas o suficiente para sussurrar, rouco:

— Para ti.

Levanta o arranjo de vitórias-régias entre nós, e, só então, minha mente embaralhada volta a funcionar.

— Não resisti ao vê-las. Respeito e reverência à beleza, parece que foram feitas para ti.

Recita o significado da bela e lendária flor da Amazônia. Parece tão genuíno seu gesto, que quase me desmonta.

É impossível manter o jogo duro quando meus lábios ainda latejam com a memória do beijo; o coração troveja sem parar no meu peito. Olho para ele, tentando dizer algo, mas tudo o que consigo fazer é respirar fundo e sussurrar:

— Obrigada...

Aceitá-las é uma rendição silenciosa. E ele sabe disso.

— Pelas flores ou por encontrar uma maneira de te encontrar?

— Elas são lindas, é só isso que precisa saber.

— Régias como tu. Agora, chega de conversa, temos muito tempo para compensar...

Sem me dar chance de negar, ele pega o arranjo que seguro e o coloca sobre a mesa, empurrando-o para o lado, junto da minha bolsa, que até então estava usando como escudo.

Com a precisão de quem sabe exatamente para onde me conduzir, suas mãos encontram minha cintura, me erguendo como se eu não pesasse nada, e me posiciona sentada ao lado do arranjo sem cerimônia, deixando-me encurralada contra seu corpo. Sua proximidade é esmagadoramente possessiva, devorando qualquer resquício de espaço entre nós.

— Vem aqui, Ayra Tari...

Xavier inclina minha cabeça para trás e captura a boca em um beijo que é tudo menos delicado. É uma invasão faminta, como se estivesse determinado a descobrir — e expor — os cantos mais secretos de mim, antes mesmo que eu os perceba.

Seu toque experiente me faz me sentir pequena, exposta e absurdamente viva. Suas provocações ao chupar meus lábios me causam frisson por cada centímetro da pele. Arfo, gemo, me entrego, sem qualquer reserva nesse momento.

O clima vai ficando mais e mais quente. As mãos grandes amassam minha bunda de novo, prensando-me dessa vez com mais força contra sua ereção. Grande, grossa, dando para sentir conforme me fode a seco sobre as camadas de tecido.

Eu choramingo, meu núcleo lateja com força, estou com a calcinha melada, molhada, enquanto ele se esfrega em mim. Mal consigo formular um pensamento coerente, perdida na teia de sedução abrasadora do seu corpo e o pulsar urgente dentro de mim. Cada toque dele é como um toque de despertar à minha falta de experiência e desejo adormecido.

Começo a rebolar instintivamente na coluna dura do seu pênis, permitindo-me ser só um pouquinho liberal. A necessidade de senti-lo dentro de mim vai crescendo e se tornando quase insuportável. Tudo piora quando levanta a minha blusa e afasta o sutiã, expondo meus seios. Os mamilos enrugam; o brilho em seus olhos quando encontram os meus é assustador de tão faminto.

Então, sua cabeça abaixa e quase gozo quando a boca morna engole o bico direito e o suga delicadamente a princípio. Em instantes, passa a mamar forte, engolido meu seio quase inteiro na boca. Morde o mamilo, depois o lambe, e eu estremeço inteira, isso vai direto em meu núcleo. Ele vai para o outro e dá o mesmo tratamento. Reúno forças para falar:

— X... Vamos parar, por favor! — soo rouca, mas firme o suficiente para fazê-lo pausar.

Xavier para, soltando um som frustrado, enquanto respira fundo. Seus olhos permanecem nos meus, famintos, determinados.

— Eu te quero, Ayra — afirma quase rude pela veemência, como se o afastamento lhe causasse dor física. — Estou desistindo de negar essa merda entre nós. O tempo para negação já expirou!

Um arrepio percorre minha espinha, e convulsiono pelo prazer de ouvir isso. Suas mãos sobem para segurar minha nuca, firmes, e ele aproxima nossos rostos até que o espaço entre nós seja mínimo. Seu olhar é intenso, penetrante, hipnotiza, seduz.

— Não estou negando... Só estou pedindo que a gente vá devagar. Isso aqui... Isso que estamos fazendo, X, não é simples. Não podemos ignorar o que está à nossa volta. Podemos?

— Dane-se o que está à nossa volta! — ele corta, categórico. — O que importa é o que queremos.

Engulo em seco e lambo os lábios inchados da sua fome. Ele tem razão. Porém, não vou lhe dar isso de mão beijada.

— Não é por eu gostar de te beijar... de estar contigo que...

— Ah, então, gosta de me beijar... Já é um começo, caprichosa.

— Estamos nos arriscando, X — procuro colocar juízo na cabeça dele e na minha.

— Não pense nessa merda, que nem é nossa culpa, pra começo de conversa. Dance comigo de novo. Vamos usar o tilheiro velho como quartel general e detonar em Juriti em duas semanas.

— Aqui é seguro? — minha voz é apenas um fio. Merda, eu vou aceitar.

— Meu tio liberou o tilheiro para a gente se encontrar e ensaiar. Ah, e depois de convencê-lo de que somos ótimos dançarinos, ele nos inscreveu no concurso.

— O quê?! — fico estupefata.

— Nem comece a reclamar que contei para alguém, porque, por ele, eu me jogo na fogueira sem pensar duas vezes. Tenho total confiança. Vamos explorar isso entre nós, Pocahontas!

— Tu é insistente.

— E tu... é linda... Minha.

— E Yasmin? Tu viajou com ela...

— Eu não a quero, Ayra. Nem a toquei nessa viagem. Não será a primeira e nem a última vez que ficará sabendo que esteve no mesmo lugar que eu, mas meu coração não bate dessa maneira por ela. Só penso em você.

— Cuidado com o que está me propondo, X. Se me decepcionar uma única vez...

—Não vai se arrepender, eu prometo.

Sugere de ensaiarmos naquele momento. Pedi para deixarmos no dia seguinte. Ainda nos beijamos mais um pouco, mas precisei ir. Ele insistiu para me acompanhar de longe. Foi um jogo perigoso, mas excitante. Quando alcancei o portão de casa, respirei aliviada, acreditando que seguiria seu caminho. Mas, claro, Xavier não fazia o óbvio. Ele desligou o carro e ficou ali, estacionado, observando.

Fiz sinal para ir, mas apenas piscou os faróis uma última vez, como quem diz: entre primeiro! Só quando estava segura dentro de casa, finalmente deu meia-volta e se foi. Meu coração ainda batia como se eu estivesse em pleno passeio noturno com o namorado.

Vamos explorar isso entre nós...

CAPÍTULO 18

◆

"Só ri de cicatrizes quem nunca sentiu
na própria pele uma ferida."
Romeu e Julieta – William Shakespeare

◆

Ayra

Termino de me arrumar sob o olhar malicioso de Alice, que chegou em casa mais cedo, como combinamos. Ela veio me ajudar a sustentar a desculpa de que vamos começar a correr na orla, assumindo o papel de cúmplice com um entusiasmo quase criminoso. O que, de um todo, considerando que o tilheiro velho faz fundo com o rio, não é grande mentira. Minha corrida só será outra...

Na hora em que me comprometi com Xavier — excitada pela ideia dos ensaios noturnos nas próximas duas semanas —, eu me esqueci completamente de como justificaria em casa.

Foi aí que ela, com aquele ar de quem adora uma boa trama — após lhe contar minhas preocupações —, lançou sem hesitar:

— Oh, pela "Nossa Senhora do Carmo das mentes borbulhantes", mulher... Diz que estamos começando um projeto fitness. Assim, hoje já fico aqui para validar a história, e, nas próximas vezes, é só dizer que está indo correr comigo.

◆

Era um plano simples, mas genial, parecia até infalível. Tudo isso porque havia contado para ela que, enquanto ajustava os pedais da bicicleta, Xavier propôs que nossos ensaios fossem todas as noites. Todas mesmo. De cara, achei a ideia perfeita, até que me lembrei dos meus compromissos no Reduto Celeste e expliquei que não poderia com aquela frequência.

— Podemos compensar nos finais de semana.

Fiquei surpresa. Não era como se fôssemos treinar para um campeonato mundial de dança. Mas, por mim, tudo bem. Levava a dança a sério.

— Égua de ti, esses olhos aí estão brilhando demais. Vamos dar um filtro nesse olhar, mana? Só para garantir que, quando a gente sair, sua irmã e sua vó acreditem que vai correr mesmo.

Alice para ao meu lado, tomando a escova da minha mão, enquanto prendo o cabelo num rabo de cavalo bem alto e volto a atenção para ela, saindo dos meus dilemas. Em seguida, passo um gloss claro nos lábios, tentando equilibrar o visual, sem parecer muito arrumada. É dia de semana, e ela tem razão sobre não dar bandeira.

— Por acaso, a minha roupa está parecendo que farei outra coisa? — Puxo a camiseta folgada que joguei por cima do conjunto de saia short e top de lycra lavanda e rosa.

— É... Esse look ficaria bem melhor sem esse abadá de santinha do pau oco cobrindo tudo. Sexy sem ser vulgar, sabe? Vê se quando chegar lá no... encontro com o Contrário, tira e arrasta o queixo dele no chão.

— Shh! Dá para falar mais baixo?

Alice se inclina e me abraça apertado, o tipo de carinho que só uma amiga de verdade dá.

— Tu pode contar comigo para qualquer coisa, tá?

— Certo, maninha. Lembrarei disso. Agora, bora logo antes que a Moara venha perguntar o que estamos fofocando tanto se vamos passar um tempão juntas.

Nem precisamos esperar no quarto. Minha irmã nos intercepta na sala, e os dez minutos de atraso se esticam para vinte com o interrogatório dela. A sorte é que Alice é rápida na resposta, dizendo que vamos de bicicleta até a orla antes de correr, para já ir nos aquecendo, e eu só balancei a cabeça, tentando parecer convincente. Assim que escapamos, pedalo com o coração disparado, martelando forte no peito, como na noite anterior.

Finalmente, chego ao tilheiro e, dessa vez, Xavier está à minha espera no galpão em frente da casa, que parece ter ganhado vida.

Há lampiões distribuídos pelos cantos, sobre peças empilhadas aqui e ali, dando um toque acolhedor ao lugar. Enquanto no centro tem uma mesa improvisada com um vaso de flores, recipientes de comida e um balde com bebidas ao gelo. Demonstra que cada detalhe tenha sido pensado para criar um clima, mantendo o charme bruto do galpão.

Xavier está encostado com as pernas cruzadas em um carro antigo, vermelho, no meio do amplo espaço. Usa shorts cargo branco e uma camiseta que, por incrível que pareça, tem quase o mesmo tom da minha roupa. Sintonia? Que seja. Amo qualquer cor nele, porque elas potencializam o azul dos seus olhos, deixando-os mil vezes mais intensos. Ao fundo toca uma música que ainda não conheço, mas adoro o ritmo carimbó.

Seu olhar me percorre inteira, em apreciação, fazendo um calor se acumular entre minhas coxas. E eu fico indecisa por ter seguido o conselho de Alice em tirar a camiseta quando chegasse aqui.

As últimas vinte e quatro horas foram intensas, minha mente fervilhou, mesmo com tantas tarefas durante o dia. Eu estou mais sensível desde que ele teve, entre seus lábios, meus seios, para os quais seus olhos recaem. Sinto que ficam doloridos. É como se eu tivesse sido despertada depois de um longo sono.

— Oi...

— Oi... Aqui é mesmo um tilheiro? Uau, cheguei a pensar que tivesse me enganado de lugar...

— É o lugar certo, minha Pocahontas — olha-me intensamente. Estremeço de prazer ao ouvi-lo me chamar dessa maneira possessiva. — Achei esses lampiões enquanto te esperava. Dei melhor uso para eles do que ficarem jogados.

— Ficou incrível.

Como não se move, continuo andando até ele. Não faz nenhum movimento, a expressão de quem anseia por me agarrar e não me soltar mais, ou, talvez, a mistura dos dois.

Seu rosto perfeito ressignificando o termo belo, abaixa bem perto do meu, e ficamos nos olhando em silêncio por um tempo. Enlaço-o pelo pescoço, dando-lhe permissão — sem palavras — para que sua boca cubra a minha, em um cumprimento mais adequado ao nosso desejo.

Não sei quem geme ou arfa primeiro, pela voracidade com que nossos lábios se abrem no beijo profundo e avassalador. Já mostrando familiaridade, suas mãos descem para minha bunda, puxando-me de encontro à sua ereção, conforme nossas línguas se enredam em um duelo íntimo, tão delicioso quanto urgente.

Meu corpo inteiro pulsa, estremece, sinto-me escorrer viscosa entre as pernas, enquanto seu peito másculo esmaga meus seios rígidos e doloridos. Em instantes, estamos nos agarrando com mais sofreguidão, nos roçando em uma necessidade que me faz desejá-lo dentro de mim.

Preciso de ar, e Xavier parece entender quando chego ao meu limite e, sem interromper o beijo bruscamente, desliza o nariz no meu, com a respiração tão pesada quanto a minha.

Desse modo, captando o ritmo da música ao fundo, X abre um sorriso cheio de malícia, perigoso, me gira e, sem aviso, guia meus passos com a firmeza dos quadris, convidando-me a bailar com ele.

— Posso oferecer mais que um beijo gostoso, sabia? Estou virando um perito na dança também.

— É mesmo?

— Ah, sim... Aprendi tudo com uma certa indiazinha... — Rola meu corpo ao seu, encaixando minha bunda na sua virilha, e ali me prende. — Ela me ensinou o básico, mas, agora, não consigo mais me imaginar sem avançar os movimentos...

Sarra sua ereção em mim ao mesmo tempo em que agarra meus seios por cima do top, estimulando cada mamilo. Nossas respirações se cruzam, enquanto ele guia minha mão até seu ombro, a outra repousando em sua cintura. Em movimentos lentos, ondulados, nos unimos ainda mais, tendo a coxa entre as minhas pernas para orquestrar o ritmo em que me quer. Resvalando os quadris.... Virilha contra virilha... Estimulando meu sexo, que formiga e pulsa.

De repente, Xavier para, sem se afastar, apenas me fitando.

— Estou me abrindo contigo, Pocahontas. E isso — morde meu lábio — não tem nada a ver com o tesão louco que tenho em te foder. Fica comigo?

— Eu estou aqui. E não pretendo ir a nenhum outro lugar.

Ele sorri contra meus lábios, interrompendo outro beijo que mal começou.

— Tive a desconfiança de que tu fosse mandar algo que soasse como a Fiona do *Shrek* confessando sua paixão.

— Desculpa, eu travo quando sou pega desprevenida. Palavras bonitas nunca foram o meu forte.

— Dizem que esse é o papel dos homens, mas gosto do seu jeito meio... fodona de ser. Te faz única.

— Única, né? É bom não esquecer disso.

— Também te adoro. Agora, vamos comer ou ensaiar primeiro?

— A mesa que tu preparaste está absolutamente encantadora, digna dos saudosos jantares à altura da mansão Francesa, *mon cher.* — Faço uma reverência como uma lady. — No entanto, meu tempo é curto, e precisamos ser práticos: ou degustamos essa bela refeição com a elegância de bons franceses, ou mergulhamos direto no ensaio.

Termino com um sorriso triunfante, num toque de superioridade brincalhona, já me afastando. Afinal, é sempre bom lembrá-lo de que nós, do Azul, também carregamos a finesse da mansão francesa, construída do nosso lado da cidade — e, claro, que ele, como um bom Vermelho, nunca vai superar isso.

— Vocês, do Azul são puro surubim... só têm pinta!

— E vocês, do Vermelho, acham mesmo que são o Boi do Povão? — retruco, provocativa, enquanto torço a boca, fingindo indignação.

Xavier faz uma expressão de desdém, claramente se divertindo às minhas custas.

— Tirando essa parte da história do passado, que foi completamente desnecessária, sua bocuda, já que me dá só essas duas opções, que tal comer e beber? Amanhã ensaiamos.

— Perfeito! Só não podia perder a chance de lembrar que tu também tem um pezinho no pântano com essa reação, todo ofendidinho.

Xavier ri enquanto me conduz até a mesa. X abre os recipientes de comida com a logomarca de um dos bares mais tradicionais da Orla. Só nunca fui lá, pois os Contrários dominam o ambiente.

— Olha aí! Conseguiu impressionar... — suspiro ao ver bolinhos de piracuí, camarões empanados, e também há cumbucas de tucupi e tacacá.

— Esses são os benefícios de frequentar o mesmo lugar há anos — explica se pavoneando.

Pega duas long necks em um balde de gelo e me entrega uma. Não sou de beber, mas vou abrir uma exceção hoje.

— Um brinde a nós!

Começamos a comer em um silêncio confortável, quando propõe:

— O que acha de eu revelar algo sobre mim e tu fazer o mesmo? Eu... por mim, não irei para nenhuma universidade aqui da ilha, tampouco seguirei os negócios da minha família. Quero tentar sair da bolha e conhecer o mundo.

Com a cumbuca na boca, engulo o caldo de tucupi de uma vez, e quase engasgo.

— Por que não?

— Não haverá porquês, apenas compartilhamentos, Ayra. É pegar ou largar. E tu?

— Tô contente em cursar Educação Física aqui. Como bailarina formada, quero me aperfeiçoar para continuar a ministrar aulas na Escola do Reduto Celeste. Nunca pensei em sair de Parintins, na verdade. Claro que quero conhecer outros lugares, mas só como turista. Sou muito ligada às minhas raízes.

— Tu acha que sair daqui, mesmo que por um tempo, apagaria tuas raízes? Elas nunca somem, Ayra!

Observo-o por um instante, percebendo que está tentando se convencer mais do que a mim.

— Se pensa assim e quer esse futuro para ti, mete a cara e vai — aconselho, com um nó na garganta.

— A dona certinha está recomendando me rebelar? Será que perdeu o jeito, Pocahontas?

— Ugh! — faço uma careta. — Fale por si só, garantido. E, se quer saber mais sobre mim, amo o Azul.

Sua gargalhada ressoa profunda e descomplicada. Quando estamos nesse modo desarmado, tudo parece certo. E essa provocação sobre o Azul foi o gancho ideal para começarmos a compartilhar outras curiosidades. Agora, sei que ele malha todas as manhãs e não consegue dormir vestido. Pausa para os pensamentos intrusos — e muito indecentes — que se infiltram na minha mente. Em troca, revelei que detesto usar sapatos e vivo descalça, como se o chão fosse minha conexão com a natureza.

E a nossa noite acabou com ele sendo ousado, quando no percurso de volta para casa, me parou em uma esquina perto do Turistódromo. De acordo com ele, tinha algo "importante" faltando na nossa conversa. Minha curiosidade se tornou irresistível.

— Bebeu cerveja demais se acha que vou parar.

— Estou com o carro do meu tio, ninguém vai saber que sou eu.

O carro preto era diferente mesmo.

— Tu não, mas eu tô a alguns quarteirões de casa.

— As ruas estão cheias, ninguém vai ver. Para ali.

Ele estacionou no meio-fio, deixando espaço suficiente para que eu me equilibrasse entre a bicicleta e a porta.

— O que é de tão importante que não pode esperar até amanhã?

Ele sorriu, do tipo cafajeste que seduz pobres garotas desavisadas, e sussurrou com voz áspera:

— Não dormiria sem sentir tua boca deliciosa de novo.

Não tive tempo nem de processar a resposta. Sua mão agarrou meu queixo, me puxando para dentro do carro e tomando meus lábios com urgência. O gosto de menta na boca dele foi tão viciante que pensei em roubar sua bala. Ele só me soltou quando percebeu que, por trás da excitação, da adrenalina, o medo estava claramente me dominando.

Estamos brincando com fogo e podemos nos queimar... Só que é tarde demais para mim.

CAPÍTULO 19

◆

"Só ri de cicatrizes que nunca sentiu
na própria pele uma ferida."
William Shakespeare

◆

Xavier

O galpão está quase pronto quando meu tio joga o martelo sobre a bancada e limpa o suor da testa com a parte interna do braço. O sol do meio da manhã parece querer testar nossa resistência, mas eu estou ali, firme, com ele, os dois de jeans, e sem camisa, suando como cuscuz. Pronto para continuar transformando o galpão inóspito em algo que Ayra jamais irá esquecer. Está ficando com uma cara foda. E até agora não acredito que tio Elias entrou nessa loucura comigo.

Ele aceitar de cara mostra por que é o meu preferido desde moleque. Também não estava em um bom momento, acredito que tenha sido por isso.

◆

Eu tinha saído de casa sem rumo, com a cabeça fervendo, querendo chutar para o alto toda a merda de sucessor que meu pai está forçando sobre meus ombros. Como acontecia na maioria das vezes em que meus pais me irritavam, eu vim parar no tilheiro, entre cascos velhos e pilhas de sucata. Enquanto caminhava de uma embarcação para outra, meus olhos bateram em uma barra de ferro — parte de um antigo parapeito enferrujado. Foi ali que a ideia começou a tomar forma...

Meu tio não demorou a aparecer, com aquele olhar desconfiado, espiando o que eu estava aprontando.

— Tá perdido, caboco? — Ergueu uma sobrancelha, me sondando. Sabia que tinha visto meu carro estacionado lá fora, mas, antes de bater na porta da sua casa, precisava de um tempo para clarear a mente.

— Pensando um pouco — falei, girando a barra nas mãos. — E se a gente transformasse o galpão em um estúdio de dança?

A proposta soava maluca, e um tanto patética, até para mim, mas ele só me encarou, deixando um sorriso astuto escapar:

— Quer dar uma ajeitada no mocó? Não vou achar ruim, claro, mas pode me dizer qual o objetivo final?

— Quero compensar a mancada que dei com a Ayra. Como temos ensaio aqui mais tarde, imaginei que pudesse dar um jeito no galpão. Botar umas barras, alguns espelhos, sei lá, alguma parafernália que deixe o lugar mais apresentável.

— Quando chega a esse ponto, significa que o "rabo de saia" te pegou, macho — tio Elias riu malicioso.

— Rá, rá, rá — zombei. — Ok, a coisa é séria, e quero preparar toda essa merda para ela. Satisfeito? Também não quero que pareça que somos dois infratores cometendo um crime, precisando se esconder — complementei e ele assentiu.

— Esse é o poder do rabo de saia... — Ainda provocou: — olha pra tu, caboco, deixando um palácio e preferindo se enfiar no meio de sucatas só pra agradar a garota!

— Nem vem, tio. Sempre curti ficar por aqui, o senhor bem sabe — argumentei. — Além disso, as coisas lá em casa estão uma merda, para variar. — Larguei a barra no chão e me encostei em uma lancha, que já viu dias melhores.

— O que foi dessa vez?

Respirei fundo e passei a mão pelo cabelo, bagunçando tudo.

— Ouvi o velho comentando com a mãe sobre o jantar de negócios que vai rolar lá em casa, hoje.

— Quando não tem?

— Pois é. Só que tinham me falado que seria para alguns figurões de Brasília. Líderes partidários, uma tentativa de alianças para a pré-candidatura do Alcino. E agora descubro que os acionistas do grupo Monfort também estarão presentes.

Bufei irritado.

— E isso não é tudo, pasme: meu pai vai me apresentar como o futuro fodido diretor júnior do grupo!

Ele assobiou baixo, descrente, como eu.

— Diretor? Que história é essa, macho?

— Exatamente o que está pensando. Diretor Júnior de Gestão agora, CEO da Eco Tintas em breve. Meu destino já tá traçado, e ninguém achou que precisava me consultar sobre isso. Sou só uma peça no tabuleiro dele. Que experiência tenho para assumir como diretor, porra?

— Sabia que Aprígio não reagiria bem quando contasse seus planos — meu tio abanou a cabeça com desgosto.

— Tô puto, tio! — explodi. — Ele quer me transformar numa merda de peça decorativa num escritório. E pra quê? Para me castigar? É jogo sujo. Me empurra um cargo de diretor como se fosse um presente na frente de todo mundo, mas é uma coleira, uma armadilha. Se eu recusar, viro o quê? Um moleque mimado, um imprestável que não sabe o que quer da vida.

Solto uma risada seca. Por incrível que pareça, ele sempre soube onde apertar. Mesmo de longe, meu pai me conhecia. Tinha essa habilidade perversa de me insultar como um ingrato quando não dizia "amém" às suas vontades.

— Infelizmente, Aprígio sempre foi assim.

— Às vezes, parece que lutar contra o todo poderoso é remar contra a maré mesmo.

— Mas não é isso que fazemos quando mergulhamos fundo em algo? Agora, tu veio aqui para lamentar, ou botar a mão na massa?

— Não é que essa barra ficou firme... — A voz do meu tio me tira dos devaneios, e o vejo se exercitar em uma das barras que já instalamos, testando o limite da estrutura flexionando seus braços, mantendo o peso do corpo sobre eles. Gosta de se gabar da boa forma.

Sorrio, aproveitando a deixa para jogar longe as merdas da minha cabeça e me concentrar em algo que está me dando prazer em fazer.

— Se alguém entrar aqui agora, sua reputação de destruidor de sucatas vai pro chão. Vão acreditar que tá ficando muito suave para um dono de ferro velho — brinco, lançando um olhar para a quantidade de peças de barco que reaproveitamos.

Tio Elias solta uma gargalhada, ao voltar descalço ao chão, todo sujo, sem se importar em viver entre engenhocas. Às vezes, me pego desejando ter nascido seu filho; as coisas seriam menos tensas, com toda certeza.

— Olha só quem fala... Meu sobrinho que resolveu ser dançarino — caçoa, enquanto pega um pedaço de madeira para ajustar na estrutura. — Acho que aqui no lado esquerdo precisa de um calço maior.

— Os fins justificam os meios, tio — rio arrogante, ao citar Maquiavel.

Agradeço a paciência dele em me ajudar a organizar a bagunça do lugar. Meu tio parece estar gostando tanto quanto eu. Não sei o que me anima mais: o fato de estar criando algo incrível pra Ayra ou ver meu tio, torcedor ferrenho do Vermelho, compactuando com essa ideia.

— Queria ver a cara do pessoal da Associação do Vermelho se soubessem que o diretor está me ajudando a montar isso para uma do Contrário — faço galhofa, empurrando uma barra de ferro que estamos prestes a chumbar no chão.

Ele arqueia uma sobrancelha, o olhar de quem não se deixa intimidar por nada.

— Égua de tu. É assim que agradece teu tio pela ajuda? — Ele rosna, batendo a estaca no chão e conclui: — Se me perguntarem, nego até a morte, porra!

Eu gargalho da expressão em seu rosto.

— Vamos, para de papear e termina logo isso. Já que me arrastou para essa sandice, é melhor que tudo fique impecável para a tua Contrário. — Meio que bufa e acrescenta: — Tenho que admitir que gosto da mudança que essa menina provocou em ti, caboco.

— Mudança? — inquiro, e ele para o que está fazendo, me fitando sério.

— Dê uma boa olhada na quantidade de espelho que colocamos aqui e vai ver que parece vivo de novo, Xavier. Antes, tava sempre com cara amarrada, ou festejando com aquela tua turma sem futuro, mas agora… — Faz um gesto com a mão, como quem tenta capturar algo no ar. — Agora, parece outro. Não sei o que a garota fez contigo, mas é bom de ver.

— Fez muita coisa, tio. E, ao mesmo tempo, nada. Ela só… sei lá, é diferente.

Ele acena e, depois disso, ficamos em silêncio enquanto trabalhamos. Quando terminamos, dou uma última olhada no espaço, suor pingando da testa e brotando por todos os poros, mas valeu a pena. É impossível não me sentir satisfeito com o resultado.

O galpão está pronto. Agora, só falta a estrela.

◆

Passei cada segundo do dia ansiando pelo momento em que iria vê-la e tê-la em meus braços de novo. Ao contrário de ontem, quando ainda estávamos pisando em ovos pela bola fora que dei, hoje mal nos avistamos, já nos jogamos nos braços um do outro. Ela enrolou as pernas na minha cintura, e a segurei pela bunda, enquanto nossas bocas se chocavam num beijo gostoso e urgente.

Depois do impulso inicial, rimos, roçando os narizes e, então, a escorreguei lentamente para o chão. Estamos ficando cada vez mais confortáveis um com o outro, e isso é bom pra caralho! Nunca senti nada dessa magnitude por nenhuma garota antes. Estou completamente fascinado, louco por essa menina.

Começamos o ensaio, afinal, temos uma competição para ganhar. Já tem alguns minutos que nos movemos para lá e para cá, mas a merda lá em casa está tirando um pouco do meu brilho para essa noite. Por mais que esteja curtindo muito estar aqui e estar com ela, Deus sabe como ainda estou puto com meu pai.

— Se mova junto comigo, X — Ayra me corrige, e eu sorrio do seu tom professoral que me dá um tesão enorme, ainda mais com o jeito como resfolega e seu corpo já se demonstra confortável ao meu.

O corpo dessa garota parece atiçar e, ao mesmo tempo, acalmar cada demônio dentro de mim. O desejo de tê-la sob meu domínio está se tornando cada vez mais difícil de controlar.

Ela se encaixa perfeitamente em mim, e suas pernas possuem o tamanho sob medida para conseguir ter a minha coxa entre elas, roçando, pelo menos, até que sinta confiança em eu ter outras partes, ali...

Seu lindo rosto está brilhante desde o momento em que pisou no local e viu a mudança que fiz para recebê-la.

— Onde está sua cabeça hoje, X? — torna a chamar a minha atenção.

— Em ti.

As coisas estão ficando cada vez mais intensas entre nós. Se tornando grandes demais para soletrar. Seu olhar encabulado e, ao mesmo tempo em chamas, confirma isso.

— Isso é um ensaio, sabia?

— Sim, senhora. Impossível esquecer — rio sacana, colando mais nossos corpos.

— Se pensa que me arrastou para cá para ficar de safadeza comigo e nada de ensaiar, está redondamente enganado, Vermelho.

— Certo, então, no forró preciso acelerar mais meus movimentos? Acho que preferia o ritmo da Bachata, era mais lento, sexy.

— Quem nos colocou em um concurso de forró foi tu.

— Ok! Mereço.

Meu tio não ia indicar nada diferente. Fiquei tão empolgado com a desculpa de reencontrá-la, que nem me liguei do que se tratava o concurso ou o local. Foda-se! Ayra está aqui, e eu teria me inscrito até numa luta de boxe, se fosse o caso. E pretendo não a decepcionar. Nunca dancei o forró, mesmo sendo bem regional, só que tenho noção do ritmo e já peguei a orientação que me passou.

Expulsando toda a merda com meus pais da cabeça, assumo o comando da nossa dança. Eu a giro rapidamente para um lado. Ela sorri, dando um gritinho de surpresa. Depois a giro para o outro lado e, logo em seguida, a trago de frente, nossas pélvis colando e esfregando uma na outra pelo ritmo contagiante.

— É isso. Perfeito!

E, como sempre acontece, eu inflamo, a pele pulsa, o tesão se instala entre nós. Arrisco em girá-la e trazer suas costas pressionadas contra meu peito. Nesse momento, ela sente o cume volumoso atrás do zíper do meu jeans. Suspira e acho que geme baixinho. Dançarmos juntos é tanto um prazer quanto uma tortura. É muito desejo reprimido...

Para terminar de foder meu juízo, ela não se afasta. Pelo contrário, me fita no espelho mais próximo, como um maldito convite ao pecado, e rebola, me instigando, aproveitando-se da oportunidade de esfregar a bunda arrebitada e indecente em mim.

— Sim, porra, perfeito — minha voz é só um grunhido.

— Viu? Sensual por sensual, forró também tem seu apelo.

— Tô vendo, gosto particularmente da parte de roçar mais... — Dou uma piscada perversa.

Ela meio que ri e bufa em falso desdém.

Continuamos dançando, rodopiando pelo salão inteiro, os vários espelhos refletindo nossas imagens, como se fôssemos um só, de tão intensa que é a nossa conexão.

Eu me permito me perder nela e no momento para manter tudo o mais fora da mente. Contudo, conforme a hora vai passando, fica impossível de fingir que não sou o Xavier Monfort, cujo futuro já está todo planejado pelos pais. Minha mãe praticamente teve um ataque histérico quando disse que precisava sair e logo voltava. Tenho que treinar a mandíbula para abrir sorrisos falsos pelo tempo que durar a maldita coisa.

Os pensamentos intrusos me fazem errar a sequência nos passos.

— Ei? O que está havendo? Parece aéreo hoje...

Ela para de repente, e, só então, percebo que, inclusive, deu pausa na música.

— Quer conversar?

O seu olhar me prende, preocupação tinge suas íris chocolate. Meu peito vibra com o sentimento, a certeza de que essa garota é muito mais do que apenas diversão. Transformar o tilheiro em um estúdio de dança foi mais do que reaproveitar sucata; foi minha rebelião silenciosa, como que para mostrar para mim mesmo que a minha felicidade está longe da minha casa e de tudo o que o sobrenome Monfort evoca.

Eu quero a simplicidade da Ayra. Eu quero essa menina com uma força que me tira de órbita!

— Não tem nada para se preocupar — a resposta sai um tanto seca. E ela merece mais do que isso.

Sua testa franze levemente e só relaxa quando me aproximo e toco seu rosto. Minha vontade é de ficar aqui, com ela. Mandar o jantar e todos os ricos esnobes para o inferno, só que, infelizmente, ainda não posso. Ainda estou preso.

— Na verdade, nem que tivesse daria para falar a respeito. Hoje sou eu que não posso ficar muito, Pocahontas.

— Tudo bem — soa compreensiva, a maneira intensa com que me olha, me faz pensar que pode "ver além da minha casca". E, de algum modo, isso é novo pra mim. Ninguém além do meu tio Elias se preocupou em me conhecer de verdade. Ninguém se interessou em me enxergar de verdade.

— Tem algum compromisso amanhã cedo?

— Égua de ti. Quer ensaiar durante o dia com o entra e sai de gente que deve ser esse lugar?

Não seguro um riso se abrindo em minha boca. Diante de tudo, sua espontaneidade me distrai, diverte.

— Não! Quero só te levar para um passeio.

— O dia todo?

— Quanto tempo puder.

— Não sei se dará, X. Minha irmã é linha dura e só eu sei o dobrado que tô cortando tendo que inventar desculpas pra gente se encontrar.

Isso é foda. Muito foda. Mas, até que eu resolva os meus problemas, não posso lhe prometer mais. Ainda que tudo em mim queira mais dela. De nós.

— Beleza... Te entendo.

— Sério? Nada de gracinha? Eu tô sonhando? Tá bem mesmo?

Ela me encara de um jeito que me faz querer segurar o tempo para sempre. E, antes que eu diga mais do que devo — ou mais do que posso —, mudo de assunto. Aponto pra algo que ela gosta. Algo que tire o foco de mim.

— "Só ri de cicatrizes quem nunca sentiu na própria pele uma ferida".

Seus olhos se arregalam, e eu sorrio de novo, ciente de que marquei um ponto. Uma vitória pequena, mas minha. É tão gostoso sentir que também estou começando a conhecê-la um pouco. Então, completo:

— Romeu, Ato II, cena I.

— Romeu, hein? Tu é tão arrogante às vezes.

— Confiante, é diferente.

— Em excesso, dá no mesmo.

Rio, presunçoso, mas completamente arriado por essa garota.

◆

Horas mais tarde, já deitado na minha cama, encarando o teto, meus pensamentos estão em Ayra de novo. Se tive um pouco de paz nessa noite, foi lá no tilheiro, com ela. Porque quanto ao jantar e às visitas, foi exatamente a merda que eu sabia que seria. Ver o velho batendo no peito, ao me anunciar como um sucessor preocupado e ansioso para seguir seus passos, foi demais.

Mas a cereja do bolo veio com a minha mãe, no seu clássico tom despretensioso que só engana quem não conhece o esquema. O jogo foi tão ensaiado com o meu pai, que parecia coreografia. Escolheu o momento certo, quando o licor e o vinho do Porto circulavam, para soltar a bomba disfarçada de comentário inocente:

— Graças a Deus, o futuro do Xavier está bem encaminhado com a Yasmin. Filha de um dos nossos maiores exportadores, e de uma família de muitas posses aqui na região.

Encaminhado no quê? Certamente para tê-la bem longe de mim!

Não fode, porra!

Foi ali que dei minha noite por encerrada, irritado além da conta. Minha mãe se submetia a algumas coisas que me enojavam. Levantei e saí sem olhar para trás, sem me despedir de ninguém, mas aposto que deram um jeito de justificar o meu sumiço. Eles são bons nisso.

Preciso dar uma basta nessa merda! Tanto no aspecto profissional quanto no pessoal, irei desapontá-lo. Não quero a empresa, tampouco Yasmin.

Eu me recuso a ser engolido. Serei livre!

Serei DJ e minha namorada será Ayra Tari.

CAPÍTULO 20

◆

"Quem vive com medo morre mil mortes,
mas os valentes enfrentam-na uma única vez."
William Shakespeare

◆

Duas semanas depois...

Xavier

Termino de arrumar a mochila, fechando o zíper, empolgado porque Ayra finalmente vai passar a noite comigo em Juriti. Convencê-la a ficar por lá não foi fácil; fui obrigado a fazer concessões, mas soube jogar minhas cartas ao explicar, por mais de uma vez, que seria inviável e perigoso fazermos bate-volta, por causa da distância.

— Consegui um jeito para ficarmos por lá. Pedi para meu pai me deixar passar uma noite de pijama com as meninas na casa da Alice e ele concordou. — Ela me deu sua resposta apenas três dias antes do concurso, como se não soubesse o quanto eu ansiava por ouvir aquilo.

Aquela era outra faceta que descobri sobre a indiazinha estrategista. Quando queria algo que a irmã mais velha não liberaria, pedia ao pai primeiro. Pelo que entendi, nem ela, nem a "vereadora cheia de marra", jamais passavam por cima da avó e do seu velho.

Tínhamos acabado o ensaio e estávamos deitados no deck de madeira, à margem do Amazonas. Também dei um grau no velho deck e temos encerrado algumas das noites por aqui, comendo, bebendo e nos pegando.

— Caralho! É disso que tô falando! — comemorei, agitando um punho no ar.

— Nem pense em se empolgar... — rebateu, com o costumeiro atrevimento que tanto me fascina como excita. — Quartos separados, lembra? Foi o que me prometeu.

Só o fato de a ter perto, longe dos olhares vigilantes e dos ponteiros do relógio, já valia qualquer trapaça. Ok, quartos separados, ao menos no começo da noite... Com sorte, eu terminaria na sua cama, ou ela na minha. "A ordem dos fatores não alteraria o produto"...

— Quartos separados, minha senhora. Sou um cavalheiro — murmuro, já rolando por cima dela.

— Cavalheiro, hein? Vamos ver...

Ayra rolou os olhos bonitos e abriu as coxas para me receber. Gememos baixinho quando nossas virilhas se encaixaram. Então, as palavras espertas, as provocações... morreram em nossas gargantas. Ficamos nos olhando em silêncio. Suas mãos subiram pelos meus antebraços, tocaram as tatoos em meus bíceps e seguiriam a exploração pelos meus ombros.

Estendo as mãos pelas laterais do seu rosto e fico feito bobo admirando sua beleza à luz da lua. Há uma lâmpada por perto, mas está fraca. Esqueci de trocá-la ontem, o que agradeço agora, pois o clima fica mais íntimo assim. Toco sua face direita, e minha Pocahontas fecha os olhos brevemente, mostrando que gosta do meu toque. O tesão vai inflamando mais e mais em minha corrente sanguínea.

— Porra, tu é linda demais... — Minha voz sai áspera, enquanto acaricio a pele macia e desço a mão para o seu pescoço. Suas írises incendeiam, conforme me observa com expectativa. Sem cerimônia, envolvo a mão em sua garganta, e dou um leve aperto. Pego sua perna direita e a puxo para se enrolar em meu quadril; então, passo a esfregar nossas pélvis juntas, tentando-a com a fricção gostosa.

— X... Ahh, merda... — choraminga e arqueia as costas, dizendo-me sem palavras que já me pertence. É minha, e isso me deixa ainda mais insano por essa garota.

— Fique calma, só quero te sentir... Eu preciso te sentir... — murmuro com voz engrossada pelo desejo. Nada me agradaria mais do que foder com ela bem aqui. Ao ar livre, sob o céu estrelado.

— Porra, me tornei o fodido do Romeu — resmungo baixinho, voltando à realidade; mas há um sorriso estúpido no meu rosto.

Essas duas semanas foram uma explosão. Essa é a melhor palavra para definir o que tem rolado conosco. Entre provocações, olhares insinuantes e toques — muito mal intencionados da minha parte, diga-se de passagem —, estamos cada vez mais íntimos.

Por mais que tenha me contido para respeitar seu momento, ao menos consegui sentir seu calor pulsar em meus dedos... Ela também me tocou. Sem muita experiência, o que me surpreendeu por apreciar. Normalmente, não sou do tipo paciente no sexo, até por, apesar da minha idade, só ter me envolvido até agora com meninas com certo grau de experiência.

Mas com Ayra, eu me vi gostando que não tivesse estado com nenhum filho da puta antes de mim, foi como se sua mão tivesse sido desenhada apenas para abarcar meu pau.

Os ensaios — no início — tinham sido apenas um pretexto para ficar com ela; até gostava de dançar, porém o objetivo final era ela, estar com ela. A gente vem se mostrando mais um ao outro, pedaço por pedaço, nos ouvindo mais, sem julgamentos ou intromissões. Duas semanas pode parecer pouco tempo para criar uma conexão profunda com alguém. Entretanto, a nossa não é de agora, tudo começou quando duas crianças rivais se encontraram naquela festividade em Manaus.

Jogo a mochila sobre o ombro e saio do quarto, sem fazer barulho. Meus velhos vão a um daqueles eventos beneficentes em que os maiores financiadores eleitorais e a elite de Parintins exibem suas máscaras de altruísmo, enquanto negociam "poder". Eu rogo para que já tenham saído.

Já está tudo acertado com o tio Elias e o amigo dele, que ainda mantém um hidroavião. Ayra nem imagina a aventura que a espera. Esse tipo de transporte aéreo, tão comum nos anos de 1990, foi perdendo espaço com o tempo e nem se vê muito mais por aqui. A modernização do aeroporto local trouxe uma frota de jatinhos e aviões particulares, atendendo com mais tecnologia às demandas dos empresários. Os hidroaviões foram substituídos.

Todavia, o Olavo fez diferente: decidiu manter o seu hidroavião na agência de receptivo dele, usando-o para passeios turísticos e viagens curtas, como a de hoje. Aliás, sua frota fora renovada no ano passado. Vai nos levar para Juriti e nos buscar amanhã de manhã. Por incrível que pareça, com isso meus pais não se incomodam.

— Ah, você está aí, querido.

A voz da minha mãe alcança meus ouvidos quando estou prestes a escapar para o jardim lateral, sem ser notado. Ela surge no corredor, impecável como sempre, com aquele ar de sofisticação que faz as pessoas a admirarem à distância. Mas, para mim, ela é mais do que a dama invejável da alta sociedade — é também a mulher que trabalha junto com o meu pai para me dobrar.

— Ainda não se arrumou? Seu pai está te esperando na sala.

— Me esperando? Para quê?

Ela se aproxima, e abaixa o tom, quase em um sussurro, temendo que ele a ouça.

— Tu prometeu que iria conosco mais vezes nos eventos, meu filho. Conversamos sobre isso na semana passada, depois da sua falta de educação com os nossos convidados e do surto nervoso do seu pai.

— Mãe, não prometi nada. A senhora pediu, e eu disse que pensaria. Isso não é o mesmo que concordar.

— Não distorça as coisas. Tu disse "tudo bem", e isso significa vou fazer. — Sigo seus olhos analisando o volume que carrego no ombro. — E essa mochila? Para onde pensa que vai?

— Para um agito com a galera em Juriti. Tem festejo por lá.

— Desmarque. Tu não quer que teu pai mude de ideia sobre a coisa de DJ? Então, comece a mostrar que é capaz de equilibrar o que ele quer com o que tu planeja para o teu futuro.

— A senhora sabe que, se eu ceder agora, o velho não voltará atrás nunca, mãe. Não é nenhum segredo que me recuso a continuar aqui e ter meu futuro decidido por vocês.

— Somos teus pais, moleque!

A voz de aço ecoa pelo corredor, pesada e cortante. Logo, meu pai aparece ao lado da mãe, com um copo de uísque na mão e a carranca profunda, denunciando que estava ouvindo cada palavra. Mamãe dá um passo discreto para trás, com o olhar hesitante na minha direção, pedindo silenciosamente para eu evitar o embate dessa vez.

— Não ouviu o que tua mãe mandou? Tenho planos para nós essa noite.

— Enquanto o senhor ficar com essa ideia fixa sobre o meu futuro e não discutir o que eu realmente quero para mim, vamos continuar nesse impasse. Quer que esteja presente nesses encontros para falar o quê? Que mal posso esperar para ser o CEO das empresas? Não sou mentiroso, pai. Eu quero rodar o mundo, não ficar preso atrás de uma maldita cadeira!

— Moleque abusado. — Ele avança um passo, com a voz mais dura. — Teu destino não está em debate, Xavier. É o que eu decidir. Tá me ouvindo? O que eu decidir! Se quer sair para viver da música, se sustente dela também.

— Pai, já marquei com a galera. Prometo que na próxima irei com o senhor, mas nessa... — Tento soar calmo, incerto se vai engolir ou continuar me aporrinhando.

— Na próxima? — Ele corta, a risada seca e sem humor. — Tu acha que isso aqui é um jogo? Acha que pode fugir das suas obrigações quando bem entender? Escute aqui, moleque, enquanto tu viver sob o meu teto, vai fazer o que eu mandar.

— Querido, talvez...

— Tu fica fora disso! — ele nem sequer olha para minha mãe.

— Yasmin está nesse bolo? Aquela menina é para casar, Xavier. Não vai aprontar com ela. Sabe bem o que estou falando!

Porra! Quero distância da garota despeitada!

Na sexta passada, a infeliz colocou o pé na frente da Ayra, logo após sair do curso de verão que está fazendo, e ela caiu. Minha Pocahontas enfezada, no entanto, não se deixou abalar. Se levantou e jogou a água da garrafa que segurava direto na cara da Yasmin. Se não fosse pelas amigas dos dois lados apartando, elas teriam ido às vias de fato ali mesmo.

Fiz Ayra me contar tudo quando vi seu joelho e braço esfolado. Claro que foi tudo premeditado por Yasmin: por que mais ela apareceria para buscar amigas em um lugar que não costumo frequentar? Senti uma pontada de culpa, pois, em parte, Ayra sofria aquilo por minha causa. Em resumo, meu desprezo por Yasmin só aumentara.

— Não acha que tá pegando pesado? Só tenho dezoito, pai.

— Besteira. Sua mãe tinha a sua idade quando me apaixonei e tive a certeza de que era com ela que iria me casar.

Tenho vontade de dizer que não se apaixonou pela Miss Parintins, ela foi apenas a escolha para uma esposa troféu. Se a amasse de verdade, não a subjugaria tanto.

— Sim, Yasmin estará na turma — minto para me livrar logo dessa ladainha.

— Ótimo. Essa é uma boa justificativa para a sua ausência, mas, no próximo, não invente desculpas, rapaz! — Ele toma um grande gole da sua bebida e gira nos calcanhares.

Minha mãe me encara com os olhos estreitos, cheios de desconfiança.

— Tu mentiu para o teu pai?

Ela me conhece melhor que o velho. Apesar de não ser o modelo de mãe mais amorosa, nunca deixou de notar meus sentimentos.

— Estive com a Yasmin hoje no salão — informa. — A coitadinha tem outra festa para ir, e está contando que você apareça por lá, filho.

— Ah, sim. Nós vamos passar antes. É aniversário da Ana Luiza Crispim. — Dei graças a Deus por não ter saído do grupo da escola e saber a qual evento ela se referia.

— Faz bem. Dê um pouco de atenção para a tua namorada primeiro, as outras podem e devem ficar sempre para depois. Mas, não esqueça, Xav, quando chegar a hora, terá que optar pela escolha mais conveniente, filho.

É ultrajante que minha mãe pense dessa forma sendo uma mulher. Não me surpreende, para ser sincero, visto que meu pai não faz um bom trabalho em esconder suas amantes. O pior é que ela me coloca na mesma categoria do velho.

— Depois conversamos sobre isso. Preciso ir. — Beijo sua testa, antes de me virar para sair.

— Se cuida, meu amor!

Caralho, ela vai surtar quando souber quem é a garota que realmente quero como namorada.

Todos vão surtar!

Ayra

Se for me basear pela ansiedade e adrenalina, o trajeto até o Macurani, que fica numa área relativamente próxima ao centro de Parintins, parece interminável. Digo isso, comparando com as viagens que já fiz para Manaus.

O único problema é que, ao invés de uma viagem de barco tranquila, estou na garupa de uma mobilete que já viu dias melhores, sendo pilotada pela minha amiga maluquinha, que não para de acelerar. Cada vez que faz isso, os seus dedos ficam esbranquiçados nos guidões, sem falar no escapamento soltando estalos escandalosos.

Só barulho: potência mesmo, nadinha, nadinha. A velocidade chega a ser ridícula de tão baixa. Mas o pior são os capacetes: daqueles enormes e antigos. Mais uma ideia da rainha do disfarce

— Segura, mana!

Não tenho tempo de pensar... Pulamos.

— Acho que peguei mais um buraco.

— Tu acha?

Xavier ofereceu pagar o táxi, mas recusei, porque Alice já havia prometido me dar uma carona. Não é a primeira vez que me leva na garupa, mas nunca foi tão doida, eu juro. Nem nunca segurei tão firme na cintura dela.

Não acredito que a Moara e minha vó não viram quando nós duas saíamos. Acho que minha irmã se fez de indiferente, pois está chateada comigo por ter pedido ao papai para sair, e não a ela. Se bem que, não tão indiferente assim, diante das recomendações que me fez "despretensiosamente" enquanto eu me arrumava.

— Não vão sair à noite e depois voltar tarde para a casa da Alice, né?

— Vamos nos divertir por lá mesmo. — Mal respirei em lhe dar aquela resposta. Era duro ter que mentir para alguém que me ensinou que a confiança era o bem mais precioso entre nós.

— Está levando toalha e seus produtos de higiene?

— Já está tudo na bolsa. Escova de dente também — brinquei.

— Vê se não vão dormir de madrugada na casa dos outros. É falta de educação...

— Mô... é só uma noite de meninas, tá legal? Amanhã de manhã já estarei de volta.

— Sei que sabe se cuidar e não é nenhuma cabeça de vento. Só estou querendo lembrá-la do que é importante, sobretudo juízo.

Juízo é o que menos estou tendo nesse momento, indo como uma doida ter mesmo uma "noite do pijama", só que com um Monfort!

— Não vai descer não, é? — Alice me tira dos muitos pensamentos.

Estacionadas entre um píer e uma antiga pista usada para voos particulares, meu coração dá um salto junto comigo ao tocar o chão de concreto. Xavier jamais mencionou que iríamos para Juruti em um avião convencional, mas, pela localização, foi o que deduzi.

— Tu deve ter errado o endereço. Isso não é um avião.

— Égua... Tô no lugar que falou. Essas asas e bico de lata por acaso é de pássaro?

— Isso é um hidroavião!

— O que é não sei direito. Só que se aquele macho lá na escada não for o Xavier, então, tem dois dele em Parintins: um pra ti, outro dando sopa!

— Um só já dá trabalho demais com essas surpresas inesperadas! — resmungo.

Ele acena para nós com aquele sorriso que faz minha calcinha derreter junto com o meu juízo.

— Vai lá e se diverte, mulher! Se joga no Contrário! — Alice atiça, mantendo a mobilete ligada.

— Não será como tá pensando...

— Ih, quem tá se entregando é tu, nem vem colocar palavras na minha boca — sorri maliciosa, mas logo muda o tom. — Agora, escuta, amiga: se tu sente que ele te ama do jeito que está desconfiada, só deixa rolar. Viva essa noite como se não houvesse boi aqui na ilha. Come a língua que está te oferecendo!

Não acredito que ela teve a coragem de meter aquela.

Tiro o capacete, em seguida, arrumo a mochila nas costas, parecendo mais confiante do que realmente me sinto. Estou indo fazer duas coisas que nunca fiz antes: andar de avião, e passar a noite com alguém do sexo oposto.

— Obrigada, amiga. Te devo uma — murmuro, lhe dando um beijo e entregando o capacete.

— Faz essas contas direito, mana. Pelos meus cálculos, mereço todos os detalhes picantes quando voltar. Te cobro na volta, viu? Fui!

Ela parte na mobilete, com a satisfação e cumplicidade estampadas na cara. A visão do hidroavião balançando suavemente sobre as águas calmas do Amazonas faz meu estômago se agitar. Passo pelo piloto, que acena para mim em um cumprimento formal. Quando finalmente alcanço o primeiro degrau da escada, tudo ao redor desaparece. A visão de Xavier exerce um magnetismo irresistível sobre mim. Todo encontro é assim.

— X... — consigo pronunciar apenas isso, com lábios trêmulos. Odeio ficar sem palavras.

Ele estende a mão para eu subir os dois degraus. O contato dispara um calor delicioso e proibido pelo meu braço e logo se espalha em todo o corpo. No instante em que piso no interior da aeronave, os braços fortes se enrolam possessivamente em minha cintura. A intensidade me faz arfar. Nos fitamos com um mundo de emoções em nossos olhos. Sua boca desce à minha e recebo seu beijo trêmula. É um beijo apaixonado e urgente, como se não nos víssemos há muito tempo, e não na noite passada.

— Veio de mobilete? — provoca.

— Não sei como cheguei inteira com a Alice no guidão. Mas, pelo que estou vendo, essa foi apenas a primeira emoção da noite.... Um hidroavião, hein?

— Um hidroavião.

— Tu é mesmo uma caixinha de surpresa — perto dele, meu cérebro só consegue reproduzir clichês.

— Espere até abrir a tampa, Pocahontas... Bem-vinda a bordo! Já voou num desse antes?

— Nunca voei de nenhuma forma.

— Então, estou feliz que sua primeira vez seja comigo.

— Senhores tripulantes, ocupem seus assentos. Estamos iniciando os procedimentos de decolagem — a voz firme do piloto ecoa, interrompendo nosso momento. Xavier vai se afastar, mas algo dentro de mim reage. Seguro-o pela camiseta por um segundo a mais.

— Gosta de brincar com fogo, não é, Pocahontas?

— Eu? Por quê? Só quero te agradecer por estar sempre tornando especiais nossos momentos juntos.

— Me agradecer? Eu que agradeço, linda.

— Vou amar todas as nossas primeiras vezes juntos, tenho certeza — murmuro, passando-lhe o bastão do resto da minha sanidade.

CAPÍTULO 21

◆

"Meu coração amou antes de agora?
Essa visão rejeita tal pensamento, pois nunca tinha
eu visto a verdadeira beleza antes dessa noite."
Romeu e Julieta – William Shakespeare

◆

Ayra

Cerca de três horas depois, estamos atravessando o salão do clube lotado. As palmas dos frequentadores da casa de forró aumentam quando percebem que estamos mascarados — um toque de sedução e precaução contra reconhecimento. Não usamos nossos nomes também: aqui somos X e Pocahontas.

Sinto uma onda de adrenalina ao subir no palco. Nele, não apenas existo: eu vivo. De mãos dadas, cumprimentamos a plateia. Xavier está vestido de calça e camisa preta, exatamente como no resort. O meu vestido, um presente dele, é um modelo de mangas longas, com um decote profundo nas costas, saia rodada e curta que, apesar de sua delicadeza, chama a atenção.

O forró começa, e ele me tira do chão no primeiro passo. Minhas pernas se entrelaçam nas suas. O ritmo do nosso movimento é tão natural quanto a respiração. Meu corpo arqueia para trás, confiando completamente em seus braços, enquanto ele me gira com uma maestria hipnotizante.

O salão irrompe em aplausos e mais aplausos, do começo da nossa coreografia até o fim. O local é um típico refúgio de interior, com chão de cimento polido, que brilha sob as luzes amareladas de lâmpadas penduradas em fios desalinhados. As paredes, decoradas com bandeirolas coloridas e cartazes envelhecidos, contam histórias de festas passadas, enquanto as mesas de madeira ao redor abrigam copos de cerveja e conversas animadas. Ventiladores antigos giram preguiçosamente, tentando competir com o calor humano e a energia pulsante do lugar.

Para ser honesta, a maioria dos casais exibiram um gingado delicioso de forró. Mas, sendo um concurso totalmente amador, e os competidores também, eu e o X estávamos em um nível acima.

Sob a luz que destaca o palco de tábuas de madeira já desgastadas, nossos corpos se comunicam no silêncio dos passos, em um diálogo cheio de desejos. Ele me guia como um escultor, moldando minha carne com cada movimento, arrepiando a pele, despertando sensações que vão muito além do meu corpo. Parecem se abrigar na alma. Quando o último acorde se faz ouvir, o ar entre nós está carregado de algo carnal e pesado, quase tangível.

O público surta, as palmas explodem. A votação não demora e é unânime: vencemos de novo!

— Dupla imbatível! Nada nem ninguém será capaz de nos vencer... Nunca, Ayra Tari!

Antes que eu possa concordar com Xavier, ele me puxa para um beijo faminto. A princípio, fico tensa por estarmos em público, mas o calor do momento suplanta qualquer hesitação. Estamos seguros pelo anonimato das máscaras.

Quando finalmente saímos, o calor do salão e toda a química da dança permanecem vibrando em nossa pele. Lá fora, a noite abraça a cidadezinha com seu ar morno e estrelado, enquanto risadas e vozes animadas ainda reverberam de dentro.

Caminhamos lado a lado, rindo baixinho, embriagados pela emoção. Pela sensação do proibido pulsando dentro de nós. Sei que a magia desta noite ficará gravada no meu coração para sempre.

◆

Seguimos direto para a pequena e charmosa pousada, ainda afetados pela adrenalina. Chegando perto de nossos quartos, o coração bate forte, desejando que ele me convide para entrar no seu. A timidez me impede de insinuar isso.

— Quero que seja a minha namorada, Ayra. — Sua voz soa áspera faz arrepiar minha pele. — Quero que seja a minha Julieta.

O pedido tira meu fôlego momentaneamente; lágrimas picam em meus olhos. Mas ainda quero ter certeza.

— E aquela história de que acha o Romeu patético?

— Se estar apaixonado por você me torna como ele, então, não me importo. — Sua expressão é séria.

Vejo sinceridade em suas palavras. Cinjo-o pelo pescoço com os braços. Estou entregue.

— O final deles é trágico.

— Então, vamos fazer com que a nossa história seja diferente. Eu nunca amei outra garota, Ayra. Tu é a primeira, e, no que depender de mim, será a única.

— Também te amo, Xavier — confesso.

— Porra... O cavalheiro em mim quer te deixar aqui, intacta... Mas a parte egoísta e pervertida quer marcar mais do que seu coração. — Ele beija o canto da minha boca.

As emoções ganham mais força.

— Gosto das duas partes, mas, neste momento, meu corpo está queimando pela segunda... — Insinuo minha pélvis contra seu sexo, duro e grosso. É agora. Crio coragem: — Me leve para o seu quarto, X!

— Tem certeza? — Seu controle soa falso, imagino que esteja segurando a fera que mora dentro de si. — Eu posso esperar, linda... Eu posso...

Agradeceria por tamanha gentileza se minhas entranhas não estivessem completamente invadidas por ondas escaldantes como lavas.

— Nós dois não queremos esperar — confirmo o que espera ouvir, consumida pelo tesão. — Eu quero ser sua.

— Caralho, Pocahontas...

Com um rosnado, prensa minhas costas à parede, forçando-me a entreabrir os lábios, sedenta pela língua que desliza e entrelaça na minha. Com uma mão que me abandona temporariamente, tateia a fechadura e passa o cartão, enquanto rio contra sua boca pelo malabarismo.

Por fim, conseguimos entrar. Sem dar trégua, ele me prensa contra a porta novamente, cada beijo mais intenso que o anterior. Não consigo querer outra coisa além disso.

O ambiente não é muito grande, mas tem seu charme. Há uma mesa bem-posta no canto, impecavelmente arrumada, captando a minha atenção, com vários tipos queijos, frios, morangos grandes e brilhantes, uvas e outras frutas tão exóticas quanto caras. O contraste de cores e aromas é irresistível, e a cena tem algo de íntimo e proposital.

— Estava esperando alguém? — pergunto, sem disfarçar a provocação.

— Uma garota que pedi em namoro.

Ao fundo começa a tocar a música *Iris*, do Goo Goo Dolls. Ah, Deus, essa é muito linda! Ele cantarola ao meu ouvido:

And I'd give up forever to touch you.
(E eu desistiria da eternidade para te tocar)

Minha respiração fica descompassada.

— Você sabia que eu diria sim?

— Para jantarmos juntos? Claro que sabia. Só um tolo não se prepararia para o inevitável. Aqui seria o lugar perfeito para jantarmos e não sermos reconhecidos.

Bufo internamente, dividida entre me irritar com sua prepotência em pensar em tudo, ou me render à ternura dos seus cuidados.

— No que estava pensando?

— Que até sua arrogância é perfeita — confesso. — A remixagem dessa música também foi encomendada do X_M?

Foi a última postagem que vi no *feed* do DJ.

— Devo me preocupar que esteja encantada com ele e andem conversando direto pelo *Instagram*?

Temos nos falado com frequência, e o cara é bem legal. Claro que deve bater tudo para esse espertinho.

— Minha admiração é apenas relacionada à música. Ele tem muito talento e sei que um dia será grande — elogio com convicção.

Os olhos azuis acendem com um brilho intenso que não consigo ler bem.

— Tem tanta fé nele assim?

— Tenho. Se eu tivesse grana, iria empresariar sua carreira. Por que tu não faz isso?

— Porque minha vida anda cheia de porquês, Pocahontas... E um deles fez me deter quando cruzamos por essa porta.

Xavier respira fundo, os dedos agora deslizando pelos meus, quase como se procurassem força no toque.

— Não posso te fazer minha por completo sem me dar por inteiro também. Não seria certo.

Fico confusa.

— Desde que me diga a verdade, não tenho por que duvidar do seu caráter, X.

Ele engole em seco, desviando a atenção por um segundo antes de voltá-la para mim.

— Quando te mostrei a música do X_M, imaginei que tu ia detestar. Afinal, estávamos sempre discutindo, e nada que eu fazia parecia te agradar naquela época.

— Como não ia gostar dos arranjos dele? Eu amei.

Ele fecha os olhos por um momento e respira fundo. Quando os reabre, estão ainda mais intensos.

— Essa sua reação foi que me pegou de surpresa. Foi inesperada. Eu quis ouvir a opinião de alguém sem saber quem era ele — pontua quase em um sussurro. — O que estou tentando te dizer é que eu gostei de ver aquele brilho nos seus olhos e a tua empolgação.

Torna a respirar pesadamente antes de seguir:

— Queria ouvir uma opinião sincera de alguém que não estivesse presa a rótulos e que não visse X_M como um ícone ou como um fracasso. Porque esse sonho... — Para um pouco, suas palavras ficam suspensas no ar. — É uma parte de mim que quase ninguém entende.

Sua revelação cai como uma avalanche no espaço entre nós, envolta de uma vulnerabilidade que Xavier claramente relutou em expor.

— As poucas pessoas que conhecem a verdade... ou me desaprovam, ou me bajulam tanto que não consigo distinguir o que é real do que é falsidade. Mas tu... tu me faz acreditar que sou bom nisso.

Sinto meu coração apertar. Ele não precisa dizer mais nada.

— Tu é o X_M? Xavier Monfort... — sussurro, dando-me conta das iniciais.

— Nunca foi por maldade que escondi. Vou entender se precisar de um tempo pra processar essa novidade... Só... não fica bolada por eu não ter te contado antes.

Ele está nu diante de mim, não no sentido literal, mas na forma mais verdadeira e pura possível. Essa parece a maior confissão de sua vida, e escolheu me dar essa parte de si. Não por querer provar algo, mas por almejar ser digno de mim.

— Xavier... Tu me contar isso agora, assim, é... tão bonito. Perfeito, como tu é. Me faz te amar ainda mais.

Dessa vez, sou eu que repito o refrão da música e o título da sua postagem...

I just don't want to miss you tonight.
(Eu apenas não quero sentir sua falta hoje à noite.)

Beijo-o com a respiração acelerada e ele me pega no colo.

— Por Deus, Ayra! Quando disse que tu é exclusiva e que meu coração nunca pertenceu a outra, na verdade, quis dizer que vou me casar contigo um dia — murmura. — Serei teu marido. Vou te levar para conhecer o mundo comigo.

— X... Isso é muito sério...

— É mais que uma promessa... Não... A palavra certa é juramento. Eu juro que ficaremos juntos, Ayra.

Ainda me segurando, ele anda de costas em direção à cama *king size*, os lençóis azul-marinho um contraste sedutor com a iluminação suave do quarto. Ao parar perto da borda, se senta no colchão comigo ainda em seus braços, minhas pernas instintivamente se ajustam ao redor do seu corpo. A pressão do meu clitóris contra sua ereção acaba me arrancando um gemido baixo e involuntário.

— Me faça sua, Xavier — imploro.

Xavier sobe as mãos pelas minhas coxas nuas, apalpa, amassa gostosamente e sobe para a bunda. Posiciono-me em sua virilha de modo que seu pau se esfregue perversamente contra minha calcinha ensopada, deixando-me mais palpitante e encharcada. Querendo ser proativa, puxo meu vestido. Ele se afasta um pouco para me olhar.

— Ah, caralho... Tu é uma visão que nunca vou cansar de admirar. — Enche as mãos grandes em meus seios, os dedos rolando nos bicos com delicadeza, depois com mais pressão. Sua boca desce pelo meu pescoço em sugadas gostosas e recai para o seio direito, mamando avidamente em mim. Puxo seus cabelos enquanto ele chupa meu mamilo.

— Tão pequenos e tão sensíveis! — sussurra.

Vou ficando cada vez mais ofegante, a pressão em meu ventre crescendo e crescendo...

— Ah, o calor dessa bocetinha, Ayra... esse desespero... é só o começo do que vou fazer contigo...

Prendo a respiração com suas palavras chulas. Ele nunca foi polido, mas também jamais foi tão descarado assim. Deveria me sentir ultrajada, mas, em vez disso, fico mais excitada. É assustador que ele saiba exatamente o que meu corpo precisava ouvir, antes que eu mesma pudesse entender.

Com um movimento repentino, Xavier nos gira, deitando-me de costas nos lençóis. Sua força é controlada.

— Eu te desejo tanto... — Encara-me fundo, verdadeiro, e me beija, roubando o resto do meu fôlego. Arranca a camiseta pela cabeça com uma impaciência fascinante. — Tu é tão transparente — provoca, se livrando da calça, cueca, meias e tênis, com uma calma torturante que contrasta com a minha ansiedade.

Quando finalmente está nu, engulo em seco, o olhar preso em seu grande e grosso do pau. Sua mão desliza pelo meu tornozelo, alisando até as coxas, tomando cada centímetro, que realmente treme sob seu toque. Ele puxa lentamente minha calcinha de seda preta. O movimento é indecente, íntimo e angustiante.

Ele explora meu corpo, detendo-se nos seios, na barriga reta, até alcançar minha intimidade exposta, molhada e suplicante. Então, ele se debruça sobre mim, e me arreganho num convite. Gememos juntos quando nossas peles se tocam, o calor entre nós formando um vórtice de tremores e arrepios que eclodem por meu corpo inteiro.

Descendo para meus seios, onde sua língua e dentes se alternam entre carícias e mordidas, enviando mais ondas de prazer direto para o meu ventre. Ele não para. Beija, suga, mordisca a pele da barriga, até parar no meu monte, sem romper contato visual.

E, céus, acompanhar sua boca encontrar minha carne encharcada, e sentir o impacto do contato macio me arranca sons desconexos, que vibram num misto de surpresa e prazer. O que só vi nos livros ou cenas de filmes ousados toma conta de mim em puro deleite. Minhas mãos agarram seus ombros largos. Arranho sua pele. Seguro-o ali, com exigência inesperada.

— Isso, meu amor... mostra o quanto essa bocetinha está gostando disso... — ele comanda, e sua língua massageia meu montículo, que parece inchar e inflar, estimulando-o a seguir e penetrar minhas dobras, deslizando.

Grito quando empurra um dedo devagar. Ofego, sentindo-o ir até o hímen e recuar. Seus olhos procuram os meus e me hipnotizam, enquanto me lambe e chupa. Arfo, gemo, uma camada fina de suor brota na minha pele. X me leva até bem perto de algo que não sei descrever.

Uma corrente elétrica sobe pela minha espinha, músculo se rendendo a espasmos descontrolados. É demais para mim, as ondas escaldantes lavam meu ventre de dentro para fora e eu gozo, jorrando horrores em sua mão, língua e lençóis. Minhas pernas estão tremendo e o meu coração disparado.

— Ah, caramba... Onde tu aprendeu isso, X? — balbucio, sem conseguir me conter

Ele ri com satisfação, erguendo o rosto. Seus lábios molhados brilham, enquanto ele lambe os resquícios de mim. Noto um sorriso depravado enquanto o vejo pegar pequeno pacote na cabeceira da cama. Observo-o desenrolar a camisinha ao longo de sua ereção roliça e pulsante. Sobe pelo meu corpo, posicionando-se entre minhas coxas.

Sinto a cabeça bulbosa se esfregar meus lábios melados e se alinhar na minha entrada. O medo quer atrapalhar, mas o expulso para longe. Eu quero isso. Tenho desejado isso mais do que nunca. Minhas mãos descem para os ombros e os acaricio novamente descendo para as costas musculosas.

— Serei cuidadoso, Ayra... prometo... — sussurra, forçando um tom brando para me acalmar, mas também parece uma tentativa de conter a própria urgência. Há um tensionamento evidente em seu corpo, como se estivesse travando uma batalha interna.

Então, cedo, abrindo-me mais para ele. X me encara com olhos queimando como brasas, e começa a me penetrar devagar e cuidadosamente. Minha respiração fica escassa, o corpo fica rígido. Ele é volumoso... é um misto de tesão e temor latente. Isso vai doer, sei que vai.

Comprovando o medo, sua espessura me estica, e eu convulsiono sem controle.

— Está tão molhada... tão quente... — murmura. — Confia em mim?

Prazer, dor, amor e a vontade de pertencer a ele, para sempre, vêm em forma de palavras.

— Nunca fiz com ninguém.

— Eu vou te fazer sentir tudo, Ayra. Cada centímetro de mim... — ele sussurra, a voz depravada, mas ainda suave, como se estivesse a me proteger de tudo, até de mim mesma. Sua penetração se alonga devagar, mas com a força de quem não vai mais parar.

O prazer e a dor se misturam, mas, lá no fundo, há algo maior, mais profundo, que me leva a querer mais. Cada movimento, cada toque, é como se eu estivesse me descobrindo, me tornando parte dele, não só fisicamente, mas também emocionalmente.

Grito, choro, gemo ao sentir minha virgindade ser rasgada. X estoca até o fundo, me fazendo arquejar perdida em sensações novas e devastadoras. Dói, arde, queima e, no fundo, há o prazer de estar me tornando mulher com ele. De me tornar dele.

— Xavier...

— Minha... porra, toda minha!

— E tu é meu?

— Pode apostar que sim, caralho. Eu nunca fui de ninguém. Só teu!

Sorri feliz e volta a se movimentar em meu interior. Prendo a respiração no vaivém lento, enquanto chupa meus seios.

— Agora abra essa bocetinha gostosa para eu meter bem fundo.

A quentura prazerosa começa a espiralar em meu ventre de novo e, aos poucos, a dor vai sendo suplantada pelo deleite em tê-lo metendo em mim. Não para de me olhar, enquanto me come com golpes lentos e fundos. Arquejo toda vez que se enterra e ele rosna como um animal. Não demora muito, eu o abraço com as pernas, e X geme guturalmente ao ir mais profundo desta vez. Sinto suas bolas batendo em minha bunda de tão enterrado que está. Me sinto cheia, quase ao ponto de rasgar, mas é a melhor sensação do mundo.

— Eu te amo, porra — declara, delirante de prazer.

— Eu também te amo.

E ele passa a sussurrar coisas eróticas e perversas ao meu ouvido. O timbre lindo e profundo da sua voz incendeia meu corpo e coração. Tenho certeza de que me guardar para ele foi a melhor decisão. Eu vou amá-lo. Para sempre.

Xavier

Como imaginaria que Ayra poderia se comportar tão naturalmente com o meu lado mais perverso, sentindo um tesão enorme em trazer para o sexo palavras chulas e explícitas? Claro, fui cuidadoso, testando seus limites, pois fiz uma promessa a mim mesmo: faria amor com ela primeiro, sendo atencioso e delicado, como merece.

Tudo que penso quando fito seus olhos, é em estar enterrado bem fundo nela... passamos tanto tempo íntimos, porém, de forma casta, nesses últimos quinze dias; agora, quero tudo. Sim, porra, ansiei com toda a força por ser o seu primeiro. O primeiro e único!

Estou doido para esporrar, só que não agora, preciso apreciar esse momento e a sensação de fazê-la minha, rasgando sua inocência por completo. Me perco um pouco na visão da boceta apertada tomando meu pau até o cabo.

— Vou te colocar sentada no meu colo. Consegue me aguentar?

Eu a pego pela cintura, ajudando-a vir para cima de mim, sentindo o tremor que percorre seu corpo, com os mamilos durinhos, marcados de mordidas. Levanto a cabeça e encontro o seu olhar em êxtase, misturado a um gemido de aceitação excitante. Coloco-me dentro dela de novo, centímetro por centímetro, permitindo que se acostume com a posição e encontre o seu ritmo mais confortável. O que não demora. Ela se senta no meu pau e levanta. Desce outra vez, gemendo de boca aberta. Seu rosto está corado e marcado pelo prazer.

— Assim mesmo, linda... cavalga bem, putinha...

Com o polegar, toco seus lábios carnudos e vermelhos, inchados dos beijos intensos que lhe dei, esperando que me morda pela forma descarada com que lhe chamo. Mas, no lugar, Ayra abre a boca e toma meu dedo, ordenhando-me por cima e por baixo. Seu atrevimento faz meu pau inchar dentro dela.

— Puta merda... que chupada gostosa. Não me faça sair de ti e meter nesses lábios, porra... — Em resposta, me espreme entre as paredes, me sugando, e eu movo a mão livre por suas costas, sentindo sua pele amendoada arrepiar inteira.

Volto a incentivá-la. A energia crua e carnal crepita no quarto e entre nós. Curto uma foda depravada e vou viciá-la nisso também. Decidido a retardar meu gozo e prolongar sua fome insaciável que vai aumentando, eu me retiro do seu interior, rangendo os dentes no processo. O som de protesto que solta me atiça. Rindo sacana, deslizo minha mão entre suas coxas, provocando os lábios encharcados, levando-a ao limite.

— Diga-me o quanto tu quis isso, Ayra — incito, sem parar a carícia, e seu quadril se move, me procurando. — Quer que continue tomando do que é meu? Então me fale.

Ayra geme em lamúria, enquanto posiciono meu pau em riste entre nós e masturbo seu clitóris.

— Quer que eu implore? Pois bem, X. Estou ardida, mas prefiro que me leve duro a sentir essa dor oca que está me fazendo conhecer. Me devore até não restar nada de mim...

Um gemido profundo e rouco sai da minha garganta e a beijo esfomeado, deitando-a sobre a cama. Nosso beijo vai intensificando; me enfio até o talo. Passo a comê-la devagar, reacendendo, tecendo seu tesão, deixando-a perto do gozo de novo.

— Deixe ir. Goza para mim, Pocahontas — exijo.

— Oh, Xavier! Ah... — geme, rebolando, se abrindo para mim. Volto a boca para a sua, engolindo seus choramingos quando o orgasmo a arrebata e o creme grosso me esquenta.

Me afasto um pouco, observando seu rosto lindo todo corado, os olhos de chocolate enevoados pelo gozo.

— Não tem ideia do quanto estava louco por isso, te fazer minha, te fazer gozar uma, duas, mil vezes! — rosno, e ela arfa ainda sob o efeito do clímax.

Minhas mãos passeiam pelo corpo de curvas esculturais, sovando, cravando sua carne macia e durinha. Seguro sua bunda, levantando-a do colchão. Suas pernas se enrolam em minha cintura e nos comemos de novo em mais um beijo lascivo e apaixonado. Chupo sua língua com força. Sua boceta melada engole meu pau, e eu solto um rugido, batendo em sua bunda.

Ayra contorce, arqueando o torso, seu tórax sobe e desce enquanto rebola, esfregando em mim.

— Linda... — A voz soa um tom mais brando. — "Meu coração amou antes de agora? Essa visão rejeita tal pensamento, pois nunca eu tinha visto a verdadeira beleza antes dessa noite" — recito Romeu, e ela suspira baixinho.

Eu a observo, seus olhos de chocolate estão brilhantes. Inclino a cabeça, beijando, mordiscando sua coxa direita, avanço até estar de cara com a bocetinha perfeita, linda e minha. Me abaixo, a cheiro, mordisco o monte, virilha, lábios, puxando-os entre os dentes com uma suavidade que nunca tive com outras.

— Oh... Droga, X... Volta para dentro de mim, por favor...

Passo a chupar seu montículo inchado com pressão para enlouquecê-la, mas não o suficiente para fazê-la gozar. Desta vez quero-a gozando no meu pau. Endureço a língua e a penetro com fome, saboreando-a. Antes de ela quebrar em gozo, me arrasto sobre seu corpo suado, arfante, rendido. Pairo acima dela, os cotovelos apoiados de cada lado da sua cabeça. Nós nos olhamos bem de perto, nossas respirações pesadas saem em rajadas direto na boca um do outro.

Suas pupilas estão dilatadas, selvagens, deixando-me saber que ela é uma menina que gosta do sexo sujo que estamos fazendo. Como eu, precisa de mais. Puxo sua coxa direita, enrolando-a em meu quadril. Sorrio, lascivo, e deslizo meu pau entre seus lábios gotejantes. Começo a empurrar devagar, centímetro a centímetro, de volta para casa. Quero me afundar até as bolas, mas ainda me preocupo em tratá-la com certa delicadeza, afinal, é a sua primeira vez. Ambos gemendo, tremendo, nossos olhares fixos em uma conversa lasciva, deslumbrada, apaixonada. Ayra assobia quando enfio até a metade, seu canal deve estar sensível pelo meu tamanho, mas dilatado, esfomeado para engolir meu pau grande e grosso.

— Assim... abra para mim, meu amor.

Puxo quase tudo e dou outra estocada, desta vez mais forte, embainhando-me gostoso demais em seu calor. Trinco os dentes, tentando me manter no controle. Mordo sua boca, descendo para o queixo, pescoço, lambo, sugo, devorando sua pele e abocanhando um seio. Eu o chupo com a mesma gula do meu pau afundando em sua boceta.

Revezo-me chupando seus montes perfeitos, firmes, deliciosos, saltando em minha boca a cada estocada. Eu rolo o quadril, enfiando tudo até não poder mais. Fodo sua boceta com golpes perversos agora. A posição a deixa toda arreganhada, impotente, tomando-me gulosamente. Suor encobre nossas peles.

— Porra, eu vou gozar! — Minhas bolas se esticam dolorosamente, enquanto me enterro vezes sem fim.

Me enterro mais e mais enquanto esporro na camisinha. A vontade feroz de gozar nu dentro dela me acomete. Ayra se pendura em meus ombros, e estremecemos juntos, grudando-nos com desespero sôfrego, gozando tudo o que guardamos por quinze dias.

Acabei sendo intenso demais; o arrependimento ameaça bater. Dou um beijo em sua têmpora e me levanto, indo até o banheiro. Me livro do preservativo e molho uma toalha em água morna. Volto para a cama e começo a limpar suas dobras inchadas com delicadeza. Seu rostinho está corado, suado, desgastado.

— Fui duro demais, desculpe, Pocahontas — murmuro, verdadeiramente culpado depois que a loucura toda passou.

— Foi maravilhoso, X. Para de besteira.

Eu rio da sua tentativa de parecer durona, mas meu peito alivia ao ver que está sorrindo e parece plena esparramada sobre os lençóis bagunçados. Jogo a toalha no chão e me deito de costas na cama, trazendo-a imediatamente para cima de mim. Seus brilhantes olhos escuros se derretem quando focam o meu rosto, o sorriso lindo amplia. Sem cerimônias, aproxima o rosto e seus lábios deliciosos tocam os meus num beijo calmo e saciado. Quando paramos, ficamos nos fitando em silêncio por alguns instantes.

— Sabe que estamos encrencados, não é? — murmuro, deslizando os dedos pelo rosto ainda afogueado. — Mas eu te amo e vou lutar por nós.

— Sim, estamos encrencados, mas também te amo. Vamos lutar juntos.

— Juntos, meu amor.

— Juntos, meu amor.

Murmuramos em uníssono e nossas bocas se encontram mais uma vez, selando o nosso juramento. Eu a aperto mais em meus braços e me dissolvo numa névoa de amor.

A mulher da minha vida.

CAPÍTULO 22

◆

"O amor não prospera em corações
que se amedrontam com as sombras."
William Shakespeare

◆

Ayra

— Por esses ouvidos que o Saci faz de escuta... — Alice assovia baixinho, me lançando aquele olhar malicioso. — Não acredito que rolou tua primeira noite de amor e tu vai me dizer isso com apenas um aceno de cabeça.

Reviro os olhos, mas não nego. Esse é o preço por arrastá-la comigo para o Mercadão e transformá-la em cúmplice da melhor desculpa que encontrei por chegar tarde em casa.

Tudo porque Xavier parecia ter feito um pacto com o tempo — ou talvez com seu lado safado — para nos atrasar. Ele me agarrou tanto que, por pouco, não arrancou minha roupa dentro do avião antes de autorizar o piloto a decolar. Mas eu entendi, aquela despedida estava tendo um sabor diferente. Não queríamos nos separar, ainda que soubéssemos que nos veríamos logo. Só sei que, quando chegamos a Parintins, já passava das dez e meia.

Aí, tive essa ideia brilhante (ou desesperada): comprar coco fresco aqui no Mercadão, a fim de ralar e pedir à Moara para preparar uma moqueca de camarão e tucunaré, porque convenci essa curiosa a passar o dia conosco.

— Faça chuva ou faça sol, tu vai desenrolar essa fornicação, viu? — Alice cochicha; quase morro com os termos que ela solta.

— Se não conhecesse tua mãe e soubesse que são cuspidas e escarradas, juraria que tu veio direto de uma máquina do tempo. Fornicação? Em que século tu tá vivendo, mana?

— É isso mesmo, quando duas pessoas... — Ela balança as sobrancelhas com ar espertalhão. — Bem, tu sabe, mulher.

Pego o celular para mandar uma mensagem a Xavier, agradecendo pela noite anterior. De repente, a expressão de Alice se fecha. Os olhos se estreitam de uma maneira ruim, e seu sorriso some ao se fixar em algo atrás de mim.

— Olha só quem está na banca nesse domingo, Rodolfo, a "piranha de Parintins".

— E a missa de hoje tem patrocínio: tu tá louca, minha filha? Piranha é a tua escama! — Alice rebate na mesma hora, afiada como sempre, lançando o olhar mais ácido que já vi.

O burburinho ao redor parece silenciar, e meu humor azeda instantaneamente.. Yasmin está ali, na ponta da banca de peixe, parecendo que acabou de descer de um palanque improvisado. Usa um salto exagerado para o Mercado e um olhar de superioridade que me irrita demais.

— Pensei que tivesse sentido um cheiro estranho... Mas faz sentido. Xavier sempre teve uma queda pelo que é meio... passado..

— Tem algo podre aqui, sim, e não é peixe, deve ser teu despeito. Supera, garota — rebato, firme, puxando Alice pelo braço, querendo encerrar antes que algum conhecido nos veja e minhas explicações tenham que ser maiores ao chegar em casa.

Yasmin se recusa a parar. A voz dela vem como adagas traiçoeiras:

— Vadia morta de fome! Passa a noite trepando com o meu namorado e ainda quer se achar por cima?

Sua afirmação confiante me acende um alerta, e eu procuro não transparecer que algo dentro de mim vacila. Já Alice, ao meu lado, murmura quase inaudível o que pensei.

— Que diabos, como ela sabe disso?

— O que faço ou deixo de fazer não é da tua conta, sua vaca de merda — enfrento-a, com a voz sobressaindo à da minha amiga, e a infeliz volta a sorrir.

— Eu conto pra ela, ou tu faz isso, Rô? — pergunta, olhando para seu acompanhante, que balança a cabeça em escárnio. — Melhor que saiba logo qual é o teu lugar, né? O Xav só está te comendo. Ele faz isso com várias piranhas insignificantes, tipo tu, mas quando é pra aparecer publicamente, sou eu quem está no braço dele, junto da sua família. Estivemos em uma festa ontem e seus pais já fizeram vários planos para o nosso futuro juntos.

Meu estômago afunda. Mal voltamos à realidade e já tenho uma amostra do que teremos pela frente. Eu me agarro na força de onde vim, na história das mulheres que me inspiraram.

— Já acabou o discurso ensaiado? Aproveite todo o seu cartaz e leve um peixe para eles também, porque o meu peixe está bem fresco e duvido que o X vai reclamar ou enjoar do cardápio tão cedo, querida.

Ela me olha com tanto ódio, que quase consigo ver a fumaça sair da sua cabeça loira.

— Querida, estou te fazendo um favor. Caia fora enquanto é tempo. Vai mesmo esperar ele te dar um pé na bunda? — Os olhos castanhos ficam mais escuros de maldade. — Acha mesmo que Xavier Monfort, o maior partido da região, vai querer algo sério com uma coisinha que representa tudo o que sua família despreza? Juro que pensei que fosse mais esperta.

Ofego com o golpe. A infeliz está atacando no ponto mais frágil que conhece. Ela pertence ao circuito dele, às festas, às famílias abastadas, aos planos futuros. E eu? Onde me encaixo nisso?

Não. Eu não posso deixar que me veja pensar nisso nem por uma fração de segundo.

— Nossa diferença social não impedirá de ficarmos juntos. Talvez tenha crescido cercada por luxo e presa a essas convenções preconceituosas, mas escolhe outra causa para querer me atingir e me envenenar. Essa não vai colar.

Alice murmura um "bem dito" do meu lado, mas Yasmin parece ainda mais furiosa por não conseguir seu intento aqui.

— Diferença social? Tu é apenas a prostitutazinha que abre as pernas. Como foi que ele te comprou? Te levou para uma idílica noite romântica? Ou deixe-me ver... Xavier é muito astuto, deve ter se passado por humilde para fingir que é um bom rapaz. Ou revoltado por ser um menino rico? Tadinho. Ou quem sabe: o filhinho que não quer assumir a empresa do papai?

— Vai procurar o que fazer e me deixa em paz! Se o conhece tanto, fico admirada que tenha vindo me encher a paciência.

— Eu sei de tudo — rosna, o rosto ficando ainda mais cheio de ódio e desprezo. — Vi os dois saindo do hidroavião. Ele pode demorar mais alguns dias te usando, mas não se engane, vai enjoar rapidinho. Pula desse barco, queridinha. Pula, porque sua queda será livre.

Ela nos seguiu, percebo. Não me encontrou aqui do nada.

— Isso tudo é desespero, por ele não poder nem te ver montada no boto cor de rosa? — Minha voz sai dura, ácida. — Acertei na mosca, né? Só pode ser isso, pois mulher segura não precisa vir gritar em um lugar público com outra. Passar bem!

A expressão dela é de quem pretende me esquartejar. Nem ligo. Seguro o braço de Alice e começo a me afastar, sentindo ainda o coração martelar contra o peito.

É verdade que Xavier vem de um mundo que não é o meu. Mas essa discussão com ela? Não foi por ele, ou por tudo que nosso amor ainda terá que enfrentar, essa luta foi por mim quando a nojenta quis me desmerecer. Foi por pessoas como eu, que precisam provar todos os dias o seu valor para elitistas que se acham os donos do mundo.

— Vadia. Tu vai se arrepender de ter cruzado o nosso caminho — ela xinga às minhas costas.

— Só mais uma palavra, e eu volto lá pra fazê-la engolir um peixe! — Alice dispara, virando-se em direção à saída. — Mal-amada dos infernos!

Quero rir do exagero dela, mas não consigo. O veneno de Yasmin já circula dentro de mim, corroendo minha alegria. Não sou nada perto da família de Xavier. Ele tem o mundo a seus pés, enquanto eu só tenho sonhos e uma esperança tola de que eles sejam suficientes para nada disso nos separar.

— Ela só quis te intimidar, mana. Não cai nessa.

— Não vou cair — respondo, mais para mim mesma do que para ela.

Só que a verdade é que estou me corroendo por dentro. Como se as palavras de vaca loira fossem uma profecia e, um dia, eu fosse mesmo ser deixada de lado por não me encaixar no mundo dele.

E, quando vejo que visualizou a minha mensagem e não respondeu, subo na mobilete com o coração ainda mais apertado.

CAPÍTULO 23

◆

"Esses prazeres violentos têm fins violentos.
E morrem em seu triunfo, como o fogo e a pólvora,
que, ao se beijarem, se consomem."
Romeu e Julieta – William Shakespeare

◆

UMA HORA ANTES...

Mariana Monfort

Entro no quarto de Xavier acompanhada dele, segurando a raiva que arde dentro de mim. Ele mal ergueu os olhos na minha direção desde que chegou, e isso só acentua a sua culpa pelas mentiras que contou ontem. Um comportamento que, se for analisar friamente, vem acontecendo desde que voltou da sua viagem de formatura.

Eu me recrimino por não ter dado mais atenção à mudança em seu comportamento, isso me pouparia de ter que tomar medidas drásticas agora...

— Estava boa a festa, filho? — minha voz soa suave, amorosa, mas cheia de intenção.

— Perfeita. Melhor balada que já fui.

Eu sei... Sei exatamente onde esteve e com quem passou a noite em Juruti. Rodolfo nos contou tudo durante o jantar beneficente, depois que os pais de Yasmin nos questionaram sobre Xavier, e eu e Aprígio trocamos olhares atônitos, engolindo a surpresa desagradável.

Aprígio chegou em casa cuspindo fogo, berrando ameaças como sempre fazia, cada palavra era um lembrete de que a tirania dele não poupava ninguém, nem mesmo nosso único filho. Isso porque ele não ouviu tudo o que o querido Rodolfo me contou depois que meu marido se afastou para cumprimentar alguns figurões.

Se sonhasse que aquele desajuizado do Elias acobertou tudo, não seria apenas em Xavier que estaria despejando toda a sua ira. Quando chegamos em casa ontem, ele esbravejou:

— Aquele moleque está me desafiando! Quando eu o encontrar, vai tomar as porradas que tu me privou de dar a vida toda!

Ah, Aprígio... Sempre tão previsível. Tão cego em sua fúria e tão fácil de manipular, se achava o intocável. Apenas ouvi, calada, enquanto ele se afundava no álcool e na própria indignação. O que ele não entendia — o que nunca entenderia — era que Xavier não era como ele.

Meu menino sempre foi um jovem de caráter ímpar, de coração generoso. Alguém com princípios. Ele jamais faria algo tão imprudente, tão... decepcionante para nós. Não por diversão, não por descuido. Se Xavier havia cruzado essa linha, só podia ser porque aquela escória o seduziu.

Não duvidava de que tivesse jogado algum feitiço do qual ele não conseguiu escapar, e eu imaginava o que precisava ser feito. Não havia espaço para hesitações, ou piedade. Se Xavier havia se envolvido com a ordinariazinha Tari, seria minha responsabilidade protegê-lo — dele mesmo, se necessário.

Era o único jeito de garantir que tudo o que planejamos, tudo pelo que sacrifiquei, não fosse arruinado.

— Nosso filho precisa sair de Parintins — declarei, no momento certo, quando a fúria de Aprígio começava a dar lugar ao cansaço.

— Está maluca? — esbravejou, mas o tom já estava mais fraco. — Estou introduzindo o moleque na empresa, porra!

Inclinei-me, com a paciência que só anos de convivência com um homem como ele me ensinou, e sussurrei a verdade que temia ouvir:

— É isso ou a sua desmoralização, Aprígio. Quando souberem que nosso filho está se deitando com uma Tari será o fim. Um escândalo. Para ele, para nós... para todos. E, principalmente, por tudo que fez até aqui para se livrar da maior pedra do seu sapato: Moara Tari!

Ele hesitou, mas era previsível. O peso do nome dele sempre foi mais importante diante de tudo.

— Eu o mato antes disso — rosnou, um resquício de raiva ainda cintilando em seus olhos. Seus precedentes não o levariam até aquele ponto, no entanto...

— Não. Tu não farás nada — rebati, com firmeza. — Ele cansou de falar dos cursos que queria fazer fora. Vamos mandá-lo para um deles. Resolveremos isso de forma limpa. Sem escândalos. Sem alarde. Enquanto isso, tu toca teu acordo com o pai da Yasmin e, quando nosso filho retornar, já esqueceu daquela morta de fome. Nossos planos para eles terão chances de se concretizar.

Por fim, ele cedeu, como eu sabia que faria. Não era por amor a Xavier. Nunca foi. Era pela própria imagem, pelo poder que queria manter, e ampliar, a qualquer custo. E, como bônus de todo o seu poder, em poucas horas, junto com o seu assessor, fizemos as ligações necessárias. Se tudo correr como planejamos, meu filho estará embarcando para longe daqui ainda hoje.

Longe do cheiro barato impregnado em sua camiseta.

— Mãe, quando sair, fecha a porta. Vou tomar um banho — avisa, já ajustando o sistema de som para um desses remixes que ele adora.

Xavier tem muito talento, mas seu pai nunca enxergará isso. Aprígio Monfort é cego para tudo o que não serve aos próprios interesses. E eu? Nunca tive voz ativa para incentivá-lo, para mostrar que meu filho poderia ser mais. A verdade é que somos prisioneiros de um carcereiro que veste terno e esconde a brutalidade por trás de uma perfeita casca pública.

Minha família me entregou a ele como moeda de troca, selando o meu destino e me acorrentando a essa ilha da magia, que se transformou em maldita para mim. Todavia, com Xavier será diferente. Ele terá a chance que nunca tive. Só preciso pensar, calcular. Convencê-lo a sair antes que este lugar consuma tudo o que há de bom nele... ou antes que aquelazinha o destrua.

Enquanto ele canta no chuveiro, a voz leve e despreocupada, ouço algo diferente. Um tom de felicidade que nunca havia percebido antes. É como se ela o tivesse envenenado, anestesiado com algo que só a juventude tola chamaria de amor.

Eu me aproximo da cama e vejo sua mochila aberta. Vasculho cada bolso com dedos rápidos, mas não encontro nada de relevante. Então, noto o celular sobre a cabeceira de madeira. A tela acende, e o nome "Pocahontas" surge na tela.

Meu cenho franze. A confusão dura apenas alguns segundos antes de eu entender. Claro, é a maldita Tari.

Pego o aparelho sem hesitar. Xavier nunca escondeu nada de mim, nem mesmo suas senhas. Ele é a única coisa boa desse casamento, e não vou permitir que uma qualquer venha virar sua cabeça.

Desbloqueio a tela e leio a mensagem. Cada palavra que leio parece um espinho, cravando-se fundo:

> Oi, meu amor.
> Acabamos de nos despedir, eu sei, mas só quero que saiba, mais uma vez, o quanto amei nosso tempo juntos. Tudo. A dança, a nossa primeira noite de amor... Foi mais do que maravilhoso, X. Não inventaram ainda a palavra para descrever exatamente como me sinto sobre e quando estou com você.
> É o sentimento mais intenso e arrebatador que já experimentei e agradeço que tenha sido com você. Aquela numeróloga estava certa, não é? Somos predestinados. Você e eu. Juntos. Não importa o quanto nossas famílias sejam diferentes, nosso amor irá vencer tudo, tenho certeza.
> Outra coisa pela qual quero agradecer é você ter confiado em mim para compartilhar seu sonho. Vou repetir o que tenho falado incansavelmente para o X_M: você será grande! Sua música conquistará o mundo, como já me conquistou. Sinto muito que ainda esteja preso aqui na ilha e às exigências da tua família.
> Se eu pudesse, te roubaria e levaria para onde teu coração deseja. Mas tenho fé de que um dia, em breve, espero, você possa realizar esse sonho. Nunca perca a fé em você, X. Lute, meu amor. Lute com todas as suas forças e se torne o que está destinado para ser: o DJ mais foda desse mundo!
> Com amor,
> Sua Pocahontas.

Leio e releio a mensagem daquela que ousa arruinar o futuro do meu filho e da minha família. Será que essa menina medíocre acredita, mesmo por um segundo, que um Monfort — o príncipe desta região — se misturaria à ralé?

Do banheiro, Xavier ainda cantarola, e o tom da sua voz vai me irritando. Jamais pensei que qualquer coisa vinda dele pudesse despertar um sentimento ruim dentro de mim. E é isso que me deixa insana.

Sem hesitar, excluo a mensagem patética, apagando cada palavra como se pudesse também fazer isso com a má influência da maldita garota. Respiro fundo. Um plano já começa a tomar forma.

Pela sua declaração, fica claro que está encantada e o quanto é uma interesseira. Talvez até esteja apaixonada, mas quem não ficaria?

O mais surpreendente? A mensagem tinha um cunho maduro, sem os rompantes típicos da adolescência. Isso apenas confirma o que já suspeitava: será fácil manipular essa Tari. Um sorriso triunfante curva meus lábios, enquanto deixo o quarto silenciosamente.

Na sala, encontro Aprígio, que já começou o dia com o inevitável copo de uísque em mãos.

— Aonde vai? Já avisou Xavier para arrumar as malas? Está pensando em sair quando precisamos ajeitar o futuro dele.

— É exatamente do futuro do nosso filho que estou indo cuidar. Não fale com ele ainda, Aprígio — advirto como uma fera que irá atacar quem mexeu com a sua cria. — Vou resolver tudo. Prometo. Não vou demorar e, depois, falaremos com ele juntos.

Ele me encara, os olhos idênticos aos de Xavier, estreitando em desconfiança. Por fim, balança a cabeça, relutante, mas convencido.

Dou-lhe as costas com um suspiro de alívio controlado. Sim, esse romancezinho ridículo vai acabar.

E vai ser agora!

CAPÍTULO 24

◆

"O beijo roubado sob as sombras da noite.
Promessa de vida, vislumbre de açoite."
Romeu e Julieta – William Shakespeare

◆

Ayra

Assim que atravessamos a porta de casa, Moara não perde tempo.

— Alice, tu pode ir embora, por favor. Eu e Ayra precisamos ter uma conversa séria — a voz dela é firme, cortante, um prenúncio do que está por vir.

Minha amiga hesita, olhando para mim com preocupação. Faço um leve aceno com a cabeça, fingindo uma calma que não sinto. Não quero que se indisponha por minha causa.

Quando a porta se fecha, o silêncio se instala como um peso sufocante. Cruzo os braços, abraçando a mim mesma, tentando me proteger da tempestade prestes a desabar. Moara me encara com uma expressão que mistura raiva e decepção. Não é preciso ser um gênio para entender: ela descobriu minha mentira.

— Liguei para a mãe da Alice — começa, sem piscar. — E qual a minha surpresa, Ayra? Descobri que tu não dormiu lá ontem, e não teve porcaria de festa do pijama coisa nenhuma!

Engulo em seco, o peito apertando. O desencanto, a decepção em seus olhos... me atingem mais do que tudo. Nunca precisei mentir para Moara antes. Sempre fomos abertas uma com a outra; ela me criou assim, mas desta vez... Ainda estou quieta quando ela se inclina, pega um envelope no sofá e o joga em minha direção.

— Quer me explicar isso? — desafia.

O envelope pousa nas minhas mãos trêmulas. Olho para ela, confusa, mas abro mesmo assim. Meu coração dispara ainda mais. As fotos caem como pedras, cada uma mais reveladora que a outra.

Há muitas. Eu entrando no hidroavião, ontem à noitinha, saindo hoje cedo. Tem nossas dançando mascarados no concurso também. E, claro, do momento final, o beijo que Xavier me deu, e que retribuí com a mesma paixão. Não há como negar que somos nós. Que sou eu... nas fotos.

Ela me conhece do avesso. Levanto os olhos para encará-la, minhas retinas ardem por saber o que virá agora.

A raiva dela agora tem outro tom: parece um misto de mágoa e frustração. Contudo, eu sei que não posso ceder. Não posso me encolher. Não agora, não quando meu coração está em jogo.

— Tem como negar isso? — Moara incita uma reação da minha parte.

Respiro fundo, ciente de que minha resposta vai mudar tudo entre nós.

— Não. A única coisa que posso dizer é que eu amo o Xavier.

Vejo seus olhos endurecerem ainda mais. É como se minha confissão lhe fosse uma traição, uma afronta pessoal. Não é... Só que ela faz parecer.

— Nós nos amamos, Moara. Isso não é algo passageiro ou uma rebeldia contra as tradições das nossas famílias.

Faço uma pausa diante da indiferença na sua expressão, o que me corta mais fundo do que qualquer crítica.

— Eu o amo... — reafirmo junto das lágrimas silenciosas ameaçando cair. — Por favor, tu precisa entender meus sentimentos!

— Agora quer falar de sentimentos? Isso não pode acontecer justamente por causa dos sentimentos, e tu sabe muito bem disso! — Seu tom machuca. — O pai desse... garoto é tudo o que mais odiamos nesse mundo! Ele e sua ganância sem fim, seu descaso com a vida humana mataram a nossa mãe, já esqueceu? Ignorou a dor que carregamos? Seu amor por ele é maior do que pela nossa mãe? É isso que está pedindo para eu entender?

— Não faça isso, por favor! — suplico. — Não me julgue tão duramente, irmã. São amores diferentes, a memória da mamãe sempre estará comigo. Tu sabe disso.

— De onde estou observando não é assim que parece. — Sua agressividade está envolvida em uma frieza que nunca imaginei ouvir direcionada a mim. — A realidade é uma só, irmã. Tu mentiu para mim, para o nosso pai, para a vó... para passar a noite com um Monfort! E, se fez isso, acredito que já fez sua escolha.

— Só não falei a verdade...

— Porque preferiu a traição! — Me corta sem pena. — Me causou a decepção mais profunda que já senti nessa vida.

— Não, meu amor por ele aconteceu. Jamais foi minha intenção te machucar — defendo-me com as lágrimas queimando meu rosto.

— Pensei que fosse mais madura, responsável. Não será só os Tari que estará magoando em sustentar essa ilusão boba que chama de amor. Tu já pode esquecer o sonho de querer ser cunhã-poranga, viu?

Eu gelo dos pés à cabeça.

— Te encho de elogios para todo mundo nessa ilha. Vivo dizendo que será muito melhor do que eu, aí tu vem e faz isso?

— Ainda não sou uma cunhã-poranga, mas, se acontecer, será por ter me preparado para esse momento, Moara. Meu comprometimento e responsabilidade com a nossa comunidade não mudou e nunca mudará.

— Tem certeza? — cruza os braços, o olhar implacável. — Acha que a nossa comunidade vai receber numa boa a notícia de que nossa promissora candidata está de namorico com um Contrário? Tem noção do peso disso? Esqueceu de toda a história de espionagem entre os currais? Está pronta para ser acusada de informações vazadas em troca de nada, mesmo não cometendo algo assim?

— Xavier e eu não temos culpa de termos nascido em lados opostos da cidade! — Minha voz se eleva, misturando desespero e indignação. — Nós nos apaixonamos! Isso não pode ser errado! Não vai prejudicar ninguém. Eu juro...

— Tô muito decepcionada contigo. Eu te criei para ser uma mulher forte, que sabe do seu valor, não para ser uma menina que se deixa levar por arroubos e dá o teu bem mais precioso a um garoto que nem sabe direito se lhe corresponde e...

— Pare, Moara! Tá me machucando, não vê? Foi... É amor. Eu me entreguei porque o amo! E ele me ama, sim! Me ama!

— Vá para o seu quarto. Me deixe pensar sobre essa bagunça e o que fazer para consertar tudo.

— Não há nada para ser consertado. Xavier e eu nos amamos e queremos ficar juntos. As famílias terão que aceitar.

— Acho muito difícil, Ayra. Tu sabe o que tem que fazer, não se faça de desentendida.

— Eu não vou deixá-lo, Moara! Não vou!

Brado e corro para o quarto, batendo a porta com força. Caio sobre a cama, e só então permito que as lágrimas tomem conta.

O tempo perde o significado. Minutos ou horas? Não sei. Apenas sinto o peso esmagador da mágoa. O olhar da minha irmã ainda me queima, como uma ferida aberta que se recusa a doer menos. Eu sabia que enfrentaria sua decepção e revolta, só que a forma como ela falou do título de cunhã... Como se fosse um bastão que só ela poderia me entregar, e não algo pelo qual eu lutasse com minhas próprias forças para conquistar, me machucou muito. Mas o pior de tudo: ela ousou colocar em dúvida meus sentimentos pela mamãe. Como se o amor que sinto fosse algo menor, algo indigno por meu coração resolver se apaixonar por Xavier.

E, por um momento, eu me pego pensando em como o amor e o ódio podem te abraçar num curto espaço, numa ínfima partícula de tempo e fazer ruir nossos sonhos e esperanças.

CAPÍTULO 25

◆

"Se por te beijar tivesse que ir depois para o inferno,
eu faria isso. Assim poderia me gabar aos demônios
de ter estado no paraíso sem nunca entrar."
Romeu e Julieta – William Shakespeare

◆

Ayra

Ouço palmas do lado de fora de casa, mas me recuso a levantar. Não quero ver Moara por enquanto. Seja quem for, ela que atenda. Não vim para o quarto porque ela mandou, mas porque eu precisava de espaço. Sou grata por tudo o que ela fez por mim e faz, sempre serei, mas, às vezes, é difícil ignorar os dez anos que nos separam — ela tem idade para ser irmã mais velha, não minha mãe; e essa dinâmica pesa. Em especial, quando não admite que cresci.

Eu ainda não ganho muito com as aulas de dança, mas desde antes de me formar já fazia brigadeiros e bolos de pote para bancar minhas sapatilhas e as apresentações extras. Nunca dei trabalho ao meu pai, muito menos a ela. Sempre corri atrás do que precisava para seguir a minha paixão.

Não demora muito, e reparo nas vozes alteradas, falas que não consigo distinguir. Moara está discutindo com outra pessoa, uma mulher. Não reconheço quem é, mas o tom tenso faz meu coração acelerar.

Então, ouço meu nome e o de Xavier.

Endireito-me na cama, calçando meu chinelo com um frio percorrendo a espinha, enquanto me esforço para entender mais da conversa.

— Vá chamar a garota, já disse! Só saio daqui depois de falar com ela.

A mulher, cheia de autoritarismo, exige. Lá no fundo, acho o timbre familiar. Já ouvi essa voz antes.

— A senhora não manda em mim, tampouco na minha casa! — rebate minha irmã. — Saia, ou vou ligar para a polícia!

Moara continua a ameaçar, e, então, a ficha cai. Minha respiração trava por um instante, e engulo em seco. É ela. A mãe de Xavier!

Ótimo. Só faltava essa.

Meu estômago dá um nó. Não de medo. É pura indignação. Aliso minha roupa com pressa, as mãos passando pelos cabelos na tentativa inútil de apagar os traços do choro. Meus olhos estão inchados e pesados, mas não importa.

Caminho até a porta com o peito inflado de determinação, a mente fervilhando com mil perguntas. Será que Xavier já falou com os pais? Ou Yasmin não estava blefando e foi mesmo almoçar na casa dele para contar tudo?

Seja lá o motivo, essa visita não vai me intimidar. Não mais. Naquele encontro longínquo, fui uma criança assustada. Hoje, sou outra pessoa. Ao avançar pelo corredor, as vozes se tornam mais claras.

— Já disse, a senhora não vai falar com a Ayra! Não vou permitir que venha aqui à nossa casa tentar qualquer coisa contra ela. Se é sobre o envolvimento dos dois, converse com seu filho, que já estamos nos acertando com ela.

— Está querendo me ensinar como educar meu filho, que vem de uma família muito bem estruturada? — A mulher ri, um som gélido. — Em que mundo tu vive?

— Bom para ele — Moara retruca, furiosa. — É só uma pena que, entre estrutura e valores, haja uma ponte gigante!

— Sua...

— Chega de falação na nossa porta! — Minha avó entra na conversa. — Esta casa não se curva a ameaças nem insultos. Se veio em busca de confronto, está no lugar errado. Vá agora e leve contigo tua discórdia. Tenho idade suficiente para sentir que não veio em paz. E, se insistir, não terei escolha e serei eu quem chamará a polícia.

— Chame, então! Quero ver quem vai sair perdendo aqui! A família mais importante de Parintins ou anarquistas sem escrúpulos como vocês.

E é nesse momento da estupidez dela com a minha avó que eu apareço, sem hesitar.

— O que a senhora quer tanto falar comigo? Estou aqui.

Cruzo os braços, assumindo uma postura de afronta. Minhas palavras cortam o ar, calando momentaneamente as três.

A mulher elegante, sobre saltos e com dois seguranças atrás de si, se vira lentamente para mim, ajustando o colar de pérolas no pescoço, como quem precisa disso para reforçar sua autoridade. Seus olhos castanhos deslizam pelo meu corpo, da cabeça aos pés, cheios de julgamento. Eles já adiantam o recado: ela não me considera à altura de Xavier.

— Ayra, não é? Precisamos conversar. De preferência a sós.

— Nós não sairemos daqui — Moara se põe ao meu lado, tão firme como uma muralha.

— Sobre o quê?

— Pelo menos se mostre um pouco inteligente. Não acredito que Xavier tenha se engraçado com nenhuma sonsa, menina. Portanto, tu deve desconfiar por que estou aqui.

— Nos apaixonamos. Não temos culpa de...

— Não se iluda tanto, queridinha — a mulher me interrompe, incapaz de sequer conceber tal ideia. — Meu filho está destinado a coisas grandes, se é que me entende... — Força um olhar de superioridade querendo me fazer sentir como um inseto.

— Se a senhora pensa assim, não deveria ter se dado ao trabalho de sair do outro lado da cidade para vir até aqui — rebato, firme. — Vou te dizer o mesmo que disse à minha irmã: não vou deixar o Xavier. Vamos lutar para ficarmos juntos.

Ela estreita os olhos e torce os lábios, claramente desconfortável com minha certeza. Então, algo em sua expressão suaviza, mas sua voz ainda carrega o veneno disfarçado de cortesia:

— Eu acredito. Xavier não é leviano com sentimentos. Criei meu filho muito bem — gaba-se, transformando o que deveria ser um elogio ao filho em uma demonstração de autossatisfação. — Mas, me diga, Ayra, ficaria entre ele e o sonho de ser DJ?

Poderia devolver a pergunta para ela, só que, ao fazer isso, estaria traindo Xavier.

— Claro que não...

Seus olhos endurecem novamente.

— Pois é isso o que acontecerá se insistir nessa aventura de vocês já fadada ao fracasso.

— Aonde quer chegar com isso?

— A questão não é aonde quero chegar, menina. É aonde meu filho não chegará se tu não se afastar dele. — Seus lábios se curvam em um sorriso gélido. — Aprígio e eu organizamos tudo para que Xavier faça um intercâmbio de dois anos no Reino Unido. Lá, ele poderá finalmente se dedicar à música, como deseja desde pequeno. Íamos fazer uma surpresa, mas nós é que fomos surpreendidos por essa... novidade juvenil de vocês.

O mundo parece congelar ao meu redor. Xavier havia me contado sobre o conflito com os pais e me garantiu que eles eram contra seus sonhos. Haviam dito que queriam impor-lhe um futuro forçado. Que não o apoiavam. Eu vi a paixão nos olhos dele ao falar de sua música e a tristeza ao dizer como se sentia ao ver seus sonhos minados.

— Não pode ser... — murmuro, incapaz de segurar a avalanche de pensamentos.

— Mas é. E tem mais: as passagens dele já estão compradas. O embarque é hoje à noite. Mas conheço meu filho. Ele é capaz de perder essa oportunidade única, pois se sente amarrado a ti. E não haverá uma segunda chance para ele, pode ter certeza. Foi bem difícil convencer meu marido.

Meu Deus... se isso for verdade, é a chance dele! A chance de Xavier ser o DJ que sempre quis ser. Meus olhos se turvam com lágrimas que queimam de dor. Meu coração começa a se sentir esmagado pela culpa que pulsa com força. Nosso amor está sendo atacado, cruelmente, com a intenção de assassiná-lo dentro do meu peito, e, pelo jeito, seus pais estão jogando pesado.

— Eu o amo e jamais faria nada contra seu sonho — confesso fraca, quase inaudível. Olho para Moara e minha avó, esperando algum sinal de apoio, mas elas permanecem caladas.

— Estão massacrando a nós dois, sabem disso, não é?

— Verdadeiramente o ama? Então, prove, menina — Mariana pronuncia o ultimato. — Deixe-o ir. Liberte-o dessa insanidade que estão vivendo e permita que meu filho vá atrás do seu sonho.

— Essa decisão cabe a ele, não a mim. — Meu coração dói. Meu corpo inteiro sacode diante da violência emocional a que estou sendo exposta. — Eu o amo; se Xavier quiser ir, vou apoiá-lo.

— Prove que está disposta a isso. Mande uma mensagem dizendo que pensou bem, que são jovens demais para essa, digamos... loucura. Arrume uma desculpa. Não acho que será tão difícil. Assim, quando eu e meu marido entregarmos o presente tão sonhado nessa tarde, ele se sentirá livre para partir.

— O que está me pedindo é cruel.

— Depende do ponto de vista. Já parou para pensar que, aqui, Xavier seguirá um futuro que não deseja?

Deixo escapar um soluço. Depois de mandá-la embora, entro às pressas, fugindo como se o chão sob meus pés estivesse desabando.

— Fia? — a vó chama às minhas costas. — Se esse menino Monfort está no seu destino, pode rodar o mundo inteiro, mas voltará para ti, tenha certeza disso, minha Ayra.

Aceno com a cabeça, incapaz de dizer qualquer coisa. Entro no quarto, fecho a porta e me encosto contra ela, escorregando até o chão. Me encolho, abraçando os joelhos contra o peito, e finalmente deixo tudo sair em um choro convulsivo.

Ele será grande. Repito isso uma e outra vez para tentar me convencer de que abrir mão desse amor é o certo. As memórias de nós dois passam como um filme: nosso primeiro encontro, os dias no resort, as discussões sobre os bois, até o momento em que entreguei meu corpo e minha alma a ele.

Tudo isso... arrancado de nós.

Vou deixá-lo ir. É o certo a fazer. Mesmo que eu me sinta morrendo por dentro.

— Volte para mim, meu amor. Por favor, conheça o mundo, mas volte para mim.

Suplico entre soluços. No silêncio solitário do quarto, eu podia ouvir meu coração agonizando pela perda.

No fundo da minha alma, eu soube que essa decisão iria pesar sobre mim para sempre.

Xavier

Aperto o celular com força, as mãos tremem em incredulidade. A última coisa de que me lembro é que, após terminar o banho quando cheguei de Juriti, acabei adormecendo na cama, ainda enrolado na toalha. Sonhei com o corpo dela, entregue a mim. Quando acordei, a mensagem de Ayra piscava na tela:

> **Oi...**
> **Essas serão, sem dúvida, as palavras mais difíceis que já precisei escrever. O que vivemos até aqui foi a coisa mais especial e linda da minha vida. Nunca pensei que fosse possível**

sentir tanto amor por alguém, e tenho certeza de que sentirei para sempre.

Mas preciso ser honesta.

Eu me enganei. Nós nos enganamos. Achamos que poderíamos ter tudo, só que a realidade é que ainda não podemos. Eu tenho um sonho, X. Um desejo que carrego desde pequena, e, para alcançá-lo, preciso abrir mão de muitas coisas... inclusive de ti. Seria injusto pedir para me esperar ou agirmos como duas pessoas que estão cometendo um crime diante de todos, quando tudo o que queremos é estar juntos.

Tu não merece isso, não merece estar preso a alguém que não pode se entregar por completo agora... seria egoísmo da minha parte.

Minha comunidade já está me olhando de forma diferente, e ser cunhã-poranga exige sacrifício. É o que minha alma grita. Eu preciso lutar por isso, mesmo que me custe o que há de mais precioso: nós.

Por favor, prometa que vai lutar pelo seu sonho também. Voe alto e seja o melhor DJ que o mundo já viu. Fure a bolha e conquiste o mundo, meu amor. Eu ficarei aqui torcendo por ti, sempre.

Te amo, X, com todo o meu coração. Esse amor nunca vai desaparecer, mas agora ele precisa ficar guardado. Talvez um dia nossas vidas nos tragam de volta um para o outro, mas hoje...

Minha família descobriu tudo, e eu não estou preparada para conviver com a decepção deles. Prometemos um para o outro que lutaríamos, e juro, eu faria isso...

Mas tu não me aceitaria pela metade, porque é assim que me sentiria: pela metade, sem o apoio deles e tendo que deixar para trás o meu desejo de ser cunhã-poranga.

Passei minha vida me preparando para isso.

Sei que tu não aceitarás fácil, que virás atrás de mim, mas, se me ama, precisamos tomar esse copo de veneno juntos.

Isso é um adeus? Não sei. Quero acreditar que aquela numeróloga esteja mesmo certa e o nosso destino esteja

entrelaçado. Que um dia volte para mim e eu volte a me sentir completa de novo.
Ao te implorar isso, estou chorando... mas é o certo.
Cuide-se, por favor.
Com amor, sempre,
Ayra.

Meu primeiro impulso é arremessar o celular contra a parede com toda força. Na verdade, ainda levanto a mão, mas não o faço, não antes de ligar pra ela e exigir que repita essas merdas. Alguém a obrigou a escrever aquilo?

Ligo com o coração na mão. Uma, duas, três vezes. Chama até cair. O processo se repete não sei quantas vezes, mas ela não atende. Fico ainda mais irado e envio um áudio:

— Atenda à porra do telefone, Ayra! Se insistir em me ignorar, irei até a porta da tua casa e farei um escândalo até tu sair e falar na minha cara que tá desistindo de nós!

Envio, tremendo de raiva e impotência. Então, no instante seguinte, ela me liga. Meu coração salta, a esperança ousando se infiltrar em mim.

— X... — Sua voz parece quebrada, soa como quem esteve chorando.

— Tu não pode ceder na primeira pressão. Por favor, prometemos lutar juntos, meu amor. — Forço a voz mais branda para colocar algum juízo em sua cabeça.

O silêncio que se instala é ensurdecedor, confirmando sua decisão.

— Eu te amo tanto, tanto... isso nunca vai mudar.

— Que caralho de amor é esse que abre mão na velocidade da luz? Que diabos te disseram, ou fizeram? Estão te forçando a me deixar, porque se for isso, eu vou te buscar. Vamos fugir, sair da casa dos nossos pais, Pocahontas. Vamos...

— Não, não, pare com isso. — Ela me corta. — Agora não é o momento. Viveríamos de quê? Tu não realizaria o teu sonho, nem eu o meu.

— Então, é isso? Tá me trocando para ser cunhã-poranga? — Ranjo os dentes — Que porra de amor é esse seu?

— Não, tô trocando tudo para que tu possa realizar o teu sonho. Tu me odiaria se, por egoísmo, eu te condenasse a continuar preso nessa ilha.

— Nunca pensei que a garota que me encantou com sua coragem, no fim, se revelasse apenas uma covarde. — Meu tom é frio, cortante. Ela soluça no meu ouvido. — Tu vai se arrepender de não ter lutado por nós. Adeus, Ayra.

Encerro a ligação, então, jogo o celular contra a parede. Minhas mãos vão aos cabelos, puxando com violência, enquanto um grito explode da minha garganta. O descontrole toma conta. Derrubo tudo que vejo pela frente.

O som da porta abrindo e os passos apressados dos meus pais me trazem de volta por um momento. Eles estão ali, olhando o caos ao meu redor. Estou ofegante, suor escorrendo pela testa, meu corpo tremendo

— Porra, que merda é essa, moleque? — o velho range.

— O que houve para destruir seu quarto dessa maneira, filho? — minha mãe pergunta, pegando algumas peças do chão enquanto se aproxima.

— Minha vida... Tudo... — solto, com raiva por não ter nem meu espaço sozinho.

— Está querendo dizer que está quebrando tudo o que te demos... por causa de uma garota? — Meu pai estreita os olhos.

— Já sabiam de tudo quando cheguei? Não sabiam?

— Sim. Coloquei alguém para te seguir, para a sua proteção.

— Minha proteção? Não seria para o seu controle, pai?

— Isso não vem ao caso agora, filho. A questão é: a imprensa não pode sequer farejar algo dessa natureza ou o nome que teu pai tem honrado e prezado, com anos de trabalho para entregar a ti, será enlameado. Já imaginou o escândalo: o herdeiro Monfort se engraçando com uma indiazinha?

— Zero surpresa. Tudo nessa merda de família é sobre Aprígio Monfort — escarneço, irritado e quebrado demais para dissimular minha insatisfação.

— Você pode ter seus impulsos, moleque, mas nunca se esqueça de onde vem e o que está em jogo. Não é só a sua vida aqui. É a nossa! — Hesita um instante. — Sei que tenho cobrado demais de ti. Talvez tenha exagerado um pouco em forçá-lo a assumir um cargo na empresa.

— O que seu pai está querendo dizer é que pensou melhor e vamos apoiá-lo, Xavier. Vamos organizar sua ida para a Point Blank Music School no Reino Unido. Não é lá que tem uma das instituições mais renomadas, e o curso de DJ que tanto quer fazer?

Abano a cabeça, tentando digerir a oferta, mas o óbvio cai como um soco no estômago. Eles só querem me afastar de Ayra. A raiva volta a me consumir.

— Desde que eu não suje o bom nome Monfort, certo? — cuspo com sarcasmo, encarando o velho.

— Não. Desde que não comprometa o seu futuro por uma aventura tola — ele determina.

— Eu amo Ayra Tari! Eu sempre irei amar!

— Só tem dezoito anos, porra! Não sabe nada da vida ainda — ele zomba.

— Engraçado que queria me casar com a Yasmin ainda ontem, lembra?

— É aliança. Elas são importantes em famílias como a nossa, sabe muito bem disso, rapaz. Ademais, essa discussão não levará a nada. Decida agora: vai tentar essa coisa de DJ lá fora ou prefere continuar com esses dramas juvenis? Podemos preparar sua partida hoje mesmo.

Olho para eles, buscando qualquer resquício de sinceridade em seus rostos.

— Vocês têm algo a ver com a família da Ayra descobrir sobre a nossa noite juntos? — pergunto, sentindo a bile subir à garganta.

— Claro que não — minha mãe responde rápido demais.

— Não somos próximos e nem queremos contato com aquela gente — complementa meu pai, na defensiva.

Não sei por que, mas não acredito neles.

O dilema me rasga por dentro. Aceitar o que meus pais oferecem e seguir meu sonho, ou ficar aqui e continuar tentando lutar por algo que Ayra já decidiu adiar.

— Vou embora.

Sim, eu serei a porra do DJ mais foda que esse mundo já viu, Ayra Tari. E tu vai se arrepender de não ter lutado por nós!

CAPÍTULO 26

◆

"Se tu amares profundamente, não suportarás a dor da perda."
Romeu e Julieta – William Shakespeare

◆

UM ANO E CINCO MESES DEPOIS...

Ayra

O curral está tomado pelo burburinho da coletiva de imprensa. É surreal pensar que, na minha primeira aparição oficial como cunhã-poranga, estou cercada por pessoas tão importantes e significativas na minha vida. Alice está sentada à minha direita, seguida pelos outros itens oficiais — representantes dos personagens emblemáticos do festival. À minha esquerda, estão Moara e meu pai, como coordenador artístico das alegorias, e toda a diretoria do Azul. Todos vestidos com a cor do boi e sorridentes.

À nossa frente, há microfones alinhados em uma fileira, enquanto câmeras apontam para nós incessantemente, e os flashes criam uma atmosfera de expectativa.

O Presidente da Agremiação faz os agradecimentos e abre a coletiva. Vários jornalistas

— Boa noite, sou Ricardo Oliveira, do jornal Amazonas. Gostaria de perguntar ao Presidente sobre a escolha do tema deste ano. Como se deu?

— É com imensa alegria que a agremiação do Azul traz ao Festival o tema: Raízes que transformam: A Verdade nas Tradições... Nosso enredo propõe uma jornada pelas narrativas que nos trouxeram até aqui. Queremos contar as histórias que formaram nossa identidade e são a base do nosso Festival.

— Será que o olhar que o presidente deu pra ti é porque irá revelar que foi uma garota de dezenove anos a autora de um tema tão foda? — Alice se inclina de leve e cochicha.

— Sei lá, talvez ele só tenha me olhado para desviar a atenção desse monte de câmeras apontadas na nossa cara.

— Aqui não, pica-pau, aqui é aroeira! Ele que não dê nome aos bois para ver se não tomo o microfone eu mesma e conto tudo! — minha amiga maluca ameaça.

— Dividido em três noites, o nosso espetáculo começará com o tema: "Sementes da Ancestralidade", uma homenagem aos povos originários, às histórias e aos ensinamentos que sustentam as raízes do festival. No segundo dia, falaremos sobre "Cores da Resistência". Para encerrar, traremos a "União das Vozes", um tributo à diversidade que nos fortalece como comunidade. Aqui, vamos reconhecer as contribuições dos imigrantes que trouxeram suas culturas, tradições e sonhos, somando-se ao grande mosaico que é o Amazonas e o nosso Festival!

— O nosso Azul vai arrebatar a todos. Vamos levar essa de novo! Fomos campeões no ano passado e entraremos na disputa em grande estilo! — dessa vez é Moara que sussurra, segurando a mão de nosso pai.

Já tinha espiado algumas de suas criações nos bastidores, mas vê-las assim, ganhando vida na tela, é uma emoção surreal. As perguntas dos jornalistas logo se deslocam para o homem que sacrificou horas e momentos preciosos com a família sempre se dedicando ao Festival.

Eu também consegui: sou a nova cunhã-poranga!

Junto dessa conquista, outros sentimentos se agigantam dentro do mim. Precisei renunciar, sacrificar a minha felicidade para que Xavier pudesse seguir seu sonho, enquanto me concentrava em estar à altura do que precisava ser feito. Me joguei de cabeça no curral e vivi tudo, todo o processo e responsabilidades da minha nova posição. Isso me ajudou a silenciar a voz que gritava em meu peito. A saudade absurda que sinto de Xavier.

Ele também se esforçou para conquistar seu sonho. *Lá na gringa não é mais Xavier Monfort, mas o famoso X_M, a nova promessa da música eletrônica*, penso, enquanto volto minha atenção para a coletiva. As luzes, os flashes, e o frenesi ao meu redor começam a se misturar com as imagens dele, que dominam os portais e redes sociais. Não é só o Instagram dele que mostra seus avanços — está em todos os sites de *Electronic Dance Music*. Havia uns dois meses, Alice veio correndo me mostrar a notícia de que ele havia sido anunciado no *Amsterdam Dance Event*, o maior evento de música eletrônica no mundo.

A convivência com minha amiga havia se intensificado após a partida de Xavier não apenas por causa do apoio que ele me deu, mas também porque ela começara a se engajar mais com os trabalhos do Azul. Decidira, inclusive, se candidatar à posição de sinhazinha da fazenda. Este era um dos itens individuais mais icônicos do Festival. A sinhazinha representava a filha do dono da fazenda onde nasceu o boi. Sua escolha também envolvia um processo rigoroso assim como da cunhã. E não é que Alice se saiu melhor que o esperado e superou as expectativas?!

O burburinho entre os jornalistas explode com a informação, vozes se cruzam e perguntas se atropelam. Antes que a confusão se torne insuportável, o próximo repórter se apresenta, cortando o ruído com sua voz clara e direcionando a pergunta para mim.

— Sou Marcos Lima, do Portal Cultura Viva. A minha pergunta é para Ayra Tari, cunhã-poranga.

Meu coração dispara ao ouvir meu título, mas mantenho a expressão firme, enquanto ele prossegue:

— É surpreendente, devo dizer, saber que, além de ser uma mulher lindíssima, com todos os atributos físicos e traços que a figura de uma cunhã-poranga exige, você também tenha contribuído para um enredo tão significativo. Não é muito comum vermos mulheres tão jovens e com uma imagem forte no TikTok, envolvidas em questões mais profundas. — Com um sorriso enviesado e uma entonação que carrega uma combinação de desdém e curiosidade artificial, formula sua pergunta: — Você acredita que deve o seu título mais à adoração da torcida do Azul, ou ao alcance que sua fama conquistou como influenciadora amazonense nesses últimos meses?

Sua insinuação desvaloriza minha trajetória ao reduzi-la a uma combinação de aparência e sorte. Também mostra desprezo pelo trabalho que venho desenvolvendo na plataforma social, divulgando informações sobre minha cultura e raízes. Meu coração deseja responder com indignação, mas não lhe darei esse gostinho.

— Quem me segue no Tik Tok sabe o que defendo, o que acredito — começo com calma. — Não cultuo a beleza corporal em minhas postagens diárias. Eu me dedico a levar informação sobre a região amazônica, sobre a minha ilha, e sobre o nosso amado Festival.

Alice não consegue conter um risinho do meu lado. O repórter se mostra um tanto surpreso com a minha resposta firme. Acena, meio que engolindo em seco.

Então, eu ergo meu queixo, sentindo-me cada vez mais segura e orgulhosa da posição que ocupo, sobretudo, dos valores que carrego e defendo. Passo os próximos minutos triturando, digo, dando as melhores respostas para o repórter. Meu legado não será achincalhado por um macho escroto. Honra, tradição e o compromisso inabalável com as minhas origens guiam as minhas respostas, tanto para ele, quanto para os outros que perguntam depois.

Xavier

É minha última noite no maior festival do mundo e jamais vou me acostumar com a excitação em me ver diante do mar de corpos sincronizados comandados ao meu ritmo. Estou aqui, no auge do que muitos DJs consideram o sonho supremo. Sinto-me exausto física e mentalmente, mas prefiro assim. O cansaço espanta os pensamentos que não quero encarar

Minhas mãos ajustam os botões do *mixer*; é como se o equipamento fosse uma extensão do meu corpo. O público começa a gritar antes mesmo dos primeiros acordes de *O Amor Está No Ar* reverberarem. Eles sabem o que vem agora. Essa música é mais que um *set* para mim: é o som que mudou a minha vida!

Foi ela que me colocou no mapa, que me consagrou. Desde o lançamento, virou um fenômeno. Uma das faixas mais ouvidas da história da música eletrônica, em um curto período de tempo. O som cresce. Cada grave reverbera pelo chão, e as luzes sincronizadas com a batida transformam o palco em um espetáculo que parece fora deste mundo.

No auge da música, quando tenho o público hipnotizado e envolvido por completo, abaixo o fone de ouvido e ouço aquela multidão. De algum jeito, toda essa adrenalina deixa espaço para um outro tipo de som dentro de mim. É aí que ela aparece.

Ayra...

Nas últimas notas da música, subo na mesa de som para a despedida, e a multidão vai à loucura. Levanto os braços, agradeço todo o calor com o qual me receberam, mas por dentro... por dentro estou ansioso para sair logo daqui e assistir à coletiva de impressa da minha Pocahontas.

— Como sempre, você esteve perfeito... — Lara Sky aparece no canto do palco no momento exato em que estou saindo, num *timing* cronometrado como uma maldita estrategista, com a intenção clara de atiçar a galera e ter celulares voltados para nós, enquanto o próximo DJ começa a tocar. — Sorria *schnucki*[13]... Fomos flagrados.

Ela me lança aquele sorriso oportunista e tenta me puxar para um abraço, mas dou um passo para trás, escapando da proximidade e da *fanfic* barata que insiste em sustentar. A mídia se diverte com a ideia de que estamos juntos, e a garota faz questão de manter a chama acesa. Adora esse joguinho.

Lara tem tudo o que o mercado quer em uma estrela pop: provocante, carismática e dona de uma presença de palco que cativa. A gravadora achou que seria uma boa ideia colocá-la na minha turnê, já que morou um tempo no Brasil e fala bem o português. Ela tinha uma música decente que precisava de um arranjo matador, e eu aceitei o desafio. Fiz o negócio explodir. Mas só isso: trabalho. O problema é que ela achou que o pacote incluía uma visita à minha cama.

Cortei seu barato bem rápido. Deixei claro que sou apaixonado por uma garota no meu país, e meu foco é me superar. Ponto final. Só que a cantora germânica não está nem aí. Disse que poderíamos fingir um romance para a mídia, que namoros falsos são estratégias comuns no showbiz.

— Lara... Lara... Não sou figurante nesse circo que tu insiste em armar — minha voz sai cortante. — É melhor parar com essa besteira.

— E perder a chance de ser um dos tópicos mais comentados, acompanhada do DJ mais foda da cena? Só se estivesse louca.

Se Lara soubesse o quanto odeio parasitas... Vivi rodeado de aproveitadores em Parintins, gente que só esperava o momento certo para se agarrar à maior fatia do bolo. Já cortei muitos desses pelo caminho aqui também, e com ela não será exceção se continuar abusando da minha boa vontade. Aqui, sou eu quem dita as regras.

Até chegar à Point Blank, eu era só um garoto com um sonho na bagagem e uma dor enorme no coração, mas o jogo virou. O nome X_M não é apenas um pseudônimo; virou uma marca consolidada. Minha carreira deslanchou: assinei com uma gravadora, conquistei um agente de peso, e estreei nas paradas com *O Amor Está no Ar*. A música liderou o primeiro lugar por semanas e continua entre as dez mais ouvidas há quase um ano.

---

[13] Schnucki é um apelido carinhoso em alemão, utilizado de forma afetuosa para se referir a alguém querido, como um parceiro romântico ou alguém muito próximo.

Mas nada disso veio de graça. Cada conquista foi arrancada de mim, como se cada vitória custasse um pedaço da minha alma. Passei noites intermináveis encarando o teto, o coração sangrando por Ayra. A única forma de silenciar a dor foi mergulhar nos estudos. Viver música dia e noite não foi mais só paixão, foi sobrevivência. Eu precisava que cada batida, cada nota... abafasse o grito do meu peito. Durante o curso com lendas da indústria, enquanto todos viam um garoto obstinado, eu era só um cara desesperado para não perder o que restava de si. Foi ali, no meio de tudo, que tive o estalo de incorporar os sons da floresta amazônica — meu único elo com o que realmente sou, com a terra que deixei para trás e com ela: minha Pocahontas.

E é exatamente por isso que ninguém vai usar meu nome para brilhar às minhas custas.

— Arranja outro motivo para estar no topo. Tu consegue!

— Poderíamos dar uma bela melodia se não fosse tão certinho. — Ela ri com malícia, inclinando-se para perto. Tudo milimetricamente calculado para dar a impressão errada.

— Não vai rolar. Aliás, já estou atrasado para o meu compromisso e tu também sabe disso.

— Ah, claro. Vai passar a noite grudado na internet, stalkeando aquela garota, que provavelmente nem lembra que você existe.

Solto uma risada sarcástica, balançando a cabeça. Mas não dá para negar que ela cutucou onde dói.

— Tenho um segredo para te contar, algo que separa os que passam pelo topo dos que realmente dominam ele: um nome sólido vale mais do que qualquer escândalo plantado — disparo.

Deixo-a sozinha e rapidamente me tranco no camarim. O silêncio é quase um alívio imediato. Pego meu celular com urgência, passando os dedos pela tela em busca da transmissão da coletiva, que com certeza já começou.

Tem sido um hábito. Fico ansioso para ver o que Ayra vem postando, o que está vivendo. É a única parte de mim que ainda faz sentido. Enquanto a câmera alterna entre o jornalista e a Ayra, sinto o sangue ferver ao ouvir a pergunta que o tal Marcos Lima faz a ela. Mas ela responde a ele com perfeição, dando uma verdadeira aula.

— Tu é tão fodidamente perfeita, Ayra. Por que foi errar apenas com a gente?

Por quê, porra?!

CAPÍTULO 27

◆

"É um amor pobre aquele que se pode medir."
William Shakespeare

◆

Ayra

Desde o momento em que terminei de me maquiar, a adrenalina está à flor da pele. Tudo em mim grita: É hoje! Não vou mentir: enquanto passava o lápis preto nos olhos, precisei me esforçar muito para não chorar e borrar tudo, mas é de emoção boa... Depois de tanto tempo ensaiando, sonhando, me preparando, chegou a hora!

O Bumbódromo vai tremer. Não só pelas cores do Azul, mas pelo azul da Amazônia, pelo verde do Brasil. É impossível não se emocionar quando está lá. Estou tomada de orgulho e felicidade. Só não me sinto completa porque falta uma coisa. Um alguém, na verdade... Sempre ele: Xavier Monfort. Meu amor, meu *top dos tops*.

Não consegui olhar para nenhum outro cara nesse tempo todo longe dele, mesmo que não tenhamos nem mais trocado mensagens. As mãos coçam, às vezes, com a vontade de curtir uma postagem dele ou enviar um *direct* parabenizando o X_M. Ele está voando alto!

Só que aí vem a parte difícil: vê-lo sempre acompanhado com aquela cantora pop loira, linda, perfeita. Os sites os apontam como casal, embora ele não olhe para ela como alguém interessado. Sei lá. Estou evitando pensar sobre essa merda. Não é por eu ter me mantido fiel que ele tenha um compromisso comigo.

Xavier não parece deslumbrado com a fama. Mostra-se humilde em entrevistas e têm participado de vários projetos beneficentes. Seu pai, por outro lado, tem tentado se aproveitar da fama do filho para fazer mais dinheiro. Sinto um asco profundo por esse homem, sobretudo por conhecer toda a história.

— Ayra, consegue parar de fazer careta? — A voz da minha avó soa. Segura meu rosto com aquela autoridade ancestral de quem leva o grafismo que desenha nas minhas bochechas e queixo como ritual de preparação, e não estético. — Esses traços não podem sair tortos.

Respiro fundo, tentando acalmar o turbilhão dentro de mim

Com cuidado, ela o deixa entreaberto para eu não me mover muito, revelando o top e a calcinha que compõem meu traje. Mas essas não são apenas simples peças; são a minha história com Xavier, transformada em arte. Foi a única maneira que encontrei de tê-lo comigo nesse momento tão esperado por mim.

Sua falta continua sangrando meu coração, todavia, dessa forma o terei perto, e é quase como se pudesse sentir a sua força me encorajando a "detonar" tudo no bumbódromo. Cada detalhe foi feito pelas mãos habilidosas da minha avó, que transformou minhas ideias em algo único. A palheta de todos os tons de azul vibrante domina a minha vestimenta, porém, são os detalhes que a tornam especial.

O top é adornado com miçangas, desenhando vitórias-régias delicadas sobre cada seio. Ao redor das pétalas, pedrinhas brilham como estrelas, um reflexo das noites que passamos juntos sob a luz da lua.

Já a calcinha tem paetês que brilham como escamas de boto sob o sol. Nas laterais, franjas de contas balançam a cada movimento, emitindo um som suave, quase como o murmúrio do tempo que passamos juntos nas águas do Rio Negro.

Enquanto me observo no espelho, toco no colar que jamais tirei. Ele agora integra o adorno indígena azulado que uso no pescoço, criado especialmente para essa apresentação. Quando minha vó termina sua arte, é como se tivesse armado meu rosto com um escudo invisível, forte o bastante para enfrentar qualquer coisa.

— Tua ideia parecia difícil de entender no começo, mas ficou bonita demais, fia. Tô orgulhosa de ti. Nunca se esqueça de que estarei sempre ao teu lado, mesmo quando o mundo te parecer inóspito e cruel.

Sorrio, emocionada.

— Quer que eu chore e borre tudo?

Ela balança a cabeça. Me acompanhará até a concentração, onde me ajudará a terminar de me arrumar. Ao cruzar o portão de casa e entrar no carro que nos espera, sinto o clima da cidade me envolver. Dessa vez, não sou apenas Ayra, uma brincante pronta para ir dançar. Estou pronta para ser a guerreira. A alma do meu boi.

As ruas do bairro da Francesa são um mar azul decorado por bandeirinhas. A cor domina tudo: das janelas das casas de madeira às varandas das mansões. O brilho nos olhos dos mais velhos, os sorrisos das mães que vestiram seus filhos de brincantes, o orgulho se manifesta em cada canto. Tudo é Azul! A cidade está tomada por turistas. A energia é pulsante.

Quando finalmente me encontro na concentração, cercada por todos os itens, pela velha-guarda e pela nossa Agremiação, sinto o peso ainda maior da responsabilidade e da glória. Estamos agora de mãos dadas em oração. Fecho os olhos, sentindo toda a energia e, ao abri-los, vejo as luzes da arena se apagarem uma a uma, mergulhando o Bumbódromo em uma escuridão quase reverente. Apenas o centro permanece iluminado com luzes que formam raízes ao centro

O silêncio que segue é cheio de expectativa. A torcida sabe o que está por vir. O microfone de Enzo, nosso Apresentador, é ligado. Sua voz ecoa poderosa e contagiante:

— Senhoras e senhores jurados e Nação Branca e Azul — cantarola, e o eco reverbera por toda a arena —, o momento mais esperado chegou! É com muito trabalho e orgulho que o boi da estrela na testa, o boi da resistência... entra em cena a partir de agora!

A galera azulada explode em um grito ensurdecedor, mas, ainda assim, sua voz persiste:

— É hora de o Azul mostrar sua força, sua arte, sua história! É hora de todos vocês brincarem com a gente!

Enzo faz uma pausa estratégica, deixando o público na expectativa.

— Bem-vindos ao espetáculo do Boi da Amazônia!

Nesse instante, tudo explode em vida. Os refletores cortam a escuridão, revelando o início de algo épico. Cores vibram, sons pulsam, movimentos hipnotizam – é grandioso, é mágico. Os fogos de artifício rasgam o céu, anunciando o espetáculo, enquanto as primeiras alegorias, imensas e cheias de significado, começam a tomar conta da arena, trazendo com elas as histórias que todos vieram celebrar.

A torcida organizada faz sua encenação, cumprindo seu papel, vibrando com as mãos para o alto, unidas por uma devoção que contagia a todos. É impossível não sentir a emoção invadir o peito, e o arrepio na pele.

Milhares de vozes se unem em uníssono, acompanhando o levantador de toadas, que entra cantando, enquanto os navegantes de guerra, com sua batucada eletrizante e arrebatadora, desfilam enfileirados na arena, impondo presença e comandando o ritmo, conforme escoltam o grande astro da noite: o boi-bumbá.

Não tem chuva nem calor,
Eu amo meu boi Caprichoso,
Meu touro negro vencedor.

A dramatização do espetáculo começa a ganhar forma. Os tripas, escondidos dentro da estrutura, dão vida ao gigante negro, agraciando a galera. Atrás dele, Pai Francisco e Mãe Catirina entram, iniciando a encenação teatral. Os gestos exagerados e as expressões dos dois arrancam aplausos da arquibancada. É como se eles estivessem vivendo a história de verdade: o desejo impossível de Catirina em "comer a língua do boi mais bonito da fazenda", o dilema de Francisco em ir até ele realizar o desejo da esposa grávida.

Entre as incríveis alegorias maravilhosas e gigantes que se entrelaçam aos brincantes, avisto Alice, pronta para entrar na arena como sinhazinha, acompanhada do amo do boi, o "dono" da fazenda.

Ela está simplesmente deslumbrante, a própria definição de elegância histórica amazônica. O vestido branco pérola, com bordados prateados e flores azuis, parece ter vida própria. Agito a galera em volta para insuflar ânimo em minha amiga

Ela caminha ao lado do amo do boi. A energia contagia, e a arquibancada responde com gritos e aplausos que fazem a arena vibrar. Minha garganta aperta ao vê-la coreografando do jeito que ensaiamos juntas, para, em seguida, se aproximar do "boi" deitado no centro da arena. Cada gesto é preciso, carregado de emoção. A sinhazinha o toca com delicadeza, e sua expressão transborda a dor de quem vê algo precioso à beira da morte.

O público vibra e canta, cumprindo mais uma vez seu papel na narrativa. Por um instante, os limites entre a encenação e a realidade parecem desaparecer, e até eu esqueço que tudo isso é parte do espetáculo.

Moara me cutuca, trazendo-me de volta para o presente.

— A mocinha pode abrir os braços?

Faço como pede, estendendo os braços, enquanto uma equipe de apoio a ajuda a colocar a exuberante costeira em mim. Feita de uma estrutura de metal, ela foi revestida com penas ecológicas, plumas e outros materiais decorativos que representam elementos da natureza.

— Tu tá tão perfeita, irmãzinha — murmura com a voz meio embargada. Por mais que tenha seguindo mantendo a pose de durona, sempre percebi que sofreu junto comigo.

— Assim como tu também foi em todos os anos que nos representou, Mô — pronuncio de volta.

— Eu te amo demais, Ayra. Saiba disso, irmã!

Meus olhos ficam turvos e nos fitamos em silêncio por um instante. Fico sem palavras. Sei que ela não quis ser soberba comigo naquele dia fatídico de meu afastamento em relação a Xavier.

— Também te amo. Tu é minha inspiração. Sempre será.

Mesmo com toda indumentária que meu corpo sustenta, Moara me abraça. Então, o aviso chega: é a minha hora! É agora que eu entro no Festival! Meu coração está batendo tão rápido, que sinto como se fosse escapar da caixa torácica. Olho para o céu estrelado e contemplo a altura que o guindaste vai se elevar para me colocar dentro da arena. Meu pai se aproxima com passos firmes, querendo me passar confiança, mas também carregando o peso da responsabilidade.

Ele inspeciona o cabo de aço que a equipe de segurança acabou de prender à minha costeira espaldar com uma atenção e cuidado. A estrutura em forma de estrela foi testada incontáveis vezes, revisada de ponta a ponta pela equipe de engenheiros e especialistas.

— Tá tudo certo, filha. Agora é só confiar no que tu treinou. — Ele dá um passo atrás, analisando outra vez tudo, assim que me posiciono dentro dela.

Comparando aos outros anos, estamos apostando no quesito "surpresa". Junto com meu pai, planejamos uma entrada que ninguém vai esquecer: surgirei no céu da arena, flutuando até o meio da alegoria da canoa de estrela — um símbolo que remete à travessia dos ancestrais, unindo céu e terra. Enquanto isso, o pajé, que assume o papel de líder espiritual da nossa tradição, é invocado no centro da encenação, e realiza o ritual sagrado para a ressurreição do "boi".

Bem, esse é o primeiro ato, já o segundo, nem minha irmã sabe... Só meu pai, a produção e... minha avó.

— Pronta para voar?

— Prontíssima! — confirmo para ele.

Antes de dar o último sinal, ele coloca as mãos no meu ombro e beija a minha testa, como sempre faz quando quer me transmitir calma e carinho.

— Minha garota corajosa. Vai lá e brilha!

O guindaste começa a subir, e lá vou eu. A visão aqui do alto é de tirar o fôlego. Vejo o Bumbódromo em todo o seu esplendor, a arena lotada, as arquibancadas vibrando com a ala mirim.

Os pequenos curumins saem da canoa, e os outros itens indígenas complementam a coreografia que ensaiei por meses. É lindo de se ver e, quando a arquibancada nota o movimento surpresa, os aplausos explodem, misturados a gritos e assovios.

Então, o guindaste começa a descer lentamente, comigo posicionada ao centro da estrela que se acende em neon. A emoção cresce em ondas e a adrenalina toma conta de mim. A estrutura balança levemente no ar, e o barulho da galera é ensurdecedor. O mar azul se levanta como uma única voz, aplaudindo, cantando, nos saudando.

— Numa chegada excepcional. Ela... cunhãããããã-porangaaaaaa!

O apresentador me anuncia e, por dentro, estou uma bagunça: uma mistura de orgulho, e uma vontade louca de chorar de emoção. No entanto, as lágrimas ficam lá, escondidas, junto com o desejo incontrolável de que Xavier estivesse aqui no meio dessa multidão. Ainda que seja um Vermelho fanático, gosto de pensar que ficaria impressionado com a minha estreia.

Se me coube encenar a ressurreição nesta noite, acredito com toda a força que o nosso amor também vá renascer algum dia... E, quando meus pés descalços finalmente tocam o chão pulsante, uma certeza me invade com o som da toada que explode no ar: minha história está apenas começando!

Ela é Munduruku, Tupinambá, Kayapó,
Atroari, Asurini, Zo'é, ela é Sateré,
Hixkaryana, guerreira, poranga-cunhã... cunhãããã!

Xavier

— Numa chegada excepcional. Ela... cunhãããããã-porangaaaaaa!

Sério, não estou acreditando no que vejo. Ayra... Ayra... Tu não fez isso, né? Porra, aparecer do céu? Encarnando a estrela portadora da ressureição do boi-bumbá? E ainda tem a audácia de sorrir. Não um sorriso qualquer, mas aquele — de uma guerreira valente que conhece o seu poder, enquanto o Bumbódromo se levanta.

Pontuação máxima, decerto!

— Os aplausos da galera azul e branca são para ela... é dela... cunhã-poranga — acrescenta o apresentador, enquanto o levantador de toadas canta no fundo:

Ela transforma toda arena em aldeia
Arquibancada enlouquece e incendeia
Ela exalta a herança ancestral
Que vive dentro de você.

A ideia só pode ter partido da minha Pocahontas.

— Imprudente. Maluca!

— Corajosa também — a voz da minha assessora de imprensa soa atrás de mim, carregada de seu sotaque britânico.

Estou aqui, no intervalo do *Tomorrowland*, aproveitando cada segundo para assistir à apresentação dela. A garota que nunca saiu — e nunca sairá — do meu coração.

— Sim, bem destemida! — concordo, desta vez em inglês, sem tirar os olhos da TV enorme do meu camarim, onde coloquei no canal do Azul, no YouTube. Sigo hipnotizado

Queria estar ali... Aplaudindo-a de perto, como todos, em reservado, claro.

— A multidão interage muito. Isso deve ser bom, ou, como você diz, "um espetáculo", né?

— Para o boi Azul, sim. Mas para o meu vermelho, essa inovação da cunhã-poranga é um desastre.

— Por esse motivo famílias rivais, não? — Charlotte pergunta.

— Total!

É engraçado como ela nunca esquece nada que digo. Charlotte está comigo desde os primeiros dias, quando comecei a ganhar destaque, ainda estudando na Point. Com o tempo, ela foi conhecendo um pouco da minha história até chegar ao Reino Unido e, claro, a cultura de Parintins, com todo o folclore que a acompanha.

Dentre toda a minha equipe, apesar de ser bem mais velha, ela é a única com quem tenho uma amizade sincera. É também a pessoa que mais sabe como acalmar as garotas que tentam "tirar uma casquinha" comigo.

— Esse homem, as crianças, todos... fazem parte da etnia dela? — Charlotte pergunta, o rosto franzido conforme acompanha a legenda em inglês na tela. Sua confusão é compreensível; a tradução não deixa claro o contexto.

— Não. — Aponto para cada um na tela. — Aquele é o pajé, um dos personagens centrais do Festival. Ele representa a força espiritual da Amazônia e conduz o ritual indígena na arena. Já aquele é o tuxaua, o chefe da tribo, que simboliza a liderança e a harmonia do povo. Os curumins são crianças de Parintins que torcem para o Azul e participam do espetáculo, assim como todos ali. Tudo isso é teatral, uma celebração artística das nossas tradições.

— E tem a sua cunha, certo? – ela tem dificuldade em pronunciar o *ã* nasal.

Solto uma risada, sem desviar os olhos da *TV* por um instante.

— Sim, a minha *cu-nhã* — pronuncio destacando as sílabas.

— *Cunhan*? — ela tenta repetir, sem muito sucesso.

— Isso. Melhor assim: *cunhã-poranga*.

— Significa moça bonita, né? — ela se lembrou de quando expliquei o significado da expressão indígena. — Ela é mesmo uma moça bonita.

— Muito — exalto, os olhos fixos no cocar imponente que Ayra ostenta na cabeça...

— Está explicado.

— O quê?

— Por que é tão obcecado por essa *cunhan-poranga* e não tem olhos para nenhuma outra. Até eu estou.

Pode até parecer difícil de acreditar, mas me mantive fiel no quesito sexo. Não importa quanto tempo passe ou em que circunstância vamos nos ver de novo, não vou tocar em outra. Não quando meu coração e corpo só gritam o nome dela.

— Te observando aqui, assim roendo as unhas, não entendo o que te impede de procurá-la. Você é um cara tão livre. Está superbem de grana. É dono do próprio nariz...

Charlotte não a conhece. Não a minha guerreira...

— Escrevi para Ayra mais vezes do que consigo contar, mas sempre que ia enviar, refletia que estava sendo egoísta em só pensar no que eu desejava. Tem muita coisa e gente envolvidas por trás, e eu poderia acabar atrapalhando. Aí o tempo passou, e a coragem... se perdeu.

— No seu lugar, com uma deusa dessa, ligaria o foda-se para o mundo.

Eu também. Porra, eu também!

Trocaria qualquer hit para estar com ela. Nesse momento, a estrutura suspensa pelo guindaste enfim alcança o solo. Com os pés no chão, ela dança como quem reivindica a soberania do seu povo originário e a luta deles. Vai de um lado ao outro da arquibancada, com a graça feroz, conduzindo a torcida a se incendiar. O apresentador anuncia:

— A cunhã-poranga mais carismática da história desse festival. Meus jurados: Ayra Tari, a mais ativa e participativa. Ela é a responsável pelo nosso enredo. É o nosso item 9!

Contudo, nenhum discurso faria justiça à Ayra, e ela prova isso quando se curva ao "boi" deitado na arena. Num único movimento fluido, é erguida como se ela própria fosse a alma que o ressuscita.

Então, de forma absolutamente inesperada, Ayra voa. Presa por um cabo de aço que eu não havia notado, ela desafia a lógica e sobrevoa a arquibancada azul, saudando-a. A multidão delira, e a única coisa em que consigo pensar é que, se existisse uma nota mil, seria dela.

— *Oh, my days!* — assobia Charlotte.

É impossível desviar o olhar...

A cunhã flutua no ar em um movimento coreografado com uma precisão assustadora, louvando todos ao bater no peito, com a mão em punho fechado. É então que o cabo a desce suavemente na direção do camarote. Nele, sua avó lhe estende o arco e flecha, simbolizando uma oferenda sagrada. Ela os pega com todo respeito em uma reverência que atravessa gerações. O levantador de toadas canta:

Arcos e flechas disparam
Lanças de guerras cravaram
No chão ao fazer teu caminho pra dançar
Ela é Munduruku, Tupinambá, Kayapó
Atroari, Asurini, Zo'é, ela é Sateré
Hixkaryana, guerreira, poranga-cunhã

Luzes dançam ao redor de Ayra, destacando a expressão determinada e imponente em seu rosto. De volta ao chão, ela se solta do cabo de aço e caminha para o centro da arena, pronta para o próximo ato.

A câmera se centraliza nela novamente. Seus olhos fixos, parecem me encarar pela lente. Então, percebo o colar que usa. Ela não se desfez dele. Perco o fôlego. Quando ela ergue o arco e arma a flecha, a câmera dá um zoom e revela os desenhos de vitórias-régias bordados sobre o biquíni em seus seios.

E ali, diante da declaração mais linda que já recebi na vida, eu juro que não importa mais o espetáculo. Não importam mais as regras. Não interessa para ninguém se eu choro ou não. A única coisa que vejo é ela, a mulher que sempre foi minha, mesmo quando a vida tentou roubar isso de nós.

CAPÍTULO 28

◆

"O curso do amor verdadeiro nunca fluiu suavemente."
William Shakespeare

◆

Sete meses depois...
Ilha de Parintins

Ayra

Quinta-feira é dia de produtos frescos no Mercado Municipal, por isso, fica mais cheio. Se bem que, com o sucesso do nosso Festival, o turismo vem crescendo muito, e acho que não tem dia mais tranquilo para os comerciantes.

Paro na banca de sempre, já separando as frutas da lista. Depois que a vovó começou com problemas de pressão alta, eu e Moara assumimos a tarefa das compras para poupá-la dessas idas e vindas.

Hoje vim sem ela. O problema de sair com a minha irmã é que tem se tornado um exercício de paciência. Como vereadora dedicada, ela não tem dado um passo sem ser parada por alguém. Eleitores surgem do nada, prontos pra desabafar, reclamar ou pedir alguma coisa. E ela, com seu jeito acolhedor, atende todo mundo com atenção genuína.

Isso levou seu partido a anunciá-la como pré-candidata à prefeitura. Foi um alvoroço na política local. A ideia agradou tanto que várias coligações já estavam sendo costuradas. A primeira mulher cogitada para governar a cidade abalou os bastidores do atual governo. O partido no poder, que já havia anunciado Alcino Cardoso como candidato, simplesmente viu a popularidade do homem se reduzir drasticamente.

A guerra que está sendo formada. E como se a situação já não fosse tensa, Moara recebeu uma ligação anônima de um homem alegando ter denúncias graves para compartilhar.

Papai pediu para ela tomar cuidado, pois, acredita que isso pode ser tanto uma distração como armadilha da oposição.

Enquanto coloco as uvas pretas, bananas e taperebá nas sacolas, entregando-as ao dono da banca para pesar, fico reflexiva

— Sozinha, hoje? — Ademir pergunta, claramente interessado em minha irmã.

— Moara tinha sessão extraordinária na Câmara.

— Ah... Sempre tão ocupada, né? Não tem tempo nem para um açaí com um amigo.

O coitado arrastaria um caminhão de frutas por ela, mas a compromissada vereadora nem dá bola. Na verdade, não dá trela para ninguém.

— Tu devia tentar de novo — sugiro, só para mexer com ele.

— Acha que aceitaria?

— Não, mas vai que dá sorte — dou de ombros, sincera.

Ele ri, meio sem graça. Ademir não faz meu tipo, por ser bem mais velho que eu, mas até que é bonitão. Charmoso, também. Fico pensando sobre Moara e sua muralha emocional. Sempre puxo assunto a respeito, mas ela desconversa e joga aquela frase que virou lema: homens são distração, e agora não posso pensar nisso.

Agora. Mas e antes? Já até me questionei se algum dia ela teve que abrir mão de um grande amor. Eu a entenderia muito bem. Passo momentos do dia pensando em Xavier, quando não sonho. Setecentos e trinta dias assim. Égua... Se passou tanto tempo!

Após o Azul ter se consagrado mais uma vez campeão, percebi que, mesmo na vitória, existe um tipo de vazio que não se preenche nem com um milhão de aplausos. Depois do Festival, os dias ficaram mais tranquilos. O vazio estranho no peito se intensificava.

Para distrair a cabeça, comecei a focar no Tik Tok. O algoritmo me abraçou, e os vídeos viralizaram mais rápido do que antes. Era gente me seguindo, comentando, compartilhando... Uma loucura!

Não dou mais conta de responder todo mundo. Mas, no meio dessa explosão, uma seguidora, em especial, chamou a minha atenção. Charlotte. Nome chique, né? Ela deixou uma mensagem logo depois do Festival em um story:

Parabéns! Assisti ao festival com uma amigo especial. Ela é seu maior fã.

O português dela era todo esquisito; depois descobri que era gringa. Agradeci a mensagem. Acontece que a seguidora não parou por aí. Durante os meses seguintes, continuou comentando e insistindo em mencionar "o amigo". Até que, um dia, veio a bomba: O tal amigo era, na realidade, seu assessorado: Xavier.

Quase morri.

Ele vinha acompanhando toda a minha trajetória como influenciadora. E, iludida ou não, minha esperança voltou com tudo. A ideia de escrever para ele já tinha me ocorrido mil vezes. Mas sempre que rascunhava algo no direct do X_M, apagava antes de enviar. A insegurança sempre ganhava.

Foi Alice que, com seu jeito sagaz e brutalmente honesto, me deu um empurrãozinho e sugeriu que eu tentasse contato por meio de Charlotte. Seu conselho ficou martelando na minha cabeça por vários dias. Finalmente, cedi: enviei uma mensagem para Charlotte:

Parabéns pela vitória no American Music Awards e pelo top 5 dos melhores DJs do mundo. Parintins está feliz com essa conquista do X. O talento dele merece esse reconhecimento.

É óbvio que reescrevi várias vezes antes de encaminhar, mas, ao fazer, fiquei olhando para tela, com o coração disparado. É isso: minha primeira jogada para ele saber que também o acompanho de longe.

— Prontinho, Ayra! É só isso, hoje? — Parado atrás da banca, Ademir me puxa de volta à realidade. — Está tudo pesado e embrulhado. Coloquei uns muricis de brinde pras meninas Tari se refrescarem com um suco nesse calorão.

— Valeu! Vou contar para a minha irmã sobre o presente. Quanto ficou a minha conta?

Ajeito as alças para distribuir o peso nos braços, quando um grupo de meninas me aborda. Elas são minhas fãs do TikTok. Também me reconhecem do Festival. Um burburinho se forma em volta de mim. Mais pessoas se aproximam.

Entre selfies e conversas rápidas, me esquivo para a barraca de hortaliças, onde o movimento é menor. De repente, ouço alguém falar ao meu lado:

— A irmã na política, tu no TikTok... As cunhãs vão dominar o mundo.

O comentário é casual e, ao mesmo tempo, cheio de intenção. Então, eu me viro para ver quem está falando comigo e me deparo com Elias, tio do Xavier. O coroa bonitão me encara com uma expressão amigável.

— Tá vendo? A gente já começou pela ilha. Se não estou enganada, o senhor não é o tio do Xavier?

— Tem boa memória — o homem murmura e começa a escolher hortaliças também, sem olhar muito na minha direção, como se quisesse disfarçar e não ser notado ao meu lado. — Sempre quis te dizer que nunca vi meu sobrinho mais feliz do que no período em que estavam juntos.

Meu coração se aperta, como se algo ali dentro tivesse dado um solavanco.

— Os pais sempre podaram os sonhos dele, mas tu fez Xavier sair do casulo — pontua, sem me olhar. Mas, infelizmente, encontraram um jeito de prendê-lo dentro da própria liberdade. Dá pra acreditar numa merda dessas? Livre e preso ao mesmo tempo.

Franzo o cenho, começando a ficar intrigada com a direção da conversa.

— Não dá, não — consigo admitir, porque, no fundo, não dá mesmo. — Mas o que o senhor está tentando me dizer?

— Estou dizendo, Ayra, que o Xavier foi embora porque te fizeram acreditar que desistir dele era o único caminho.

— Como assim?

— Fui eu quem levou a minha sobrinha à sua casa naquele dia. Não sei o que ela te contou. Só consigo deduzir que foi alguma merda para fazê-la desistir de Xavier e...

Ele faz uma pausa e olha para os lados, antes de concluir:

— Não havia nenhum curso de DJ planejado para ele até aquela manhã. Tudo foi arranjado naquele mesmo dia, às pressas, para tirá-lo da ilha e de perto de ti. Passagem área, matrícula, hospedagem... Tudo do jeito que só o dinheiro pode agilizar.

— Não... — balbucio, sem conseguir compreender. — Não pode ser.

Meu corpo fica fraco, e eu não sei se seguro as sacolas ou se as deixo cair. O peso da realidade me derruba. A raiva, a impotência, a revolta... vêm todas juntas.

— Era tudo mentira? — sussurro, a garganta apertada. — A mãe dele... ela me usou? Jogou com o que eu sentia pelo Xavier me fazendo... me fazendo deixá-lo ir?

— Eu soube de tudo, Ayra. Quando voltei para casa deles, ouvi minha sobrinha fazendo outras ligações. Conversando com Aprígio, afirmando que a separação ia acontecer sim, e que a vida de Xavier ia ser virada de cabeça para baixo. Foi aí que entendi o que estava acontecendo. O circo todo estava armado. Eles haviam descoberto que vocês tinham passado a noite juntos.

— E tu não fez nada para impedir? — a pergunta sai sem querer, a dor evidente na minha voz.

Elias olha para mim, e posso ver o sentimento de culpa nos olhos dele. Depois, abaixa a cabeça, como se fosse difícil falar aquilo em voz alta.

— Existem favores que são maiores que qualquer pena de morte, Ayra. — O seu tom é grave, cheio de uma melancolia que me deixa ainda mais confusa. — Eu sabia o que estava acontecendo, mas... não era algo que podia interferir. Quando outras situações dependem de ti, às vezes, não se pode fazer nada, mesmo quando se quer muito.

As palavras dele me atingem como uma avalanche. Posso imaginar que exista mesmo muita merda por trás dessa família, mas a dor de ter sido manipulada, de ter sido usada como uma peça num jogo sujo me rasga por dentro.

Xavier ficaria para lutar por mim. Saber disso me faz querer gritar alto. Eles realmente conseguiram nos separar. Dois anos sem nenhuma palavra!

Perdemos muito. Oh, meu Deus, perdemos tanto!

— Vocês não foram os únicos prejudicados naquele dia. Fui demitido e afastado do círculo em volta do excelentíssimo Aprígio Monfort, porque apoiei o namoro de vocês. Desde então, tenho trabalhado apenas no meu tilheiro.

— Sinto muito que tenha perdido seu emprego por nossa causa.

Elias se vira e me encara agora.

— Não sinta. Já tinha passado da hora de eu seguir meu rumo longe daquela gente.

— Nesse caso, bom para ti.

— Tem visto o sucesso de um certo DJ?

— Tenho. Eu sabia que X_M chegaria longe.

— Será que me sobrou crédito para te contar um segredo?

— Se for outro igual ao anterior, acho que tenho um treco aqui.

— Fiquei sabendo que ele será a atração surpresa e principal do *Lollapalooza*, no próximo final de semana.

Meu coração recomeça a saltar com a revelação. Caraca! A organização estava mantendo o maior suspense sobre essa atração. É o Xavier?!

Lembro-me de ter corrido para olhar a programação assim que foi liberada, cheia de esperança de que ele viesse tocar pela primeira vez em seu país, mas, quando o nome não estava lá, a decepção foi como um balde de água fria. E, agora, descobrir isso?

— Poxa, que pena saber disso só agora. Até onde sei, os ingressos estão esgotados.

— Bem, eu recebi dois ingressos para um camarote VIP. Não vou poder ir, então, me avise se quiser dar um uso adequado para essa cortesia.

Eu não sei se ainda estou respirando, mas algo dentro de mim parece ter se congelado por um segundo. Meu coração bate tão forte, que parece querer sair pela garganta. Meus olhos se enchem de lágrimas, de pura felicidade. Cada palavra da oferta se repete na minha mente, como algo que não posso recusar, de jeito nenhum.

Eu vou!

— Tu me daria os convites?

— Devo isso a vocês. Passe no tilheiro depois para pegá-los.

Ele sorri, um sorriso empático, talvez até um pouco cúmplice, e, com um aceno, se vira. Contudo, antes de desaparecer entre os transeuntes, ele se volta para mim de novo:

— Tenho duas passagens cortesia também. Regalias de ter um sobrinho famoso.

Eu rio sozinha, sem acreditar no que o seu tio está me dando, e tudo que consigo ouvir é o som do meu coração, batendo forte, ansioso.

Com as mãos tremendo, continuo pegando hortaliças, mas já não enxergo nada à minha volta. Tudo o que sinto é a expectativa, o coração acelerado e uma emoção crescente, que se espalha por cada parte do meu corpo. Eu nem sei mais onde estou, ou o que estou fazendo.

Setecentos e trinta e sete dias. É isso! Eu vou ver o amor da minha vida de novo.

E nada vai me impedir dessa vez!

CAPÍTULO 29

◆

"Não o duvides, todas essas dores nos servirão ainda unicamente para doces deixar nossos colóquios."
Romeu e Julieta – William Shakespeare

◆

Uma semana depois...
Lollapalooza, São Paulo

Xavier

Quase seiscentos shows tocando pelo mundo, botando multidões para pular, mas nada, nada mesmo, se compara a isso: minha primeira apresentação no Brasil. Minha estreia em casa! Interlagos está lotado!

— Que cenário absurdo! — comemoro com a minha equipe, sem acreditar no que estou vendo. Meu coração está a mil. Parece que vai explodir!

Porra, nunca imaginei que veria algo assim! A multidão está invadindo até as ruas ao redor, parece que o país inteiro veio para esse evento.

O helicóptero sobrevoa o autódromo, girando em círculos, enquanto o piloto se prepara para pousar. Estamos em uma verdadeira via-sacra... Saímos do aeroporto em voo de mais de dez horas dentro do avião, um jato moderno que comprei há dois meses para facilitar a minha locomoção e cumprimento da agenda.

Viemos direto para cá, em cima da hora, do meu último show da turnê na Europa. Assim que pisamos em território brasileiro, não tivemos tempo a perder, e o helicóptero foi o único meio de transporte de chegar aqui a tempo, sem atrasar mais a programação. Enquanto observo a pista lá embaixo, sinto o corpo pesar pela exaustão, mas a adrenalina compensa qualquer cansaço.

— Caralho, olha esse mar de gente! — Solta o William, meu técnico de som, com a cara grudada na janela.

— Brother, dá pra sentir a vibe daqui de cima, está todo mundo pronto pra explodir junto com o X-M — responde Billy, técnico de iluminação.

— Mano, isso vai ser gigante! — completa Alex, o técnico de vídeo e único brasileiro na minha equipe, com ar de quem já sabe que vai rolar algo histórico. — Observem e aprendam aí, seus cu trava linguiça, nosso país sabe transformar um evento em algo que jamais viram!

Além da minha equipe técnica, estão comigo Max Biller, meu agente, Pharrell West, meu empresário — os caras que colocaram meu nome ao lado dos maiores da música mundial, e Charlotte, minha assessora de imprensa, recentemente promovida à assessora pessoal.

— É destino ou coincidência dizer que hoje, exatamente hoje, faz dois anos que me mudei pro Reino Unido? — comento, buscando alguma conexão simbólica com o momento. Max e Pharrell trocam olhares céticos antes de responder, cada um à sua maneira.

— Temos uma tendência natural de enxergar conexões quando algo está no nosso radar, mas, acredite, não é destino. São seus números que estão te trazendo de volta — Max fala com a calma de quem já viu de tudo nesse mercado, onde coincidências raramente são surpreendentes.

— Concordo. No mundo da música, o que não envolve números ou fama é só um detalhe secundário. Ou você acha que, para um evento desse porte, eles arriscariam anunciar uma atração surpresa sem saber que seu nome era o mais pedido pelo público? Foi uma aposta calculada. Eles sabiam que você entregaria algo memorável no palco principal. — Pharrell, sempre direto e pragmático, completa o raciocínio.

Fiquei surpreso quando os organizadores do evento me procuraram com essa proposta de ser uma atração surpresa. Depois de tantos pedidos do público, eles resolveram arriscar. Pelo que meu empresário apurou, o evento já estava com vendas sólidas, mas não explosivas. Então, decidiram instigar a audiência. Como ainda não estava certo se eu conseguiria ajustar minha agenda, criaram o conceito da atração surpresa para testar a reação.

Confesso que fiquei inseguro no início, mas esses dois caras me convenceram a aceitar. Afinal, era uma oportunidade de ouro para consolidar minha conexão com o Brasi. Tudo indicava que, após este show, seria oficializada uma turnê pelo país. Por fim, acabei gostando da ideia.

— Já até penso em algumas coisas para trabalhar o marketing do X_M: DJ brasileiro retorna às suas raízes dois anos após deixar seu país e escreve seu nome em grande estilo — Charlotte comenta com um tom de leveza, como se fosse algo óbvio, mas a forma como ela fala me faz a olhar de soslaio, abrindo um sorriso discreto.

Conheço bem essa mulher. Não é no marketing que está realmente pensando. Ela sempre foi ligada a essas coisas de horóscopos. E, claro, um dia cometi o erro de contar sobre o lance da numeróloga. Pronto, nunca mais perdeu a chance de insinuar que eu e Ayra estamos mesmo destinados, entrelaçados pelo universo e por qualquer coisa que essas teorias digam.

Certa ou não, uma coisa posso garantir: estou cem por cento ansioso para reencontrá-la em Parintins. A verdade é que o convite para voltar ao Brasil chegou no momento exato, quando eu já cogitava arrumar um jeito de retornar. Meu peito parecia comprimido por duas forças opostas: a saudade esmagadora da mulher que amo e o peso das dúvidas.

Ela ainda me ama? Será que pensou em mim nesse tempo em que ficamos longe? Rogo a Deus para que tenha me esperado, mesmo sem termos trocado uma única palavra. Terminando aqui, já vou pegar o jato imediatamente para casa. Porra, como senti falta do meu país, e do lugar mais bonito do mundo, a minha ilha natal. Andei muito e posso dizer, sem qualquer sombra de dúvidas, que Parintins é imbatível! Por lembrar da ilha, outra pessoa me vem à mente.

— Charlotte, tu conseguiu falar com meu tio Elias? — O coroa é avesso a telefones e tecnologias.

— Não foi fácil, como você avisou. Mas sim, ele recebeu os convites e estará no camarote.

Assinto em silêncio, feliz que ele veio. Além de Ayra — que eu duvido que aceitaria um convite meu para estar aqui —, meu tio era a única pessoa realmente importante que eu queria que estivesse presente. Mesmo com pouco contato nesses anos em que estive fora, nunca deixei de compartilhar com ele cada conquista, cada perrengue. Sempre foi o meu confidente, mesmo à distância.

No fundo, também me sinto aliviado por ninguém mais saber da minha presença. Não terei que lidar com rostos que prefiro evitar, especialmente esta noite. É cruel admitir, mas nem mesmo meus pais eu quero por perto agora.

Com tudo o que dizem estar acontecendo em Parintins, é melhor que descubram que estou de volta apenas quando já estiver lá. E isso, claro, só depois de eu vir Ayra. Porque ela que não se engane: quando souber que estou no Brasil, dará de cara comigo. Não vou medir esforços para encontrá-la! Tudo isso é por ela. Para ela!

◆

Ajeito a jaqueta de couro personalizada, adornada com o emblema da minha marca: X_M. Há seis meses, uma das maiores grifes do mundo me convidou para licenciar produtos exclusivos para o público masculino — roupas, acessórios e até perfumes. O sucesso foi imediato. Nunca imaginei que, além da música, meu nome pudesse se tornar uma marca tão lucrativa.

Sim, eu consegui. Tudo pelo que lutei e sonhei se tornou realidade. Agora só me falta a garota que me incentivou a acreditar em mim mesmo. Respiro fundo, encaro meu reflexo no espelho do camarim. Cabelos bagunçados, olhos determinados. A adrenalina é uma velha conhecida, percorre minhas veias, enquanto o agito do evento ecoa lá fora. Charlotte abre a porta para me chamar.

— É com você agora, X!

Sinto uma mistura de expectativa e energia bruta. É por isso que faço o que faço e suportei a solidão por tanto tempo, mas balanço a cabeça em descrença quando a minha assessora não perde a oportunidade de trazer aquele apelido à tona, no seu português errado.

O apresentador, com a voz amplificada até o último decibel, solta a bomba. O silêncio que me acompanha é pesado. Ninguém sabe o que está por vir, mas o clima já é de expectativa máxima.

— CHEGOU A HORA, LOLLAPALOOZA! PREPAREM-SE PARA A NOSSA ESTRELA PRINCIPAL DA NOITE!

A multidão explode em um grito ensurdecedor. O som reverbera, e minha pele arrepia. Não há volta agora. O show vai começar, e eu sou a surpresa que vai incendiar a noite.

— O palco principal vai tremer! Ele é daqui do Brasil! Ele é nosso, galera! ELE É... X_M!

A explosão de gritos que ouço é ensurdecedora. Eu faço o sinal da cruz rapidamente e dobro a esquina, pulando para o imenso palco.

— Fala, galeeeeeera! — saúdo, correndo para a beirada, procurando o calor do público. A multidão vai à loucura quando um dos meus primeiros remixes toca nas caixas de som, e tudo parece tremer, realmente.

— X_M! X_M! X_M!

Eles gritam, assoviam, ovacionam, e eu juro, meus olhos ardem de emoção. Caralho, acho que vou chorar!

— Boa noite, São Paulo! Boa noite, minha linda Parintins! — grito com um orgulho sem igual inundando meu peito. — Boa noite, meu Brasiiiiiil!

Eles respondem com mais gritos, assovios, "ovações" e eu corro de volta para a minha mesa de som. E, então, eu faço uma das coisas que mais amo no mundo: música.

— Prontos para quebrar tudo comigo esta noite?

Pergunto ao microfone, não parando de acionar os botões e comandos com a mão direita. Quando o mix de *Fuego*, em parceria com Alok, é ouvido, a explosão da multidão me faz rir de orelha a orelha.

— Gostam desse cara? Eu também! Alok, tu é foda, cara! — falo diretamente para a câmera me filmando. A galera não para de gritar conforme vou introduzindo meus remixes no som original.

A próxima música é a meu carro-chefe, *O Amor Está no Ar*. A ovação é ensurdecedora, viciante, excitante.

Nesse momento, desvio a atenção da frente para os camarotes dos lados do palco. Um flash de cabelo escuro como a noite chama a minha atenção. Ela está de costas, muita gente ao redor, enquanto dança desenvolta.

Meu coração para quando noto as formas familiares daquele corpo tão sensual, tão malditamente perfeito, que chega a doer olhar. Usa um conjunto de shorts preto e regata com brilhos, o suficiente para acender cada parte do meu corpo com desejo. Meus olhos caem para a bunda linda e redonda, rebolando com um atrevimento que só ela tem, desafiando o mundo sem perceber. Porra...

Ofego, meu corpo inteiro enlouquecendo na expectativa. Como é possível ela estar aqui? Como é possível que, depois de dois anos, ela ainda consiga me deixar completamente fora de controle só de aparecer diante de mim? Continuo olhando-a, torcendo para que se vire de frente, para que eu confirme o que meu instinto já sabe: é ela!

Como se ouvisse e sentisse minha reação angustiada aqui embaixo, ela se vira de frente e levanta o rosto. Está ainda mais linda do que me lembrava, como se o tempo tivesse sido generoso só para me torturar ainda mais. Então, é Ayra quem canta agora para mim, os olhos presos nos meus, me desafiando, me queimando, como se soubesse exatamente o que está fazendo comigo:

Eu sou seu amor
E de você nunca vou me separar
Me programei para vida inteira não me interessar
Por outros sentimentos e carinhos que não sejam seus...

Maldição, sei que é só o verso da música, mas Ayra cantando só para mim confirma o que sempre senti: ela continua sendo minha. A cada refrão ela se declara para mim.

Ela está aqui... Ela veio...

CAPÍTULO 30

◆

"O verdadeiro nome do amor é cativeiro."
William Shakespeare

◆

Ayra

Meu coração está saltando tão forte, que fico tonta. Ele bate tão alto que o som da música parece distante, abafado pelo caos que sinto dentro de mim. Mesmo assim, eu não paro de dançar. Danço para ele. Para o homem no palco que me viu no camarote, como se pudesse sentir minha presença.

— Vocês acham que estão prontos para o que vem agora? — A voz dele explode nos alto-falantes, rouca e poderosa, carregada de autoridade. — Porque, porra, eu esperei muito tempo para tocar aqui. E vocês... vocês vão sentir cada batida! Vão me sentir dentro de vocês!

Os olhos do DJ que estou louca para ver de perto intercalam a atenção entre mim e a interação com seu público, que endeusa seu som, voltando a cruzar com os meus e, de novo, tudo para ao redor.

— Já tiveram alguém que nunca saiu da sua cabeça? — ele diz entre músicas, o tom maliciosamente grave. Meu coração dispara. — Aquela pessoa que é como uma batida que não para, mesmo no silêncio? — Ele ri, rouco, enquanto a multidão grita, mas seus olhos encontram os meus. — Esta é para ela.

Meu corpo vibra. É como se ele tivesse acabado de arrancar todos os seus segredos dentro de si e jogado no meio da multidão.

— Não importa o que o mundo diga, ninguém pode mudar o que é nosso — cantarola de repente, quase como um sussurro, mas que corta o público e chega a mim.

Meu peito está comprimido pelo medo do desenrolar desta noite, porém o orgulho por ele e tudo o que conseguiu borbulham. Ainda assim, o desejo é mais forte. Minha admiração não me sustenta agora.

— Eu estou me mimando vindo a esse show contigo, mana! — exclama Alice ao meu lado.

A energia é contagiante. Ele toca várias músicas, uma atrás da outra, e já estou suada, o corpo entregando tudo à empolgação do momento. Alice não fica atrás, rindo, dançando, como se o mundo lá fora não existisse.

Então, em um momento de pausa, sou surpreendida por um garçom se aproximando com uma bandeja impecável e duas taças. O líquido dentro brilha sob as luzes, rosa e convidativo, cujos drinks são apresentados como Cosmopolitan.

— Não pedimos nada — aponto, desconfiada. A voz de Moara ecoa na minha cabeça: "Nunca aceite bebidas de estranhos, especialmente nesses lugares."

— São cortesia da organização do evento, senhorita — o garçom sorri, sem vacilar, e pega um papel dobrado sobre a bandeja.

Ergue-te, ó sol resplandecente, e mata a lua invejosa, que já está fraca e pálida de dor ao ver que tu, sua sacerdotisa, és muito mais bela do que ela própria.

Meu coração dispara. Reconheço as palavras imediatamente de Romeu e Julieta.

Meus olhos voltam para o palco, mas Xavier não me olha agora. Ele está concentrado, movendo-se com precisão quase hipnótica, conduzindo o som e o público como um maestro rege uma sinfonia. Um sorriso bobo e feliz se abre em meu rosto. Uma pontada de esperança nasce dentro de mim

— Obrigada — agradeço e tomo um gole para acalmar os nervos. Alice pega o seu também, quase saltitando.

— Louvado seja Romeu! — ela gargalha, tocando a taça na minha. — Se uma pulseirinha neon VIP já me fazia desejar ser amiga da Julieta o resto da vida, imagina agora, mana! Eu viro imortal e ainda trago Shakespeare nessa comigo!

Rio, mas minha atenção volta para o palco. Eu me debruço sobre a haste de metal do parapeito do camarote, os olhos buscando Xavier, e sou impactada ao encontrá-lo me encarando. O ar sai dos meus pulmões de uma vez. É como se aquele olhar me atravessasse, cada pedaço de mim exposto para ele.

Levanto a taça em agradecimento, um brinde mudo, esperando que ele entenda tudo o que quero dizer sem palavras. Ele faz o mesmo com sua garrafa d'água e sorri daquele jeito que amo.

◆

— Eu esperei por isso, por esta noite. Vocês não têm ideia do quanto sonhei com esse momento. — Pausa, olhando na direção do camarote, seus olhos rapidamente cruzando com os meus. — Mas devem imaginar... Como eu quis esse momento.

Ele está arrebatador em calça jeans, camiseta branca e jaqueta de couro. Cada detalhe do seu visual grita "poder", autoconfiança. Quando anuncia a próxima música, eu o vejo retirar a jaqueta e jogá-la sobre a bancada ao lado da mesa. Engasgo. Meu olhar se prende nos bíceps bem definidos, nos ombros largos, no abdome reto que se insinua por baixo da camiseta. Não sou só eu que gostei disso; os gritos femininos ecoando no local são prova suficiente.

Xavier toca mais três músicas. Meu corpo está no limite, exausto, mas não paro. Cada segundo vale a pena, porque estou aqui por ele. Para ele. Quando anuncia que será a última, meu coração sobe à garganta. O medo me invade de novo, pesado como uma âncora. E se eu não conseguir vê-lo? E se tudo acabar aqui, assim?

— Valeu, galera! Muito obrigado por me receberem com tanta empolgação! Porra, já rodei o mundo, mas tocar pela primeira vez em meu país foi especial. Vocês tornaram isso foda demais!

Rio da sua despedida linda e emocionada. Ele segue conversando e agradecendo a todos, seus olhos não vêm para mim em nenhum momento agora, e o medo se intensifica. Acabou? É isso? Não o verei a sós? A mera possibilidade esmaga meu coração.

No instante seguinte, uma voz feminina com um sotaque gringo, tão charmoso quanto inesperado, me faz girar nos calcanhares.

— Ayra Tari? — Olhando para trás, reconheço Charlotte. Ela não é apenas a assessora do Xavier; é uma visão que mistura estilo e atitude. Tatuagens coloridas dançam por seus braços expostos, piercings brilham na sobrancelha, e no cabelo, um corte assimétrico dá o toque final ao visual que grita: ousadia e estilo!

— Sim, sou eu — respondo, tentando não parecer deslumbrada ou algo do tipo, após receber tantas mensagens dela durante os meses que se seguiram.

— Xavier me pediu para te buscar e levar ao seu camarim.

Eu quase desmaio ali mesmo. Ele quer me ver. Céus, é óbvio que quero ir até o X, mas um receio de não saber o que dizer diante dele me paralisa.

— Tu não seja nem louca de negar um convite desses, Ayra! — Alice dispara do meu lado, como se tivesse lido os sentimentos loucos pulsando dentro de mim.

— E minha amiga? — pergunto, a voz já um pouco trêmula, enquanto tudo em mim vibra com a iminência de reencontrar Xavier.

Charlotte vira a cabeça na direção de Alice, os olhos analisando-a de cima a baixo, sem esconder um interesse estranho que surge nos seus olhos.

— Se não se importar em ficar alguns minutos sozinha, eu posso cuidar dela depois. E garantir que tenha a melhor experiência no camarote. — Sua voz, propositalmente lenta e sedutora, faz Alice levantar as sobrancelhas, como se tivesse acabado de descobrir algo inusitado quando Charlotte pisca para ela.

— Égua de mim, moça! Tu tem noção que, se ela piscar desse jeito diferente de novo, eu me teletransporto pro meio do público com um Cosmopolitan na mão e um salto quebrado? — Alice rebate baixinho, só para mim.

Eu pigarreio, enquanto minha amiga resolve transformar a cena em um episódio de comédia romântica.

— Alice! — sussurro, tentando disfarçar o incômodo de cochichar, a inglesa segue com o sorriso simpático e inabalável, como que estivesse alheia ao comentário, mas provavelmente ouvindo cada palavra.

— Então? Podemos ir? — pergunta ela, com um toque de impaciência mascarado pelo sorriso profissional.

— Tudo bem para ti, Alice?

Ela me dá um empurrãozinho discreto.

— Vai logo, Julieta. E deixe que Mercúcio[14] se vire comigo!

Então, eu saio. Meu coração está um caos. Cada passo que dou ao lado de Charlotte me aproxima de Xavier, e a expectativa é quase insuportável. Olho para trás, vendo Alice lançar um último olhar avaliador para a assessora, como se tentasse decifrar algum mistério que só ela percebeu.

Enquanto isso, a gringa me guia com passos firmes e elegantes. Tento focar nos corredores por onde passamos, mas a verdade é que meu coração parece que vai sair pela boca a cada instante. O desejo me consome, e a proximidade iminente de Xavier é como um incêndio que cresce dentro de mim.

Por favor, que ele ainda me queira! Que este momento seja tudo o que imagino... e mais!

[14] Melhor amigo de Romeu.

CAPÍTULO 31

◆

"Minha generosidade é tão ilimitada quanto o mar.
Meu amor é tão profundo, quanto mais te dou,
mais tenho, pois ambos são infinitos."
Romeu e Julieta – William Shakespeare

◆

Xavier

Alguns minutos atrás, eu ainda tentava digerir a armadilha de Charlotte e meu tio. Substituí-lo por Ayra no camarote foi um golpe baixo, mas exatamente o tipo de coisa que eles fariam. Ainda assim, tenho que admitir: o impacto foi... devastador.

Parado diante do reflexo na janela, vejo meu semblante tenso, mas por dentro... tudo em mim queima. A expectativa de que ela vai entrar por aquela porta a qualquer instante me consome.

Dois anos sem Ayra. Dois anos revivendo aquela última noite e carregando o peso de um "adeus" que nunca aceitei.

A porta se abre devagar, e, antes mesmo de vê-la, sou atingido pelo perfume que me destrói e completa ao mesmo tempo. Um aroma que me arrasta direto para o passado, para nossa noite de amor, quente, a pele suada...

— Xavier...

Minha espinha enrijece ao som da sua voz. Ela sempre soube dizer meu nome como a promessa de todas as coisas proibidas. Tudo que quero reviver. Meu instinto é virar imediatamente, mas não o faço. Preciso de um segundo. Um segundo para reunir o que resta de mim antes que ela tome tudo de novo. Quando resolvo, viro-me devagar, deixando o silêncio preencher o espaço: ali está ela.

Cada centímetro como eu lembrava, mas ao mesmo tempo, malditamente mais tentadora. A postura ereta, a altivez do queixo... Mas os olhos? Ah, os olhos entregam tudo. O mesmo brilho desafiador, a mesma faísca que sempre fez meu mundo virar de pernas para o ar. Bastou olhá-la de perto para que meu corpo inteiro voltasse à vida. O sangue corre denso e feroz em minhas veias.

— Então, é real. Tu está aqui. Aquele show que deu lá no camarote... era pra mim?

— Pelo jeito tu voltou mais "garantido" do que nunca, hein?

— E tu continua "caprichosa" — retruco num desafio claro, quase hostil. — Mas sabe o que eu quero mesmo entender?

— O quê?

— Como conseguiu ficar longe de mim por dois anos sem se quebrar?

Sua respiração vacila.

— Eu me quebrei, Xavier — sua voz sai instável. — Só que isso não importa mais, importa?

— Não importa? Importa mais do que imagina. — Me aproximo.

— Xavier...

— Em algum momento nesses dois anos, tu se arrependeu de desistir de nós? — Coloco minha mão em sua cintura.

— Isso quase me destruiu.

— Acredita que só tu se quebrou? — Minha mão desliza pela sua cintura, sobe pela curva das costelas. — Vivi um inferno, Ayra.

Não sou mais o garoto que saiu de Parintins, e não há nada que me impeça de lutar por nós. De lutar por tudo que tiraram de nós.

— Um inferno que te levou aonde sonhou.

— Tentei me reconstruir, pedaço por pedaço, queimando tudo que me lembrava de ti... Mas olha só onde estou agora. De volta ao lugar do qual nunca consegui me desvencilhar. — Meu polegar roça sua pele, firme o suficiente para que sinta o controle que nunca perdi. — Desejei tua pele. Me torturei com tua ausência. E odiei cada segundo de tudo isso... porque, no fundo, tu continuou sendo minha. Mesmo quando tentou não ser.

— Não tive escolha na época. Juro.

— Ah, claro. Foi fácil fingir que eu nunca existi, enquanto se preparava para ser a cunhã-poranga?

Seguro seu queixo fazendo-a me encarar. Tão guerreira. Todo esse tempo, não consegui parar de pensar nos sacrifícios que ela fez. Ayra mantém a cabeça erguida, embora esteja tremendo ao meu toque.

— Tu não sabe de nada, Xavier. Não sabe do que fui... O que eu tive que suportar. E do quanto quis estar contigo, em cada maldito dia nesses dois anos!

A raiva dela finalmente explode, e eu quase rio satisfeito. Essa é a Ayra que conheço. Tô num redemoinho de emoções. Raiva, mágoa por ter sido covarde há dois anos, mas, por cima de tudo isso, há o amor; a paixão avassaladora me come vivo.

— Então me diga. — Puxo-a para mais perto. — Me diga, Ayra. Por que tu me deixou? Por que foi tão covarde, caralho? — Paro, a voz falhando. — Por que não lutou por nós?

Observo seus olhos se encherem de algo que eu não consigo decifrar.

— Me diga que ainda há algo aqui — instigo, encostando a testa na sua. O tom agora mais alterado e dolorido: — me diga que não acabou!

Ela não responde. Não precisa. Posso ver as lágrimas escorrerem. Antes que possa decidir entre a verdade e a mentira, capturo seus lábios com os meus, tomando tudo de que ela me privou.

A agarro pela nuca me deleitando com a sua língua, chupando-a de boca aberta, lambendo seus lábios, tocando o céu da sua boca. Eu a beijo fora de controle, com gosto de saudade, de modo que os únicos sons que libera são gemidos estrangulados e salgados por suas lágrimas.

O nosso amor, que esteve congelado no tempo, e que agora está voltando à vida.

Ayra

Seu gosto me invade e esquenta meu corpo inteiro, como uma febre. Feroz. Desesperado. Xavier me beija como se quisesse arrancar todo o tempo que nos separou com a boca, e pudesse castigar minha língua por cada segundo que passei longe dele.

Seu cheiro, seu toque, a forma como me pressiona contra ele... são sufocantes e viciantes. Ele sempre soube como me levar ao limite. Minhas unhas cravam em sua nuca, puxando seus cabelos curtos, meu corpo se rendendo, mas também exigindo dele.

— Talvez tu nunca me perdoe... nem acredite. — Minha voz vacila, porém, não recuo. — Tive medo de nunca mais te ver assim, na minha frente. Tive que abrir mão de ti para que o X_M se tornasse o que é hoje... nunca foi por causa do meu título de Cunhã.

Ele me observa, o olhar faiscando incredulidade, a expressão oscilando entre descrença e uma raiva contida. Solta um suspiro pesado, e sei o que está pensando.

— Essa decisão era minha. Eu teria ficado e lutado por ti.

— Eu sei.

Meu coração dispara mais. A respiração vai fundo. O cheiro âmbar e amadeirado que emana dele me envolve como um afrodisíaco poderoso, enquanto sua presença avassaladora me encarcera.

— Ser cunhã aconteceu porque me enterrei no curral, porque cada ensaio, cada apresentação, cada vitória foi a única forma de silenciar a vontade desesperada de largar tudo e correr atrás de ti. Eu me tornei o que sou, Xavier, porque era a única maneira de sobreviver sem ti.

Mais lágrimas enchem meus olhos emocionada por passar um filme na cabeça.

O rosto não é mais de um adolescente. Há uma barba bem aparada que o deixa ainda mais sexy e viril, conforme roça pelo meu pescoço. E é por esse amadurecimento que não posso contar tudo. Não agora. Se eu lhe disser que fui chantageada pela megera da sua mãe, que não foi uma escolha... o que nos restará depois disso? A mágoa, o ressentimento, a raiva... o momento em que estamos tendo desmoronaria. Não. Essa verdade pode esperar. Ela não estará no meio do nosso reencontro. Por ora, carrego esse peso sozinha.

— O que faço contigo, Ayra?

A ponta do nariz dele desliza pela minha bochecha, e o contraste entre sua barba e minha pele sensível me faz arfar. Em outras épocas, eu bancaria mais a orgulhosa. Diria algo cortante e me afastaria para conseguir um espaço da tortura excitante, mas esse novo Xavier não é mais aquele menino. Ele quer a minha rendição.

— Me santifica, talvez?

— Te santificar? É última coisa que eu faria agora... — Seu tom cai para uma nota de arrepiar, com uma promessa crua e erótica.

Seus dedos deslizam rente ao meu decote com desenvoltura. Meus mamilos pressionam seu peito, os seios pesam pelo tesão pulsando em minhas entranhas.

— Mas sabe o que é foda?

Pergunta com voz cada vez mais rouca e profunda. Olhos fixos no meus. Choramingo, negando com a cabeça, enquanto sua carícia deliciosa e quente continua, porém agora sobre os bicos pontiagudos e doloridos dos meus seios.

— Eu chorei quando teu nome ecoou como cunhã, porra. Vibrei na tua primeira entrevista. Assisti a cada segundo da tua ascensão brilhante. E quase enlouqueci por não estar lá para te reivindicar no final.

Então, sua mão sobe lenta, predatória, até o meu pescoço. Aperta. Me prende contra a parede em uma asfixia que não só me domina — me consome, me intoxica..

— Eu nunca te larguei para trás.... Nunca. Ia dormir e acordava com tua página aberta no TikTok. Passava as madrugadas revendo cada vídeo teu, cada sorriso que já não era meu, Pocahontas...

Meu peito se comprime, e os olhos turvam quando ouço a forma como ele me chama. Sua boca roça meu rosto sem pressa, a respiração pesada, entrecortada.

Pensei que fosse chegar aqui e a primeira coisa que faríamos, assim como Romeu e Julieta, seria um correr para os braços um do outro para matarmos a saudade. Mas Xavier ressignificou Romeu, e está me provando que nem o copo de veneno que bebeu por mim foi capaz de matá-lo e impedi-lo de me mostrar o quanto me ama.

— Não faz ideia do inferno que foi viver sem ti, minha amazona, mas eu juro... se tu ainda for minha, nem os demônios vão te tirar de mim de novo.

É como se quisesse gravar suas palavras no meu corpo.

— Foda-se o que passou... te amar nunca foi uma escolha — sussurra.

Arfo, envolvendo-o pelos ombros, puxando-o com desespero.

—Meu coração é todo teu...

— Só tu, Ayra Tari... Só tu... Para me fazer amar dessa maneira tão intensa e fodidamente linda, porra.

Sua boca encontra a minha com violência faminta, dentes e língua reivindicando tudo que já foi dele. O impacto me rouba o fôlego, me atira direto para a voracidade daquele menino que voltou homem. Mais forte. Intenso. Um predador que não aceita nada menos que me ter por completo.

— X...

— Sim, porra... Eu sou o teu X... Eu sonhei com isso toda maldita noite. Sua voz, seu cheiro, seu gosto... me perseguiram.

Ele desce a boca pelo meu rosto, pelo pescoço, e eu arquejo quando ele me prende com mais força.

— Meu amor...

Xavier fecha os olhos por um segundo, um músculo pulando em sua mandíbula, antes de voltar a me encarar. Seu olhar é puro incêndio, misturando luxúria e algo mais profundo.

— Estou morrendo de tesão e fome de ti... Já tem tempo demais pra mim... Não estive sexualmente com ninguém depois de ti, Pocahontas.

Meu coração dispara como se fosse explodir. O ar me falta. Seus olhos seguram os meus, cravando sua verdade dentro de mim.

— Eu... Também não estive com ninguém. Continuo sendo só tua. Sempre tua.

— Caralho...

Nossas bocas se chocam outra vez, mais famintas, exigentes. Prazer absoluto vibra em todas as terminações nervosas do meu corpo. Nós nos devoramos esfomeados, as línguas se enrolam, nos lambemos, chupamos e mordemos. Arranho seus ombros por cima da camiseta, puxo os cabelos da nuca. Ele puxa o meu também. Uma palmada dura cai na minha bunda.

— Precisamos conversar, mas faremos isso depois. Agora eu preciso foder a minha garota, ou vou gozar nas malditas calças.

Para o beijo e me gira de costas para si, com rapidez. Em seguida, enfia as mãos pelo comprimento do meu cabelo, que está caindo quase até a bunda.

— Você deixou crescer mais. Tão lindo! — elogia e enfia o nariz entre as mechas, cheirando-me. Convulsiono inteira pelo toque e o som da sua voz. — Você inteira é linda, porra. Eu nunca tive qualquer chance de escapar...

As mãos pousam em meus ombros. Um som deleitoso sai da minha garganta. Afasta o cabelo para o ombro esquerdo. A boca gostosa e morna chupa a lateral do meu pescoço e minhas pernas ficam bambas, minhas entranhas se transformam em lava pura. Necessidade absurda lateja em meu núcleo, meus seios ficam mais túrgidos e pesados. Seus lábios deslizam em minhas costas, enquanto vai descendo as alças da regata.

Meus montes são desnudos e um som de puro deleite sai da minha garganta quando as mãos os agarram com posse, amassando-os gostoso, tomando-me de volta para si...

Xavier

— Ah, sim, sim... — Ayra balbucia, arqueando-se, oferecendo-se inteira, e porra, isso me deixa ainda mais ensandecido para fodê-la.

Só experimentei essas sensações uma vez, porém, nunca fui capaz de esquecer. Raspo as unhas em seus seios macios, bem do jeito que ela amava no passado. E, mostrando que também não é mais nenhuma menininha tímida e inocente, sopra quase inaudível:

— Me machuca, X. Me toma de novo, meu amor.

Eu emito um som de pura satisfação pela sua entrega e puxo seu cabelo com mais força, arrancando-lhe um gemido baixo e arfante. Mordo-a forte na nuca e ela grita, enquanto tremores vibram por todo o corpo escultural. Eu rio, uma mescla de tesão e indolência conforme continuo empurrando a sua regata para baixo.

Meu pau tá babando nas malditas calças pela sensação de tocar sua pele nua. Abro o zíper do seu shorts e o empurro junto com a regata pelos seus quadris e coxas. Os tecidos caem num amontoado a seus pés. Agarro a bunda durinha e arrebitada, amassando os globos com força. Não me contendo, dou um tapa duro na esquerda. Bato do outro lado, torno a pegar seus cabelos da nuca, puxando-o com a rudeza que é própria minha e que ela apreciou em nossa única noite.

— Que saudade da minha garota — sussurro perversamente ao seu ouvido —, saudade da minha putinha gostosa.

— Ah, droga, X... — reclama, mas a maneira como a respiração fica pesada diz o que preciso saber: ela ama essa merda chula e degradante.

Acaricio a cinturinha fina, gemendo rouco, uma mão desce e se enfia entre suas coxas. O som que sai da sua linda boca é de rendição total a mim. Esfrego os lábios melados da bocetinha quente por cima da calcinha empapada. Sem vergonha, Ayra estende a mão para a minha braguilha e apalpa a extensão do meu pau, duro como uma barra de aço. Nossos olhares nunca se deixam conforme afasto a borda da calcinha e passo a esfregar as dobras gotejantes. Minha menina atrevida abre meu zíper e puxa o eixo longo e grosso para fora, gemendo com ganância.

— Eu preciso sentir o seu gosto antes... Sonhei com isso por dois anos inteiros...

— Caralho, Pocahontas. — Não me contenho e dou um tapa leve na sua carinha afogueada. Convulsões a assaltam inteira em resposta ao gesto de luxúria e depravação. Meu olhar e sorriso cínicos ampliam antes de bater na outra face. — Nada me deixaria mais feliz do que arrombar a sua linda bocetinha agora — sussurro com aspereza. — Deve estar virgem de novo depois de tanto tempo... Mas, se a minha menina quer mamar antes, quem sou eu para negar seu desejo — provoco com o sorriso sacana e perverso, então, dou o comando: — de joelhos. Caralho, eu vou amar sentir essa boquinha linda no meu pau.

Obedece e não acredito que vai realizar uma de minhas fantasias com ela. Não tivemos tempo há dois anos. Fomos separados cedo demais. Ayra se coloca de joelhos à minha frente. Ainda estou todo vestido e isso deixa o clima ainda mais lascivo, hedonista. Levanta o rosto e entreabre os lábios, lambendo-os bem devagar. Solto um grunhido, enquanto a observo massagear meu pau. Está babando na ponta.

Segura-o pela base e se aproxima mais, esfrega a cabeça grossa nos lábios carnudos, e eu juro, estou com medo de gozar bem aqui. Desliza o nariz pelo eixo e pelas veias, como uma fêmea reconhecendo o seu macho. Isso me lança em um frenesi de lascívia. Dou um puxão forte em seu cabelo e ela se assusta no primeiro momento, então, acaba rindo, provocando-me, a safada. Levanta o rosto e me encara fixamente antes de lamber a ponta. Solto um grunhido alto, primitivo.

— Vamos, porra, ou vou te fazer sofrer sem pena esta noite — forço-me entre seus lábios, esticando-a e ela deixa, abrindo a boca em meu eixo grosso.

Animada pelo meu prazer, ela me engole mais, esfomeada, chupando-me bem fundo na garganta. Meu tamanho a faz engasgar, porém, atrevida, engole o máximo que consegue. Seus olhos queimam nos meus, a mão em seu cabelo nunca ameniza e começo a foder sua doce boquinha. Vai e vem. Dentro e fora. Seus olhos lacrimejam e transbordam, as lágrimas rolam pelas faces rubras, enquanto mama meu pau gostoso pra caralho.

Estendo a mão livre e acaricio seu seio esquerdo, puxo o mamilo com delicadeza, depois com força perversa. Ela geme, entalada, luxúria do mais alto grau está estampada em seu lindo rosto. Se torna mais e mais gananciosa, chupando-me com força, levando-me quase todo, ainda que machuque a garganta.

— Ah, porra, assim, amor, chupa o meu pau. Tu é a minha mulher. Toda minha.

Seguro sua cabeça com as duas mãos e fodo a boca com vontade. Meio bruto, firme, gostoso. Ayra acaricia minhas bolas, obtendo um rugido alto em resposta. Minhas estocadas se intensificam. Ranjo os dentes, falando o quanto sonhei com isso: ela mamando meu pau. Incho em sua boca e então, perdendo completamente o controle, começo a esporrar em sua garganta. O som animalesco que faço ao gozar chega a me assustar.

Meus rosnados se juntam aos seus gemidos e choramingos, e ela engole cada gota da minha porra viscosa como se fosse a bebida dos deuses. Mais lágrimas escorrem pelas faces, um misto de prazer, amor, entrega sem medidas. Meus impulsos vão perdendo a força, então, eu me retiro devagar e a puxo para cima, o olhar preso à boca linda e deliciosa. Os lábios estão inchados pelo óbvio atrevimento em querer me chupar inteiro.

— Minha Pocahontas... Onde diabos aprendeu a chupar assim?

— A internet está recheada de informação, senhor DJ famoso.

— Ah, Deus, como senti falta dessa sua língua esperta.

É um beijo mais lento agora, uma recompensa pela sua entrega e empenho... Levanto-a pela bunda e ela me abraça com as pernas. Eu a carrego para perto de uma mesa de escritório no extremo do camarim, perto da parede. A deposito na beirada e permaneço entre suas coxas. O beijo nunca para e nos devoramos em chupadas e lambidas tão famintas, que chegam a ser obscenas. Passeio as mãos, acariciando-a, reconhecendo seu corpo inteiro. Ombros, seios, bunda, cintura, coxas.

Ainda estou duro, embora tenha gozado instantes antes. Nossa paixão aumenta aos poucos no beijo. Sugo a sua língua devagar e depois a lambo eroticamente. Seu corpo continua quente, incendiando pela necessidade de gozar também, e ela vai, de preferência comigo enterrado bem fundo. Com um som mais urgente agora, Ayra pega a barra da minha camiseta e a puxa para cima e por sobre a minha cabeça. Nossas bocas se deixam apenas um nanossegundo e se chocam de novo.

Estremece ao sentir meus músculos tensos sob seus dedos. As mãos tremem conforme me toca. Também estou do mesmo jeito, na mesma emoção, no mesmo compasso. Um coquetel de amor, tesão e arrebatamento, me jogam na lona.

— Deite-se — comando. Sem discussão, minha linda garota obedece no mesmo instante.

Completamente rendido e deslumbrado, meus olhos a percorrem, famintos, primitivos, apreciando cada centímetro do seu corpo nu. Enfio os dedos pelo seu cabelo e o espalho sobre o tampo da mesa.

— Magnífica, maravilhosa, porra! Ainda não acredito que estou contigo outra vez. Abra as pernas e apoie os pés na beira da mesa.

Ela faz mais uma vez, sem reclamar. Ergue as pernas e apoia os pés, ainda calçados nos tênis, na beirada. Sem pressa, subo as mãos pelas panturrilhas firmes, provocando-a com calma calculada. Quero-a desesperada por mim, como estive todo esse maldito tempo por ela. Chego às coxas e começo a sovar a carne, prendendo o seu olhar intensamente. As pontas dos meus dedos tocam a calcinha encharcada, acaricio o tecido. Ela resfolega, estremecendo sobre a mesa.

Subo uma mão pelo ventre, amassando a pele macia e deliciosa até alcançar o seio direito e o agarrar com força. Geme, arqueando-se. Meu coração salta com tanta força que fico zonzo, meio que fora de órbita.

— Olhe para mim, Ayra. — Meu tom é exigente, engrossado. Ela o faz.

Sem quebrar nosso contato visual, me inclino, enfiando a cabeça entre suas pernas e deslizo o nariz por todo o seu monte, inalando-a antes de lamber e chupar a calcinha melada. Tremores a percorrem. Um grito de susto ecoa no recinto quando rasgo bruscamente a calcinha. Então, abaixo a boca esfomeada em sua carne nua e pulsante.

— Ahh, X...

— Caralho, que saudade dessa bocetinha linda.

Esfrego o polegar em seu clitóris. Ela arfa, geme, uma fina camada de suor já brotando na linda pele bronzeada. Começo a lamber entre suas dobras, enfiando a língua pela costura, e fico em um vai e vem delicioso. O creme grosso está gotejando da vulva vermelha.

Começo a fodê-la com os dedos, bem devagar, levando-a bem perto de gozar, uma, duas vezes, e depois paro, deixando-a ainda mais descontrolada. É o seu castigo. Faz sons de protestos e abro o costumeiro riso sacana, cínico, puxando os dedos, deixando apenas as pontas e massageio a "pequena noz" responsável por grande parte do prazer feminino. Eu espalho seu monte de nervos e puxo a parte mais sensível para fora, então, a chupo gostoso e firme.

— Eu quero você dentro de mim, droga! Vem, por favor! — implora, a ânsia pelo orgasmo acabando com seu orgulho.

— Vai gozar assim primeiro, preciso dessa boceta bem lubrificada para que eu possa arrombar você profundamente. Goza, Ayra. Você me pertence!

Não aguentando mais, minha Pocahontas grita escandalosa, as mãos pegando minha cabeça enfiando os dedos nos cabelos densos. Puxa-os, gozando, arfando, sem fôlego. Levanto sua bunda por baixo, passando a esfregar seu centro molhado em meu rosto, enquanto a observo convulsionar e se sacodir com violência. É como se fosse desmaiar de tanto prazer.

Esguicha em minha boca. Não paro de sugar, meus olhos presos aos dela o tempo todo. Volto a chupar o clitóris sensível e inchado e ela arqueja. Eu a devoro sem trégua. Quando está dando sinais de ter outro orgasmo, a deposito de volta na mesa. Introduzo um dedo na vulva quente, pegando os líquidos.

Estão escorrendo para a bunda. Olhando-a fixamente, deslizo o indicador até o cu. Fica tensa no mesmo instante. Os cantos da minha boca tremulam num meio sorriso safado e lascivo. Me abaixo, escancarando mais as coxas firmes, e ela se desfaz em meus braços, gemendo alto com a lambida lá, no seu pequeno orifício... Lambo deliciosamente lento, voltando a esfregar o clitóris, arrancando gemidos, mas também sons tensos, que mostram seu receio por eu estar brincando nessa área...

— Relaxa, não faremos nada que não queira, Pocahontas. Nunca. Tem a minha palavra — murmuro, e minha garota corajosa acena. Seu semblante me diz que, se eu quiser, faremos isso em algum momento.

— Confio em ti. Com preparação, podemos fazer tudo... — ousa dizer.

— Tu é foda pra caralho

Ayra geme baixinho e acena, entregando-se sem reservas para mim de novo, como fez no passado para aquele adolescente sonhador. Subo e deslizo a língua em seu clitóris, com movimentos lentos e provocativos. Dou um tapa forte na bundinha perfeita, então, sondo seu cuzinho com um dedo. A encaro com promessas luxuriosas. Fico assim, lambendo seu monte de nervoso e esfregando seu pequeno buraco.

Um som de protesto involuntário sai da sua linda boquinha. Eu rio, cínico e indolente, sabendo que a minha garota não vai demorar e me dar tudo. Ela é muito responsiva, gostosa demais. Me ergo, começando a me despir da calça e me livrando dos sapatos. Ela, atrevida do jeito que é, se apoia nos cotovelos para me observar na tarefa, o olhar lindo passeando por cada músculo.

Ombros, peitoral, abdome bem definidos, e descendo para o meu pau absurdamente duro, ansiando para se afundar nela. Meu riso arrogante amplia ao ficar nu e orgulhoso na sua frente. Seu corpo inteiro sacode apenas me observando e isso me faz rosnar. Me aproximo de novo, me debruçando sobre seu corpo pequeno e trêmulo sobre a mesa.

Pego meu eixo, masturbando-me para cima e para baixo. Ela choraminga e lambe os lábios, já inchados por seu atrevimento de antes. Caralho, como foi gostoso tê-la mamando em mim pela primeira vez. E encher essa boquinha carnuda com a minha porra, foi mais do que sonhei. Quase desmoronei com o gozo. Decidido a não demorar mais para entrar em sua boceta, me encaixo entre suas coxas e esfrego a cabeça bulbosa em seu clitóris já sensível, em seguida, passo a bater. Arqueja, a expressão tão esfomeada quanto a minha. Eu me alinho, gemendo rouco e me esfrego entre suas dobras vermelhas e quentes.

Seguro-a pela bunda por baixo e procuro seu rosto, travando nossos olhares. Então, meto nela num único golpe. Duro, profundo. Ayra berra, convulsiona sem controle. Um misto de dor e prazer se espalha em suas feições lindas. Molha, pulsa, lateja à minha volta, chamando meu nome em abandono. Eu chamo o seu também, num rosnado primal. Está tão esticada em meu eixo que sei que é quase demais para ela.

— Ah, caralho... Não tem ideia do quanto estava louco de vontade de sentir essa boceta apertando meu pau outra vez.

As penetrações profundas a sacodem inteira. Sons irreconhecíveis saem de nossas bocas, enquanto a como sem dó agora, forçando-a receber meu pau até o talo, rasgando-a gostoso até o fundo. Vou até os seios durinhos e os agarro, gemendo guturalmente; meu olhar desliza pelo corpo bronzeado e escultural. Lascivo, desço até a vulva vermelha e gulosa engolindo meu pau. Puxo seus mamilos entre os dedos com perversão, em seguida, rolo as palmas das mãos sobre eles, com delicadeza.

Não resistindo, mordo forte seu ombro direito, na junção com o pescoço. Ela grita e convulsiona inteira. A boceta pulsa mais pela dor e o prazer dos meus dentes cravados em sua pele. Mantenho uma mão sobre seus pulsos e com a outra volto a agarrar seu pescoço pela frente. Aí as coisas ficam mais loucas e intensas, eu a fodo, olhando-a sem piscar, arrombando-a toda. Levo o rosto bem próximo ao dela, o nariz deslizando pela face rubra, inalando o cheiro que me perseguiu por longo dois anos. Tudo sobre ela está gravado em mim, profundamente.

Deposito beijos suaves, que contrastam com a maneira como a estou fodendo. Mordo a maçã do seu rosto em seguida. A pego pela bunda, tirando-a da mesa. Ayra se segura ágil em meus ombros.

— Me abrace com as pernas, Pocahontas — exijo, retirando-me até a metade e a abaixo com força, empalando-a até as bolas.

Ela aperta as coxas em volta de meu quadril, fazendo-me rosnar alto pelo prazer dos seios se colando em meu peito. Nossas peles suadas deslizam juntas, numa dança sincronizada e magnífica. É como se nunca tivéssemos nos separado. Abro bem as bochechas do seu traseiro, com um rugido gutural, rasgo sua pequena boceta em meu eixo.

Nossas bocas se aproximam, arfando, os olhares nunca se deixam enquanto fodemos ensandecidos. Ela se deixa empalar com golpes duros e profundos. Sei que dói me levar tão fundo, só que essa posição proporciona ao mesmo tempo uma fricção reconfortante da minha pelve em seu clitóris. Eu a sinto se aproximando cada vez do orgasmo e quero fazer desse terceiro o mais arrebatador.

— Ah, merda, que gostoso! Me come com força, X. Isso... — implora completamente perdida em nossa luxúria. Sinto-a ficar mais macia e molhada por dentro e sei que vai gozar. — Sim, sim... Eu te amo tanto! Tanto... — declara uma e outra vez, as unhas se enterram em meus ombros e arranha. É doloroso e gostoso pra caralho.

— Porra, Ayra... É isso, minha gostosa... — incito-a, empalando-a de modo cruel em meu pau. — Assim, dá essa boceta apertada para eu comer, minha putinha deliciosa. Tão malditamente perfeita! — digo ao seu ouvido e ela solta um ganido escandaloso, sendo rasgada sem dó.

Me embainho em sua vulva faminta vezes sem fim. Ela me chupa como sua boca fez antes, então, entra em convulsão, berrando e gozando no maior escândalo. Porra, como é linda! Seu creme molha todo o meu pau e fico mais insano.

Não paro de a empalar enquanto as ondas do clímax a arrebatam. Não demora, um urro assustador sai da minha garganta e começo a esporrar em seu canal agredido. O som que emite é ainda mais escandaloso ao receber a minha porra, as convulsões nos arrebatam juntos. Chupo seu pescoço e mordo seu ombro do outro lado. Ela estremece, emitindo sons lindos de prazer e rendição e morde meu ombro também.

Então, nossas bocas esmagam na outra de novo, urgentes, apaixonadas. Nós nos devoramos esfomeados, gozando, gemendo, nos beijando e fodendo como animais, perdidos um no outro.

Ando com ela enrolada em mim, atravessando todo o espaço e a deposito em um amplo sofá de couro preto. Pego seu pé esquerdo e, com lentidão sexy, retiro o tênis. Beijo o pezinho inteiro, meu olhar dentro do seu, fazendo-a arquejar. Faço o mesmo processo com o outro pé.

Tombamos exaustos e sem fôlego. Nos agarramos bem apertado, suados e respiramos entrecortado. A lassidão pós-coito e o cansaço pelo show me fazem bocejar. Ayra ri baixinho e boceja também, o som lindo e esgotado. Nossas mãos passeiam lentamente pelo corpo um do outro, reconhecendo o território tão familiar e amado. Nossas respirações vão se normalizando até que suspiramos em uníssono.

— Estou tão orgulhosa de ti — murmura, depositando beijos suaves por todo o meu peitoral.

— E eu de ti, Pocahontas. Estava linda demais em sua primeira apresentação de cunhã-poranga — murmuro de volta, e ela levanta a cabeça para me encarar, os olhos de chocolate mostrando surpresa pelo que acabei de dizer. — Sim, assisti depois do meu show no Tomorrowland. Porra, senti tanto orgulho, amor, mas também tristeza por não poder estar lá, como havia planejado fazer.

— Eu assisti ao teu primeiro show em festivais também — confessa com uma expressão linda, cheia de amor e o mais profundo orgulho. Ela foi a minha força motriz para chegar tão longe. — Tu tava tão lindo. Eu chorei com medo de que esse mundo louco da música o tirasse para sempre de mim.

— Nunca! Está me ouvindo? — Pego seu rosto dos lados, olhando-a com firmeza e sinceridade. — Nunca houve esse risco, Ayra. Sabe por quê? Eu fui, mas meu coração ficou em Parintins, contigo.

— X... — Sua voz é tão baixinha e emocionada, os olhos vão ficando brilhantes de lágrimas. Segura meu rosto dos lados também, e aproximamos nossas bocas. — Foi assim que me senti esses dois anos, sem o meu coração, porque ele foi com você...

Mas agora nosso momento chegou. Finalmente. Estou pronto para reivindicá-la de uma vez por todas. De todas as formas possíveis, ela será minha. Para sempre.

CAPÍTULO 32

◆

"Que doce o som de prata faz na língua dos amantes à noite,
tal qual música langorosa que ouvido atento escuta."
William Shakespeare

◆

TRÊS DIAS DEPOIS...
SÃO PAULO

Xavier

Eu me aproximo da parede de vidro na lateral de uma das suítes mais luxuosas do hotel Rosewood. O uísque desliza quente pela garganta, enquanto meu corpo ainda vibra da última rodada de sexo com Ayra. Três dias trancados aqui dentro, sem distrações, apenas o que importa: eu e ela. Meu cheiro está impregnado em sua pele, o dela na minha,..

Minha equipe remanejou Alice para cá também, um cuidado para deixar Ayra mais tranquila. Elas vieram sozinhas para o show, mas agora estão sob a minha proteção. Seguras. Embora mostrasse cautela, seus belos olhos estavam brilhantes de entusiasmo pela proposta que fiz de passarmos a semana aqui. Longe de tudo que nos separa na ilha. Apenas nós dois e o nosso amor, nossa conexão sendo renovada.

— Uma semana, Ayra. Sem telefone, sem trabalho, sem interrupções. — reforcei o pedido.

— Simples assim?

— Sim. Só eu e tu, esquecendo a porra do mundo lá fora.

— E tu está querendo se aproveitar disso?

— Só de ti.

Nós meio que já estamos fazendo isso, na Van direto para cá, Ayra não saiu do meu colo, foi apertado ter seus shorts posto de lado, enquanto tinha meu zíper aberto, foi gostoso pra caralho. Depois, de quatro apoiada no sofá, após apresentar a suíte para ela, enquanto tinha seu cabelo mais longo e lindo do que nunca enrolado no meu punho. A posição favorita do meu pau. E, desde que arranquei sua roupa por inteira, nua e mais gostosa do que poderia ter ficado; eu a fodi no chuveiro, na cama, no chão, sem resistir a ela, nada mais importou.

Estou mais que pronto para assumi-la diante de qualquer um. Vamos precisar estar unidos para essa batalha. Vamos precisar de toda a força para enfrentar nossas famílias. E, agora, em especial, o clima está mais quente em Parintins, com as convenções dos partidos para a próxima eleição a prefeito. A tensão parece mais acirrada: meu pai apoia totalmente Alcino contra Moara na candidatura à prefeitura.

Mas dessa vez? Nada vai nos afastar. Podem espernear, tentar, mas Ayra é minha. Que todos se fodam com suas mentes fechadas! Vou me casar com ela! Sei do seu compromisso como cunhã-poranga e do peso que carrega nos ombros. Foi por isso que me afastei antes, dei espaço para que brilhasse. Só que não vou ficar longe agora. Vou me encaixar nesse meio, fazer parte do seu mundo e vice-versa. E ninguém — nem do boi Vermelho, nem do Azul — poderá nos acusar de traição ou vazamento de informações. Nada mudará o que sentimos pelos bois e nossa fidelidade. Mas o nosso amor? Esse não será posto à prova.

Abro a porta da varanda para o ar fresco esfriar a cabeça, enquanto aguardo minha garota terminar de se arrumar. Esse hotel é magnífico, digno de onde quero que ela esteja. Vou colocar o mundo aos seus pés, e ela só precisa entender e aceitar isso. O quanto antes. Quero Ayra comigo, frequentando os melhores lugares, vestindo o que há de mais caro e sofisticado que cada centavo que conquistei lhe ofereça. Ela sofreu junto comigo por cada um deles.

O barulho suave dos saltos batendo no piso de mármore puxa minha atenção. Viro a cabeça, olhando por cima do ombro. Todo o meu corpo sente o impacto da sua presença. É uma reação crua e visceral, um arrebatamento que só Ayra provoca em mim. Ela caminha pela sala como se ainda estivesse com os músculos latejando do que acabamos de fazer. Gosto que sinta cada marca que deixei na sua pele, o rastro da minha boca, dos meus dentes, das minhas mãos.

— Enfim, pronta — sussurra, erguendo as mãos e pousando-as em meu peitoral. Enrolo o braço livre em sua pequena cintura e a puxo com posse, colando nossos corpos.

— Perfeita.

Abaixo a boca na sua, selando nossos lábios num beijo intenso, que ela faz questão me receber, quente, ávida, só que sinto como se quisesse esconder algo de mim, perdendo-se no beijo. No entanto, eu a conheço bem demais. Então, sou eu quem separa nossas bocas e a observo bem de perto. Minha testa encosta na dela, a respiração pesada contra seus lábios.

— Ei... — murmuro, os dedos deslizando pela sua nuca. — O que foi que ofuscou o teu olhar?

— X...

— Não esconda nada, Pocahontas. Eu vi. Quero saber.

— Talvez não seja o momento. Não gostaria de estragar nossa primeira noite saindo juntos.

— Ela já estará manchada se eu souber que tem algo entre nós.

— Eu fui enganada logo depois que voltamos de Juriti — pronuncia por fim, e eu junto as sobrancelhas em confusão momentânea.

— Enganada? Como assim?

Ela pega o celular de dentro da pequena carteira que combina com seu traje sofisticado. Seleciona algo e me mostra a tela. É uma mensagem sua, enviada no dia em que saí às pressas da ilha, muito perto do horário em que recebi sua renúncia. Meu peito aperta assim que começo a ler. Não é a mesma mensagem que vi antes.

— Essa foi a primeira mensagem que te enviei, Xavier — sussurra, com voz dolorida. — Tu não respondeu nada, e quem apareceu na minha porta foi a tua mãe.

— Minha mãe na tua casa? Que porra é essa que está me falando? Eu não li essa mensagem.

Pego meu celular e rolo a tela até o topo, com o coração martelando na garganta. Tento puxar na memória, mas nada me vem à mente. A não ser que... Não. Não pode ser. Deduzo que minha mãe a apagou naquele dia fatídico, enquanto eu tomava banho.

— Está aqui. — Mostro as mensagens que ainda tenho. Não existe essa mensagem.

— Seu tio Elias acredita que a dona Mariana viu alguma coisa no teu celular — Ayra confirma o pior, e eu fecho os olhos, cego. — Então, ela juntou com a descoberta de que passamos a noite juntos e, por isso, foi me procurar.

Ayra vai me contando os detalhes, e as peças começam a se encaixar.

— Que merda de pais eu tenho!

— Minha intenção não é causar intriga entre vocês, mas tem algo que tu precisa saber — Ayra diz, séria. — Ela me disse que tu já estava com tudo acertado para ir estudar e testar a carreira de DJ. E deixou bem claro que, se eu insistisse em ficar contigo, só estaria atrapalhando o teu futuro e tu desistiria de ir por minha causa.

— Dona Mariana se superou.

Sinto um ódio frio subir pelo meu peito. Isso não é só manipulação. É traição.

— Me diga que ela não foi ardilosa desse jeito?!

Balanço a cabeça incrédulo, enojado.

— Agora, eu tenho certeza... infelizmente, tenho. Sinto muito — murmura, a voz embargada. Seus olhos brilham com lágrimas, e seus dedos suaves tocam meu rosto, ao me alcançar de novo. — Com todas as vantagens que tua mãe me disse que tu teria, como eu poderia ser egoísta? Fui forçada a abrir mão de ti e do nosso amor pelo teu bem, X. Queria que tu fosse grande, e mostrou que podia ser. Naquele momento, tua mãe tinha razão. A gente estava apaixonado demais para conseguir se separar.

— Ayra... — Seu nome escapa dos meus lábios quase como uma prece. — Me perdoa, meu anjo... Me perdoa porque te odiei no primeiro momento. Me perdoa por ter te chamado de covarde por ter desistido de nós. Tu tem razão em uma coisa... Nós éramos inocentes e fracos. Agora não mais.

Encosto minha testa na sua.

— Chegaremos à ilha juntos, no meu jato. Vamos foder quem nos fodeu, simples assim, Pocahontas — completo com raiva, a determinação renovada. — Eles terão que nos aceitar. Não vamos recuar dessa vez, meu amor. Não vamos.

— Eu te amo e quero estar contigo — sussurra com olhos angustiados. — Mas, antes, prefiro falar com a minha família, Xavier. Não posso chegar no jato dos Monfort como se os sentimentos dos meus não significassem nada.

— Ok. Quando quer falar com eles? — A voz sai baixa, o coração se agitando de novo. — Eu também quero falar com eles. Quero que saibam que não sou apenas o meu sobrenome. Sou o homem que te ama e que vai te fazer feliz.

Ela suspira, me olhando com um misto de ternura e preocupação.

— Em algum momento, sei que vão te amar por isso. Só que tem muita coisa por trás, meu amor. E não vai ser impondo nada a eles que vamos vencer essa batalha. Precisarei conversar com eles sozinha.

Franzo a testa, não gostando disso.

— Está dizendo que ainda não está pronta para mim?

— Não. Estou dizendo que, assim que chegar a Parintins, a primeira coisa que farei será contar para eles que estamos juntos de novo. Que respeito a opinião deles sobre o passado das nossas famílias, e que não aceitarei que condenem nosso amor e a minha decisão de estar contigo. E é só por isso que não vamos no mesmo voo.

— Porra, odeio essa merda, Pocahontas — sibilo beirando à irritação, respirando fundo. — Aceito sua decisão... Mas o voo ainda será comigo. O jato é meu.

Ela estreita os olhos e eu dou de ombros.

— Uau. Comprou um jato?! Tu é um caso perdido, sabia? — revira os olhos, mas o canto da boca se curva em um sorriso.

— Sabia tanto quanto sei que tu é minha — rio como um bobo e declaro: — Meu grande amor, a mulher da minha vida, Ayra Tari.

— X... — meneia a cabeça, os olhos lindos transbordando de emoção. — Tu também é o meu grande amor, o homem da minha vida, esteja ciente disso.

Puxo uma respiração ruidosa, beijando-a faminto, seguro seu rosto, disposto a protegê-la do que quer que tentem nos tirar. Chupo sua língua com força, saboreando cada gemido que escapa de seus lábios.

Agarro seu traseiro com força e a puxo contra mim, sentindo o calor do seu corpo contra a dureza da minha ereção. Solto um grunhido baixo, abafando o som contra sua boca, minha língua dançando com a dela em uma mistura de desespero e posse.

— Tenho algo especial para te dar antes de sairmos. — Dou uma última mordida em sua boca antes de nos separar.

— Mais presentes? X, nem vem... Sério. Não vai me transformar em uma dondoca — protesta com uma careta.

Rio baixinho e decido ir pela sedução para dobrá-la:

— Este é o nosso primeiro encontro como um casal oficial, Ayra. Vai mesmo contrariar esse "pobre" homem apaixonado numa noite tão especial?

— Pobre? Passa longe esse adjetivo de ti.

Sem esperar que implique mais, a tomo-a pela mão, levando através da sala até a bancada do bar, onde deixei a caixa revestida de veludo com as joias. É um conjunto de colar de ouro e um diamante em formato de coração como pingente. Os brincos seguem o mesmo padrão.

— Foi a primeira joia que comprei com o meu próprio dinheiro. — Abro a caixa, e os olhos de Ayra se iluminam, refletindo o brilho da peça. Faço uma nota mental para agradecer Charlotte por garantir que tudo fosse perfeito.

— Desde o instante em que vi esse conjunto, soube que ele pertencia à garota que sempre morou dentro do meu coração.

Os dedos dela tremem ao se aproximarem da peça, mas, antes que possa tocá-la, fecho o estojo com um estalo suave, prendendo seus dedos ali. Ayra me encara, surpresa, e eu sorrio de canto, provocando-a.

— Eu falei sério quanto a conversar com tua família.

— Tu não desiste fácil, né?

— Nunca quando se trata de nós.

— Já imagino tu dobrando meu pai e minha avó.

— E tua irmã?

— Ela te dará três vezes mais o trabalho que teve em me conquistar.

— Ah, eu me curvo a ela se for necessário.

Ayra sorri, mordendo o lábio, e eu sei que, no fundo, já ganhei essa batalha.

Giro, me colocando atrás de Ayra, e rosno ao ver o decote traseiro. As costas lindas estão todas expostas. Eu coloco a joia, e ela arfa baixinho. Pego os brincos a seguir, colocando-os em cada orelha com delicadeza. Viro-a de frente para a parede espelhada do bar. Acaricio seus ombros e me inclino, cheirando sua nuca nua. Ayra lambe os lábios, os olhos cintilam ao se ver com as joias, dignas de uma princesa.

— Magnífica.

— São lindos demais, X. Demais! Obrigada — murmura, emocionada. Eu enrolo os braços em sua cintura e a puxo contra o meu peito. — Está tentando me corromper, não pense que não estou notando essa merda — tenta implicar.

— Corrompê-la é a minha missão — gabo-me, meu peito preenchido do mais intenso amor por essa garota apaixonante. Aproximo a boca do seu ouvido e raspo os dentes no lóbulo. Suas mãos cobrem as minhas à sua frente, e ficamos nos olhando através do espelho, apreciando nossa imagem juntos.

Ayra

Xavier proporcionou-me uma noite inesquecível. Um jantar exclusivo em um dos restaurantes italianos mais famosos de São Paulo. Depois, uma balada digna de filme. Ele reservara um camarote particular, onde pudemos continuar a explorar nossos corpos ao som de seus remixes. Voltamos ao hotel e enfrentamos um segundo round perfeito. Um embate no qual perdemos todo o controle: havia apenas pele, suor e gemidos abafados contra travesseiros. Cada toque, cada investida, parecia mais urgente do que a anterior, como se estivéssemos presos em um loop de desejo insaciável. Finalmente, caímos exaustos um do lado do outro. Xavier dorme.

Estou prestes a ceder à sonolência quando o som do meu telefone corta o silêncio do ambiente, um contraste da paz do calor do corpo de Xavier contra o meu. Me movo devagar, tentando não acordá-lo; ele solta um resmungo rouco antes de relaxar de novo na cama.

Quando enfim alcanço o aparelho na mesinha, vejo que é meu pai. Ele nunca liga a essa hora. O coração dispara. Atendo com a voz trêmula

— Pai? O que houve?

O silêncio do outro lado dura um segundo a mais do que deveria. Suficiente para me fazer sentir um arrepio estranho, frio e cortante.

— Tu precisa voltar para casa, filha.

Minha respiração prende. O tom dele... Logo vem minha avó na cabeça.

— Pai...?

— Moara. Deram um tiro na sua irmã.

O mundo ao meu redor desaparece.

— O quê?! — Fico sem ar.

— Tentaram matar a sua irmã! — revela como uma explosão. — No meio da convenção, Ayra! Atiraram nela na frente de todo mundo! Aqueles malditos...

— Oh, meu Deus! — minha mão treme ao apertar o telefone contra a orelha. — Como isso aconteceu?

— Eu te conto aqui. Dessa vez aqueles desgraçados não vão se safar. Levaram tua mãe de mim. Mas minha filha não vão levar. Eu mato eles antes!

— Pai, me diga mais alguma coisa, pelo amor de Deus!

— Não posso falar mais agora. O médico está vindo falar comigo. Vem logo, Ayra.

As lágrimas queimam meus olhos no mesmo instante. O desespero me sufoca. Meu olhar se volta automaticamente para Xavier. Ele dorme profundo, esparramado, a expressão serena, alheio ao inferno que está prestes a nos engolir de volta. Nosso mundo está ruindo outra vez. E ele nem sabe. Os fantasmas das nossas famílias nos puxam de volta. Dessa vez, com sangue.

— Estou indo, pai.

É tudo que consigo dizer. Minha mente já está a mil por hora.

Meu corpo se move sozinho, pegando as roupas espalhadas, vestindo-se às pressas. O veneno de Romeu e Julieta nos alcançou. E Xavier e eu estamos prestes a sangrar.

CAPÍTULO 33

◆

"Não há mundo fora dos muros de Verona, mas sim o purgatório, a tortura, o próprio inferno. Ser daqui banido é o mesmo que ser banido do mundo, e exílio do mundo é a morte. Estar exilado é mero eufemismo para estar morto."
Romeu e Julieta, Ato III, cena III

◆

Xavier

O jato aterrissa e taxia pela pista do aeroporto de Parintins. Meu coração está pesado, angustiado diante do que nos espera na ilha. Seguro a mão de Ayra, sentindo seus dedos frios entre os meus. Ela mal me olha, e isso me deixa puto. Desde que saímos de São Paulo, não me encara de verdade, não diz nada além do essencial. Isso não é normal.

Eu a ajudo a se livrar do cinto, mesmo que não peça. Ela é minha. E eu não vou permitir que essa merda nos afaste. Não agora. O que aconteceu com sua irmã foi um golpe sujo, um jogo de interesses que não tem nada a ver com nós dois.

— Moara vai ficar bem, acredite nisso, amor — murmuro, abraçando-a quando a puxo para ficar de pé.

Seus braços me envolvem pela cintura e respira tremulamente, enfiando o rosto em meu peito. Um pouco de alívio me invade. Ela não vai voltar atrás. Vamos lutar juntos dessa vez. Deposito beijos suaves e reconfortantes no topo da sua cabeça, embalando-a numa música imaginária.

— Minha irmã é a única mãe que conheci. Ela é tudo para mim, X... — Sua voz falha.

Meu peito aperta. O sofrimento dela também é meu.

— Eu, sei, meu anjo. Eu sei — esfrego suas costas suavemente. — Só se acalma um pouco, tá?

Fico em silêncio por um instante, observando-a com seriedade. Então, sem espaço para discussão, aviso:

— Vou até o hospital contigo. Chegaremos juntos. Eu não vou te deixar sozinha agora.

— Não há nada que eu amaria mais do que ter teu apoio lá, mas... não sei se seria prudente, Xavier. — Aperta os lábios em uma linha fina, com o olhar hesitante.

Zero chance de eu ceder!

— Desde o começo, nada conosco foi prudente, Ayra. Não vamos fingir para ninguém que isso entre nós não existe, que não é real — pronuncio sem hesitação. — Não depois de tudo que passamos. Tu tem a mim e não vai enfrentar essa barra comigo longe de ti!

Ela solta um suspiro trêmulo. Se tem que enfrentar a dor, que eu seja o ombro onde derramará suas lágrimas.

◆

Cerca de vinte minutos depois, estamos cortando caminho pelo corredor do hospital, onde há uma pequena aglomeração de Taris e simpatizantes. O clima antes quente e cheio de vozes alteradas silencia no mesmo instante. É como se jogassem lascas de gelo sobre mim, conforme me encaram.

Minha mão aperta a de Ayra ainda mais, como um aviso para que se mantenha firme. É agora! Seremos "atirados aos leões". É isso que cada olhar gélido nos diz.

— Mas que diabos é isso, filha? O que esse moleque faz aqui? — A voz do pai da Ayra corta o ar tal qual uma espada afiada. Há muito ódio no seu olhar. — Me diz que não é o que tô pensando, Ayra. Me diz que não tá voltando com essa aventura tola com esse infeliz!

Eu o encaro. Simpatizo com o que está passando, só que não abaixo a cabeça para um homem que está me colocando na categoria de um verme só por causa do meu sobrenome. Ele pode ficar irritado o quanto quiser, não vou a lugar nenhum!

— Papai, por favor, tenha mais respeito, Xavier está comigo. — A voz angustiada de Ayra me corta por dentro. — Não é hora para essa estupidez. Como está a Moara? Já foi operada?

— Como se ela se importasse com a irmã, trazendo esse daí aqui. E filho de quem é... Respeito? Se tua irmã soubesse que está aqui com ele, aí é que morreria de tanto desgosto — o velho insiste.

— Não estou aqui para afrontá-los, acredite. Eu só...

O corredor se enche de murmúrios. Sussurros que crescem, que se alimentam, que se inflamam. Chamam meu pai de mandante. De assassino. Sinto um gelo subir dos pés à cabeça. A difamação é dita sem hesitação. Sem espaço para dúvida. Estou sendo julgado por uma corte impiedosa.

— Já esqueceu que o pai dele tem o sangue da sua mãe nas mãos, Ayra? Consegue esquecer a dor que Aprígio Monfort nos causou?

A acusação me atinge como um soco. Eu não sabia... Não, isso não pode ser... Meu pai pode ser um filho da puta frio, calculista, um homem que enxerga tudo como um tabuleiro de xadrez. Mas assassino?

— Essas são acusações muito sérias, senhor. — Me pego tomando partido do meu velho. — E que história é essa de que meu pai tem o sangue da sua esposa nas mãos?

— Não diretamente, mas a ganância por mais lucros o fez usar alguma química letal, que afetou a saúde e matou não só a minha esposa, mas outros tantos funcionários da sua maldita fábrica de tintas e tecidos!

Porra!... A merda só aumenta? Do que diabos esse homem está falando?

Abano a cabeça, tentando afastar o atordoamento. Do meu lado, Ayra está branca como cera. Não preciso que diga nada. Está tudo ali... Ela acredita. O impacto dessa percepção me atinge no peito como um soco. Várias peças de nossa histórica começam a se encaixar... O desprezo, a frieza, a distância quando nos reencontramos em Anavilhanas.

O fosso entre nós é maior do que supus. Ódio, mágoa, sangue derramado — tudo se acumula entre nossos nomes como um abismo impossível de atravessar. E agora? O que sobra para nós depois disso, caso exista qualquer fundamento nessa história?

— Ouça... Repito, não quero afrontar ninguém. Nem que minha presença traga desconforto, mas gostaria de ficar com Ayra, pelo menos até que ela tenha notícias da irmã.

— Pra quê? Para seu pai mandar o pistoleiro vir terminar o serviço?

Alguém ousa dizer, e tudo que faço é procurar os olhos de Ayra. Eu preciso que ela não se deixe contaminar com tanta amargura. É sufocante, só que não consigo me mover.

— Não teste a minha paciência, rapaz. Rala peito daqui ou vou te jogar porta fora eu mesmo!

— Pai! Oh, meu Deus, o senhor tá doido? Ouse tocar em Xavier e eu nunca mais falo contigo, tá me ouvindo? — Ayra o corta com voz decepcionada, assustada. — Já foi provado alguma coisa?

— Esse playboyzinho é filho do homem que matou a tua mãe. Que tentou difamar tua irmã com notícias falsas, enquanto ela só ia atrás de Justiça. Conseguirá colocar a cabeça no travesseiro e dormir tranquila? Pior, não te envergonha em estar defendendo um cara que foi educado com o dinheiro sujo do sangue de inocentes?

— Ele não é meu inimigo, pai. Nunca foi. — Sua voz não vacila. — Xavier é o único, o grande amor da minha vida. O senhor não tem o direito... não tem. — Respira fundo, recompõe-se.

— Se o senhor acha que vou abrir mão dele por carregar um sobrenome que o senhor despreza, então, não conhece tua filha!

O silêncio se instala, mas Ayra não para por aí.

— E, com toda sinceridade, sou eu quem me pego desconhecendo o homem que sempre vi como justo. Como pode deixar o ódio te cegar desse jeito, pai?

A esse ponto da confusão, visitantes do hospital e alguns pacientes seguram os celulares, gravando cada detalhe dessa merda.

Porra!

Coloco-me à frente de Ayra, preservando sua privacidade, e essa preocupação me deixa desprevenido.

— Tá feliz, seu mimado monte de bosta?

Outro Tari me ofende. E, então, do nada, algo me atinge. Rápido. Seco. Forte. O impacto estala contra a minha boca indo para o supercílio antes que eu sequer registre o que está acontecendo. Minha cabeça gira, a dor irradia. Um soco.

— Além de assassino, tá trazendo desavença entre pai e filha?

Outra voz, carregada de escárnio, ecoa no corredor. Meus olhos piscam, a visão turva por um segundo. O gosto metálico se espalha na boca, e o calor latejante sobe pelo rosto. Meu coração dispara, os músculos reagem no automático. Levanto a cabeça e encaro dois tios de Ayra à minha frente.

— Covardes de merda! — rosno, estreitando os olhos, analisando os rostos dos dois. Qual deles foi?

Meus seguranças avançam como dois leões de chácara e agarram um deles pelo colarinho. A cara de culpado o entrega na hora. Eu poderia moer a cara desse infeliz agora. Nada me agradaria mais do que devolver o golpe com juros. Mas não vim brigar.

— Sinto muito, X... — Ayra sussurra, transtornada, os olhos úmidos, aterrorizados pela violência. — Sinto muito, meu amor.

Seus dedos suaves tocam o ponto sensível em meu supercílio e se inclina, depositando um beijo suave. O gesto é carinhoso, mas percebo que tem uma mensagem alta e clara ali: ela está comigo para o que der e vier.

— Shh, não te preocupe. Isso não irá me afugentar — ranjo os dentes, o local ainda doendo, deve ter ficado um catombo. Filho da puta!

— Mantenha as porras das mãos para si, covarde — o chefe da minha segurança rosna na cara do tio da Ayra, de quem não me recordo o nome nesse momento. — O que quer que façamos com ele, chefe?

Que diabos, me sinto como um mafioso com essa pergunta!

— Nada, cara. Apenas se certifiquem de que não rele as mãos do caralho em mim de novo — respondo mal-humorado. — Vim em missão de paz, mas também não vou apanhar quieto, tenham certeza dessa merda! — advirto encarando um a um dos metidos a valentões dos Tari.

— Senhoras e senhores, peço que façam silêncio, por favor!

Uma voz firme, carregada de autoridade, corta o caos na imensa sala de espera. O burburinho se dissolve no ato. Viro a cabeça para encarar o recém-chegado. Dr. Lauro Goes. Um dos cirurgiões mais antigos da nossa ilha. E um dos melhores no que faz. Isso me alivia um pouco. Se ele está cuidando da Moara, significa que ela tem boas chances de sair dessa.

O médico me lança um olhar breve antes de falar. É amigo da minha família desde que me entendo por gente.

— Está bem, Xavier? Quer ir até a enfermagem?

Balanço a cabeça, ignorando o latejar no supercílio. Isso não importa agora.

— Estou bem.

Mas a atenção da sala já não está em mim. Todos cercam o médico, ansiosos, tensos.

— Como está minha filha, doutor? — A voz do pai de Ayra sai embargada, à beira do desespero. Parece outro homem.

— Minha irmã vai sair dessa? — Ayra solta meu braço e chega perto do homem também.

O burburinho quer voltar ao recinto, mas o médico dá nova bronca e todos se calam. Ele tem um ar cansado, indicando que ralou na sala de cirurgia. Contudo, a expressão em seu rosto não é de fatalidade. Ela sobreviveu!

— Moara Tari se encontra estável no momento — informa, e o som de alívio é geral. — Ela ficará sedada pelas primeiras quarenta e oito horas. A cirurgia foi muito delicada, perdeu muito sangue, o coração por pouco não foi atingido...

— Oh, meu Deus... Obrigado, Deus!

Ayra recomeça a chorar baixinho. Eu me aproximo dela e a puxo pela cintura, Limpo suas lágrimas suavemente, nossos olhares se fixam. Mesmo em meio ao apocalipse, vejo a força e a determinação no seu lindo rosto.

— Viu? Ela vai ficar boa logo.

— Ela vai. Minha irmã é a mulher mais forte e guerreira que conheço.

Suas mãos alisam meus ombros, delicadas, mas firmes. Ela se ancora em mim. Dura pouco. Alguém tem que abrir a boca e estragar tudo.

— Vá embora, moleque!

— Vamos te dar uma surra, caboco! Se manda!

Respiro fundo, controlando o impulso de me virar e resolver isso na porrada. Meu sangue ferve. Ayra sente.

— X... pode ir agora, amor. — Sua voz é baixa, um pedido apenas para mim. — Eles não vão parar com essa merda agora. Vá para os seus e me deixe com os meus nesse momento.

Meus dentes rangem. O instinto me diz para ficar, para marcar território. Entretanto, Ayra tem razão. O tumulto não é bom para nenhum de nós. Vejo que ainda há desocupados fazendo lives da nossa interação.

— Tomem os celulares dos curiosos, Marcos — minha voz sai fria. — Impeçam esse circo agora. Depois devolvam quando estiver tudo limpo.

O chefe da minha segurança assente e se move com eficiência. Volto a atenção para minha garota e abaixo a cabeça, encostando a testa na dela. Sinto sua respiração trêmula.

— Eu vou, mas volto mais tarde, tá bem?

Seus olhos brilham. Antes de sair, digo o quanto a amo e que farei qualquer coisa por nós.

◆

Alguns minutos depois, estou deixando o hospital. O ar fresco deveria me aliviar, mas a tensão nos meus ombros ainda pesa. Do lado de fora, meu tio me espera recostado em seu Jipe. Vê-lo ali, com a mesma postura relaxada de sempre, me dá uma sensação estranha de familiaridade. Como se, de alguma forma, eu realmente estivesse voltando para casa. Senti falta de estar perto dele. Mesmo sabendo que temos muito para conversar. Em especial sobre o fato de nunca ter me dito nada sobre a merda toda que causou minha partida de Parintins. Ele me encara, um meio sorriso se formando no rosto.

— Ei, caboco! Mal pisou em solo brasileiro e já se meteu em confusão? — O tom é leve, mas o olhar está no hematoma em meu rosto.

— Ei, velhinho. Estava vendo uma forma de ver se aparece cabelo branco nessa sua cabeça.

Nos abraçamos.

— Caralho, tu tá forte, hein? — observa quando nos afastamos um pouco. — Opa! Será que posso falar assim com o DJ mais famoso do momento? Ou preciso pedir permissão para os armários te esperando ali? — aponta os seguranças.

— O senhor até que não tá ruim também, tio — provoco, e ele rosna, me dando um tapa no ombro.

— Quanto orgulho tenho de ti, caboco. Saiu daqui um pirralho e voltou um homem feito, em todos os sentidos!

— Valeu, seu Elias. — Seu elogio tem um valor especial para mim.

— Vem, te dou uma carona pra casa. Sei que tem uma turma à sua disposição agora, mas me deixe relembrar os velhos tempos.

— Tu faz parte dessa turma, tio. É o chefe agora. Pode ir se acostumando que terá um par de marmanjos pra cuidar. Além da Charlotte.

Faço questão de exaltá-lo, pois sempre me incomodou o fato de nunca terem dado a ele o valor que merecia. Sempre foi o cara que segurava as pontas, que fazia o que precisava ser feito, enquanto outros levavam o crédito. Isso me revoltava desde moleque. Quando ganhei os primeiros milhões, não hesitei. Deixei para ele me ajudar a como fazer melhor proveito. Sabia que não havia ninguém melhor para ficar encarregado de administrar o meu dinheiro.

E ele provou que eu estava certo. Seus conselhos foram os melhores. Também foi certeiro com a casa que encontrou para mim. Reformamos, valorizamos o imóvel, pelo menos, o dobro do que valia quando compramos. E, agora, nos próximos dias, quero visitar a obra do hotel que estou construindo. Outro conselho visionário do meu tio: diante da precariedade de hospedagem em Parintins e da carência de instalações, ele viu a oportunidade antes mesmo que eu sonhasse me enveredar nessa empreitada.

— Gosto daquela garota — meu tio comenta, quebrando o silêncio depois que entramos no Jipe. — Está bem assessorado.

— Só não sei se gosto muito quando vocês se juntam para tramar pelas minhas costas.

— Quer me enganar que preferia que eu estivesse naquele show no lugar da Ayra? Ah, vá!

— Vocês mandaram bem, porra!

Cerca de dez minutos depois, estamos passando pelos portões imponentes da casa ultramoderna; assobio com a vista. Pessoalmente, é muito mais vistosa do que por vídeo. Já era a minha intenção ficar no meu canto, longe da influência dos meus pais, e, depois do que Ayra me contou, minha raiva só aumentou.

Sentados no bar, eu e meu tio bebemos por um tempo em silêncio. Então ele limpa a garganta.

— Imagino que Ayra te contou sobre o que conversamos no Mercadão. — Ele solta um suspiro pesado. — Foi foda encontrar ela sozinho.

— Ela me falou.

— Te devo um pedido de desculpas. Não pense que foi fácil para mim não ter te contado sobre a armação dos teus pais naquela época... — Solta o ar, como se o peso da lembrança ainda estivesse sobre seus ombros. — Quando cheguei naquela manhã, depois que me ligaram, já tinham um dossiê sobre seus encontros com a garota. Fotos de vocês lá no tilheiro, na escada do avião... Muita merda reunida.

— Fotos minhas com a Ayra?

— Pelo que entendi... e pelo que Mariana deixou escapar aos berros quando me insultou. Ela soube onde tu estava... e com quem.

— Como isso é possível?

— Foi só ela ver Yasmin cabisbaixa na festa em que estavam na noite anterior, que soube imediatamente o motivo da tristeza da garota. E, quando isso aconteceu, apertou Rodolfo até conseguir o que queria.

Meu maxilar trinca. Aquele filho da puta!

— Por isso te chamaram? Queriam que confirmasse tudo?

— Eles não precisavam da minha confirmação. Inclusive, as passagens para tu embarcar... — Meu tio se levanta, desviando os olhos, fixando-os na parede de vidro que dá para o píer no rio Amazonas.

Eu conheço esse movimento. Ele está reunindo coragem.

— Tio, não preciso que me poupe de nada.

— Aprígio me ajudou de alguma forma no passado, Xavier. Ele me emprestou grana para esconder minha esposa de uns pistoleiros que estavam perseguindo ela por causa de umas dívidas de família. E eu tinha certeza de que uma hora a conta chegaria.

Ele vira o rosto, me encara. E, então, solta a bomba:

— Fui ameaçado. Não a mim diretamente, mas a ela. Aprígio ameaçou revelar o paradeiro dela para a escória que a perseguia.

Fico incrédulo com tamanha monstruosidade.

— Tá dizendo que ele tentou usar ela como moeda? A troco de quê?

— De eu sumir da vida de vocês, mas, antes, ajudar a sua mãe ir até a casa da Ayra a fim de envenená-la pelos ouvidos.

Saber que meu pai era um manipulador frio eu já sabia. Mas descobrir que foi capaz disso? Isso machuca. E minha mãe estar mancomunada com ele... dói... miseravelmente. São meus pais, porra!

— Ela morreria se ele fizesse apenas uma ligação. Tu me entende? Quanto a mim, ninguém teria muito a perder se dessem cabo da minha vida. Mas ela? Ela era inocente.

Solto um longo suspiro.

— O senhor é honrado, porra! Eu odeio o que fizeram comigo e com Ayra, mas o senhor não tem culpa. A sua vida importa para mim, caralho. E tu é a figura masculina que me ensinou ser alguém decente, tio. Entendeu?

Ele aperta a boca e acena.

— E o que me diz sobre a mãe de Ayra e a Eco Tintas?

Seu Elias me encara, os olhos firmes.

— Há histórias que não cabem a mim te contar. Essa é uma resposta que só o seu pai pode te dar.

Fecho os olhos com a cabeça latejando, pois, se tem uma coisa que aprendi desde que voltei para Parintins, é que meu pai é muito mais estranho para mim do que jamais imaginei. Já não me parece tão inconcebível pensar nas acusações que ouvi horas atrás sobre ele ser o mandante do atentado contra Moara...

CAPÍTULO 34

◆

"O rosto enganador deve ocultar o que o falso coração sabe."
William Shakespeare

◆

Xavier

Eu expiro, observando a mansão em que cresci, sinto uma sensação agridoce. A nostalgia bate forte, trazendo junto um gosto amargo. Eu havia passado a noite no hospital com Ayra. Corri até ela sem hesitar quando me falou que não sairia de lá para ficar perto da irmã. Enquanto a consolava, ela me contou mais detalhes da história de sua mãe. Pude entender melhor a postura de seu pai.

Agora precisava acertar minhas contas com o meu. Parece que foi em outra vida que estive aqui. Cada detalhe desse lugar familiar virou estranho. Os muros altos e seguros rolando várias histórias, que antes eu ignorava, agora fica claro que eram segredos sempre sussurrados pelos cantos do jardim imenso.

Meus pais nunca foram os exemplos de carinho e compreensão, o velho principalmente, mas eu sempre quis acreditar que, de algum jeito distorcido, queriam o meu bem. Uma crença que desmoronou. Eles não apenas ignoraram meus sonhos, mas os usaram para me manipular. Me exilaram sem que eu sequer percebesse. O peso dessa verdade faz meu estômago revirar.

Funcionários montam estruturas para um grande acontecimento destinado a me receber junto da elite de toda a ilha. Eles sabiam que eu estava de volta desde ontem. Essa recepção que estão montando não é por acaso. Entro na casa; meus passos ecoam pelos corredores

— Oh, meu Deus, olha quem está aqui!

Mamãe surge primeiro. Está impecável, como sempre. Cada fio de cabelo no lugar, a expressão controlada, exceto pelos olhos que brilham com algo próximo do alívio. Por um instante, toda a raiva e decepção que acumulava desde o hospital ficam suspensas. A emoção de vê-la depois de tanto tempo me pega desprevenido.

— Tu tá tão lindo, filho!

Ela avança e me envolve em seus braços. O perfume familiar me atinge, e, por um instante, sou apenas um filho voltando para casa. Sem confrontos. Sem perguntas. Apenas um momento fugaz de acolhimento.

— A senhora, dona Mariana, parece ainda mais nova do que da última vez.

— Deixa-me te ver direito, filho! — exclama emocionada. — Tu cresceu. Está tão diferente...

— São os ares internacionais.

Nos acomodamos nas poltronas da sala.

— Eles te fizeram muito bem.

— E o velho, onde está?

— Serve eu... filho?

A voz do meu pai soa do corredor que leva ao seu escritório no térreo. Em instantes, ele surge, ostentando o maior sorriso que já vi em sua cara desde que me entendo por gente. A razão para essa mudança é bem simples: ele ainda não largou o osso sobre meu envolvimento com os negócios. Só que, agora, espera o meu apoio para o Alcino, especialmente junto ao eleitorado jovem. Ele insinuou algumas vezes durantes chamadas de vídeos da minha mãe; e, em todas elas, fingi que não entendi.

Seu cérebro astuto já deve ter um mapeamento exato da quantidade de eleitores que ganharia sob a influência do filho famoso. O mundo dá muitas voltas.

— Ei, pai.

— Tua mãe tem razão, tu tá como eu era jovem. Bonitão, hein? — ousa brincar, numa recepção amigável que não combina com ele.

O que me intriga um pouco, pois tenho certeza de que já sabem que estive no hospital. Que meu jato está estacionado no hangar Monfort, além dos conteúdos das notas nas páginas de fofoca. Disfarçam mal pra caralho, inclusive, quando trocam olhares. Mas eu também posso jogar nessa mesa.

Meu pai caminha até o bar ao lado da estante de livros. Ele se serve de um uísque sem pressa, o tilintar do líquido no copo preenchendo o silêncio momentâneo. Ainda nem é o meio da manhã, mas ele já busca refúgio no álcool, o que diz muito sobre sua necessidade de alívio.

— O senhor parece bem também. Mas o check-up está em dia? — pergunto, recordando que mamãe parecia preocupada quando me visitou há seis meses. De acordo com ela, o velho estava sentindo taquicardia e apertos no peito.

— Ah, Mariana... Tua mãe já foi encher tua cabeça, né? — percebo o esforço que faz para sustentar o papel de tranquilidade.

— Já entendi tudo. O senhor anda relaxando, pois deve ter assumido a campanha do Alcino, justamente por não achar que ele é capaz de fazer tudo sozinho, acertei?

— Mais ou menos isso. Alcino não leva jeito para algumas coisas.

Aquilo era algo que, no fundo, nunca entendi: por que meu pai o colocou como testa de ferro, se jamais Alcino tomaria qualquer decisão sem a permissão dele? E as justificativas que me vêm à mente não são nada boas.

— O senhor não tem mais dezoito, seu Aprígio. Tem batalhas que não precisa enfrentar.

— Vivo dizendo o mesmo, filho. — Minha mãe intervém.

— Viu só o resultado de aporrinhar o moleque? Agora, tenho que lidar com os dois — retruca para minha mãe e volta a suavizar quando se dirige a mim. — Viu a festa que estamos organizando de boas-vindas para o M-X?

— X_M, querido... Seu pai sempre confunde.

— Quando não há festas aqui?

— Negócios, filho. Negócios. Mas me conta, como foi a viagem para cá?

— É filho. Como foi o show em São Paulo? — Mamãe endossa.

— Foda pra caralho! Tocar em meu país foi tudo o que havia imaginado e mais um pouco. Foi o show da minha vida!

Meus velhos trocam outro olhar cheio de significados.

— Xavier... — Mamãe me fita, enquanto meu pai me olha sobre o copo —, nós já sabemos que esteve com aquela... garota.

— Chame-a pelo nome, mãe. Ayra é a mulher da minha vida. — A conversa vai perder o tom leve a partir de agora.

— Porra, tu anda o mundo inteiro. Deve ter pegado quantas garotas quis, e vem nos dizendo que ainda tá enroscado com uma vagabunda desse fim de mundo, moleque?

Eu faço uma careta para as palavras misóginas do velho. Agora sim, começamos a falar o idioma dessa casa.

— Não a desrespeite, pai. Pretendo pedir Ayra em casamento em breve.

Os dois fazem sons horrorizados.

— Só por cima do meu maldito cadáver, rapaz! Está me ouvindo?

— Não estou pedindo sua permissão. Tô comunicando meus planos, e ninguém vai me separar de Ayra dessa vez.

Levo a atenção para minha mãe, que engole em seco conforme a encaro.

— Eu sei o que fez, mãe. Como teve coragem de apagar a mensagem da Ayra? Como ousou violar a confiança que tinha na senhora, se aproveitar disso, ir procurá-la e agir tão covardemente mentindo?

— Foi para o teu bem. Tudo que teu pai e eu fizemos foi para o teu futuro.

— Não foi para o meu bem, não me tomem por estúpido. Fizeram porque são dois egoístas. Só pensam em si mesmos, suas malditas tradições e preconceitos!

— Filho... Não foi assim...

— Foi exatamente assim, mãe.

— Aceitem o meu amor por Ayra, ou teremos problemas de verdade.

— Olha o que teu filho tá falando, Mariana — ri sarcástico. — Que pretende trazer uma Tari para o meio de nós.

— E por que será que existe esse ódio dos Tari? — rosno.

— Porque aquela gente não presta — mamãe se adianta.

— Que irônico, mãe, pois ouvi o mesmo elogio vindo deles ontem.

— Tu não pode acreditar em nada que venha deles, Xavier.

— Sério? E o que a senhora e meu pai me dizem sobre nunca terem me contado que uma Tari morreu sob suspeita de uma suposta contaminação na fábrica? Não apenas ela, como outros funcionários adoeceram também. Por que nunca soube nada dessa informação tão relevante?

O rosto do velho torce com algo escuro, e ele recua como se tivesse levado um tapa.

— Que tipo de contaminação seria? O senhor usou produtos químicos prejudiciais à saúde dos funcionários? O sangue daquela mulher está mesmo em suas mãos, pai?

Um silêncio denso cai sobre a sala. Depois de um tempo, papai exala uma respiração cansada, após ficar em um duelo solitário.

— Não, eu não fiz isso, meu filho. Fomos caluniados por aquela gente. Eles queriam dinheiro nosso. Todas as fiscalizações feitas na fábrica atestam que seguimos as normas sanitárias e de segurança. Aquela mulher morreu por outras razões, nada ligado às suas condições de trabalho, posso garantir.

Eu o observo atentamente, à procura de algum indício de mentira em seu tom e expressão, só que seus olhos nunca cruzam com os meus.

— E quanto ao atentado de Moara? Por favor, me diz que não tem nada a ver com isso também. — Meu tom é firme.

— Porra, tá vendo isso, Mariana? Teu filho acha o quê? Que virei um assassino? Consegue se ouvir, moleque? Tu não passou mais do que um dia ao lado daquela gente e está colocando à prova toda a vida que passou sob o meu teto. Jamais precisei matar meus oponentes para sair vitorioso. Não é assim que meu pai me ensinou. Não é assim que eu sou. E, se duvida disso, a porta é a serventia da casa!

Não consigo mensurar quantas vezes ele me disse essas mesmas palavras. E eu, ainda que por um segundo, sinto o alívio me invadindo ao ouvi-lo. Eu quis e quero acreditar. Ele pode ter defeitos, e são muitos, mas assassino seria demais. Nunca poderia perdoar algo assim, nem mesmo do meu próprio pai.

— Eu sei bem onde é a saída. E são bem-vindos a irem conhecer a minha casa.

— Tu tem uma casa aqui em Parintins? Desde quando? Isso é um absurdo, filho. Essa é a tua casa. — Mamãe faz uma cara ofendida.

— Não mais, mãe.

— Deixe que ele vá, Mariana. Se Xavier não é capaz nem de honrar o nome do pai com quem conviveu a vida toda, estar debaixo do mesmo teto comigo deve ser muito difícil mesmo.

O velho usa de chantagem emocional. Eles não ficam felizes, afinal, apreciam ter controle sobre mim. Só que isso acabou. Foda-se! Sou dono de mim agora.

CAPÍTULO 35

◆

"O amor é assim mesmo, as dores pesam no peito, mas isso só aumenta os efeitos da paixão."

Romeu e Julieta – William Shakespeare

◆

Quatro dias depois...

Ayra

Ajudo Moara a se recostar aos travesseiros em sua cama. Meu peito está completamente aliviado agora que a minha irmã enfim teve alta e está em casa. Foram os dias mais angustiantes da minha vida. Além da preocupação com o estado dela, que ainda era delicado, somou-se a isso o caos formado com o seu atentado.

Acusações estão sendo trocadas de todos os lados. Para a minha família, não resta dúvida de quem foram os mandantes. A coisa está tão feia, que ouvi burburinhos de que alguns tios e primos estão querendo "fazer justiça" com as próprias mãos...

Sim, parece que os anos de caos — da terra sem lei — estão voltando à nossa ilha. Na verdade, o Norte, apesar de ser uma das regiões mais lindas do Brasil, abriga histórias sangrentas de mortes encomendadas. Isso ainda acontece — muito — em pleno século 21!

A polícia daqui está investigando; e o povo da ilha, pressionando por respostas mais rápidas.

— Tu tá bem mesmo, Mô? — murmuro, observando o rosto ainda pálido da minha irmã.

— Agora estou. Mais um segundo dentro daquele hospital eu teria colocado fogo ali.

Ela está resmungando desde ontem, praticamente obrigou o médico a lhe dar alta. Alegou que, depois do que lhe aconteceu, mais do que nunca era uma questão de honra ganhar as eleições e ser a primeira mulher na prefeitura da nossa cidade!

— Quem disse que não colocou, hein? Nem eu aguentava mais te ouvir reclamar tanto. Tu não teve alta, foi expulsa. Quer mais um travesseiro?

— Está ótimo assim, maninha. Relaxa, que eu grito se precisar de alguma coisa — garante, acomodando-se melhor contra os travesseiros. Vou me afastar, mas ela pega meu pulso, olhando-me com seriedade. — Obrigada por ter ficado comigo o tempo todo.

— Não precisa agradecer. Estou há mais de vinte anos em dívida contigo.

O sorriso se abre no mesmo instante em que se dissolve, sua expressão se fecha, e eu já sei que vem coisa grande.

— Tu sabe quem fez isso comigo, não sabe?

— Mô, tu tem que tomar cuidado com o que diz, para não ter problemas igual aconteceu no passado. Se é só cisma, não pode afirmar nada sem ter provas — pronuncio preocupada.

— Posso sim. Tu lembra das ligações que estava recebendo?

— Aquelas anônimas?

— Elas vinham de um homem chamado Dirceu Alves. No dia que tu foi para São Paulo, fui me encontrar com ele. Não te disse nada, para não te preocupar e aproveitar um pouco.

— Não acredito que tu fez isso. Foi se encontrar um estranho sem contar para ninguém?

— Algumas pessoas de confiança sabiam. Inclusive o papai, que ficou me esperando do lado de fora do restaurante.

— E o que ele queria?

— Abigail, esposa do Dirceu, era engenheira química na Eco Tintas. Uma profissional brilhante, altamente capacitada, que assinava como engenheira responsável pela composição dos produtos. — Os olhos da minha irmã me fitam, enquanto mal respiro. — Durante testes sobre a excelência acima da média da pigmentação das tintas, algo chamou a atenção dela. A cor vibrante parecia fora do padrão esperado, então, ela decidiu investigar. E sabe o que descobriu após analisar amostras e verificar documentos antigos?

Apenas balanço a cabeça, porém, pela expressão da minha irmã, a confirmação do que ela sempre acusou a empresa está prestes a ser confirmada.

— Que a fábrica estava utilizando altas dosagens de hidroquinona na composição da tinta, Ayra. Esse produto químico é altamente perigoso. Pode causar danos irreversíveis no organismo de uma pessoa, incluindo falência múltipla dos órgãos e, em casos mais graves, levar à morte.

— Por Deus!

— Quando Abigail decidiu investigar o histórico da Eco, começou a encontrar notas fiscais suspeitas, algumas datando da época em que as tintas ainda eram fabricadas de forma mais artesanal aqui em Parintins. O que era para ser apenas uma desconfiança virou um dossiê de horrores. Ela reuniu provas, documentos, tudo o que precisava para desmascarar aqueles desgraçados, mas quando foi confrontá-los… foi demitida. No mesmo dia, sofreu um "assalto".

Moara faz aspas no ar, seus olhos brilhando de pura indignação.

— E sabe o que é mais revoltante? Nada foi levado, Ayra. Nem celular, nem bolsa, nem dinheiro. Nada. Só a vida dela. Dirceu não tem dúvidas de que foi assassinato. E pior… ela sabia que corria perigo. Deixou cópias dos documentos com ele. Os originais nunca mais foram encontrados.

O ar é arrancado dos meus pulmões.

— Nossa mãe morreu intoxicada por essa merda.

Meus pensamentos estão zunindo, meu coração parece explodir dentro do peito. Eu preciso processar tudo isso, preciso... Não é como se algum dia tivesse duvidado da minha irmã, porém nunca ninguém soube nem o nome dessa substância, nada. Agora, está tudo ali... Mais que justificado. O sangue lateja nos meus ouvidos.

— E agora eu te pergunto — ela continua, com a voz firme, me prendendo sob seu olhar feroz —, tu vai mesmo ficar com o filho do homem que tentou matar a sua gente?

Minha boca se abre, mas as palavras não saem. É como se um peso esmagasse meu peito, sufocando qualquer resposta.

— Tu não conhece o Xavier, Mô. Ele não tem nada a ver com o pai.

— Não, maninha. Eu não conheço esse rapaz, mas conversei com o papai sobre isso e não achamos que tu se apaixonaria por alguém de caráter duvidoso. Só me responde mais uma coisa: tu ficaria com o Monfort, mesmo que ele possa ficar ao lado do Aprígio?

Sinto um arrepio subindo pela minha espinha.

— Essa guerra só está começando, Ayra. Não é mais sobre o amor entre vocês

— Eu... duvido que Xavier fique ao lado de Aprígio quando tudo for esclarecido — murmuro, mas as palavras, ao invés de me trazerem segurança, se afundam em mim como pedras lançadas ao fundo de um rio.

— Certo... E até que essas cópias de documentos sejam validadas e consideradas como provas, como vai ser?

Moara me observa por longos segundos. Um silêncio pesado se instala entre nós, sufocante, elétrico. E no fundo, bem no fundo, o medo volta a me assombrar.

◆

No dia seguinte, acordo do sono pesado com alguém me chamando. Na verdade, gritando meu nome:

— Acorda, Ayra! Tu precisa ver isso!

Abro os olhos e me sento na cama. Olho aturdida para Moara, bem à minha frente. Está pálida, se amparando numa muleta. Minha avó está ralhando com ela por ter se levantado da cama quando ainda está fraca e debilitada.

— O que houve? Por que tá tão alterada? — Me ponho de pé e vou até Moara, amparando-a do outro lado. Ela parece prestes a desmaiar. — Não pode ficar desse jeito. O médico disse que precisa de repouso por quinze dias, sua teimosa!

— Não sou eu a teimosa aqui, irmã, te garanto — cospe, visivelmente transtornada e sibila: — Aprígio Monfort acaba de ser indiciado pelo meu atentado, Ayra.

E meu sangue inteiro congela nas veias.

— Ainda acha que não precisa escolher? — Seus olhos me fitam com fúria. — A quem tu ama mais? Esse moleque Monfort, ou a tua família?

Meus olhos picam, as lágrimas se reunindo imediatamente. Não posso deixar o homem da minha vida de novo. Não... Eu não posso escolher. É injusto, cruel demais.

CAPÍTULO 36

◆

"Amantes proibidos, unidos no breu,
deixam a marca de um amor que é só seu."
Romeu e Julieta – William Shakespeare

◆

UMA SEMANA DEPOIS...

Xavier

— Tu foi visto com o Zé Capeta, Aprígio. Como diabos foi descuidado a esse ponto?

— Se fui visto, foi pelo fato de o embuste ter vindo com uma conversinha mole, me oferecendo seus serviços. Não que isso seja da sua conta, mas eu disse ao delegado e repito a ti: não faço negócios com marginal. Só me admira ele saber exatamente onde e quando me encontraria.

Agora é assim, toda hora esse cara aqui? Desde que meu pai foi indiciado pelo atentado contra Moara Tari, Alcino tem aparecido mais na casa dos meus pais do que quando eu morava aqui. Vive cobrando coisas que, a essa altura, não lhe dizem respeito.

Meu pai se fodeu sozinho. Falou demais em público sobre Moara, além de tecer comentários sobre a investigação da polícia, mas o que realmente complicou tudo foram as fotos dele conversando com o Zé Capeta, o pistoleiro mais temido da região do Pará. Essas imagens chegaram às mãos das autoridades de forma anônima e foram a prova decisiva para seu indiciamento.

Não bastassem todas essas merdas, desde que a bomba estourou, minha mãe não tem passado bem. Os picos de pressão estão cada vez mais frequentes, e sou eu quem a tem levado ao médico. Se antes meu pai já não tinha tempo nem paciência, agora ele não tem sequer disposição para fingir que se importa.

— É bem providencial tudo isso, não acha, Aprígio? A vagabunda leva um tiro em plena campanha política. Aí, do nada, um pistoleiro famoso em toda a polícia do norte resolve dar um pulo em Parintins, justo para te procurar, e, como num passe de mágica, alguém está lá, de tocaia, pronto para fotografar e mandar tudo para a polícia. No mínimo curioso... para não dizer orquestrado. Se não for o próprio partido dela, por que não os Tari? Quem mais gostaria de enlamear o nome Monfort?

— É ridículo, mas tu me surpreende ainda. Então, acredita piamente que qualquer um deles puxaria o gatilho contra a própria cabeça?

— De fato, não descarto. Isso, claro, meu grande, velho e bom amigo, se tu realmente não tem nada a ver com isso, como anda garantindo.

Meu pai sorri, de um jeito que conheço bem — frio, calculado, o tipo de expressão que não entrega nada além de um desprezo entediado. Ele cruza as pernas na poltrona do seu escritório, ajeita as abotoaduras do punho e responde com uma calma venenosa:

— Nesse caso, tu sugere o quê, honorável gênio da química?

Eu juro, pela porra da cara ainda intacta desse filho da puta, que eu só queria poder levar a minha mãe para o quarto dela para descansar, mas o sarcasmo de Alcino me deixou curioso, diante da porta do escritório.

Que há alguém querendo foder a vida do meu pai, está claro. É realmente desprezível que insinue que tenha sido os Tari, eles não arriscariam a vida da Moara só para prejudicar meu pai. A troco de quê? E, se a popularidade de Moara está tão a frente nas pesquisas, o que o próprio partido dela ganharia com isso? Tem caroço nesse angu e será descoberto.

Após dona Mariana, com o rabinho entre as pernas, engolindo o orgulho, implorar para meu tio Elias ajudar a encontrar pistas do paradeiro desse pistoleiro que sumiu feito vento, meu tio já tá mexendo os pauzinhos com uma galera da pesada que conhece... Estão investigando por conta própria, e espero ter respostas em breve. Em paralelo tem a empresa que contratei também...

E nem é porque meu pai jurou de pé junto novamente que não tem nada a ver com esse atentado. Eu vi a surpresa nos olhos dele quando foram apresentadas as suas fotos com o Zé Capeta.

Eu estava lá, porra.

Quando minha mãe ligou desesperada, foi foda pra caralho ver o velho, o homem que foi a vida toda sinônimo de soberania, seu Aprígio Monfort, em posição vulnerável. Olhei dentro dos olhos dele. Em nenhum momento piscou quando perguntei novamente, à queima roupa, se tinha sido ele o mandante.

— Não sou um assassino, porra!

Enquanto vi a verdade, o novo delegado da polícia parece empenhado em ferrar com a imagem do meu pai. Só nessa semana foi intimado a ir à delegacia três vezes. Em todas elas, um mundaréu de repórteres estava à sua espera, fazendo um circo do caralho.

— É impressão, ou tu já condenou meu pai, Alcino? Qual é a tua? Temos em ti um aliado ou inimigo?

Entro no escritório, minha atenção fixa no homem de estatura baixa e barriga protuberante esticando o tecido da camisa. Nesse momento, diria que tem a cara de Judas — cheira a traição bem paga, arriscaria apostar naquele que negocia no escuro e depois finge surpresa com o caos que ajudou a criar. Meu pai diante disso? Não preciso olhar para saber que está se divertindo, esperando a resposta que ele pretende ouvir.

— Ei, ei, qual é a tua, digo eu, Xav — Rodolfo se adianta em defender o pai, invejoso pra caralho. — Estamos aqui dando apoio, como sempre fizemos. Mas a situação espalhada por aí não é das melhores, como deve ter percebido, macho.

— E teu pai tomou quem como tolo, ironizando a palavra do meu velho? Ele não falou que não conhecia o Zé Capeta, caralho? — retruco e encaro a "cobra velha" do Alcino outra vez. — Então, quer dizer que, enquanto o velho e bom amigo engorda a conta bancária de vocês, a palavra dele é intocável, mas, quando arrisca mexer no bolso, ela se torna questionável? Que fique aqui registrado, quem está por trás disso não ficará impune!

— Espera, deixa ver se entendi, garoto, tá me acusando de ser ingrato? — Alcino range os dentes, parecendo ultrajado.

— A verdade, Alcino, é que os Tari são passionais demais. Fazem barulho, gritam, esbravejam. Mas puxar um gatilho como está insinuando? Sozinhos? Não... Eles não têm essa frieza. Agora, quem teve... bem, isso já é outra história, não é?

Sei lá, cacete, se estou me jogando na fogueira pelo seu Aprígio, que se encosta na cadeira com a tranquilidade de quem joga xadrez e já antecipou dez jogadas à frente. Mas, pela primeira vez na vida, acho que o noto satisfeito comigo.

— Tá se garantindo tanto assim, Xav? Então, se prepara pra foder a família da tua namoradinha. Foi de lá que veio toda essa merda, e, no fundo, tu está preocupado com isso!

Rodolfo cospe a acusação como um verme desesperado pra se manter vivo. Fecho os punhos, mas ainda não vou estragar seu nariz empinado. Primeiro, porque esse desgraçado ainda me deve um acerto de contas por ter se esgueirado como um rato de esgoto e ter me ferrado no passado. Depois, porque ele precisaria rasgar a própria língua antes de ousar falar da família da Ayra desse jeito.

Mas, acima de tudo, porque eu gosto de ver quando um cabra começa a lamentar pelas merdas que diz.

— O que eu sei, Rodolfo, é que além desse processo batendo na porta dos Monfort, logo vai ter outro esmurrando a dos Cardoso. Ou devo me corrigir e dizer... da Eco Tintas? São sócios, certo?

Dou um passo à frente, saboreando a forma como os rostos deles se contraem. Inclusive do meu pai, e que ele já esteja certo: estarei ao seu lado, enquanto meu coração sentir que vale a pena, mas jamais passarei pano se, de fato, cometeu algum crime. Respiro e continuo:

— A porra do que sei é que Yoná Tari morreu. E outros funcionários da fábrica adoeceram por exposição indevida à hidroquinona. Denúncia que, aliás, todos nós sabemos que já foi feita. Então me digam... os Tari arriscariam a vida de um dos seus só pra ferrar vocês, já tendo um passado tão fodido?

Me viro para Alcino, deixando o silêncio pesar antes de soltar a deixa:

— Acho que a pergunta que tu fez ao meu pai antes cabe muito bem a ti e ao teu filho, não é? A Eco colocou mesmo pessoas em risco só pra conseguir uma pigmentação mais viva nas tintas e ganhar da concorrência? Ou a Abigail, engenheira química da fábrica, se equivocou na pesquisa? Que Deus a tenha se ela errou no resultado. Assim como Yoná Tari, em trabalhar dia e noite para atender aos pedidos que trouxe tanto lucro para a empresa.

Alcino não reage de imediato. Ele inspira fundo, um tique quase imperceptível na mandíbula traindo a compostura. Seu olhar desliza, por uma fração de segundos, para o meu pai, que não se digna a olhar nos meus olhos.

— Que bom ver que se tornou interessado pelos negócios, Xavier. Mas preocupação, meu caro, não é só saber onde cutucar... é saber o que fazer depois que cutuca. — Inclina-se para frente, arrumando a armação dos óculos. — Teu pai precisa buscar soluções urgentes agora. Com toda a influência que conseguiu através desse montante de lucro sobre o qual está enchendo a boca para nos acusar. Mais do que todos nós, nesse momento, é o único que pode estancar essa fumaça. Essa é a verdade. Por que não usa o teu sucesso para ajudar teu sobrenome?

— O que tá propondo, Alcino?

— Uma entrevista coletiva talvez. Quem melhor do que um astro internacional para sair em defesa do pai publicamente? — Faz uma pausa estratégica antes de adicionar: — Se não quer acusar a família da Tari, muito bem. Deixe apenas no ar o que tu bateu no peito há pouco e ninguém aqui discorda: a ideia de que essa armadilha foi meticulosamente planejada para arrastar o nome Monfort pela lama.

— Nem fodendo, caralho! — sibilo. — Não vou misturar minha vida pessoal com a artística.

— Quem diabos é mais importante para ti, filho?

— Os velhos têm razão, Xav. Eles precisam de todo o nosso apoio agora.

— Vá se foder, Rodolfo!

— Tu já escolheu um lado pelo visto, e não é o meu — seu Aprígio range com decepção e asco.

— Da mesma maneira que acredito na sua palavra quando afirma não ter nada a ver com o atentado, também não acredito que os Tari tenham armado para o senhor.

Ele engole em seco, e vira o resto do seu uísque. Nesses vinte minutos em que estive aqui, ele já encheu o copo três vezes...

— Tu nem parece um Monfort, porra!

Isso me corta fundo. Eu pisco e fecho meus punhos com ainda mais força. Ele tá fora de si e se deixando ser manipulado facilmente pela cobra do Alcino.

— Antes de parecer um, sou homem de caráter — pronuncio com a cabeça erguida. — Se quiser o meu apoio, jamais me pressione a ir contra meus princípios.

E o mais importante, jamais tente me separar da mulher que amo outra vez.

Volto a encarar Alcino.

— Eu vou descobrir quem está por trás dessa sujeirada. Isso é a porra de um compromisso! Agora eu preciso ir embora, e espero que o senhor tenha a decência de ir ver a mamãe. Até mais para vocês!

Já dentro do carro, solto o ar com força. Puxo o celular do bolso e ligo para Ayra.

— Oi, X — atende no segundo toque. Meu peito vibra e aquece apenas ouvindo a sua voz linda.

— Oi, amor. Tudo certo para mais tarde?

Ela fica em silêncio por um instante.

— Xavier... Talvez devêssemos...

— Devêssemos o que diabos, Ayra? — corto-a, dando a partida. — Não ouse me deixar no vácuo, Pocahontas. Tem certeza de que quer entrar nesse jogo de novo, colocar nossas famílias fodidas entre nós?

— Ei, ei, não estou colocando nada, garantido.

Alívio... é isso que sinto com o seu tom provocativo.

— Só estou pensando que, talvez, seja melhor nos encontrarmos em um lugar mais neutro. O tilheiro, quem sabe? Aqui em casa tem uma horda de jornalistas. Na do seus pais, a mesma coisa, aposto. Agora, imagina só eu sendo vista entrando na nova mansão do filho do principal suspeito do atentado contra a minha irmã?

— Tu tem razão. Estou dispensando até os seguranças hoje.

— Ficaremos sozinhos, então?

— Só eu e tu. Sem ninguém para ouvir o que vou fazer contigo...

— Isso soa tão promissor.

— Vem logo, Pocahontas. Te quero inteira.

Acelero em direção ao tilheiro, ansioso para me esquecer do mundo e de toda a merda à nossa volta, pelo menos, enquanto estivermos nos braços um do outro.

CAPÍTULO 37

◆

"Mas em ti o verão será eterno, e a beleza que tens não perderás. Nem chegarás da morte ao triste inverno."
William Shakespeare

◆

Ayra

Encontro Xavier no tilheiro. Seu olhar se estreita, e um sorriso arrogante se espalha por seus lábios antes que ele avance, empurrando-me contra a parede. Sem aviso, sinto um tapa, forte, de mão aberta na minha bunda, e grito seu apelido:

— X...

— Ardeu, Ayra? Esse é só o começo, meu amor.

Agarra meu pescoço; seu aperto é um lembrete sutil de quem está no controle, antes que sua boca se aposse da minha. O beijo não tem pressa, mas é exigente, implacável. Ele me devora com a língua e, com as mãos, cada toque traz uma promessa indecente do que virá a seguir.

Ele não se apressa. Sua língua me invade, mapeando cada recanto da minha boca, saboreando minha rendição. Sua posse é absoluta, e eu me derreto ainda mais ao perceber o prazer que extrai disso. Seu aperto em minha cintura se intensifica, mantendo-me exatamente onde quer.

Seus dentes roçam minha orelha, e um arrepio percorre minha espinha conforme estremeço. Sua mão desliza entre minhas coxas, pressionando com firmeza o centro do meu desejo sobre a calcinha úmida. Um som esganiçado escapa da minha boca, e ele ri baixo, perverso.

— Olha só... eu mal comecei e tu já está implorando sem dizer uma palavra.

Um estalo ecoa pelo ambiente quando sua mão atinge minha coxa, e meu corpo se arqueia diante do impacto, uma deliciosa dor queimando minha pele. Xavier desliza os dedos sob o tecido, afastando a renda delicada da minha calcinha.

— Puta merda, Ayra... Tão pronta para mim... — provoca, deslizando os dedos sobre minha entrada, espalhando minha umidade ao retornar dela. — Tão quente, faminta. É disso que tu gosta? Ser tocada assim?

Seus lábios percorrem minha mandíbula, os dentes raspando contra a pele, enquanto seus dedos provocam tortuosamente, sem pressa alguma de me dar o que preciso.

Eu gemo em desespero, tentando me mover contra sua mão, mas ele me prende contra a parede, pressionando seu corpo no meu.

— Não, não... minha doce indiazinha... Eu decido quando e como tu vai ter o que quer. — Sua voz é pura sedução e ameaça. — Eu decido quando vai se libertar. E vai ser só quando... — Primeiro ouço o som de um zíper se abrindo, depois, sinto o que descreve... — Eu estiver assim dentro de ti, sentindo cada espasmo... me sugando até eu não ter mais nada para te dar.

Ele me ergue do chão com facilidade, minhas pernas se fecham ao redor de sua cintura instintivamente, buscando mais contato. A ponta de seu nariz desliza pela minha pele, descendo pelo pescoço até o colo, enquanto ele continua me levando firme contra a parede.

— Porra, tão gulosa...

— Ah, X... Como amo esse teu jeito...

— Sim, meu amor? Mostra pra mim...

Sua exigência vem acompanhada de um tapinha na minha cara. Ah, merda... Fico ainda mais louca, perdendo-me nele e em nossa lascívia pelos próximos minutos...

Quando tudo explode, ficamos agarrados, gemendo, arfando na boca um do outro. Meu corpo está mole na letargia do prazer incomensurável, meus olhos querem fechar sem o meu consentimento. A sensação mais perfeita se espalha em cada partícula do meu corpo conforme os braços fortes me seguram juntinho a si.

Sem mais conversa, sai delicadamente do meu interior e me coloca sobre os meus pés. Nós nos recompomos em silêncio. Eu o ajudo com a calça, ele com o meu vestido e ficamos nos olhando bem próximos por alguns instantes. Ele pega minha mão direita e deposita beijos reverentes em cada dedo.

Deixamos a casa de mãos dadas e, enquanto atravessamos o enorme galpão, as luzes se apagam. Um frio estranho percorre a minha coluna ao notar que há energia elétrica nos arredores, o apagão foi apenas aqui. Eu me assusto ao ser puxada por Xavier rapidamente para trás da coluna no centro.

Meu coração vai parar na garganta. O que está acontecendo? Meu Deus, quem apagou as luzes? Quem está aqui nos espreitando? Quero perguntar ao Xavier, mas estou paralisada nesse momento.

— Fique calma, amor — sussurra quase inaudível no meu ouvido. — A lancha do meu tio tá no deck aqui da frente. Quando eu disser já, vamos pular a mureta e correr até lá. É a nossa única chance se houver alguém aqui...

— Xavier Monfort?

Uma voz masculina, grossa e sinistra, soa de algum lugar na escuridão à nossa volta, cortando o plano de Xavier. Não a reconheço, mas me causa arrepios tenebrosos.

— Tenho uma encomenda pra ti... — A voz continua com uma calma fria. — Andou mexendo onde não devia, macho.

E meu sangue gela da cabeça aos pés. Uma encomenda. É a forma que os pistoleiros usam para informar que sua vítima vai morrer porque alguém pagou para isso.

— Saia daí e nos poupe tempo. Ninguém consegue escapar de mim.

Eu contenho um soluço, a bile sobe à minha garganta. Meus olhos turvam de absoluto terror. Xavier aperta os braços ao meu redor, o corpo tenso. Não conseguiremos pular a mureta agora. Quem quer que esteja à espreita, vai meter bala em nós no segundo em que sairmos detrás dessa coluna.

Nós vamos morrer... Não viveremos o nosso amor, como sonhamos tantas vezes. Engasgo, minhas retinas doendo pelas lágrimas quentes. Embora não saiba quem seja o mandante, uma coisa é certa: o ódio entre nossas famílias é o causador disso.

Como Romeu e Julieta, há mais de cinco séculos, vamos morrer pelo ódio entre nossas famílias!

CAPÍTULO 38

◆

"Temos muito o que fazer com o ódio em nossa cidade, e
mais ainda o que fazer com o amor."
Romeu e Julieta, Ato I, cena I

◆

Xavier

Eu conheço cada canto desse tilheiro, ainda que a escuridão, a céu aberto, transforme cada carcaça de barco em um esconderijo traiçoeiro. Meu coração está saltando de uma maneira muito ruim no peito. É a sensação mais visceral e aterrorizante que já senti. Seguro Ayra com força, enquanto minha mente trabalha rápido, tentando encontrar uma rota de fuga para nós.

Os olhos percorrem o depósito de sucata, buscando vultos entre os cascos apodrecidos empilhados. Qualquer movimento. Qualquer reflexo. Ou qualquer som sobre as pedras estalando pode ser um passo.

Sei que há alguém na escuridão apenas esperando o momento para puxar o gatilho. Cada músculo do meu corpo está em estado de alerta, preparado para reagir em defesa daquela que respira com dificuldade contra as minhas costas.

— X... — O jeito aflito como me chama faz a impotência se revirar dentro de mim.

— Shh, meu amor. Vai dar tudo certo. Só continua atrás de mim — peço, procurando acreditar no meu desejo. Quero ser um escudo, mas a verdade é outra: eu a coloquei nessa situação.

Talvez Ayra ainda tenha uma chance de sair sem se machucar. Se estão aqui para me matar, ela não será o alvo. É assim que esses malditos funcionam, não é? O pensamento me corrói por dentro. Não há como sairmos os dois vivos. Essa certeza pesa no peito, me sufoca. É uma estranha angústia que se mistura ao medo brutal. Talvez seja isso que se sente ao encarar a morte: o pavor e a percepção inevitável do fim.

Forço meus olhos a se ajustarem ao escuro. A lua projeta luz, criando sombras que se movem conforme o vento sacode os galhos lá fora. Respiro fundo. Tento adivinhar suas posições.

Algo se mexe entre os destroços. Meus reflexos berram. Seguro Ayra ainda mais firme, procurando rastrear o perigo antes que ele nos alcance. De repente, me recordo do aviso do tio Elias, para que eu ficasse atento dado os ânimos inflamados na ilha. Pediu que lhe enviasse nosso código secreto de socorro se algo saísse do controle — um código que usamos desde que era pirralho.

Um fio de esperança surge com o instinto de sobrevivência. Tateio o bolso da calça, puxo o celular e desbloqueio a tela; num segundo, digito a mensagem e envio. Agora, só posso torcer para que meu tio esteja por perto e faça alguma coisa. Qualquer coisa. Pois, sozinho, eu não saio dessa.

A coluna não nos protegerá para sempre. Temos que sair dali.

— Não adianta chamar ajuda, macho. Hoje tu se despede desse mundo!

A voz demoníaca ecoa. Vem de perto. Mais próximo do que eu gostaria. A temperatura do meu corpo despenca, e sobe um calafrio pela espinha.

Preciso de uma distração. Preciso virar a caça antes que nos transformem em presas abatidas. Engulo em seco. Ayra começa a chorar e soluçar baixinho. Estou no meio do movimento de guardar o celular quando me bate uma ideia. Eu ligo o alarme e arremesso o aparelho na direção que veio a voz. O som rasga o silêncio. Um erro de cálculo e já era. Mas ele cai longe o bastante. Um segundo de hesitação do outro lado. Um segundo é tudo o que eu preciso.

— Vem! — murmuro...

No mesmo instante, corro arrastando Ayra para a mureta, pulando-a com rapidez e agilidade. Pegamos o caminho estreito que nos levará ao rio onde podemos pegar a lancha no píer. Sons de tiros explodem. O cheiro de pólvora enche o ar. Balas passam zunindo pelos meus ouvidos, mas não paro de correr, levando a minha garota, que agora parece menos apavorada e mais disposta a escapar.

— Filho de rapariga! Não adianta, porra! Eu vou te pegar, agora é questão de honra!

O maldito grita atrás de nós. Há plantas e arbustos altos nas laterais da estrada estreita que leva ao pequeno píer. Se conseguirmos alcançar a lancha, estaremos a salvo. É só no que consigo pensar, enquanto corro sem parar, a adrenalina me dando a coragem necessária para continuar correndo e correndo.

Logo, entramos na faixa de mata fechada antes do deck. Nós nos esgueiramos de árvore em árvore, nos protegendo dos tiros, que não cessam em momento algum.

— Só mais um pouco, amor! Corre só mais um pouco!

Sussurro asperamente conforme deixamos o abrigo da última árvore e corremos em zigue-zague pela passarela de madeira velha. Os sons e rangidos são quase fantasmagóricos no meio da escuridão.

— Estamos quase lá, Ayra — murmuro, tentando dar-lhe um mínimo de esperança. — Eu vou te proteger. Só me acompanha.

Os tiros continuam ricocheteando, zumbindo em nossos ouvidos. A lua, que esteve bonita no céu, se esconde entre as nuvens por um momento, como se estivesse do nosso lado. Só que é breve, e, de repente, reaparece, iluminando e nos tornando visíveis para o pistoleiro.

Isso se confirma quando um dos tiros acerta a minha coxa. Caio com um grunhido de dor. Pavor, impotência, desabam sobre mim. Ayra se ajoelha à minha frente, chorando novamente.

— Levanta, X! Vamos, levanta, amor... Falta tão pouco!

Implora. A lancha está a poucos passos de nós. Engulo a minha dor e sentimentos debilitantes e aceno, aceitando seu apoio, pelo menos até nos abrigarmos atrás de uma pilha de motores velhos. O monte de sucata se torna nossa proteção improvisada.

Espio por uma fresta entre as carcaças e vejo o bandido se aproximando, arma em punho, sobre a passarela. É com horror que percebo: acabou!

Minha perna parece que perdeu as forças.

É o fim!

Só que não quero desesperar mais a minha menina. Ela ainda pode se salvar.

— Corra até a lancha, Ayra! Se salve, anjo! — Meu apelo quase não sai de tanto pavor.

— Não! Não ouse me pedir para te deixar aqui sozinho, Xavier! Não ouse!

Ela até tenta me arrastar, só que minha perna já não responde o quanto precisamos, e ela chora, seu rosto torcido em desespero.

— Vá, Ayra...

— Eu não posso.

Rápido demais, nosso inimigo vai nos alcançando. Ele ainda está bem longe na extensa passarela, mas consigo ver seu rosto encoberto por uma meia preta. É um homem não muito alto, um pouco mais magro do que eu. Se não tivesse armado, eu iria moer o infeliz de pancada. Não teria a menor chance contra mim de mão limpa, tamanha minha ira.

Olho à nossa volta. Não tenho muito tempo para pensar...

— Corra, Ayra! Só corra...

— Não é justo me pedir isso, X.

— Oh, meu amor... Eu sei.

— Não posso.

— Ficará tudo bem. Só me ouça... Corre até a lancha e ligue ela para nós. Enquanto isso, fico aqui distraindo o pistoleiro. Meu tio já deve estar chegando com a polícia, Ayra.

Seu rosto torce num misto de pavor, amor, resignação, e ela acena ferozmente:

— Vou te esperar lá. Tome cuidado, meu amor!

Me beija...

— Farei isso, pequena. Agora, vá para a porra da lancha!

Vocifero em completo desespero, enquanto grito, meu olhar se prende nela. Cada linha do seu rosto, cada contorno dos seus olhos, da boca, da pele pálida e das lágrimas que escorrem como se fossem a última coisa que eu veria. Não sei se são os momentos finais, mas preciso memorizá-la, manter sua imagem comigo.

Ela é o meu mundo, o último pedacinho de luz quando se afasta. Porém, ver que ficará totalmente na linha de fogo se o pistoleiro correr para o outro lado me faz agir rápido. Vou arrancando algumas peças soltas dos motores com todas as minhas forças, sem me importar com os rasgos que causo na minha mão, e arremesso na direção do bandido.

Essa é a nossa chance.

— Ora, ora, o filhinho do Aprígio Monfort tem culhões... Quem diria...

A cada passo do desgraçado, a madeira range sob seus pés, como um réquiem macabro. Seu tom impiedoso soa com um prazer doentio. Ele não tem pressa. Quer meter o terror.

Outro tiro. O estrondo ecoa contra o metal, faíscas explodindo no escuro. Meu corpo pulsa de adrenalina, a dor é um borrão distante, enquanto arranco mais pedaços das sucatas e continuo atirando com fúria cega. Só penso em Ayra...

O pistoleiro avança. Mais um rangido sinistro. Perto. Tão perto, que sinto outro tiro me atravessar no abdômen. Solto um grunhido de dor.

— Vai morrer aos poucos — o infeliz ri, se alimentando da dor alheia —, porque quis bancar o valente, macho. E, depois que te furar inteiro, vou atrás da tua namoradinha...

Estou praticamente agonizando, com ânsia, o líquido quente vindo à garganta, mas engulo... O calor viscoso se espalha pela minha camiseta. Só que quando o filho da puta está perto suficiente, sei que é tudo ou nada... Temo por Ayra sozinha se algo de pior me acontecer, então me lanço sobre o nosso algoz.

O impacto o desequilibra, e caímos sobre a passarela. Troco socos com ele, ignorando a dor que lateja na minha perna e costela. Não sei de onde me vem força, só sei que só não posso parar... Meus dedos se fecham ao redor da sua garganta, pressionando até o riso virar um engasgo sufocado.

Então, um movimento. No caos, uma sombra delicada se lança contra nós. Não! Ayra... Imagino que estou delirando, mas não, ela se joga sobre o homem que agora está sobre mim e o emaranhado de corpos de repente se torna leve, e eu só ouço outro estampido. E tudo que consigo ver é ela caindo de lado. Com os olhos arregalados em choque e dor.

— Ayra...

O grito morre na minha garganta. O mundo desaba junto com ela. E algo dentro de mim se rompe. Algo que não pode ser consertado.

Um barulho distante — o som de pneus derrapando no asfalto — se insinua pela borda da minha consciência, mas tudo que realmente importa é ela. Ayra. Sangrando. Perdendo-se.

O pistoleiro se ergue, impassível, como se a cena diante dele fosse apenas mais um detalhe insignificante. Seus olhos me percorrem, e, então, ele sorri. Devagar. Desprezível. O chute vem com uma precisão cruel. Direto na minha ferida.

A dor me rasga por dentro. Um som esganiçado escapa da minha garganta, um gemido de puro sofrimento. O mundo pisca, vertiginoso, enquanto luto para não sucumbir à escuridão. Vomito bile e sangue, o gosto de ferro dominando minha boca.

Ayra soluça ao meu lado. Engasga-se. Luta contra a própria ferida. O frio em minhas entranhas se intensifica, um arrepio gélido que se espalha pelos meus membros. É assim que a morte deve nos levar. Devagar. Irreversível.

— Xavier... — O tom de Ayra já está fraco e entrecortado. Olho para baixo, a visão do lindo rosto pálido me faz querer gritar pela injustiça do nosso fim.

Sua doce voz, que tanta alegria já me deu, agora soa num fio entrecortado pela dor. Meus olhos encontram os seus. O rosto pálido, os cílios trêmulos, os lábios entreabertos têm uma prova de amor muda. Uma súplica que não sei como atender.

Ela estende a mão ensanguentada. O sangue dela. O meu. Se misturando no chão como um pacto. Irônico para caralho, pois sempre ouvimos que Monfort e Tari não se misturavam. Soluço. O choro rasga minha garganta, enquanto me arrasto até ela.

— Ayra...

Sussurro seu nome como uma prece condenada. Minha respiração falha, mas ainda a abraço junto a mim, desesperado para senti-la. Tento me concentrar na maneira como está me olhando, com um tipo de amor que não há como descrever. Só quem sente consegue entender. E nós o sentimos. Com cada partícula do nosso ser, nós sentimos esse amor.

Essa é a última imagem que quero levar.

Seus olhos cravados nos meus, úmidos, intensos. Me olhando como se quisesse gravar meu rosto na alma, como se tentasse segurar o tempo entre os dedos. Há tanto amor ali. Amor de verdade. Daquele que não precisa de palavras para ser entendido.

— Me... perdoa... meu amor... — Minha voz falha, entrecortada por soluços e pela dor rasgando meu peito. Limpo uma lágrima escorrendo pelo rosto dela, mas a mão treme tanto, que só espalho o sangue. — Se eu não tivesse insistido... hoje... tu... não estaria aqui...

Ela sorri de leve. Cansada. Triste.

— Se um dia teu coração... parasse, o meu pararia junto... — sussurra com olhos pesados, mas nunca desolados.

Tudo no que consigo pensar é que não conseguimos fazer diferente daqueles adolescentes de Verona. Estamos morrendo sem conseguir viver o amor que nos consome.

— Não consegui ser melhor do que aquele idiota do Romeu...

Ela leva a mão trêmula ao meu rosto, traçando meu maxilar com os dedos gelados. Fecho os olhos por um instante, segurando o toque como se pudesse prendê-lo no tempo. Quando abro de novo, suas lágrimas turvam os olhos escuros que tanto amo.

— Pois... se... eu... tivesse direito a um último pedido... Queria viver mil vidas ao lado do meu X...

Minha respiração está rasa. Fraca. Sei que estou indo, mas não solto minha garota. Não vou soltar.

Nós dois nos agarramos e choramos como crianças. O fluxo de sangue invadindo minha boca é maior, e eu me engasgo mais. Quero me manter firme, só que a força está indo embora conforme o sangue deixa meu corpo rapidamente. Ainda assim, não solto a minha garota. A lua bonita no céu é a única testemunha da nossa triste partida. O barulho da água batendo contra o deck de madeira, junto com nossos soluços e engasgos, são os únicos barulhos ouvidos.

Levo a mão trêmula para sua face fria e traço cada detalhe do rosto perfeito. Faz o mesmo comigo, e choramos mais, nos engasgando. Estamos morrendo.

— Eu também... — murmuro, e ela tosse, o sangue borbulhando em sua boca. — Tu é o meu coração fora do peito, Pocahontas...

Meu peito fica ainda mais esmagado pelo triste fim que nos foi reservado.

— Meu... amor — murmura, e seus olhos se fecham devagar. Eu emito um som baixo, ferido, desolado. Meus braços estão pesados agora, mal consigo segurá-la.

— Minha... — declaro de volta e beijo seus lábios frios e pálidos.

Nunca senti dor maior em toda a minha curta vida. Estou morrendo, mas o fato de ela estar indo junto me soterra. Ela merecia ter uma vida longa e plena. Merecia morrer bem velhinha, depois de ter realizado todos os seus sonhos. Eu choro, mantendo-a bem junto a mim. Ela se foi. E também estou indo atrás. Sinto meu corpo dormente, é como se uma calmaria caísse sobre mim nesse momento.

Os pensamentos tristes vão sendo substituídos pelas lembranças felizes que tive com o amor da minha vida. Tudo vai ficando cada vez mais distante até o momento em que arquejo, tendo a consciência de que será o meu último suspiro.

Então, meus olhos também se fecham mergulhando-me na escuridão.

CAPÍTULO 39

◆

"Todo mundo é capaz de dominar uma dor,
exceto quem a sente."
William Shakespeare

◆

Moara

Eu toco mais uma vez o caixão e limpo discretamente as lágrimas. Esses foram os piores dias da minha vida. Jamais imaginei esse desfecho... Tudo se tornou brutal demais entre Monforts e Taris. Nós nos deixamos dominar pelo ódio. Percebo com tristeza e arrependimento pela minha parcela de contribuição durante o funeral.

Se tivéssemos sido mais abertos, Ayra e o Xavier estariam a salvo. Mas não fomos, e isso está pesando sobre as minhas costas desde que fui avisada de que minha irmãzinha foi encontrada naquela situação... Meu peito dói absurdamente, enquanto fito o caixão. Estamos sendo castigados pela nossa intolerância.

Minhas lágrimas transbordam, um coquetel amargo reverbera em meu sistema, odeio tudo o que contribuiu para que ela se perdesse... Eu poderia ter evitado isso... Os malditos Monforts também poderiam ter controlado o seu filho.

Mas nenhum de nós fez, e agora estamos sendo punidos. Ontem sonhei com a nossa mãe, ela estava brigando comigo por não ter protegido a Ayra, como prometi que faria em seu leito de morte.

— Me perdoa, mãe. Eu cuidei dela, mas não percebi que estava se perdendo outra vez... — murmuro só para mim, desolada. — A senhora sabe que fiz tudo o que podia nesse caso.

A família se aproxima mais para se despedir, a hora de ir para o cemitério chegou. A tristeza marca os rostos de todos. Era algo que já esperávamos, mas ainda assim, não deixa de doer.

— Lamento muito, prima...

Minha voz embarga ao cumprimentá-la. O luto pesa no ar, tornando cada palavra difícil de dizer. Tia Inã já estava fragilizada pelo maldito câncer há muito tempo. Será um choque grande para minha irmã quando souber, além da tristeza por não ter se despedido da nossa tia.

— Ela descansou. Estava sofrendo muito. — Minha prima desvia o olhar, sem saber o que falar.

Não há palavras que possam aliviar essa dor. Eu sei... E, ainda assim, tudo parece insuficiente, mesmo que todos sabiam que não tinha mais o que fazer...

— E a Ayra? Alguma melhora no quadro?

Meu peito aperta mais e engulo em seco. Não, minha irmãzinha ainda continua em coma induzido. Ela e o garoto. Foi uma comoção geral na ilha, depois que foram encontrados quase mortos no velho tilheiro do tio dele. As duas famílias estão praticamente acampadas no hospital. Os ânimos foram bem acalorados no primeiro momento, discussão de lá e de cá.

Ameaças. Xingamentos.

Então, tudo foi acalmando conforme as horas passavam e o prognóstico não era dos mais animadores. O risco de perdermos os dois era muito real. Fora do hospital, a imprensa acampou, em busca de notícias do jovem casal que desafiou as tradições. Matérias e mais matérias sobre eles estão circulando.

Curiosos e apoiadores também estão lá fora, carregando cartazes de incentivo com fotos de Ayra e Xavier. Estão chamando-os de Romeu e Julieta da Amazônia, e isso tem ganhado um apelo enorme nos canais midiáticos.

Após o enterro, tomo um banho rápido e volto ao hospital. Estou praticamente morando aqui nesses três dias de terror. Passo pela antessala, encontrando nosso pai dormindo em uma das cadeiras. O rosto cansado, as olheiras enormes denunciam como todos nós estamos nesses dias. Empurro a porta do quarto onde Ayra está e entro no ambiente silencioso. Me aproximo do leito.

— Me perdoa, irmãzinha — imploro pela milésima vez.

Ela não se mexe. Eu choro, acariciando seu cabelo. Então, ouço um gemido vindo da porta. Olho por cima do ombro e fico estupefata: Xavier Monfort está lá!

Amparado pela mãe de um lado e por uma muleta do outro, ele parece à beira do desmaio. Está pálido, mas seus olhos azuis carregam uma chama impossível de ignorar.

— Eu preciso vê-la, mãe! — Sua voz soa surpreendentemente firme.

— Filho, pelo amor de Deus, anda devagar então! Esses pontos vão abrir!

— Não consigo! Preciso senti-la de novo. Nem pense em tentar me impedir de vê-la, Moara. Ayra vai acordar e vamos nos casar!

Eu bufo e me viro para ele. O primeiro impulso é impedi-lo de ver a minha irmã, mas refreio isso. Estamos aqui por causa da intolerância de ambas as partes. Teremos que agir com cautela a partir de agora.

— Eu devia fazer exatamente isso, garoto — ranjo em tom baixo, mas não menos intimidante. — Mas não vou. Não agora.

Xavier pisca, surpreso. É bonito, tenho que admitir. Agora entendo por que minha irmãzinha se perdeu nele.

— Ayra... — Ele se aproxima dela e beija uma das mãos. — Estamos vivos, meu amor. Só falta tu acordar. Abre os olhos para mim, caprichosa.

Xavier chora baixinho, me chocando. Ok, talvez ame mesmo a minha irmã.

— Volta pra mim, Pocahontas. Volta, por favor!

Ouço um som baixo no quarto e olho na direção de Mariana Monfort, a mulher parece comovida, enquanto observa a cena.

Se os tivéssemos visto juntos antes... Céus... Será que teríamos permitido esse envolvimento? Não, não teríamos. Há coisas demais pesando entre as duas famílias. Volto à razão. Aceitar esse romance significa conviver pacificamente com Aprígio Monfort, e isso jamais farei.

— Vamos viver o nosso amor. Eu te prometo!

— Sabia que te encontraria aqui, caboco. Tu tá brincando com a morte, não é? — A voz forte e masculina vem da porta que ficou aberta e me faz virar a cabeça. Elias. O tio salvador. Sem cerimônia, ele se aproxima e segura o sobrinho com um misto de exasperação e preocupação.

— Eu precisava vê-la, tio.

É compreensível, dado o seu estado. Como Ayra, ele também deveria estar em uma cama, não vagando feito um louco pelo hospital.

— Agora que já viu, vamos voltar para o seu quarto. E sem discussão — Elias decreta.

— Não posso pedir para colocar a minha cama aqui?

Ele recebe três sonoros não.

— É só uma questão de tempo para estarmos não só no mesmo quarto como na mesma cama, saibam disso!

— Tá. Tu está falando isso desde que acordou. Vamos só esperar ela acordar, está bem?

— O que os médicos disseram sobre ela?

— Não aja como se se importasse, senhora — ataco, incapaz de conter a bile na garganta. — Sabemos bem do que foi capaz com a minha irmã da última vez que se encontraram. Ou melhor, quando foi atrás dela na nossa casa. Não mexa com Ayra de novo.

— Eu me importo — os olhos castanhos encontram os meus, firmes, e procuro qualquer traço de mentira, mas não encontro. — Meu filho a ama, e isso é o suficiente para mim agora. Cometi erros no passado, e estou disposta a corrigi-los. Tu deveria fazer o mesmo.

— Eu sou dona das minhas próprias correções, fique tranquila. — Estreito os olhos. — Mas quem errou vai ter que pagar.

A cor some do rosto dela, e, por um breve instante, vejo medo. Não pelo próprio destino, mas pelo homem que ela defendeu por tanto tempo.

CAPÍTULO 40

◆

"Amor é um marco eterno, dominante, que encara a tempestade com bravura; é astro que norteia a vela errante, cujo valor se ignora, lá na altura."
Romeu e Julieta – William Shakespeare

◆

Três dias depois...

Xavier

Gemo baixo, a carne do meu peito parece rasgada. As imagens de terror se atropelam na minha mente. Onde estou? Acordado? Sonhando? Ou pior, morto?

— Ayra... Ayra! Não, porra! Tu não pode morrer!

Tudo em mim dói. Continuo chorando e pedindo que não morra, que não me deixe sozinho. A dor no peito vai se tornando insuportável. Então, vozes longínquas penetram meu cérebro.

— Ele está acordando. Graças a Deus!

É a voz da minha mãe. Em seguida, sinto o toque carinhoso em meu cabelo. Abro os olhos aos poucos, atordoado. O som dos bipes vai me ajudando a recobrar a consciência. Hospital. Estamos vivos. Quase morremos.

— Ayra... — chamo-a, a agonia crescendo no meu peito. — Ayra...

— Shh, fique calmo, querido. — Minha mãe impede que eu me mova, ajustando o travesseiro atrás da minha cabeça. — Ela está bem, se acalme.

Sinto-me desnorteado e abano a cabeça.

— Por quanto tempo estive dopado?

— Fui eu quem pediu. Tu não parava de insistir que queria ficar do lado do leito dela. Te deu febre. Alta... Pode ficar contrariado o quanto quiser, minha prioridade é a tua recuperação!

— Não será me drogando que me verá longe dela, mãe. Estou te avisando: ainda não te perdoei pelo que fez no passado.

— Eu mereço suas acusações. Só que, dessa vez, foi apenas para o teu bem.

Noto-a magoada e preciso admitir que, de em hora em hora, eu me pegava, cheio de dor, me arrastando pelo corredor que me levava ao quarto da Ayra.

— Quanto tempo, mãe?

— Um dia inteiro.

Expiro, vencido por um momento, e encosto a cabeça no travesseiro.

— Ela está bem mesmo? Dona Mariana?

— Ayra não está mais aqui, querido. Seu estado agravou, tiveram que transferi-la às pressas para Manaus.

— Quero ir pra lá! Não tente me impedir, mãe! Eu tenho um jato à minha disposição e não ficarei mais um segundo sem estar acompanhando tudo de perto.

Tento levantar, mas, nesse momento, meu pai surge ao lado da cama. Aprígio Monfort, sempre impecável, sempre arrogante, coloca a mão no peito. O repúdio no seu olhar me atinge antes mesmo que abra a boca. Ele inclina a cabeça, observa meu estado deplorável com um ar de superioridade que odeio.

— Nem quase morrendo tu para de te rebaixar por essa maldita que quase destruiu tua vida?

— Destruiu minha vida? O senhor consegue se ouvir? Sofremos um atentado, pai! Um atentado, caralho! E ela... Ayra tentou me salvar, enquanto o pistoleiro estava pronto para descarregar o pente da arma em mim! Ayra tomou um tiro para me salvar, porra. E o senhor ainda tem coragem de falar dela assim?

— Não seria peso na consciência? Arrependimento, talvez?

— Aprígio, por favor — minha mãe pede.

— Ele precisa ouvir a verdade dura e crua, Mariana, antes que saia por aí se matando de vez, por alguém que só quer seu mal.

— Quem mais sabia que vocês estavam no tilheiro? Uma Tari, Xavier. Uma maldita Tari querendo se vingar da infeliz fatalidade da morte da mãe. Ou do atentado contra a caluniosa da irmã dela. Eu fui indiciado injustamente, porra. Isso não deve ser o bastante para elas.

— O senhor tá insinuando que foi Ayra? É isso?

— Só acho curioso que meu filho tenha sido atacado, e a única pessoa que sabia do seu paradeiro num local ermo era uma Tari.

— Sai do meu quarto, pai. Sai do meu quarto antes que eu levante daqui e eu mesmo tire o senhor.

— Saia, Aprígio. Meu filho precisa de repouso, e tu não parece disposto a cooperar para isso. — Mamãe me assusta ao sibilar para o velho, que fecha a cara na mesma hora.

— Ah... Faça um favor para todos nós, Mariana. Ele é meu filho também. Não pense que vou amolecer, como um covarde para os malditos que mandaram matar meu único filho. Isso não vai ficar impune!

— Pelo amor de Deus, homem. Tu nem sabe se foram eles! Para de falar besteira antes que se arrependa. Tu já foi indiciado por uma tentativa de assassinato por questionar o trabalho da polícia. Quer ser preso por incitação também? Deveria dar menos ouvido para o veneno do Alcino.

— Pelo visto, tu já debandou para o lado do moleque nessa birra com a aproveitadora, não é?

— Eu apenas acredito no que Xavier tem nos contado. Se tu não consegue ser grato àquela garota que quase deu a vida por ele, Aprígio, é porque tu não sentiu um pingo da dor e do medo que senti quando vi nosso filho inconsciente, entre a vida e a morte. Tu não estava lá quando os médicos me puxaram para o lado e disseram que as chances dele eram mínimas. Que meu menino podia não acordar. Tu não estava lá para ouvir o barulho insuportável daqueles monitores apitando, os médicos e as enfermeiras correndo para o reanimá-lo.

Mamãe funga e, quando fala de novo, treme a voz.

— Eu rezei, Aprígio. Como nunca rezei antes. Eu implorei. Prometi perante o altar de Deus que, se Xavier saísse daquele centro cirúrgico vivo, eu jamais me oporia aos desejos dele outra vez.

Ela vira para mim, os olhos marejados, mas sua expressão é de convicção absoluta.

— Jamais me oporei ao que te faz feliz, filho.

— Tu não sabe o que diz e nunca viu nada diante de seus olhos, Mariana...

— Sei, sim. E tu vai ter que escutar o que meus olhos viram durante esses últimos dias, os mais lúcidos da minha vida.

Ela se vira completamente para ele, e a fragilidade contida nos seus olhos por todos esses anos dá lugar a uma mulher que precisa colocar sua voz para fora.

— Eu vi meu filho vagando por esses corredores, com pontos recentes, sem forças sequer para se manter de pé... Vi ele ignorar a dor, o risco de abrir os pontos, só para tentar chegar até a mulher que ele ama. Eu vi meu filho tremendo de febre, prestes a entrar em choque, porque sentia que o estado de Ayra estava piorando. Estava aqui para testemunhar o desespero de Xavier ao encontrar a família dela aflita na porta do quarto, sem notícias, e, mesmo assim ser barrado quando tentou se aproximar. Ele mal conseguia ficar de pé, Aprígio! Estava pálido, suando frio, com a respiração curta de dor e exaustão! Elias e eu tivemos que implorar para os médicos sedarem-no antes que ele se matasse naquele corredor.

Fecho os olhos por um segundo, ainda meio grogue, mas as lembranças vêm de qualquer jeito, meio falhadas. Da última vez em que tinha estado no quarto de Ayra, senti que ela não estava melhorando. Decidi voltar lá, pouco me fodendo com meu estado, algo me dizia que eu precisava. A família dela estava na porta do quarto. O medo se transformou em desespero. Tentei me aproximar, mas fui barrado antes de conseguir ver qualquer coisa. "Você não pode entrar agora, Xavier." A voz firme de Moara era inquestionável. Médicos estavam lá dentro. Eles estavam lutando pela vida dela. Eu me desesperei, porra. Depois disso, só me vem à mente meu tio, me pegando com uma cadeira de rodas e trazendo para o meu quarto, rodeado de enfermeiros.

— Espera que eu bata palmas para essa sucessão de imprudência? — meu pai ironiza.

— Não. E suas ofensas não vão me atingir, Aprígio. Enquanto tu estava trancado com Alcino e advogados, tentando tirar proveito dessa situação, eu estive aqui, vendo tudo.

Porra, eu sobrevivi para ver minha mãe acordar para a vida.

— Não me venha com sentimentalismo agora, Mariana. Você sempre enxergou apenas o que quis, porque eram as portas fechadas e as horas suadas de trabalho que bancavam os luxos que encantavam seus olhos. Essa é a verdade absoluta.

— Isso é verdade. Absoluta verdade. Por anos, eu me deixei cegar pelo brilho falso desses luxos. O bom é que sempre há tempo para arrependimentos. E um deles é ter sido cúmplice em separar nosso filho de quem ele amava, tudo para proteger os interesses empresariais da família.

— Mãe...

— Tu tem minha bênção, Xavier.

— Obrigado... Isso significa muito pra mim.

— Perdeu o juízo de vez, Mariana? Ou está tentando abandonar o barco, achando que ele vai afundar, agora que esse moleque mimado que tu criou está com dinheiro e pensa que vai te sustentar? Se tu quis separá-los, não jogue a culpa em mim. Fez isso porque sabia que Yasmin era uma moça decente, diferente dessa sem-vergonha que o trouxe para cima dessa cama. E espero que morra para não trazer mais desgraça entre nós.

Sinto meu sangue ferver.

— Vá embora, pai!

— Ouça o que Xavier está dizendo, Aprígio. Acho que já deu o tempo da sua visita, por hoje. — pediu Tio Elias, que, até então, estava sentado na poltrona da antessala do quarto.

— Tu endoidou também? Quem está pensando que é?

— Diga só mais uma asneira para seu filho e para a minha sobrinha, e descobrirá quem está endoidando.

— Tu quase morreu por causa deles. Como pode ficar contra teu pai, porra?

— Não foram os Tari. Foi alguém que tu menos espera, Aprígio. — Todos nós voltamos nossas cabeças para tio Elias. Sua expressão é ainda mais séria agora. — Foi o Alcino.

— O quê?!

Meus pais exclamam em uníssono. Para mim, não era surpresa de todo.

— Seu sócio e candidato a prefeito, cuja campanha tu encabeçou, foi o mandante dos dois atentados, Aprígio. Parece que tu também não anda olhando além dos seus negócios.

— Como diabos sabe disso?

— Tudo o que saberá de mim é que Zé Capeta virou um Zé Ninguém...

— Maldito seja! Eu vou acabar com aquele infeliz traiçoeiro!

— Dê os créditos ao Xavier. Foi esse caboco que tu não acredita que seja capaz de escolher quem amar que levantou a lebre. E, a partir do momento que o miserável mexeu com gente minha, a história mudou de figura. Ser a "ovelha negra da família" e "amigo de todo mundo" tem suas vantagens. Mas, se minha palavra não for o bastante, teu filho imprudente também contratou a empresa que presta segurança para ele. Eles investigaram na surdina, e, graças ao serviço de um desses cabras que mexem com tecnologia, conseguiram grampear ligações e movimentações bancárias. Alcino tava tão confiante que tu seria preso pelo atentado da Moara; e a vereadora, pelo atentado do teu filho, que não tomou precauções básicas como pagar o pistoleiro em dinheiro vivo, por exemplo.

— Desgraçado! Onde estão essas provas?

— Com o delegado da ilha. Acredito que, a uma hora dessas, Alcino Cardoso esteja usando suas novas pulseiras de metal...

— Por que diabos não entregou para mim?

— Isso é assunto de polícia. Acaso tá pensando em fazer justiça com as próprias mãos, pai? — confronto-o.

— Claro que não, mas queria ao menos quebrar a cara do traidor antes de entregá-lo às autoridades.

Continuo observando-o. Não que eu esperasse alguma retratação. Meu velho não tem um histórico de grande pai. Duvido até que tenha um coração em seu peito. Só que sua reação coloca outra pulga atrás da minha orelha. Alcino sabe de algum podre dele? É por isso que ficou tão alterado com a informação de que a cobra está na delegacia?

— Vou à delegacia. Volto mais tarde.

Sei que é meu pai, mas, quando ele deixa o quarto, puxo uma respiração, aliviado. Quando está por perto, parece me oprimir, é assim desde que eu era pequeno.

— Tu tá bem, caboco? — meu tio pergunta.

— Sim. Quanto tempo dormi?

— Dois dias a mais do que tua mãe disse.

— Três dias? Ayra está mal pra caralho e me deixaram três dias dormindo?

— Acordado, sua infecção só teria aumentado — responde minha mãe. — E não é por estar controlada e o resultado dos seus exames serem positivos que tu vais sair sem falar com os médicos, Xavier!

— Ah, vai ser difícil algum médico me dopar de novo. Eu estou indo ver a Ayra — declaro, já forçando o corpo a se erguer da cama.

O toque do meu celular ecoa pelo quarto. O toque dela. Minha menina. Meu coração dispara. Dona Mariana, que está ao meu lado, não espera que eu peça. Pega o telefone da mesinha e me entrega, os olhos castanhos carregando um entendimento que eu nunca tinha visto antes.

Minhas mãos estão trêmulas quando atendo.

Meu peito se enche de emoção crua, lágrimas queimam os olhos. O coração salta feliz ao ver seu rosto surgir na tela.

— Ayra...

— Égua… tu tá vivo mesmo! — O choro embarga as palavras, e eu sei que, assim como eu, ela esteve à beira da loucura. — Pensei que tinha te perdido, amor. Acordei e achei que tu tinha morrido. A Moara disse que tava tudo bem, mas eu precisava ver com meus próprios olhos.

O alívio que me invade é visceral.

— Tô vivo. E indo te ver.

— Como assim? Tu ainda tá no hospital, X!

— Mas estou de alta.

Nem olho para minha mãe e meu tio. Nada importa. Só ela. Só nós.

— Estamos vivos, Pocahontas.

Ela desliza os dedos sobre a tela, como se pudesse me tocar, e eu faço o mesmo.

— Vamos viver isso, caprichosa. De verdade. Sem mais adiamentos.

O sorriso dela surge entre lágrimas, um milagre diante da dor. Ouço a voz preocupada da irmã mais velha ao fundo, mandando desligar, mas Ayra não se move.

— Não era a nossa hora… Deus nos quer juntos, X.

— Vamos fazer valer a pena, amor.

— Sim… Por você eu espero — sua voz quebra um pouco, e vejo seu rosto se contorcer por um instante. — Te amo!

— E eu a ti. Nada vai nos separar. Nunca mais. Agora, me diz, como tu tá?

— Viva. E, agora, feliz. — Ela suspira. — Os médicos acabaram de chegar aqui para me examinarem.

Minha mandíbula trava. Eu odeio a ideia de não estar lá com ela.

— Vai lá. Em duas horas a gente se vê.

— Rápido assim?

Solto um sorriso torto.

— Não posso mais ficar longe de ti.

Tive que ficar mais um pouco. Por mais que eu quisesse voar imediatamente para Manaus, meu médico não liberou, e ainda me deu um maldito sermão. Acabei sossegando… Ou assim pensaram.

CAPÍTULO 41

◆

“Amor não se transforma de hora em hora,
antes se afirma para a eternidade.”
William Shakespeare

◆

Ayra

Adormeço segurando o celular contra o peito, como se o próprio Xavier estivesse aqui comigo. Seu último “eu te amo” ainda ecoa na minha mente, e um suspiro escapa dos meus lábios. É assim que tem sido todas as noites no hospital — ele me faz companhia, mesmo à distância, e me dá forças para seguir. Muito em breve, estaremos juntos novamente.

Os resmungos da Moara soam ao fundo, Parintins está de pernas para o ar com a reviravolta do culpado por nossos atentados. Quem diria que o sócio do pai do Xavier fosse tão maquiavélico? Inacreditável.

A sonolência se abate sobre mim e logo me vejo em um sonho. Estou vestida de branco, caminhando por um corredor decorado com flores em tons vermelho de um lado e azul do outro. Como se cada pétala fosse um brincante dentro do Bumbódromo. Assim como nossas famílias, amigos e o pessoal do nosso boi estão sentados cada um do seu lado. Meu coração bate forte, mas não de nervoso, e sim de uma felicidade imensurável.

Sim, nós podíamos nos misturar.

Ao fundo, uma música nossa toca baixinho, e, ao fim do caminho, lá está ele: Xavier. Seu olhar brilha como nunca, um sorriso de pura devoção desenhado em seu rosto.

Nossas famílias nos rodeiam, todos reunidos em paz, batendo palmas, celebrando nossa união como se nunca tivessem tentado nos afastar.

Quando enfim trocamos os votos, sua voz sai firme, carregada de emoção:

— Eu prometo te amar em todos os tempos, sob qualquer céu, em qualquer tempestade. Nada nunca vai nos separar.

Sorrio, segurando suas mãos com força, e respondo:

— E eu prometo ser sempre tua, seja na calmaria ou no caos. Que o nosso amor seja mais forte que qualquer medo ou desafio!

Dançamos, rindo, nossos corpos em sintonia perfeita. O mundo parece se dissolver ao nosso redor — somos apenas nós dois e a promessa de um futuro juntos. Mas, então, a atmosfera muda abruptamente. O céu, antes límpido, se fecha com nuvens escuras. Raios cortam o horizonte, trovões ecoam ao longe. O vento agita meu vestido, e, quando olho para Xavier, ele não parece mais tão sereno.

Ele segura meu rosto, a voz carregada de urgência:

— Eu nunca irei desistir de tu, Pocahontas. Nunca. Eu voltarei um dia... eu voltarei...

Meu coração dispara. Por que ele diria isso? Estamos casados. Nós vencemos, não foi?

— Nunca, desistirei também... Nunca! — asseguro, tentando afastar o pavor crescente.

Mas, antes que possa entender ele sumindo da minha frente como se sombras o arrastasse para longe, tudo se dissipa.

Acordo ofegante, sentando-me na cama. Meu abdome lateja com os pontos da cirurgia, mas o que mais dói é o aperto no peito. Uma angústia inexplicável me invade. Parece que meu coração já antecipa o que minha mente ainda não compreende.

Passo o resto da noite, agitada... Moara ameaça chamar uma enfermeira e prometo que são só pesadelos. Não julgo a minha irmã por estar velando pela minha recuperação. De acordo com a junta médica, tive complicações sérias. Tiveram que me trazer às pressas para Manaus.

E foi aí que aconteceu algo realmente intrigante, Moara contou que — devido à urgência do meu caso —, a mãe do Xavier providenciou um jato UTI particular para me trazer. Sem isso, as chances de eu morrer no percurso eram grandes. Ainda não sei o que motivou a mulher a fazer essa boa ação, mas a agradeço.

Enquanto termino o café da manhã, a porta se abre, e o médico entra com um sorriso leve.

— Hora de voltar para casa, Ayra. Sua alta foi autorizada.

Não era sem tempo! Moara faz uma série de perguntas para ele. De alguma forma, já esperava que hoje seria um dia atípico. Minha irmã esteve cochichando o tempo todo e, no lugar do pijama, deixou um vestido separado para mim. O médico mal saiu do quarto, quando ouço um burburinho no corredor. Meu coração acelera antes mesmo de eu ver quem está ali. E, então, ele aparece na porta.

— Xavier!!!

Vivo. Em carne e osso. E me olhando como se tivesse esperado séculos por esse momento. Meu peito aperta e, por um momento, penso que estou sonhando de novo. Mas não. Xavier está mesmo ali, encostado no batente da porta, um corte ainda visível na sobrancelha, as feições cansadas, as mãos com vários cortes cicatrizando, de muletas, mas os olhos... ah, os olhos.

— Entra!

— Posso? — Desvia o olhar para a minha irmã, e ela apenas acena rabugenta.

— Claro... Que saudade! Não acredito que está aqui.

— Já posso levar para casa a caprichosa mais linda de Parintins? — ele pergunta, e seu tom rouco e brincalhão me arranca um enorme sorriso.

— Achei que tu ainda estava internado em Parintins.

— Eu deveria estar. Mas tu acha que eu ia esperar mais um segundo para te levar embora? Se duas balas não me impediram, nada mais me impede.

— Se era todo garantido, antes... Agora, nada mais te segura

— Me ofereceria para te carregar no colo, mas cairíamos e seria mais alguns dias nesse mundo branco.

— Quem surtaria primeiro: nós ou os médicos?

— Nossas cuidadoras!

Moara pigarreia alto.

— Se vocês puderem adiar a sessão de flerte dramático, agradeço. Vamos sair logo daqui antes que virem capa de jornal de novo?

— Achei que ia te perder.

— Mas não perdeu. E nunca vai.

O olhar de Xavier se aquece, sua mão desliza para minha nuca, e, antes que eu possa dizer mais alguma coisa, sua boca encontra a minha. O beijo é um misto de desespero e necessidade, um lembrete de que ainda estamos vivos.

— Vocês dois são impossíveis — Moara resmunga.

Xavier se afasta, apenas o suficiente para murmurar contra meus lábios:

— Ela não tem ideia do quanto...

Eu rio. Nosso futuro ainda está cheio de incertezas. Mas nada disso importa agora. Porque ele está aqui. Eu estou aqui. E, depois de tudo o que passamos, nada mais vai nos separar.

Um mês depois...

Termino de me arrumar e um suspiro de pura felicidade sai da minha boca. Estou quase recuperada, e Xavier também. Conversamos todos os dias pelo telefone e, mesmo com a sua agenda lotada por causa dos ensaios para a turnê pelo Brasil, já conseguimos nos encontrar três vezes na casa nova dele. Ele também já passou duas tardes comigo aqui em casa, aproveitando os horários em que Moara e meu pai estavam no trabalho. A vovó adorou conhecê-lo pessoalmente; ele foi tão encantador e respeitoso com ela!

Ah, temos namorado tanto... ainda assim, vivemos com saudade um do outro... Sentimos falta da nossa conexão física, porque a química temos de sobra. A recomendação médica é clara: nada de atividades mais intensas antes dos quarenta e cinco dias.

— Prometo que vou me comportar — sussurrou um dia que me chupou e lambeu inteirinha, os olhos brilhando com a malícia de quem já sabia que estava mentindo antes de beijar.

— Veremos — retruquei em uma outra ocasião, quando o tive na minha boca, ajoelhada em frente aos seus pés.

Só que todas essas travessuras aconteceram no conforto da casa dele. Cada cômodo foi batizado com orgasmos sagrados — uma cerimônia profana e deliciosa.

Então, quando me convidou para sairmos essa noite, em um encontro romântico, quase tive um ataque cardíaco em imaginar que será em um local público. Andar com ele pela ilha, sem precisar fingir que não o amo loucamente, ou viver nos escondendo, é o meu maior desejo. Mas, antes, eu tinha um dever moral que não podia mais esperar. Estava afastada das aulas de dança na escolinha, porém já tinha forças para ir ao curral e abrir meu coração com toda a diretoria foi libertador.

◆

A sala de reunião no curral do meu Boi Azul estava silenciosa, um momento carregado de expectativa e tensão. O presidente esperava todos os diretores se acomodarem, e ladearem a mesa, enquanto eu acompanhava tudo.

— Ayra, tu pediu essa reunião. — Sua voz ecoou, quebrando o silêncio. — Estamos aqui para ouvi-la.

Assenti, com o coração acelerado, sem saber ao certo por onde começar. Embora o clima seja sempre descontraído, eu me sentia como se estivesse prestes a encarar uma arena de batalha.

— Sei que muito foi dito nos últimos dias sobre a minha vida pessoal. Também sei que minha posição como cunhã-poranga exige dedicação, honra e lealdade. E nunca questionei isso. Vocês sabem o quanto amo nosso boi, o quanto luto por ele. Mas meu coração... — Respirei fundo. — Meu coração encontrou um caminho que não planejei. E agora, após tudo que aconteceu, senti que era meu dever e respeito por toda a nossa comunidade vir conversar com todos.

Houve um murmúrio entre os diretores. O presidente ergueu a mão, pedindo silêncio.

— Está falando de seu envolvimento com Xavier Monfort? O sobrinho do Elias, diretor do Contrário, certo? — Bento, nosso amo do boi e diretor artístico perguntou sem nenhum pingo de julgamento por trás da sua voz, talvez por me conhecer desde criança.

— Sim. — Não recuei. — Nos apaixonamos. E mantivemos isso em segredo porque... — Resumi toda a nossa história, sem nunca justificar apenas uma vírgula.

O silêncio se estendeu. O presidente esfregou o queixo, pensativo.

— Em primeiro lugar, sentimos muito por tudo que passaram. Tenho certeza de que ninguém na sala gostaria de ver tu passando por isso. Também nos honra em vir aqui e abrir seu coração. Poderá sempre contar com a nossa Agremiação.

Sim, eles estiveram ao lado da minha família o tempo todo. Assim como se mobilizaram em uma vaquinha para ajudar no meu tratamento, garantido que não faltasse nada para a minha família nesse momento, em especial, na locomoção do meu pai para Manaus. Esse gesto de empatia e cuidado faz meus olhos arderem.

— Eu sei — respondi, com sinceridade. — E por isso estou aqui. Não quero enganar ninguém. Quero que saibam que meu compromisso com o

Boi Azul nunca mudou e nem vai. E entendo se acharem que minha posição trará desconforto. Por isso, estou deixando essa decisão nas mãos de vocês.

— Ficamos orgulhosos que entende a gravidade da situação, Ayra. — Agora viria o "mas"... — Nossa cunhã-poranga envolvida com um torcedor fanático do Boi rival? Um membro da família que comanda nosso maior adversário? Isso não é apenas um romance, Ayra. Isso pode afetar a confiança dos nossos torcedores. Precisamos discutir isso internamente. Sua lealdade sempre foi inquestionável, Ayra. Mas essa situação é delicada. Vamos avaliar e lhe daremos uma resposta em breve.

Concordei, sabendo que já havia feito tudo o que podia. Só me restava esperar. Imaginava que demoraria dias, e ficaria ansiosa assim como estou agora em saber que, em poucos minutos, estarei com Xavier. Estamos juntos. E agora é pra valer!

◆

Giro na frente do espelho do guarda-roupas. Alice bate palmas, sua euforia só não é maior do que a minha.

— Pela madeira da cruz de Cristo, mulher... Tu tá me contando que o nosso Boi Azul querido declarou que confia em ti e tá tudo bem? E que teu título de cunhã-poranga continua intocado? — Alice quase pula de animação, os olhos vibrando em euforia.

Em suma, o veredito havia saído nessa tarde: o conselho reconheceu que cresci dentro da comunidade, sempre fui leal e dedicada ao Boi Azul. Que minha trajetória foi feita de amor e esforço, sem qualquer mancha que comprometesse essa relação. Por isso, confiaram no meu discernimento para separar minhas responsabilidades e seguir representando o boi com a mesma paixão de sempre.

— Oh, meu Deus, amiga, eu nem estou acreditando até agora!

— Já tava na hora, mana! Vocês estavam arrastando essa cruz faz tempo.

— E Moara e seu pai, o que estão falando desse seu encontro?

— Eles preferiram não dizer nada. Simples assim.

— Não fique sentida com eles. Tu precisava ver como ficaram comovidos com o desespero de Xavier quando os médicos estavam dentro do teu quarto. Ayra, não teve ninguém naquele corredor que não se emocionou.

Seus olhos brilham reflexiva.

— Tu e ele merecem, Ayra. É sofrimento demais, o povo tem razão de chamar vocês de Romeu e Julieta. Mas agora acabou, né? Finalmente!

— Sim. Acabou. Eu e o Xavier seremos felizes — pronuncio como uma profecia. — Agora tu pode me dizer sobre essa amizade louca que fez com Charlotte? Ou acredita que não noto que, toda a vez que te ligo, está com ela? — Coloco as mãos na cintura.

— Alerta de gatilho, viu? Tá divertido demais ser amiga de Charlotte: ela cata as namoradas e eu consolo os bofes.

— Está brincando, né?

— Foi exatamente o que pensei quando ela veio com essa ideia e percebeu que, por aqui, "perereca não rala com perereca". Mas relaxa, não precisa ficar tão traumatizada... Nunca são histórias de amor épicas como a tua.

— Égua de tu e dela. Vou ficar bem longe das duas quando estiverem juntas — brinco, terminando de acertar a maquiagem, e pego a carteira.

Quando X avisa que já está na frente de casa, meu coração dispara, como se eu tivesse correndo uma maratona — descalça e de olhos vendados. Respiro fundo e saio da sala, desfilando como se fosse uma passarela, sob o olhar analítico de Moara, que ergue os olhos por cima dos óculos, segurando documentos no colo.

— Divirta-se, fia. Tá linda! — vovó elogia com um sorriso orgulhoso.

— Tu viu que belezura o presente que Xavier mandou pra Ayra, Moara? — vovó comenta, cutucando minha irmã e a incentivando a dizer algo. — O vestido e as sandálias... coisa de princesa!

Quando abri o pacote, dona Cema ficou encantada com o modelo em seda preta, de alças e decotes pronunciados na frente e nas costas. Ele é longo com uma abertura sobre a perna direita. E a verdade é que nunca me senti tão bonita e sexy em toda a minha vida. E, só para não ficar chateada com a minha irmã, dou um beijo nas duas e saio de casa.

— Mulher, agora tu já pode respirar! Bem que eu disse que a Mô não diz nada — Alice brinca, saindo detrás de mim.

— Melhor assim.

— Ah, se é... porque o culto de hoje tem cheiro de fornicação.

Eu rio e empurro o portão estreito, sentindo um frio na barriga quando vejo o Range Rover preto e reluzente parado em frente à minha casa.

Alice já saltou para a calçada, me deixando para trás.

— Eu já vou indo! — avisa antes de fazer mímica exagerada: "Me conta TUDO depois!"

Eu balanço a cabeça, com o seu enxerimento, e finalmente piso na calçada. Nesse momento, o objeto do meu desejo insano sai do carrão ostentoso e dá a volta, vindo em minha direção. Meu Deus! Xavier Monfort está lindo de um jeito indecente...

— Oi...

— Oi, meu amor!

— Será que algum dia vou te olhar sem a baba escorrer no maldito queixo?

Queria responder algo espirituoso. Mas meu cérebro? Vira geleia toda vez que o encontro. — Melhor não. Ia sentir falta de ser olhada dessa forma — meu sussurro mal sai antes de eu ser puxada pela cintura, os braços fortes me colando contra ele.

Enlaço seu pescoço, encaixando meu corpo no seu, e percebo, pela visão periférica, um ou outro curioso parando para nos observar. Terei que me acostumar a isso. Vai ser o acontecimento do século para a cidade nos virem em público, uma vez que já sabem do nosso romance às escondidas e estão especulando sobre quando ou se vamos aparecer juntos.

— Sempre te olharei assim.

— Posso me acostumar — arfo, levantando meu rosto, enquanto ele abaixa o seu.

— O céu é o limite quando se trata de ver esse seu sorriso, Pocahontas — murmura de volta, o hálito gostoso soprando bem próximo da minha boca.

Então, sem mais conversa, nós nos beijamos.

◆

Seguimos pela orla, o carro deslizando suavemente pela estrada, enquanto o sol poente transforma o rio em um espelho dourado. Xavier diminui a velocidade, como se quisesse convidar os moradores da ilha a nos observarem. E eles aceitam o convite.

Celulares se erguem, alguns tiram fotos, outros apenas apontam e comentam entre si. Em um certo ponto do percurso, os paparazzi que ainda estavam na ilha — incansáveis na busca por mais sobre o enigmático X_M — se aglomeram à margem do rio.

Flashes pipocam ao nosso redor, e nós subimos os vidros, rindo como dois adolescentes em uma travessura.

— Pronto. Agora o mundo vai saber que aqui, em Parintins, mora a garota mais linda… e que ela é a dona do meu coração — sua voz sai rouca, carregada de emoção, e meus olhos ardem com um súbito calor.

Engulo em seco, o peito apertado com uma mistura de felicidade e incredulidade.

— Como tu sabia que teriam olheiros aqui?… — murmuro, sem encontrar palavras à altura do que estou sentindo.

— Charlotte... Sempre ela. A gringa disse que, se não vamos nos esconder mais, que seja para o mundo inteiro saber. Seus perfis andaram disparando que X_M estaria com sua amada pela orla hoje.

— Sério?

— Ela é tua fã.

Então, sou eu quem pega sua mão grande e forte, trazendo-a até meus lábios. Deposito beijos suaves no dorso, sentindo sua pele quente sob os meus lábios.

O carro continua em frente, mas, naquele momento, parece que o tempo parou.

Seguimos em silêncio depois disso. Eu desfruto das músicas dele e do encontro, que, apesar de estar no começo, já parece perfeito. Quando percebo, já estamos na rota muito familiar para mim. Está me levando para o balneário Cantagalo.

Assim que cruzamos os portões do parque ecológico, eu o percebo estranhamente vazio. Franzo a testa intrigada. Esse lugar é sempre cheio até mesmo em dias de semana. É um dos recantos preferidos tanto dos nativos quanto dos turistas. Mas agora... está deserto.

— O que tá acontecendo aqui?

— Ouvi dizer que tiraram uma noite para manutenção. — Ele adota um tom displicente, mas o brilho maroto nos seus olhos denuncia.

Xavier desce do carro com sua calma exasperante e contorna o veículo, abrindo a porta para mim com aquele ar de cavalheirismo calculado que me faz querer sorrir e revirar os olhos ao mesmo tempo.

— Manutenção? Nunca ouvi falar disso por aqui… Tu fez isso? Como?

— Tenho contatos.

— E abriram só para nós, devo deduzir?

Balanço a cabeça, mas um riso bobo se abre em minha boca. Isso é tão absurdo... tão exagerado... tão romântico… até parece que estou vivendo um daqueles romances que costumo ler.

— Só para nós.

O lugar é carregado de lembranças. Costumo nadar aqui aos domingos com minha turma. Xavier já me contou que costumava correr por aqui com o tio Elias… e que me espiava de biquíni sempre que podia. Garoto abusado...

Agora tudo faz sentido. Ele escolheu este lugar para o nosso primeiro encontro oficial. Andamos abraçados, os passos ritmados, até que contornamos o restaurante. Assim que minha visão se desobstrui, meu coração dispara e minha respiração falha por um segundo.

— Oh, meu Deus... — A voz mal sai, engasgada na emoção. — X do céu...

O cenário é mágico. O sol, já quase engolido pelo rio, pinta o céu com uma paleta ardente de tons alaranjados e dourados. As águas refletem as últimas fagulhas do dia como um espelho líquido.

Mas é o que está sobre o píer que me rouba o ar.

Uma mesa, digna de um filme, meticulosamente posta para dois. No centro, um arranjo deslumbrante de vitória-régia.

E, então, como se minha surpresa ainda não fosse suficiente, três homens surgem trajando smokings brancos. O som doce e envolvente de violinos preenche o espaço, fazendo meu peito se apertar de pura emoção.

— Ah, minha nossa!

Os olhos ardem de emoção ao reconhecer os acordes de *Cedo ou Tarde*, a nossa primeira música de casal. Parece que foi feita para nós. Solto a sua mão e ando devagar até o centro do píer, todo enfeitado com arranjos de flores nas balaustradas. Abro os braços, o sorriso maior e mais feliz do mundo escancara no meu rosto.

— Porra, é tão bom te ver feliz!

— Nunca vi nada mais fantástico em toda a minha vida. Obrigada.

— Nem eu, linda. Nem eu.

Rodopiamos por todo o espaço, rindo, nossas mãos ousadas nos acariciando no compasso lento. Quando a música vai se aproximando do fim, Xavier ainda me puxa bem juntinho, os braços fortes enrolados à minha volta. Eu o cinjo pelo pescoço e continuo perdida em seu intenso olhar azul. Encostamos as testas e, então, balançamos, cantando juntos.

— Isso tudo é pra me impressionar, garantido?

— Impressionar? Tu já tá na palma da minha mão faz tempo.

— Nossa, que humilde! Aposto que ensaia essas falas no espelho.

— Só quando sei que vou te ver — ele rebate, rápido, e, antes que eu possa responder, suas mãos firmes me tiram do chão num movimento inesperado.

— Xavier! Tu não pode pegar peso!

— Relaxa, não sou de vidro...

Quando finalmente me coloca de volta no chão, mal tenho tempo de piscar. Meu coração dispara ao vê-lo se abaixar sobre um joelho, e todo o meu fôlego se esvai quando enfia a mão no bolso interno da jaqueta e tira uma caixinha de veludo vermelho. Meus olhos turvam de lágrimas.

— Tu é o amor da minha vida, caprichosa. Casa comigo, Ayra Tari.

— Sim, meu amor! Sim, sim! Milhões de vezes, sim!

Minha risada se mistura ao meu choro, enquanto cubro o rosto dele de beijos. Xavier ri também, a felicidade transbordando entre nós. Nos beijamos intensamente.

Os violinistas continuam a tocar, uma trilha sonora perfeita para o momento que parece tirado de um sonho. Não nos importamos com nada além um do outro. Beijamos, sorrimos, trocamos selinhos reverentes, querendo prolongar e desfrutar desse instante para sempre.

Xavier se afasta apenas o suficiente para tirar o anel da caixinha e, com um brilho travesso nos olhos, desliza a joia em meu dedo. Sua mão cobre a minha, os dedos quentes segurando os meus com firmeza.

— Agora é oficial — ele murmura, e seus olhos brilham com algo possessivo, adorável.

Rio entre lágrimas, admirando a pedra reluzente. Um grande diamante branco, ele diz. Mas nada brilha mais do que o amor que sinto por ele neste momento.

Meu coração parece que vai explodir.

Vou me casar com o amor da minha vida!

CAPÍTULO 42

◆

"O meu amor guardo para os especiais. Não sigo as regras da sociedade e às vezes ajo por impulso."
William Shakespeare

◆

QUINZE DIAS DEPOIS...

Ayra

As últimas duas semanas foram praticamente uma lua de mel clandestina. Xavier e eu grudamos como chiclete, sem o menor pudor. Passamos a dormir juntos algumas vezes — sempre na casa dele, no seu quarto, na sua cama enorme e colossal, porque, afinal, o homem tem bom gosto. Quando ele pergunta se quero fazer alguma modificação naquela mansão, quero rir de nervoso... Tudo é tão perfeito!

Nossas famílias, continuam fazendo a linha dura com o nosso romance, com Moara e o pai dele liderando a patrulha. Papai também não fica atrás. Quando disse que aceitei me casar com Xavier e que ele pretende vir pedir a minha mão oficialmente... Sei lá... Parece que a ficha deles caiu e viram que não é só paixão, nosso amor é real.

A única que deu o aval até agora, sem rodeios, foi minha avó. Rainha sensata, nunca decepciona. E a dona Mariana; X disse que ela não se opõe mais sobre nós. Não estamos nem um pouco inclinados a recuar mesmo. Xavier sabe a distância que prefiro ter da sua família, em especial de Aprígio. Ele entende meus motivos e ressalvas.

Ouço uma falação em casa. A sala está lotada. Tios, tias, primos, primas, papai, Moara... Um comitê familiar em peso. Só falta uma faixa escrita "Ayra, precisamos conversar". Minha avó me observa com um quê de preocupação, e isso me deixa ainda mais inquieta.

— O que foi? — pergunto, cruzando os braços. — Perdi alguma data especial?

Ninguém responde de imediato. O silêncio pesa, denso, até que meu pai dá um passo à frente. O rosto sério e fechado faz um tremor ruim percorrer minha coluna.

— Está mais para uma data que eu preferia que nunca existisse.

Antes que eu possa perguntar qualquer coisa, ele me estende um celular.

— Um jornalista, amigo do seu tio Euclides, enviou isso antes de ir ao ar. E, pelo horário, imagino que o mundo inteiro esteja prestes a saber. Mais uma data marcada pela revolta da nossa família.

Minha testa se franze, a inquietação cresce como um nó no estômago. E piora quando vejo a cara nojenta de Alcino Cardoso estampada na tela.

Pego o aparelho e dou play.

A voz dele, carregada de falsa indignação, me causa asco. O vídeo mostra flashes espocando sobre seu rosto — um rosto que deveria estar abatido, considerando sua situação com os crimes que cometeu. Mas não está.

Ele parece um coitadinho.

E então, com uma expressão quase teatral, Alcino escuta um jornalista perguntar-lhe:

— Sr. Cardoso, existe um novo indiciamento que aponta o senhor e seu sócio, Aprígio Monfort, como responsáveis pela adição da "hidroquinona" no processo de produção da fábrica Eco Tintas. O senhor confirma que foi o químico responsável, mesmo sabendo dos riscos para os trabalhadores?

— Eu não tive saída. Na verdade, Aprígio Monfort me forçou a adicionar "hidroquinona" no processo de produção da fábrica.

Ele baixa a cabeça, passa as mãos pelo rosto, como se carregasse um fardo insuportável.

— Como químico da Eco, meu papel sempre foi pesquisar e desenvolver melhorias para os produtos, nada além disso. A "hidroquinona" apresentou resultados promissores na intensificação da pigmentação, mas era apenas um teste de laboratório, um estudo preliminar! Jamais deveria ter saído daquela fase! Eu nunca autorizei sua comercialização... Nunca!

Ele respira fundo, a voz embargada no ponto certo para arrancar empatia de quem assiste.

— Quando começaram a surgir pedidos em larga escala, alertei Aprígio sobre os riscos. Juro que alertei. Mas ele já estava obcecado pelo lucro e sucesso das vendas. Disse que não podia parar. Que seria um desperdício. — Faz uma pausa, para beber agua e mostrar o quanto suas mãos tremem de nervoso.

— E então... A primeira tragédia aconteceu.

Meu estômago dói.

— Yoná Tari morreu.

O nome da minha mãe saindo da boca daquele maldito.

— Eu me desesperei — Alcino continua balançando a cabeça, como se revivesse o momento. — O óbito da nossa encarregada de produção foi um alerta terrível. Eu queria parar, mas Aprígio... Aprígio não deixou.

As palavras soam como facas perfurando minha pele.

— Quando o quadro de intoxicação começou a afetar outros funcionários, fui até ele. Exigi que encerrássemos a produção imediatamente! Mas ele riu. Riu! Disse que não havia nada com o que se preocupar, que uma nova fábrica em Manaus resolveria tudo, com laboratórios e máquinas que impediriam o contato direto dos trabalhadores com a substância. Afirmava que o problema estava resolvido.

Ele solta uma risada amarga.

— Mas minha vida já tinha virado um inferno. Não havia nada que eu fizesse para pará-lo. Eu devia milhões ao meu sócio e tinha contra mim a morte de Yoná Tari. Aprígio me chantageava, era a minha palavra contra a de um homem que tinha muitos poderes nas mãos e dinheiro para me tornar o único responsável por tudo.

— E a mudança da fábrica para Manaus? Foi realmente para evitar novos casos ou apenas uma manobra para abafar as acusações feitas na época?

— Aprígio não mediu esforços para tirar a fábrica de Parintins. Ele sabia que, se ficasse, as investigações avançariam e as provas se tornariam incontestáveis. Então, ele fez o que faz de melhor: apagou rastros, eliminou documentos e desmoralizou qualquer um que pudesse atrapalhá-lo.

— Está se referindo a Moara Tari? — o jornalista pergunta. — A senhora Tari lutou por anos para provar a ligação da fábrica com a morte de sua mãe e de outros funcionários. Você acredita que as recentes fake news que vêm circulando contra a vereadora têm relação com esse caso?

— Totalmente. Essa foi outra ideia de Aprígio. Ele contratou uma empresa especializada para espalhar informações falsas e destruir a credibilidade da Moara. Tudo para impedir que ela conseguisse barrar a reabertura da fábrica em Parintins.

Minhas entranhas reviram.

— Oh, meu Deus... — gemo, minha visão turva pelas lágrimas.

— Viu agora, filha? Ainda terá coragem de levar adiante essa história absurda de casamento com o filho do assassino da tua mãe? Um homem que um dia será chamado de avô pelos teus filhos... Quando ele foi justamente o responsável por privá-los de conhecer a avó que os amaria com todo o coração. — Sua voz carrega uma amargura devastadora. Sofrida.

— Não, pai, por favor... não faça isso agora... — soluço, abraçando a mim mesma, sentindo-me encurralada pelo próprio destino.

— Se insistir em unir teu nome ao daquele filho da puta, esqueça que é minha filha.

A sentença é dita em tom baixo, mas é um golpe certeiro. Respiro fundo, tentando recuperar a firmeza. Então, sinto mãos suaves pousando sobre meus ombros. Meu corpo enrijece com o toque inesperado. Viro o rosto devagar e me surpreendo ao encontrar os olhos de Moara. Ela não diz nada, mas seu olhar carrega um peso que me atinge no fundo da alma.

— Se não se importam, preciso conversar com a minha irmã. Pai, vó, vocês podem dar atenção a todos? Eu e Ayra não temos hora para voltar a nos juntar com vocês.

— Não passe a mão na cabeça de Ayra.

— Eu sinto muito por precisar ouvir tudo o que foi dito, Ayra — Moara começa. — Xavier te ama de verdade. Tenho visto a maneira como te olha desde o hospital. Nunca vi tanto amor, ou desespero. — Dá de ombros, os olhos escuros cintilando numa emoção fugaz. — É uma sorte ser amada assim, maninha.

— Por favor, Mô. Não venha me dizer que sente, se no fim está aqui apenas para usar palavras mais bonitas do que as do papai, quando quer me fazer engolir o mesmo conselho.

— Não, Ayra... Eu não vim te aconselhar a nada. Acredite, papai está revoltado com razão. Tente entendê-lo, mesmo que não concorde. Mas o que eu pretendo te mostrar agora... O tio só mostrou a ele o que, em breve, todo mundo saberá. Mas tem algo mais. Algo muito pior.

Estende o celular para mim.

Sabe o que mais me irrita naquela vadia? Fingir que não quer sentar na minha rola. A indiazinha parece uma coelhinha assustada quando chega perto de mim. Eu sei que ainda a dobrarei. Não duvide disso. Então, se puder deixá-la após o horário hoje, terei o prazer de supervisionar de perto o trabalho de Yoná.

O sangue some do meu rosto. Aquele áudio era de quando mamãe era viva.

Está apavorado com quê, Alcino? Isso aí não dará em nada. Vai por mim. Aquela putinha sempre teve ares de santa, só que, no fundo, tinha cara de quem adorava um pau. O que depender de mim, ninguém vai canonizá-la. A única pena é que não tive tempo de comê-la, e agora serão os vermes que a comerão... teria ensinado direitinho o que fazer com aquela boquinha

E daí que estão adoecendo mais mortos de fome? São só mais alguns dias de trabalho, porra. Logo estarão todos na rua. E os laudos não conseguirão provar nada. A clínica que eles têm convênio são de amigos nossos. Policiais, um monte trabalha de segurança para nós e os políticos... Nosso dinheiro é mais valioso para eles. Para de se cagar nas calças, Alcino. O que tu quer, férias na Suíça com a patroa? Uma casa nova?

Está me enchendo de mensagem de novo, caralho. Aquela lá era só uma pobretona metida a revolucionária. Quer mais? Me dava nojo aquele ar de superioridade da defunta, como se fosse diferente das outras que se jogavam aos meus pés. No final, morreu como nasceu: sem valor nenhum.

Escuta essa... Na saída da fábrica encontrei a filha lá da outra. Bugrinha jeitosa. Estava com meia dúzia de gato pingado e cartazes dizendo o que a Eco está fazendo com seus funcionários. Eu quase abri o vidro e contei para eles: se Yoná tivesse ficado de quatro para mim, talvez eu tivesse lhe dado um lugar de secretária. Na minha sala, ela teria vivido mais tempo.

Moara seleciona outro áudio, mas eu não sei se consigo ouvir mais.

Pelo menos meu filho tá fodendo a filha da falecida antes de mandá-la pro inferno ao lado da vagabunda da mãe dela.

Um soluço sufocado escapa da minha garganta.

— Desculpa... Ayra... Desculpe, meu amor... Tudo isso é tão sujo, tão imundo... tão duro. Eu sei... mas tu precisava saber.

— Tu se sente mais leve em me mostrar isso, Mô?

Choro batendo em seu peito. Quero feri-la. É insano não conseguir evitar que a mágoa tome as rédeas das minhas ações.

— Pensa que não me dói saber que tu ama o filho desse homem? Que tinha planos promissores com ele? Mas entende agora por que jamais ficará em paz ao lado dele?

— Tu devia ficar do meu lado, para qualquer merda nessa vida, tu devia ficar do meu lado, porra! Eu não posso viver o resto da minha vida amarga, com o coração amargurado, como tu é, irmã!

— Sim, irmã, meu coração é quebrado, tu tem razão, mas não desejo o mesmo para ti, principalmente, não desejo que tu sofra o que eu sofri. Prefiro que tenha sido eu a estar com a mamãe quando se foi. Prefiro que tenha sido eu a conhecer desilusão no seu lugar.

Ela se cala abruptamente e desvia o olhar.

— O que quer dizer com isso? O que tu sofreu que a deixou assim? O que tu sabe de um amor entre um homem e uma mulher? — Minha voz abranda ao perceber uma sombra em suas íris que nunca tinha notado antes.

Moara desvia seu olhar por um tempo calada. Já estou quase desistindo de obter uma resposta, quando ela solta:

— Eu fui abusada quando tinha quinze anos, Ayra.

Meu corpo inteiro gela e eu abano a cabeça, não acreditando.

— Um cara rico, alguns anos mais velho do que eu, me seduziu na primeira noite do Festival. Ele era muito bonito, me tratou como uma princesa, e, na terceira noite, aceitei ir com ele para o seu hotel... O que imaginei ser uma noite de sonho se transformou em pesadelo. Ele não foi gentil, longe disso, me machucou pra valer e me escorraçou depois, aterrorizada e ensanguentada. — Uma única lágrima escorre pela sua face. — Naquela noite, eu jurei jamais acreditar nos homens outra vez.

— Sinto muito, irmã. Sinto tanto. — A abraço e choro.

— Isso não importa mais. Te contei para que saiba que já fui sonhadora também.

— Tu precisa denunciar esse cara.

— Ele não era daqui. Na verdade, nem sei se o nome que me deu era verdadeiro. Fui estúpida e paguei o preço.

— Não fale assim, tu não tem culpa de nada.

— Criminosos impunes são o meu carma, mas agora tenho provas para condenar ao menos Aprígio e Alcino. Aquela escória matou mesmo a nossa mãe e eu não vou descansar enquanto não os vir apodrecendo atrás das grades, Ayra.

— Xavier não tem culpa de nada. Ele tem o coração mais bonito que alguém dessa maldita terra pode possuir.

— Não, não tem. E agora eu sei que ele é um bom garoto. Só teve o azar de nascer filho daquele infeliz ganancioso. Eu estive disposta a apoiá-los. Mas agora não posso mais. Não depois de descobrir tudo isso.

Então, sai do meu quarto, me deixando sozinha. Eu continuo chorando, meu corpo sacudindo em soluços desolados.

CAPÍTULO 43

◆

"Assim que se olharam, amaram-se; assim que se amaram, suspiraram; assim que suspiraram, perguntaram-se o motivo; assim que descobriram o motivo, procuraram o remédio."
Romeu e Julieta – William Shakespeare

◆

Duas semanas depois...

Xavier

Mesmo com toda a comoção popular, da imprensa, com as denúncias da família Tari e de todos os funcionários que adoeceram, mesmo com os áudios reveladores do meu pai mostrando exatamente o que ele fez, ainda assim a justiça não veio como deveria. Ele tinha muito dinheiro.

A minha vida e a de Ayra se tornaram um inferno. Perdi patrocinadores; ela foi ameaçada de perder a posição de cunhã-poranga. Pediu um tempo em nossa relação. Meu coração ficou arrasado, mas não podia culpá-la

Meu pai e Alcino só foram forçados a encarar a Justiça com uma reviravolta no caso. O marido da química assassinada foi além do que qualquer um esperou e conseguiu — de última hora — algo que os pegaria de surpresa. Uma prova irrefutável: um vídeo. As câmeras de um prédio registraram tudo. O momento exato em que Alcino e Aprígio emboscaram a esposa de Dirceu e mataram-na com um tiro na cabeça.

Dessa vez, não teve manobra, não teve juíza comprada, não teve como reverter. As prisões vieram rápido. Sem recursos. Sem habeas corpus. Nem o melhor escritório de tubarões jurídicos conseguiu salvar meu pai. O velho está preso. A pressão para retornar às turnês está ficando cada vez maior.

Tento falar com Ayra, mas ela não responde às minhas ligações e às minhas chamadas. Esse era o momento para comemorarmos juntos... Mas, novamente, ela parece que está desistindo de nós.

Ayra

Confiro o celular pela milésima vez. Não consegui responder às suas mensagens ou ligações nessa última semana. Foi muita coisa para eu lidar. Estou sendo atacada nas minhas redes sociais. Pessoas que nem conheço se acham no direito de julgar a mim e às minhas escolhas.

Não tenho feito postagens novas, mas, ainda assim, mensagens ofensivas e duras são lançadas diariamente em meus posts antigos.

Cadela estúpida! Como pode se relacionar com o filho do assassino da tua mãe?

Vamos cancelar essa filha de Judas!

Vamos fazer um abaixo-assinado para essa vagaba perder o posto de Cunhã- Poranga do amado Boi Azul! Ela não merece!

Ela não nos representa mais. Uma vergonha para a nação Azul.

Cada demonstração de ódio foi um golpe, um lembrete de que, para muitos, eu nunca fui mais do que um rostinho bonito para a arena. Mas, para mim, ser cunhã-poranga sempre foi mais do que isso. Sempre foi sinônimo de força, de honra, de pertencimento.

O conselho do Boi Azul esteve ao meu lado o tempo todo e defenderam minha permanência. Mas eu sabia que, enquanto estivesse ali, meu boi-bumbá seria atacado. Então, com o coração partido, tomei a decisão de renunciar.

E isso…

... não poderia permitir.

Então, tomei a decisão antes que alguém pudesse tomá-la por mim.

Renunciei.

Entregar minha faixa foi como arrancar um pedaço de mim mesma, mas era o certo a se fazer. Porque meu amor pelo Boi Azul sempre foi incontestável. E me culparia para sempre se essa tempestade caísse ainda mais sobre ele.

Assim como foi com Xavier... As notícias do sucesso que tinham esgotado os ingressos de sua turnê foram totalmente ofuscadas pela nossa paixão. Eu tinha certeza de que abriria mão de tudo o que conquistou para me poupar de passar tudo que venho aguentando. Mas o que eu seria na vida dele nesse momento? A mulher pela qual Xavier brigaria com o mundo, mandando X_M para o inferno?

— Mana, para de olhar essas merdas. Tu precisa arranjar um advogado e processar esses infelizes que tão te atacando nas redes. — Alice toma o celular da minha mão.

Rolo na cama, o peito apertado, como se alguém estivesse esmagando meu coração. Ela chegou há alguns minutos. Sabia que o Xavier estaria saindo para a turnê hoje à noite e quis me dar o seu ombro para chorar, como sempre faz.

Quer dizer... Ela não deu o seu ombro dessa vez.

Ela não parou de me lembrar até agora o quanto estou sendo maluca de estar aqui e não lá, ao lado dele.

— Dê a paz do Senhor a todos, mulher! Coloque a mão no coração e repita comigo. Mas peça com fé: "cavalo do pastoreiro, me escute por um momento... Venha de cavalo branco, jegue, ou até de patinete, contanto que chegue expulsando todo rancor e falta do que fazer da cabeça de cada desocupado que me segue. Expulse, Senhor, todo espírito de mundiça, toda ignorância, toda burrice aguda, crônica ou hereditária. Abra o entendimento de qualquer espírito de porco que me acompanha nas redes e insiste em destilar ódio onde só tem paz. Afaste, Senhor, os reclamões, os preguiçosos de pensamento, os que têm o coração fechado para a empatia e a mente aberta só para falar asneira. Amém!"

Eu não respondo. Não posso. Mesmo adorando esse tom sarcástico e espirituoso — quase um exorcismo para afastar os haters e desocupados das minhas redes sociais — parte de mim ainda se agarra ao medo, às dúvidas.

Alice, porém, segue firme na sua fé recém-descoberta, de olhos fechados, mão no peito e uma devoção que beira o fanatismo:

— Eu creio, Senhor. Creio que Ayra Tari...

O primeiro plim de notificação corta sua prece. O segundo a faz arregalar os olhos. Ela me encara, como se o próprio cavalo do pastoreiro a tivesse punindo por brincar com coisa séria. Sem dizer nada, me estende o celular, as sobrancelhas quase sumindo no couro cabeludo.

— É ele, amiga. Pela Virgem Santa... Se o dedilhador tá te chamando de novo, pelo amor das orações, atende esse macho, amiga! Porque, olha, eu não queria dizer nada, mas tu tá parecendo um cupuaçu murcho, viu?

Respiro fundo, como se isso pudesse acalmar o turbilhão na minha cabeça, e abro a mensagem.

A primeira coisa que aparece é um arquivo, uma música. Abro, e meu peito é tomado pelo gelo ao ver que é *It'll Be Ok*, do Shawn Mendes. Uma letra que é uma... despedida. Começo a ouvir a música:

Se disser que está indo embora.
Vou facilitar
Vai ficar tudo bem
Se não pudermos parar o sangramento
Não precisamos dar um jeito
Não temos que ficar
Eu te amo de qualquer jeito...

Oh, meu Deus... Ele terminou de esmagar meu coração com essa música...

Oi, minha Pocahontas,
Na minha cabeça, nas minhas lembranças, tu sempre será minha. A coisa mais bonita que aconteceu nessa vida fodida. Mas talvez o nosso amor tenha nascido para ser lembrança, e não presente.
Estou caindo na real de que nosso amor não pode ser vivido, apenas sentido. O passado, o presente, nossa promessa de um futuro juntos, sempre que tentamos segurar, escapa, escorre por entre os dedos, como areia.
Eu te amo mais do que a mim mesmo. Sempre te amei. Mas preciso te libertar.
Dói pra caralho escrever isso.
Tu não quer me dizer o óbvio, então, eu vou dizer por nós dois: são feridas demais entre nossas famílias para fingirmos que

nada aconteceu. São merdas demais para tu seguir comigo.
Eu sei disso, Ayra. Sei o quanto o meu sangue feriu o teu.
Quer queira ou não: eu sou a porra do fodido que tu vai olhar todos os dias e vai te fazer lembrar o quanto a minha família massacrou a tua. Não posso pedir para que siga comigo, como se nada tivesse acontecido. Sei disso, Ayra.
Me perdoe, meu amor. Me perdoe por meu nome te trazer mais dor do que amor.
Tenha uma boa vida, caprichosa. Por aqui, tentarei fazer o meu melhor.
Adeus...
Sempre teu,
Xavier

Eu choro tão alto, que minha cabeça e ouvidos doem. Nesse momento, Moara entra no quarto, atordoada, preocupada. Eu a olho com mágoa e volto a ler o último trecho. Choro como uma criança. Minha irmã se senta ao meu lado.

— Me deixa! Me deixa! Por favor... Eu perdi o único amor da minha vida! Não entende... — brado com tanta força, que meus ouvidos zumbem.

Em vez de me soltar, Moara me envolve ainda mais forte, um abraço apertado, que parece me envolver por completo, me amparando. Ela respira fundo antes de falar, com a voz suave, mas firme:

— Tu não perdeu teu Romeu, minha pequena. O que tu tem sentido, a gente sente junto. E eu e o papai... nós não suportamos mais ver tanta dor em ti. Não podemos mais permitir que o maior algoz da nossa família continue trazendo essa maldição pra dentro da nossa casa.

No primeiro momento, eu a encaro desacreditada e surpresa com suas palavras. Ela continua:

— Nosso maior algoz já tá preso, e esperamos que apodreça na cadeia. Mas o que tá acontecendo com a gente, com a nossa família, não pode mais continuar. Não podemos deixar que ele continue vencendo, não mais.

Me fita nos olhos, e seu olhar está cheio de determinação, como se estivesse tomando uma decisão, que já deveria ter sido acatado há muito tempo.

— A dor que tu sente, Ayra, não é mais só tua. Ela é nossa também. E o que tu carrega, o que te destrói, já não é mais só sobre ti e Xavier. Isso é maior que o amor de vocês. É sobre uma guerra que fomos forçados a viver e que agora precisa acabar.

Eu choro mais...

— A nossa vida, nossa casa, não será mais o lugar dessa dor. Vamos seguir. Dar a volta por cima, sem olharmos pra trás. O que acha?

Ela me disse isso mesmo? Que ela e o papai aceitam o meu amor pelo Xavier?

— Agora, enxugue esse rosto e vamos para o aeroporto, minha linda cunhã! A mais brava e honrada que o nosso Boi-Bumbá já teve. Eu e o papai ficamos sabendo a pouco da sua decisão e, por sentirmos muito, estamos te aplaudindo de pé Ayra. Tu é gigante, irmã. O pai está lá no carro impaciente nos esperando para te levar até o teu Romeu.

Moara me incentiva a me levantar. Minha irmã tem razão. Mas, infelizmente, terei que esperar Xavier voltar, porque já é tarde...

— Tu tá esperando mais o quê, mana? Um sinal divino? — Alice resmunga.

— Xavier já embarcou, tem vinte minutos! O jato já deve ter decolado. Não há mais tempo...

— Não, ainda não decolou. — A voz familiar me faz virar a cabeça rapidamente para e porta do quarto. A minha vó está lá, trazendo a pessoa mais improvável que pensei ver hoje: Mariana Monfort.

A mulher elegante desfila para dentro do meu quarto, só que, diferentemente da primeira vez em que veio aqui, não há desdém nem repulsa em seu olhar.

Um dos motivos por que também evitei de aparecer na casa de Xavier nos últimos dias é que ele me contou por mensagem que a sua mãe estava passando uns dias por lá, após ter pedido o divórcio do marido.

— Desculpe a invasão, sua avó me conduziu até aqui depois que lhe contei o motivo da minha visita. Da primeira vez que vim procurá-la, cometi um erro estúpido ao exigir que deixasse meu filho partir, Ayra. Me arrependo muito e, se puder me perdoar algum dia...

Está meio desconfortável, posso perceber.

— Só que, dessa vez, vim pedir que vá junto com Xavier. — A firmeza em sua voz corta o ar. Meu filho é o homem mais bonito que já pisou sobre essa terra, por dentro e por fora, Ayra. Tu tem o amor, e o mais importante, o respeito dele. Não desista assim.

Sinto um nó na garganta, um frio na espinha.

— Imagino que esteja travando uma batalha cruel desde que a verdade sobre a morte da tua mãe veio à tona. Sei que é difícil separar as coisas... Mas escuta bem: Xavier não tem culpa de o pai dele ser um monstro. Um homem desprezível. Ele não carrega a podridão daquele traste. O coração do meu filho é limpo, bonito, forte.

Ela se aproxima, segura minhas mãos entre as dela e murmura, num tom quase suplicante:

— Se o ama da mesma maneira que ele a ti, estou pronta para te levar também até o aeroporto.

— Oh, meu Deus... O que a senhora tá dizendo?

— Eu vim disposta a te buscar. Preciso me redimir com meu filho... e contigo. Se não for pedir muito... — Sua voz se suaviza, quase um sussurro carregado de dor. — Por favor, encontre o perdão para mim no seu coração.

O impacto de suas palavras me atinge e desperta empatia. Meu coração martela no peito. Parte de mim quer se agarrar à dor, ao rancor justificado. Mas a outra, a que sempre amou Xavier, entende que o passado não pode ser mudado. Olho para Mariana, que aguarda minha resposta com a respiração suspensa.

— Eu a perdoo, senhora.

— E sim... — Engulo em seco, sentindo a emoção transbordar. — Eu amo o seu filho. E, por amá-lo, dessa vez sou eu que não me sinto feliz em estar ao lado dele e ver todo o seu sucesso manchado por minha presença.

— Ayra caiu alguma vez do berço e bateu a cabeça? Alguém sabe me dizer? — Alice solta desacorçoada, mas é a voz da dona Cema que tem a minha atenção.

— Fia... — Ela se aproxima com passos lentos, os olhos cheios da sabedoria. — Se dois guerreiros desistem da batalha por medo do inimigo, o que resta para eles além da derrota?

Engulo em seco, sentindo seu olhar fixo no meu.

— O amor que não enfrenta a guerra vira pó antes mesmo de ser vivido, fia. Tu e esse rapaz têm algo raro, mas, se escolherem seguir sozinhos por medo, então, já perderam. O amor de vocês vale a luta? Então lutem.

— Ouça a tua vó, filha. Tu tem a minha bênção. — A voz do meu pai vem da porta, e viro a cabeça no mesmo instante. Ele abre um sorriso suave e amoroso, parado no batente. — E sinto dentro do meu peito que tua mãe, onde quer que esteja, abençoa também.

— Ah, pai... — Pulo da cama para abraçá-lo e beijá-lo muito. — Eu amo tanto vocês.

— Nós também... Agora, vá se trocar, se não te boto no cantinho pra pensar — Ele brinca emocionado.

— E eu pego o milho para ela se ajoelhar — completa, Alice.

Eu aceno, chorando e sorrindo. Oh, meu Deus... Oh, meu Deus! Eu corro para o meu pequeno guarda-roupas e pego o primeiro vestido que vejo. A mulher requintada explica que a assessora do Xavier prometeu providenciar tudo o que eu precisar durante a viagem. Vou com a roupa do corpo mesmo.

Em tempo recorde, vou ao banheiro, coloco o vestido e penteio o cabelo. Não dá para fazer uma maquiagem. O relógio está correndo e já perdi tempo demais. Alice quase me derruba em um abraço quando saio do banheiro.

—— Ah, minha nossa, parece cena daqueles filmes românticos! Desde o dia que te conheci: tu só me desperta gatilho. — Cochicha perto de mim. — Corre lá e pega seu dedilhador!

Sim, eu corri, com a ajuda de uma verdadeira força tarefa, com todos me ajudando a colocar roupas na minha mala, inclusive com dona Mariana interagindo com a minha irmã e avó, como se torcesse para conseguirem conviver juntas.

Tudo pronto, em instantes, acompanhada de dona Mariana e do meu pai, estamos entrando no carro luxuoso, que já está cadastrado no aeroporto. Elias está no volante. Ele abriu um sorrisão ao me ver. É meio que padrinho do meu romance com seu sobrinho. Por todo o caminho vou pensando que, se o nosso amor em vermelho e azul foi capaz de suportar tudo o que passamos, então, sim, estou pronta para o que der e vier, desde que esteja ao lado de Xavier.

Então, quando desço do carro no aeroporto, começo a correr o bom pedaço até o jato. Choro e soluçando, arfando pelo esforço em alcançá-lo. Contorno o jato enorme e avisto a escada ainda estendida. Com um último pique, piso no primeiro degrau. Meu coração falta sair pela boca tanto pelo esforço como pela emoção. Será que ele está muito magoado comigo? Meu silêncio o feriu, tenho certeza disso e é como se só agora essas percepções caíssem sobre mim. Minha angústia e conflito eram legítimos, ainda assim, eu o magoei ao ponto de abrir mão de mim. Achou que precisava me libertar.

Subo a escada com pernas bambas e instáveis. Ouço vozes alteradas dentro da aeronave no segundo em que passo para dentro. Xavier está exigindo que o piloto chame a torre de controle em busca de explicações pelo atraso da liberação da pista. Charlotte é a primeira pessoa que vejo a bordo. Ela levanta as mãos para cima, simulando oração:

— Graças a Deus! — exclama, e meu corpo inteiro treme ao ver Xavier voltando da cabine.

Estaca na mesma hora, os olhos azuis irritados pousam sobre mim. Engole em seco; algo parecido com mágoa tinge sua íris e tenho a confirmação. Eu o feri. Seus olhos me medem dos pés à cabeça e, quando estou começando a me sentir mal pelo seu silêncio, ele levanta a vista de novo, e a fome apaixonada que vejo nas profundezas azuis me acalma. Não... Me incendeia... Ele ainda é o meu X.

— Sim, tudo vai ficar bem, mas não porque vamos seguir separados — falo ofegante, as retinas sendo tomada por lágrimas mais quentes agora. Uso o nome da música... — Eu te amo. Escolho a ti. Foda-se todo o resto!

— Tu ia me deixar?

— Nunca. Eu tava no inferno...

— E eu acabo de ser expulso de lá. — A voz dele, rouca e quebrada, faz meu coração se apertar de forma insuportável. Como é que a gente chegou tão longe...

— Me perdoa? — peço, as palavras saindo pesadas da minha boca. Eu estou aqui agora, prometo, com cada célula do meu corpo, que é todo dele.

— Perdoar?

Então, não há mais espaço para palavras. Ele não me deixa continuar. Em um segundo, avança sobre mim, suas mãos firmes e ávidas. Nossas bocas se chocam com uma violência que me deixa sem fôlego, como se a gente estivesse se vingando do tempo perdido. Choramos, enquanto nos agarramos, sem a mínima preocupação com a tripulação ou o mundo lá fora. Nós nos devoramos com uma fome desesperada, uma saudade tão intensa que dói. Ele me segura pela bunda e, com um movimento bruto, me puxa para perto. Minhas pernas se enrolam em seu quadril, sem que eu me importe com nada além dele.

Nossas línguas se buscam com urgência, se lambem, se chupam, se mordem com uma paixão lasciva e gananciosa. A sensação de tê-lo ali, em mim, me faz sentir que meu coração vai explodir. É tanto amor e desejo entrelaçados, que não sei mais onde um começa e o outro termina.

Depois de não sei quanto tempo, nossas bocas se separam, mas nossos corpos continuam grudados. O ar quente entre nós dois é a única coisa que nos separa. Meus olhos se abrem diretamente para os seus, e a intensidade com que me fita diz tudo o que eu preciso saber. O amor que vejo nas profundezas de seus olhos me dá a certeza de que fiz a escolha certa. É tudo o que eu preciso. Ele é tudo o que eu preciso.

Encostamos as testas e sorrimos, ambos exaustos e emocionados, enquanto a crueza do momento ainda nos sacode. Eu não posso acreditar que encontrei o meu lugar depois de tudo. Ao lado dele, eu finalmente sei aonde pertenço.

— Se pudesse renunciar ao meu nome, eu o faria, Pocahontas. Não há nada que não faria por ti.

— Acabou o conflito, X — prometo, olhando-o bem dentro dos olhos para que não fique dúvidas. — Estou escolhendo o amor, não a dor. Tu me deu só amor. Teu sobrenome é parte de ti, não posso ser egoísta de pedir para renegá-lo. Tu é Monfort, como sou Tari, mas isso não impediu de nos encontrarmos e nos amarmos.

— Ah, porra, eu prometo fazer jus à tua escolha, Pocahontas. Cada dia, a partir de agora, viverei pra ti.

Sua mãe tem razão ao dizer que ele é o homem mais bonito que já pisou nesta terra. Ele é. E é meu. Poderia ter qualquer mulher que quisesse, mas escolheu a mim. Eu vou honrar sua escolha e viver para ele também. Cada dia, cada segundo da nossa vida juntos ficarão gravados na minha alma.

Xavier

Não sei mensurar quanto tempo depois, o piloto avisa que vamos aterrissar dentro de trinta minutos. Ayra geme baixinho, aconchegando-se mais a mim. Estamos suados, as respirações ainda entrecortadas. A partir do momento em que o jato decolou, eu a arrastei para o quarto e nos devoramos sem trégua. Gemo também, saciado, feliz, o peito completamente aliviado, e a puxo mais apertado contra mim.

Ela veio. Ela veio, porra.

Não sou ingênuo a ponto de achar que vai ser fácil. Nada que vale a pena é. Mas foda-se. Ela está aqui. Minha garota se espalha ainda mais sobre mim, sua pele quente contra a minha. Porra, não há nada mais certo no mundo do que tê-la assim, colada, entregue, minha.

O silêncio entre nós é confortável, íntimo. Apenas respiramos um ao outro, os dedos traçando caminhos que já decoramos na carne.

— Tu já pensou em quantos filhos quer ter?

— Pode ser a quantidade de quartos que tem na sua casa?

— Na nossa casa... — Corrijo-a, pregando essa verdade na pele dela, entre meus dentes. — Repita, nossa casa...

— Nossa casa.

— Isso, agora, sim... Ocupar os nove quartos será prazeroso.

— Uhm... ímpar? Não sei, não. Precisamos dividir esses brincantes direito.

— Está propondo um boi-bumbá só nosso, caprichosa? Podemos inventar um item a mais.

— Nunca, garantido... — Ayra sorri, linda e desafiadora, como amo. — Sou Azul até o fim. A não ser que tu passe para o lado do meu boi.

— Dez filhos então. Uma casa nova, mas meu coração é vermelho.

Aquela era a única rivalidade que jamais acabaria entre nós: nossa paixão pelos nossos bois.

— E daí, os olhos são azuis?

— E sua boca é vermelha, todinha minha... Agora, me beija porque temos uma dezena de filhos para começar a trazer para o mundo...

Então, nós nos agarramos de novo, bem apertado, e gememos saciados, reverentes. Ainda estou todo enterrado nela. Foi tão intenso, gozei com tanta força que urrei como um animal, pouco me importando com a tripulação ou com o fato de que a nossa rivalidade entre os bois será eterna. Ela também não ficou atrás, escandalosa, linda, gostosa demais. Mal entramos no quarto, arrancamos nossas roupas e a carreguei para a cama. Nossos beijos eram tão profundos, que nossas bocas fiaram inchadas.

— Convencido — Ayra resmunga.

— Eu não disse nada — defendo-me.

— Nem precisa.

Dou um tapa na sua bunda atrevida e me retiro do seu calor, gemendo no processo.

— Vamos tomar uma ducha rápida e nos vestir antes que batam à porta. — Ela faz um som baixo e enfia o nariz em meu peito, cheirando-me gostosamente.

— Não sei se quero sair daqui. Está tão bom.

— Tu me deixa muito arrogante quando me quer só pra ti.

— Até parece, tu faz um ótimo trabalho sozinho, senhor DJ famoso.

— Romeu e Julieta uniram suas famílias pela dor da sua morte. Nós estamos cinco séculos à frente deles. Vamos construir a nossa família pelo amor. Que tal nos casarmos no Bumbódromo daqui a quatro meses? — proponho, num sussurro, e ela arregala os olhos, meneando a cabeça.

— Tu é louco? Como espera conseguir tal façanha?

— Se não conseguirmos lá, casamos no palco. Na orla. No Cantagalo. Na catedral... Onde for o teu desejo. Mas uma coisa é certa: nos casamos.

— Sim, meu amor. — Sua voz e olhar amolecem, enquanto me fita com amor. — Nós vamos fazer com que nossa história seja linda e feliz!

E eu aprofundo o beijo, selando o nosso pacto. Meu coração feliz e esperançoso por esse novo tempo. Um em que haja mais amor e menos ódio. Entre o vermelho da paixão e o azul da dor, encontramos o único tom que realmente importa: o do amor que, mesmo marcado pelas cicatrizes, nunca deixou de queimar e acalentar um só segundo.

EPÍLOGO

◆

"Seus mundos colidem em beijos sutis.
As muralhas caem, o silêncio é feliz."
Romeu e Julieta – William Shakespeare

◆

Seis anos depois...
Parintins, Amazonas/Brasil

Ayra

Desço para a área da piscina e sorrio ao ouvir a gritaria animada das crianças. Ah, Deus, como criança gosta de bagunça! O som dos risos preenche o ar quente da ilha, e meu peito se aquece junto.

Respiro fundo, deixando o olhar passear pelo espaço. Nossa família está toda aqui. Xavier e eu amamos abrir nossa casa para os "nossos", seja aqui, onde nossas raízes estão fincadas, seja em Los Angeles, onde também construímos um lar.

Meus olhos passeiam entre os convidados, mas pousam onde sempre param. Nele. Meu marido. Meu delicioso e lindo marido. O coração aperta, derrete, acelera — é sempre assim. Seis anos casados, e ainda me sinto como se fosse a primeira vez sempre que nossos olhares se cruzam. Seus olhos azuis me encontram, e sei que ele sente o mesmo.

Voltou há pouco de uma turnê mundial. Nós o acompanhamos a alguns países. Sim, no plural. Porque agora somos três. Nosso pequeno Romeu está com quatro anos. E, se antes éramos alvo constante de críticas e julgamentos da mídia, hoje somos praticamente uma instituição. De cancelados a queridinhos. Nosso amor virou capa de revistas, estamos sempre em todos os tabloides, e até em programas de televisão. O público parece adorar essa reviravolta, e nós, com o coração mais tranquilo, seguimos sendo a família dos sonhos nas manchetes.

O que ninguém sabe... é que somos muito mais do que permitimos que vejam. Quer dizer, meu marido, nem tanto. Vez ou outra, ele faz homenagens exageradas para demonstrar o quanto me ama. Morro de vergonha, mas adoro.

Olhando para ele agora, sei que ainda estamos só começando o futuro perfeito que temos pela frente. Pensar em futuro me faz girar a cabeça, procurando no nosso pequeno em meio à algazarra dentro da piscina. Meu sorriso coruja aumenta ao localizá-lo se divertindo com os priminhos da sua idade. Alice e Elias estão lá, colocando a babá em escanteio, "mantendo" um olho sobre o afilhado.

Desde o dia que em descobrimos que seríamos pais, os nomes dos dois vieram na hora. Volto a atenção para Xavier, e ele curva a boca num de seus sorrisos lentos e safados, recostando-se à mesa do buffet, um copo de suco de cupuaçu na mão.

Deixem-me dizer, meu marido está ainda mais gostoso em seus vinte e seis anos. Nunca vou parar de babar sobre ele, isso é certo. Rio de volta e me aproximo devagar, permitindo-o apreciar meu pequeno biquíni branco.

— Uau. Isso tudo é para mim? — sussurra asperamente, o som profundo e rouco inflamando meu corpo.

A noite inteira na cama não foi suficiente para matar a saudade. Passamos um mês longe, e ele chegou apenas ontem. Agora, com o próximo show marcado para São Paulo, teremos duas semanas inteiras só para nós. Tempo para descansar, para estar comigo e com nosso filho.

— Humm... duas semanas inteirinhas? — murmuro, deslizando as mãos pelo seu peitoral largo. Ele está sem camisa, vestindo apenas um short de banho.

Xavier envolve minha cintura com o braço livre e me puxa contra ele, sem cerimônia. Eu gemo baixinho pelo contato dos nossos torsos nus. O brilho predador acende em suas írises, e oferece um pouco do seu suco. Eu bebo, nossos olhares grudados numa conversa íntima e apaixonada.

— Será que consigo te levar lá dentro para te mostrar uma coisa?

— Não me provoque, marido... Porque posso querer te mostrar algo também...

Deposita o copo sobre a mesa e as duas mãos puxam minha cintura mais ainda, então, a boca abaixa na minha, devorando-me num beijo quente e gostoso. Suspiro, rendida, feliz e o cinjo pelo pescoço. Não nos importamos com a plateia, nos beijamos sem pressa. Quando afastamos as bocas, ele ri e me suspende do chão, girando comigo. Eu gargalho, o som se espalhando e enchendo o ar por todo o espaço.

— Vinte minutos... Tu tem esse tempo para estar lá dentro — dá o ultimato.

Ouço Alice gritando que tem criança no recinto, e rimos dando mais um selinho antes de ele me colocar em meus pés de novo.

— Parabéns de novo, meu amor! De novo, e de novo... — murmuro acariciando sua nuca. Seus belos olhos cintilam mais. Ele foi eleito o DJ número 1 do mundo. Sim! Ele conseguiu! O resultado saiu ontem e ainda estou anestesiada de tanta alegria e orgulho por ele.

— Porra, ainda tô em choque — ri, meneando a cabeça. — É muito difícil conseguir uma merda assim. Só tendo uma esposa do caralho ao meu lado e um filho incrível me incentivando todos os dias.

— Tu ganhou o mundo, amor!

Seu olhar amolece um pouco, e ele traz a mão para o meu rosto, os dedos traçando a face com delicadeza.

— Sim, eu ganhei o mundo — declara baixinho e olha para a piscina, provavelmente para o nosso Romeu, e volta a me fitar. — Tu e o nosso menino são o meu mundo. É só isso que me importa.

— E tu é o nosso, X.

— Ah, Pocahontas, como tu me faz feliz.

— E tu também me faz feliz, amor.

Com mais um selinho casto, ele me toma pela mão e me leva até as espreguiçadeiras. Alice está saindo da piscina, e Charlotte leva uma toalha para ela. As duas viraram unha e carne, quem diria, né?

Xavier se acomoda na espreguiçadeira perto da borda da piscina, se recosta ao espaldar, me puxando entre suas pernas. Eu praticamente ronrono ao me deitar em seu peito.

A vida é boa. Muito boa. Nós fizemos dar certo. Embora a animosidade entre nossas famílias nunca tenha acabado por completo, pelo menos amenizou e eles conseguem conviver civilizadamente depois do nosso casamento.

Papai e Moara aceitaram a nossa união e, junto com a vovó, são loucos pelo Romeu. Inclusive, minha irmã parece que tem estado bem ocupada ultimamente em intercalar sua vida política em Parintins e Manaus, visto que está indo para o segundo mandato como prefeita de nossa ilha. Parece que Dirceu fisgou minha irmã.

Minha sogra, dona Mariana Monfort, mostrou que mudou mesmo nesses seis anos. Nós nos damos muito bem agora, e ela também é louca pelo neto. Sempre nos visita em L.A. quando passamos longos períodos por lá.

Quanto ao pai do Xavier, ele continua distante, e eu só posso agradecer por isso. Passou cinco anos preso e, ao sair, conseguiu um regime semiaberto em Manaus. Ele se meteu em negócios por lá e está cumprindo sua pena com regalias, o que, para mim, é um desperdício, já que poderia seguir apodrecendo na cadeia. Nunca fez questão de ver o neto, e, sinceramente, isso é um favor imenso para nós.

Sobre aquela miserável fábrica de tintas, Xavier, por sua vez, abdicou de sua parte na herança do pai, uma decisão que ele tomou sem hesitar e me contou um dia antes de nos casarmos. Não pude deixar de admirar a coragem.

No final, Aprígio ficou sozinho com a fábrica, pois Alcino se saiu mal depois de entregar os podres do sócio à Justiça, expondo toda a sujeirada deles. Além de ter colocado a família na miséria e estar preso, ele perdeu sua participação na sociedade. Parece que ele gostava de jogos de azar e devia uma boa grana para o Aprígio, que o executou judicialmente sem dó.

Para mim, isso foi poeticamente pouco. Preferia que estivesse queimando no inferno. Mas eles que se explodam e paguem seus pecados longe de nós. Afinal, quem faz o bem vive assim como estou com meu marido: relaxando, em silêncio, apenas observando nosso menino se divertir na água.

Papai se aproxima junto com Moara, e os dois se sentam na espreguiçadeira ao lado. Passamos a conversar. Eles perguntam sobre a turnê do Xavier, ainda que não entendam muito sobre essa coisa de ser DJ. O parabenizam pelo posto de número 1.

— Animada para inaugurar seu estúdio em L.A., senhora dançarina famosa? — ele pergunta ao meu ouvido quando papai e Moara se vão em direção à mesa do café. Eu viro a cabeça para olhá-lo.

Xavier me presenteou com um estúdio de dança aqui em Parintins, há três anos. Deu tão certo, que meus seguidores de L.A. estavam cobrando algo por lá também. Meu lindo marido providenciou esse segundo, e vamos inaugurar no próximo mês. É isso, agora sou professora de dança profissional, mas meu trabalho no meu boi continua. Estou me desdobrando para dar conta, sem atrapalhar meu tempo de qualidade com meu filho.

É isso, mãe, esposa, empresária... e muito, muito feliz!

— Muito! Não sei se vou conseguir agradecer o suficiente, amor. Tu realizou o teu e o meu sonho.

— Tenho muitas, muitas maneiras que tu pode agradecer adequadamente, Pocahontas...

A expressão perversa tinge sua íris. Eu rolo os olhos.

— Sempre tão arrogante, garantido.

— Confiante, minha caprichosa.

Rimos, e nossas bocas se encontram num beijo apaixonado.

Uma coisa que nunca mudou foi a nossa rivalidade entre os bois. Ah, essa nunca irá mudar. Não há como mudar a cor do coração. O que Xavier e eu fazemos é nos transformarmos em roxo quando estamos com Romeu.

A manhã segue animada à beira da piscina, e, como sempre, os padrinhos do nosso filho estão em plena guerra territorial. Elias, o tio cinquentão gato pra caramba, e Alice — que, se eu tivesse que apostar, diria que já teve (ou tem) uma quedinha por ele — continuam fingindo que não se engolem. Ele é totalmente o tipo dela. E, agora, separado. Pensei, sei lá...

Xavier e eu já desistimos de entender o motivo da rusga eterna dos dois, mas, pelo menos há um consenso: ninguém interfere na decisão de deixar para Romeu sobre qual boi vai conquistar o coração dele.

O problema é que eles tentam, ah, como tentam.

Nosso filho acompanha tudo de camarote e se sai bem em todas. Quando está com Elias, ele visita o curral vermelho. Quando está com Alice, ela se vinga levando-o para o Azul. Uma disputa de guarda compartilhada digna de novela Parintinense.

— Ayra, tu pode falar pro padrinho do nosso príncipe que no primeiro dia de Festival ele vai ficar do nosso lado? — Alice cruza os braços, olhando Elias, como se ele fosse um desafeto mal resolvido.

Elias solta uma risada debochada.

— Que novidade é essa? Quando foi decidido isso e ninguém me avisou? Ah, que ele vai nada! Romeu mesmo disse que quer ver o boi da família primeiro.

— Exato! O boi da família! Azul! — Alice rebate.

— Não coloca palavras na boca do caboquinho! Vermelho é tradição! O tataravô dele foi o primeiro dono do boi.

— Não vou discutir com quem já perdeu e não sabe aceitar!

Eu e Xavier trocamos um olhar cúmplice. Uma conversa silenciosa acontece entre nós. Sem precisar de palavras, sem tomar partido, tomamos a única decisão sensata: nós nos jogamos na piscina.

— Eba! Vem, papai, mamãe! — Romeu grita, e seu pai o pega, levantando e acomodando-o sobre meus ombros. O menino faz uma algazarra, e eu rio, o coração tão cheio de amor que transborda.

Os dois amores da minha vida. São tão parecidos. Mesma cor de pele, cor de olhos. Tudo. Às vezes, brinco que vou fazer um teste de DNA para saber se é mesmo meu.

— Ei, meu amor! Vamos ver quem chega do outro lado primeiro? — Sorrio para o meu menino.

— Vamos! Papai, vamos ganhar da mamãe? — Entra no clima de competição, porque sempre vai grudado no pescoço de Xavier.

Eu me lanço na água, começando a nadar, e Xavier logo me acompanha com o pequeno bagunceiro. Entre risos e braçadas, seguimos para o outro lado.

Sim, a vida é boa. Nunca deixarei de agradecer a Deus por nos permitir viver o nosso amor plenamente.

Eu vou amar Xavier Monfort para sempre. Ele, o nosso menino e os que vierem mais.

Fim

AGRADECIMENTOS

Sue

Essa é a minha primeira história sem o meu maior companheiro ao meu lado — aquele que nunca leu nenhuma, mas conhecia cada detalhe delas. Milton sempre esteve ali, nos finais de semana, sentado no sofá, enquanto eu escrevia, ou cuidando de tudo na casa para que, a cada lançamento, eu pudesse sonhar e viver a idealização de ser escritora... Era comum dividirmos os espaços em casa. E, ali, juntos, garantíamos as realizações dos nossos sonhos. Sempre juntos... Além da dedicatória, meu maior agradecimento será para ele. E para o nosso filho, Gabriel, que tem sido um alicerce inquebrantável, o filho mais incrível que eu poderia desejar. Ele tem me ajudado muito, assim como minha família e amigos, que têm me amparado nos dias mais difíceis.

E, falando em gratidão, preciso mencionar alguém muito especial. Quando tudo aconteceu, eu estava escrevendo outra história em parceria com a Lani Queiroz. Num gesto de imensa sensibilidade, quando eu disse que não tinha condições de continuar naquele momento, ela simplesmente entendeu. Foi assim que começamos a escrever *Amor em Vermelho e Azul*, e, desde então, ela tem sido minha parceira incansável — aguentando meus picos de humor, lágrimas e momentos de superação.

E quanta gente maravilhosa tem me rodeado nesse processo! Minhas Suezetes e Caboquinhas, vocês fazem toda a diferença! Minhas amigas eternas, minhas incentivadoras incríveis... Vocês tornam tudo mais leve!

Claro que não deixaria de fora também as nossas betas, Luciana Sobrinho, Maria Cristina Barreto, Giovanina dos Santos Lima, Hylanna Lima, Wisnaya Andrade Elineuza Leodoro, Jovana Gomes, Priscyla Fadel e Ana Rafaela, incríveis colaboradoras!

Também deixo o meu carinho e agradecimento para a Alessandra Ruiz, minha agente literária, que, dado o momento burocrático durante o processo de escrita, foi pura luz no meio do caminho dessa história.

Aos membros das nações do Caprichoso e do Garantido, eternamente grata! Vocês foram incríveis ao nos permitir mergulhar um pouco mais nas suas histórias e tradições! Obrigada, do fundo do coração, a cada um que tem sido parte dessa jornada.

Lani

Agradeço sempre a Deus, em primeiro lugar, pela inspiração, e também à minha família, pela compreensão nos momentos de isolamento para criar cada novo trabalho. Nesta obra específica, quero agradecer e deixar meu carinho para a minha parceira de escrita, Sue Hecker, por ter confiado no meu trabalho para dar vida junto com ela a essa linda e arrebatadora história de amor. Foram meses de estudo, convivência e discussões, que muito enriqueceram nosso trabalho e tempo juntas.

Agradeço a todos os meus leitores, especialmente às lindas raparigas que me acompanham nos grupos do Facebook, Wattpad, WhatsApp, TikTok, Instagram e outras redes sociais. Um beijo gigante para minhas *lanéticas*.

E, claro, agradeço às minhas betas pelo apoio, Wisnaya, Elineuza, Jovana, Priscyla Fadel, Ana Rafaela, Giovanina e Hyllana. Suas observações são sempre muito importantes para a qualidade do trabalho. Obrigada pelo apoio e lealdade comigo!